The Master

大師

柯姆・托賓——著

COLM TÓIBÍN

導讀

中年藝術家的肖像

文／李欣穎

誰是亨利・詹姆斯（Henry James, 1843-1916）？他就是「文學大師」。著名學者艾朵（Leon Edel）研究詹姆斯生平，著有五大冊權威傳記，最後一冊即題名《亨利・詹姆斯：大師，1901-1916》（*Henry James: The Master, 1901-1916*）。有關詹姆斯的討論也往往逕稱「大師」而不名，可知其文學成就。美國十九世紀後半葉最爲人稱頌的兩位作家當屬詹姆斯與馬克吐溫（Mark Twain, 1835-1910），兩人風格迥異，而詹姆斯比吐溫更專注於琢磨文學心法與手法，他在小說前言與創作筆記中討論的寫作理念與技巧不但深深影響後輩作家，後世風行的文學評論主流「新批評」（New Criticism）也多方借用他的概念和術語，可見文學創作者和文學批評界對他的推崇。

托賓這本傳記小說涵蓋一八九五至一八九九年，是艾朵傳記研究中所稱的「危險歲月」（*Henry James: The Treacherous Years, 1895-1901*）。詹姆斯早年因中篇小說《黛絲・米勒》（*Daisy Miller, 1878*）裡呈現美國年輕女性率性獨立的樣貌，以及歐美兩地道德文化標準的差異而引起話題，托賓小說中幾度提到這篇故事，因爲這是他的成名之作。詹姆斯曾將這篇小說改編爲劇本（一八八三年發表），但是從未製作演出，不過他對戲劇一直深感興趣。《大師》以詹姆斯的舞臺劇《蓋·東維爾》（*Guy Domville*）的票房慘敗拉開序幕。在此之前五年，他寫了七本劇作，意圖在劇院裡複製早年的成功，名利雙收，但是他的寫作風格與當年戲劇觀眾偏好的外放、浮誇的通俗劇差異甚大，因此他轉型劇作家受挫其實也不令人意外。詹姆斯經此挫敗幻滅，決定回歸小說寫作，實爲讀者之福；但是他自己卻經歷一場中年危機，懷疑自己的成就和才能，反省自己的價値與人生，卻也因而在寫作上嘗試更多可能性，這也正是艾朵稱此階段爲危機卻也是轉機的原因。

托賓直接將「大師」的稱謂提前加諸還在重整自我與藝術蛻變之中猶疑的詹姆斯，應該不是與艾朵的想法相左。一般公認詹姆斯的登峰造極之作是晚年三本小說：《鴿翼》（*The Wings of the Dove, 1902*）、《奉使記》（*The Ambassadors, 1903*）、《金碗》（*The Golden Bowl, 1904*），托賓在小說中都留了伏筆。在第五章最後，詹姆斯追懷表妹蜜妮（Minny Temple），構想著病重垂死的美國富家女孩、隱瞞婚約追求她的帥氣貧窮青年，以及和他聯手親近女孩的未婚妻之間的三角關係（頁137-138），正是《鴿翼》的故事情境。同一章開頭提到哈威（William Dean Howells）在巴黎對史特齊（Jonathan Sturges）的一番感言則是《奉使記》的靈感（頁99-100），小說最後他已準備動筆（頁346）。第九章由女性密友康斯坦（Constance Fenimore Woolson）、布特父女（Francis and Lizzie Boott）與杜芬奈（Frank Duveneck）所發想的情節，關於一對美國父女來到歐洲，先後和具有特殊關係的一對男女結婚（頁236），就是後來的《金碗》。托賓暗示他筆下的詹姆斯就是後來那位大師，這是他最後的養成階段，因爲有這些經歷、感受、思緒、取捨，最終才能成其爲偉大的作家。

而做為一位小說人物，這位中年詹姆斯也確實比晚年篤定自信且揮灑自如的大師有趣。

詹姆斯小說中塑造的人物與作家本人相似，也正是托賓此書中描繪的詹姆斯面貌。他出身仕紳階級，反映在他的生活方式、人際網絡、品味與價值觀；雖然他為了專注寫作而選擇和繁華熙攘的社交圈保持距離，但是他畢竟還是屬於《蓋・東維爾》首演時受邀的菁英群體，而不是買票的普羅大眾。他的個性敏感內向、注重隱私、拘謹有禮，是個沉靜敏銳的觀察者，會仔細探究自己的思緒起伏，也對別人的內心世界好奇，非常在意別人的關注眼神，小心翼翼處理人際關係，賦予應對進退的細節各種隱含用意，總是無法在群體中安適自處。托賓筆下的詹姆斯活脫就是詹姆斯筆下的小說人物再現：隨時觀察、分析、臧否身邊的人物，機警的傾聽周遭對話，猜度他人的心思，也認為旁人以同樣的銳利眼光品評審度他。例如他為了說服父親讓他入學哈佛就讀法律，先做沙盤推演，尋找時機，察言觀色，字斟句酌（頁 174-179），是標準的詹姆斯式人物的思考模式。又例如他在古董店撞見渥斯里夫人（Lady Wolseley）與某男士安排密會，在場四人研判情勢、裝聾作啞、岔開話題、各懷心事（頁 148-152），也是典型的詹姆斯式的小說情境，表面上雲淡風清，其實暗中過招，勉強保留顏面，全身而退。

托賓細膩刻畫詹姆斯的內心活動，使用的正是大師豔驚當世、典範流傳的意識流敘述手法。這類小說的重點不是情節而是人物，採第三人稱的有限敘事觀點，在這本小說中以詹姆斯為主要敘事視角，讓讀者進入他的意識，所有的事件都經過他的感知呈現，同時描寫他的聯想與記憶。小說的情節起伏、高潮、結局都是內心戲（這也是詹姆斯的舞臺劇當年不叫座的原因），小說的長處不在於講述精彩的故事，而是描繪精彩的心靈。這個技巧也讓敘述不被時空所限，可以更緊湊的交代故事背景，更精鍊的串連事件脈絡。例如第九章他重遊威尼斯，憶及在此墜樓而亡的康斯坦，追想兩人相識相知的點點滴滴，不足爲外人道的特殊情誼，還有他爲她處理後事的私密細節。敘事跳脫小說背景設定的一八九九年三月的義大利，回溯到兩人初識的一八八〇年佛羅倫斯，他在一八八七年寫作〈艾斯朋文稿〉（"The Aspern Papers"）時寄宿她佛羅倫斯的家中，他一八九四年回到威尼斯整理她的遺物等等，完整交代兩人的長年關係，更透過詹姆斯的觀點呈現他對她的複雜感情。又例如第一章裡上門告別的歐布里王妃（Princess Oblisky）的犀利眼神讓他不自在，她更提及保羅．哲考思基（Paul Joukowsky），引發他對此人的回憶，暗示他的拘謹與機警可能來自擔憂自己的同性戀傾向被識破。

托賓重現大師風采，連詹姆斯的風格與口吻都模仿得維妙維肖。例如第六章陳說他改用口述方式寫作的緣由，講到：「他喜歡在房間來回走動，先幫句子起個頭，讓它蜿蜒前行，然後暫時攔住它，加上一個片語，一個停頓，再讓它奔馳到達優雅適切的終點。」（He loved walking up and down the room, beginning a new sentence, letting it snake ahead, stopping it for a moment, adding a phrase, a brief pause, and then allowing the sentence to gallop to an elegant and fitting end.）這個句子不但精準的形容詹姆斯的寫作風格，句子本身就表現出這個風格的特徵——冗長的句型，中間有許多插入句，讓文意變得複雜曲折。熟悉詹姆斯的讀者閱讀這本小說，有許多這類的尋寶樂趣。其中之一是辨認他的寫作計畫，例如小說最後他準備動筆的另一篇作品是〈林中猛獸〉（"The Beast in the Jungle"，頁346），第十章爲過世作家寫傳的記者出現在〈眞正對的事〉("The Real Right Thing"，頁296）。此外，閱讀某些篇章場景會給人似曾相識的感覺，例如第二章講到小女孩夢娜獨自在草坪上嬉戲，讓人聯想到《碧廬冤孽》(*The Turn of the Screw*，頁56-57），第六章對古董店的描寫讓人聯想到《金碗》。

至於不熟悉詹姆斯的讀者，閱讀《大師》的樂趣就在閱讀本身。這畢竟是一本小說，不是傳記，由托賓書後的「致謝」可知他博覽詹姆斯的傳記研究與書信文稿，但是不同於學者從他的生活中尋找詹姆斯創作的靈感，托賓將大師的藝術還原爲生活。托賓筆下的亨利是個血肉之軀，面臨許多人生課題，有他的哀樂甘苦，而讀者依據自己的生活體驗，可能產生不同程度的共鳴。人到中年，若把早年的成就掛在嘴邊只顯得過氣，更別說事業上慘跌一跤，需要重新站起來；既然心中亟思開創新局，在檢討事業的同時也難免生活總體檢，特別在感情方面，父母親人給予的慈愛、期許與壓力，手足同儕之間的競爭、嫉妒與扶持，異性與同性之間互有虧欠的情緣，內心深處難以名狀的陰影，近在咫尺的病痛死亡，詹姆斯和我們每個人一樣，都需要面對。他之所以能成爲文學大師，是因爲他能將凡俗日常淬鍊爲藝術；而托賓做的也一樣，在這本小說中將詹姆斯的凡俗日常淬鍊爲藝術，不論識或不識詹姆斯，閱讀的過程都不免折服於文本的精彩深刻。

＊本文作者爲台大外文系副教授，專長研究美國寫實小說。

導讀

國族、性別、托賓小說的含蓄美學

文／紀大偉

愛爾蘭跟台灣的歷史遭遇類似。愛爾蘭跟英國的關係就像台灣跟中國的關係一樣一言難盡。昔日愛爾蘭文學經常被迫當成英國文學的支流，一如台灣文學往往被迫當成中國文學的一部份。「英國」文學巨匠，如王爾德、喬伊斯等人，其實都是愛爾蘭人而不是英國人。早在本地學界還沒有承認「台灣文學研究」的正當性之前，許多本土學者便迂迴地藉著研究愛爾蘭文學來間接關心台灣，例如台大外文系吳潛誠教授（他也曾經參與時報出版社某些國外大師名作的翻譯）就明確指出追求民族自決的愛爾蘭就是台灣的隱喻。除了國族議題之外，愛爾蘭和台灣也都關切同志人權；兩地的同志運動剛好都是在一九九〇年代勃興。今年愛爾蘭採用公投（門檻極高的民主方式）通過同志婚姻合法化，讓全球瞠目。

托賓（1955–）是當今英語世界最具聲望的小說家之一，也是愛爾蘭最富盛名的同志作家。我認爲他值得台灣讀者留意的理由大致有三。一，他的小說重要課題之一就是如何在大國（英國）隔壁做個小國小民、好國好民（這裡的小國是指愛爾蘭）。二，愛爾蘭一方面虔信天主教，一方面又力求突破傳統、追求進步人權；身爲虔誠教徒又身爲出櫃同志的托賓在作品中整合新（指同志身分）與舊（指宗教信仰）。三，「鄉土文學」、「新鄉土文學」、「後鄉土文學」等等詞彙是台灣文學的熱門議題。托賓正好偏好將小說聚焦在愛爾蘭鄉鎮的小老百姓風土人情。

托賓最著名的小說是入圍布克獎的《大師》（*The Master, 2004*），書名所指大師是美國小說家亨利．詹姆斯（Henry James, 1843-1916）。「老字號同志」詹姆斯在英語文學界的地位崇高，但他的長篇鉅構很少被譯介到台灣。台灣讀者比較熟悉詹姆斯作品改編的電影，例如《慾望之翼》（即《鴿翼》*The Wings of the Dove*，一九九七年上映）。各國讀者爲圖方便，透過改編電影認識（或誤解）詹姆斯，而托賓的《大師》提供讀者另一種認識詹姆斯的路徑：《大師》將詹姆斯當作小說主人翁，寫出大師苦悶抑鬱的內心——女人愛他，他不愛女人，但是他又不能愛男人。《大師》在英語世界造成熱烈迴響，簡直取代書市早就存在的多種詹姆斯傳記。托賓彷彿祭出「降靈會」，把詹姆斯的幽魂請到二十一世紀（按，《大師》就包含了降靈的橋段）。托賓動手寫《大師》出於他的用功，以及創意：他本來就寫了一系列研討詹姆斯的散文，但他偶爾發現，與其將這一系列散文整理成一本以詹姆斯爲中心的文集（這一類獻給文學大師的散文集在各國都汗牛充棟、不足爲奇），還不如藉著「把詹姆斯寫成小說主角」來貼近大師。用台灣口語來說，《大師》就是詹姆斯的「cosplay」。

《大師》跟托賓其他小說相似，重點都在小人物如何處理吞下肚子裡的委屈情緒。托賓把大師詹姆斯寫得平凡渺小，跟他在其他作品突顯的寡母、感染愛滋的同志、耶穌的聖母瑪利亞（對，他也把聖母寫成凡人）等量齊觀。托賓喜歡讓小老百姓擔任小說主角（詹姆斯和聖母瑪莉亞也都被請下神壇），選擇素樸小鎮作為小說場景，避免灑狗血的情節、炫耀文學技巧的大閱兵。也就是說，托賓小說在乎內心世界（也就是人心）而非外在世界（在人心之外的浮華人生）。國內外作家一寫起內心世界就經常祭出「戲劇性獨白」、「意識流」、「夢境、噩夢、囈語」等等技法，彷彿一定要使出奇技淫巧才能夠顯示出人心的乖戾，但是托賓完全捨棄這些早就過時的矯情手法。托賓以看似沒有敘事技巧的手法陳述小說人物看似平靜無波的日常生活，但是平凡生活底下埋藏波濤洶湧的無奈感。

入圍布克獎的《黑水燈塔》（*The Blackwater Lightship, 1999*），應該是台灣讀者最能輕易享受的托賓小說。小說主人翁是家庭事業都得意的職業婦女，某日突然從陌生男子得到來自親弟弟的口信：弟弟因為愛滋併發症發作，生命垂危，想見姐姐最後一面。主人翁才赫然醒悟自己安穩的生活其實建立在兩種自以為眼不見為淨的行為上面：一方面她長久沒有理會弟弟的下落（原來弟弟早就放棄跟老家的人來往，改而依賴同志社群的朋友——在姐姐眼中的陌生人），另一方面她也早就拒絕跟自己的母親、外婆聯絡（這三代母女早就鬧翻了）。因為同志身分而被放逐（或，被自我放逐）的弟弟選擇「回家」等待死亡，於是外婆、母親、主人翁三代母女終於面對如何和解的課題。

在《黑水燈塔》之後的代表作就是《大師》。《大師》的書名和主人翁（詹姆斯）可能讓讀者敬畏，但是這本書其實通俗、容易消化。各界評論家已經發現一個弔詭現象：越是不熟悉詹姆斯小說的讀者，就越能夠盡情享受《大師》這本奇書。《大師》之後的力作《布魯克林》（*Brooklyh,*

2009）主人翁是一九五〇年代愛爾蘭小鎮少女。因爲當時年輕人在愛爾蘭境內難以找到工作，少女因緣際會抵達紐約的布魯克林區，成爲百貨公司櫃姐。今日，各國正在風靡各種移民故事（例如台灣近年熱門的《灣生回家》），《布魯克林》也透過天眞少女的眼睛敘說了移民故事以及移民行動必然牽涉到的族群之間張力。

入圍布克獎的《馬利亞的泣訴》（*The Testament of Mary, 2012*）書名直譯是「馬利亞福音」。聖經包括馬太福音等等（以男性角度發言的）「四大福音」，而托賓故意要採用聖母馬利亞的角度述說女性角度、母親角度的另類福音。托賓推出這本書，可能因爲他本人是虔誠教徒，也可能因爲他總是儘量讓女性角色（尤其是母親）擔任小說要角，更因爲他想要爲馬利亞「爭取發言權」。在宗教藝術中，聖母的形象很主流；弔詭的是，在聖經的詮釋中，馬利亞卻很邊緣、缺乏發言機會。

《諾拉．韋布斯特》（*Nora Webster, 2014*）是另一本讓女人說話的托賓小說，主人翁是新寡的母親，一般認爲是托賓母親的化身。評論家們也認爲，這本書藉著描繪寡婦的重生，來爲近當代的愛爾蘭命運立傳。「女人如何在男人的廢墟上重建文明」是托賓小說的主旋律之一。這個主旋律貫穿《諾拉．韋布斯特》：一方面，在小說舞台前景，主人翁諾拉忍住剛成爲寡婦的悲痛，給自己與幼子貫注嶄新生機；另一方面，在小說背景，愛爾蘭北地的政治變遷正好類似諾拉的生命軌跡，死亡與新生交錯，創傷與療癒並陳。寡婦與島國愛爾蘭形成彼此的譬喻。但托賓的小說手法向來迴避大筆揮毫，卻偏好蠅頭小楷：他以小搏大，透過微觀的生活細節美學，折射出巨觀的國家史詩。這部小說呈現的愛爾蘭民間社會對台灣讀者來說，剛好詭異地類似台灣：在性別議題（寡婦新生）和國政議題之間，諸多百姓角色的日常生活被無數的「政治抬槓」（投票要投給誰）編織起來。這部小說也堪稱愛爾蘭民主政治的見證。

國族和性別是托賓小說的常見課題。這兩個課題宛如揮發性高的液體，容易讓人熱血沸騰，但是托賓總是偏愛採用含蓄的小說技法——口語來說就是「憋」——低調處理國族與性別，並不輕易釋放這兩者帶來的壓力。他筆下的人物幾乎都是彆扭的憋功高手。在過度講究閱讀爽快的今日書市，托賓反而要讓讀者感受悶燒之後餘波盪漾的惆悵。

*本文作者爲政大台文所助理教授。著有小說《膜》、《感官世界》、《晚安巴比倫》。

大師

獻給

貝普芮與麥克．史岱克

第一章

一八九五年一月

偶爾在夢中，他會與亡者們不期而遇——其中有些人是熟悉的臉孔，有些人他早已不復記憶，他們倏忽現身，卻又消失於無形。他醒了，他猜，大約再過一個多小時就要破曉。外界悄然無聲。他按按僵硬的後頸肌；它摸來堅實，卻也不怎麼疼痛。當他轉頭時，卻幾乎能聽見肌肉格格作響。我真像一扇上了年紀的老門，他心想。

他知道自己一定得再多睡一會兒，總不可能這樣清醒躺上好幾小時。他想要睡著，就此踏入一片安逸美好的黯黑，儘管灰暗，卻非完全伸手不見五指，他要找到一處歇息的場所，免受鬼魅侵犯，沒有生靈擾動，不見任何稍縱即逝、浮光掠影的無名事物。

他再醒過來時，有點心慌，一下子不確定自己身在何處。他經常這樣，煩躁不安，之前做的夢已忘了大半，只急著想立刻迎接白日到來。有時當他打盹，感覺自己猶如沐浴在貝洛斯瓜多迷濛柔和的初春晨光，陽光輕拂他的臉龐，而他就坐在老房子的古牆邊，紫藤花、初春玫瑰與茉莉的芬芳在空氣中蕩漾。他但願自己再次醒來時，還能置身這場夢境，閒逸的氣氛、色彩與光線盈盈流存於萬物間，直到黑夜再次降臨。

但這次的夢卻截然不同。它很暗，越見陰沉，像是義大利的某座古城，也許是奧維多或西恩納，但又說不準是哪裡，這夢幻之城的街道狹隘難行，他似乎正行色匆匆，也不確定是獨自一人或另有同伴，總之他正在趕路，身邊還有學生模樣的幾個人也徐行上坡，他走經點了燈的小店與餐館，但其實一心只想趕上甚至超越路人。無論他多努力回想，總無法確定自己是否有伴同行；也許有吧，或也許那只是走在他後面的某位行人。他記不得這個若隱若現的灰沉陰影，但這個人或聲音似乎就在他身旁，而且比他更清楚爲何他如此匆忙，甚至不斷叨絮鼓動，要他腳步加快，不讓那些學生擋住去路。

爲什麼他會夢到這些？他記得，每次一走到某廣場漫長昏黃的通道，他就很想離開忙碌大街，但是他又被督促著繼續前行，難道就是這位幽靈同路人催促著他？此時他終於信步踏入寬敞的義大利廣場，高聳塔樓與城堡般的屋頂極目可見，天空如深藍墨汁，綿長平順。他駐足觀賞，彷彿那是一幅上乘畫作，質感與對稱性絕佳。這一次——每每他憶起這一幕，就忍不住打顫——廣場中央站著幾個人，他們全背對著他圍成一個圈，但他看不清他們的臉。他準備走上前時，這群人轉過身了。其中一位就是他的母親，此時的她看來已近晚年，他最後一次見到她時，她就是這個模樣。旁邊還有幾位婦人，其中一位是他的凱特阿姨。她們兩人早已作古多年；現在她們正對著他微笑，慢慢走近他。臉龐如畫作人物般發亮。這時他腦海冒出「懇求」這兩個字，與畫面同樣清晰。她們似乎是在請求他或其他人，哀求渴望，甚至伸出雙手乞憐，她們越來越靠近他時，他突然驚醒，滿身冷汗，他好期望她們能開口對他說話，或他多少能爲自己這輩子最愛的兩個人提供些許安慰。但這時的他只能感受到夢醒後的錐心哀痛，這令他身心俱疲，他知道自己不能再回頭睡了，他現在只想立刻埋首寫作，放空自己，讓自己分心，不再回憶那兩位早已離他而去的女人。

他用手摀住臉許久，憶起自己驚醒前一秒的那一幕。他願意放棄一切，從此遺忘，不將它帶入白晝：在廣場時，他的視線曾與母親的眼神交會，她的眼底滿是驚慌，似乎準備大聲哭叫。她亟需渴求的事物，她卻無法觸及，但他怎麼樣也幫不上忙。

新年前幾天，他婉拒了所有邀約。他寫信給渥斯里夫人，信裡提到，彩排時，他在戲院坐了一整天，與他相伴的是幾位製作戲服的胖小姐。他侷促緊張，坐立難安，偶而被舞臺上的表演吸引，彷彿自己第一次看這場戲，大受感動。他請渥斯里夫人與她夫婿共同爲他祈禱，因爲他的新戲再過幾天就要首次開演了。

夜裡他什麼事都做不成，輾轉反側。他整天看到的只有家裡的僕人，他們都知道除非必要，否則不找他說話或打擾他。

新戲叫《蓋．東維爾》（*Guy Domuille*）。一位富有的天主教家族繼承人，必須在家族事業與修道院之間做出抉擇，一月五日舉辦首演。當晚的邀請函已悉數寄出，他也收到許多感謝回函。製作人暨男主角亞力山大本人就有一群忠心耿耿的觀眾，本劇的服裝——它的時代設定在十八世紀——更是富麗華美。然而，儘管他很享受與這群演員朝夕相處，每天都能看見這齣戲的進步與改變，絢麗的舞臺設計也令他開心，但他也說過，自己畢竟不屬於劇場。他坐在書桌前，嘆了一口氣，希望這眞只是平凡的一天，讓他能重新讀過昨天的文句，花整個上午的時間細細修改，下午再來做自己平日會忙的雜事。但是他清楚自己的心緒轉換迅速，猶如室內光線明暗不定。不久之後，想必他又會沉浸於戲院人生的喜悅，厭倦自己得面對的空白紙頁。都是中年作祟吧，他想，才會反覆無常。

客人在十一點準時來訪。他無法婉拒；因爲她在信中的語氣明確堅決。她說，她很快就要離開巴黎，不再回來了，這是她最後一次到倫敦。字裡行間中，他讀出一種奇特疏離的末日感，這與往常的她截然不同，他知道這表示她目前的處境嚴峻。他與她已多年不見，這些年來，他偶爾會接到她的信，也從別人那裡聽聞她的消息。但是那天早上，他依舊被稍早的夢境糾纏，也掛心自己即將上演的新戲，因此她也就是他日記中的一個人名，儘管記憶猶新，但她的近況他也渾然未知。

她走進房間時，蒼老的臉龐帶著溫暖的微笑，她的體形龐大，刻意緩步移動，與他熱情打了招呼，嗓音美妙柔和，幾乎像是在低語，讓他很快忘卻自己對新戲的擔憂，也不再在意自己到現在還沒到戲院監督。他早忘了自己有多麼喜愛她，也不知道他竟能如此輕而易舉就回到二十來歲的巴黎時光，每天的社交生活就是在法國及俄羅斯的文人間打轉。

後來的幾年間，他開始對社會不受重視的黑暗階層有了興趣，這些人多半默默無名，或曾墜入失敗深谷，一蹶不振，或從未發憤圖強，沒有野心。他這位訪客嫁給向來以冷漠嚴厲出名的歐布里王子，他關心的是俄羅斯的命運與他自我放逐的決定，對夜夜笙歌的上流社會不屑一顧。王妃自己也出生於俄羅斯，不過大半輩子都在法國生活。外界對她與夫婿的關係流言滿天飛。他想，也許這就是時代造成的吧？他認識的每個人都似乎還擁有另一個不爲人道的祕密人生，大家心知肚明，卻從不說破。在那種年代，你總會努力在人們臉上搜尋他們祕密人生的蛛絲馬跡，豎耳傾聽人們談笑風生間的隱喻與線索。但紐約和波士頓則完全不是這個樣子，在他終於定居倫敦後，才發現那裡的人也不認爲你藏了什麼祕密，除非你刻意公開宣佈。

他還記得自己眞切認識巴黎時的震驚，虛僞假面的文化，社會角落的紅男綠女，其實每位小說家都察覺了這種社會現象，卻對現實隻字不提。

他向來就不喜歡這種令人費解的環境氛圍，但當然他也想窺探他人的祕密，萬一什麼都不懂，反倒使他成了局外人。他學會保守機密，儘管聽到最新資訊，也得不動聲色，表現得彷彿自己才剛聽見玩笑話罷了。巴黎文學圈沙龍的男女就像在玩一場你猜我猜大家猜的遊戲，人人都在僞裝作假。他知道的一切都是從那裡學來的。

他替王妃找了一張椅子，還爲她加了靠枕，然後又拉了另一張算是貴妃椅的躺椅，讓她坐得舒適點。

「我都這把年紀了，」她對他微笑，「再怎麼樣都不會舒服的啦。」

他不再走動，而是轉身望向她。他早已經知道，只要自己用平靜淡然的灰色雙眼看向對方時，他們也會隨之冷靜下來；至少他認爲對方應該會很清楚接下來必須討論嚴肅的話題，不要繼續閒扯玩笑了。

「我得回俄羅斯了，」她以精準的法文緩緩道來。「這是我應該做的。說是『回去』，好像我以前曾經住過那裡一樣。當然這是事實，可是我一點記憶也沒有。我不想再見到俄羅斯，但他堅持要我回去，永遠離開法國。」

她說這段話時依舊帶著微笑，但臉上卻有一絲痛苦與某種說不上的迷惑。她走進來時，也將過往時光帶進室內。過去這幾年來，他經歷了父母與妹妹相繼過世，只要想到光陰一去不復返，那可怕沉重的陰鬱就朝他壓上來。時間並不願放他一馬，他年輕時，從未想過喪親竟如此痛苦，但事到如今，失去親人的沉痛唯有靠工作與睡眠才能緩解。

她的溫柔嗓音與自在態度顯示她並沒有變。眾所周知她的夫婿待她不好。那傢伙處理房產時遇上了麻煩，此時，她開始提到自己即將被迫逐居偏遠鄉間。

一月的光線如絲綢般躍動。他安坐傾聽，知道歐布里王子將第一次婚姻所生的兒子丟在俄羅斯，自己在巴黎也過得抑鬱不得志。大家對他的政治企圖總有耳聞，感覺他還在期待回歸祖國的那一天，在俄羅斯東山再起。

「我丈夫說我們該舉家搬回俄羅斯了，畢竟那是我們的故鄉。他已經成了改革派，還說若俄羅斯再不改革，總有一天會垮臺。我告訴他，俄羅斯早就垮了，但我沒提醒他，之前他負債累累時，對什麼政治改革可沒這麼熱衷。他第一任妻子的娘家替他將兒子帶大，完全不想跟他扯上關係。」

「回去後妳會住在哪裡？」他問她。

「我會住在一棟破舊的鄉下房子，想必到時會有一大堆怪里怪氣的農人貼在窗戶上盯著我瞧，那窗戶也許連玻璃都沒有呢。我會住在那裡。」

「巴黎呢？」

「這裡的一切我都得放棄，房子、僕人、朋友，我全部的人生。我一定會在俄羅斯凍死，要不就是無聊到死。反正看最後會是哪種下場吧。」

「到底爲了什麼？」他輕聲問。

「他說我將他的錢揮霍光了。我賣了房子，花了好幾天燒光我的私人信件，一面哭哭啼啼，我的衣服也丟得差不多了。現在我到處跟人告辭。我明天就要離開倫敦，到威尼斯住一個月，接下來會前往俄羅斯。他說還有其他人也會回到故鄉，但那些人是要去聖彼得堡，我不會住在那裡。」

她的語氣透露了心情，但根據他的觀察，眼前的她彷彿是一位對自己的表演沾沾自喜的演員。感覺她只是在討論其他人的閒事。

「所有我認識而且還活著的熟人，我都拜訪過了，我也看完那些已經死去的人曾經寫給我的信。我燒了保羅．哲考思基的信，結果我竟然遇見了他！眞是讓我嚇了一跳，我沒想到他會變得這麼蒼老。」

她很快瞄了他一眼，那一瞬間，室內似乎閃進了一道仲夏白光。保羅．哲考思基，他現在應該快五十歲了吧，他心想；他們好多年沒見了。也從來沒有人在他面前提起過他了。

亨利立刻小心翼翼地提出某個問題，改變話題。也許信裡提到了什麼，或許只是不經意的一個句子，或是一段話，也許是一場會面。不過，他不這麼認爲。或許這位訪客只是在追憶往昔情懷，想讓他知道當年的他洋溢文青氣息，或是他刻意塑造的自我形象。他企圖展現自己的眞誠、猶疑與客氣，但這女人卻只看了他的嘴唇與雙眼，就已經瞭然於心。當然，他們沒有再多說什麼，她也不說話了，那只是一個名字，一個在他耳際縈繞的名字。那名字曾經是他的全部。

「妳應該還會回來吧？」

「他沒答應這一點。我是不會回來了，我會老死在俄羅斯。」

她這句話說來誇張，很有戲劇效果，他突然看見了舞臺上的她，優雅自在，一面走著臺步，一面漫不經心說出臺詞，然後倏然射出一把利箭，正中靶心。從她剛才說的話，他開始瞭解事情始末。她絕對是犯了大錯，才惹得王子對她處處設限。她的社交圈一定早已傳出流言蜚語。有人早已知情，就算不知道的人，也已經揣測出事實。就像現在，他也正靠著她告訴他的話，憑空猜測。

他腦子轉個不停，發現自己正仔細端詳王妃，衡量剛才她說的字字句句，思考自己接下來該怎麼行動。等她離開後，他就要將這件事寫下來，總之，他也不想再聽了，但她還在滔滔不絕，顯然她很害怕，因此又激起了他的同情心。

「其實，回去的人說那裡現況還不錯。聖彼得堡很適合展開新生活，但我也說了，我又不是要去那裡。我在一場派對遇到都德，他跟我說了一堆蠢話。可能他自以爲那些話可以安慰我吧。他說，這樣我就能擁有這裡的回憶了。可是我才不要什麼回憶，我熱愛的是今天和明天，如果我身體還行，我連後天都愛。去年早就過去了，誰還要留戀啊？」

「大概就都德他自己吧。」

「沒錯，他眞是夠了。」

她站起來準備離開，他陪著她走到前門。當他看見外面有馬車等著時，心想這車資不知是誰付的。

「保羅呢？你要不要我把剩下的幾封信給你？你想要嗎？」

亨利伸出手，彷彿她沒開口問他，他動了動嘴唇，欲言又止。他握住她的手許久，當她轉身上車時，早已淚眼盈眶。

他住在德維爾園的公寓快十年了，從來沒有人再對他提起保羅。此人身影已經深深埋藏於鎮日寫作、舊日回憶與例行事務之間。就連在夢裡，保羅也已經好幾年沒出現了。

王妃的現狀不需要立刻處理。他會將它擺在心底。他不知道要如何撰寫——是該描述她在巴黎的最終時日忙著燒信、丟東西等等？——或是她最後一次的沙龍聚會？還是她與夫婿長談後，得知自己命運的時刻？

他不會忘記她的來訪，但他現在想寫的是別的題材。過去他曾經寫過，卻又將它悉數銷毀。他曾經創作出版許多作品，甚至提到不少他人隱私，但他自認最需要寫下來的題材卻永遠不得出版，公諸於世，世人將永遠無法理解，這讓他自覺獨特，甚至有點淒涼。

他拿起筆開始寫。當然他可以用速寫或他人難以譯解的文字。但他一筆一畫，將心情投注於字裡行間。他不知道爲什麼要將它寫下來，爲什麼讓它僅存於記憶還是不夠。但王妃來訪、她的放逐與回憶，加上那些再也無法挽回的浮光掠影，還有——他停筆嘆氣——那個從她嘴裡說出來的人名，似乎伸手就能觸及、跳躍鮮活的人名，這一切都引著他繼續創作。

他在紙上寫下，他回到巴黎之後，收到的保羅短信，那已經是二十年前的夏天了。他站在那座美麗城市的一條小巷道，時近黃昏，他抬頭往上看，等著三樓某盞檯燈亮起。燈光點亮後，他努力想在窗邊瞥見保羅．哲考思基的臉龐，他漆黑的頭髮，犀利的雙眼——儘管時而眉頭深鎖，卻能立即轉換成迷人微笑——細長的鼻樑、寬闊的下巴及蒼白的嘴唇。黑夜降臨了，他知道自己站在暗夜街道，不會被人發現，他很清楚自己無法就此離去，他不願就這麼回到公寓或甚至——想到這裡他就屏息——設法進入保羅的住所。

保羅傳達的訊息很清楚；他會獨自在家，不會有人進出，但保羅的臉也沒出現在窗邊。他心想，此時此刻難道就是自己最眞切的人生寫照；他所能想到的精準對照，是一趟順利又充滿希望的海上之旅，他置身兩個國度之間，載浮載沉，只要踏出一步，就可能是難以預見的未知。他又等了一會，期盼看到那張難以觸及的臉龐。他就這麼站著不動好幾個小時，早已被雨水淋溼，路人偶而與他擦肩經過，但檯燈後方的臉龐卻未曾出現。

他寫下那一晚的故事，想像可能發生的狀況，不管多麼私密，它也會立刻燒毀，無法付諸文字，它只能純屬想像了。他不允許自己將它寫成白紙黑字。在故事中，他走到街道中間，而保羅發現了他的身影，立刻下樓，然後他們靜靜爬上階梯。一切都這麼明白——保羅也很清楚——接下來會發生什麼事了。

他發現自己雙手顫抖。他從未讓自己的想像力超越那一刻，他的幻想只能到此爲止。他在雨中守候，直到窗戶後的光線淡去。他又等了好一會兒，期盼所有可能性，但窗後依舊黑暗，最後，他緩步回家，終於回到乾燥的陸地了。他的衣服溼透，皮鞋也被大雨毀了。

他最愛的就是定裝彩排，此時他能幻想觀眾的樣貌。燈光燦爛、戲服華麗，周遭的音效人聲讓他驕傲喜悅。這麼多年來，他從來沒有親眼看見讀者購買或閱讀他的作品。就算他曾經目睹，也無從得知自己的作品對人們會產生的影響。閱讀一如寫作，是靜默、孤獨又私密的行爲。如今，他終於可以耳聞觀眾對他劇作的反應，他們會屏息、驚呼，最後再陷入沉默。

他將朋友熟人的臉孔放在自己身旁的座位與樓上包廂，其餘全是陌生的臉龐，這風險很大，卻也刺激。他想像一名男子，此人有明亮聰穎的雙眼、細細薄薄的上唇，柔順白皙的皮膚，儘管體格壯碩，走路卻輕盈自在。這個人暫時被他放在後面中間的座位，而他身旁則有一位年輕女孩，精緻小巧的雙手交握，手指幾乎碰到自己的嘴唇。他獨坐戲院——戲服組人員還在後臺忙碌——幻想觀眾望著男主角出場，也就是飾演蓋．東維爾的亞力山大。隨著劇情開展，舞臺上的衝突逐漸白熱化，他專心注意後排陌生觀眾會有的反應，在愛德華．莎可夫人穿著百年前的高雅戲服出場時，年輕女孩的臉隨之發光；但薄唇男子的表情深不可測，雖然蓋．東維爾決定無視家族產業的金山銀山，毅然離棄俗世，畢生投身修道院人生，但男子仍一臉嚴肅淡定。

《蓋．東維爾》時間偏長，他知道演員對於第一幕與第二幕的連貫性有不少微詞。固執的導演亞力山大告訴他不要管這些批評，因爲大夥只是受不了偉奇小姐的挑釁，她在第二幕幾乎沒有臺詞，第三幕也只露張臉而已。不過他知道小說不能這樣寫：既定角色一旦出場，就必然延續他的生命，除非角色無關緊要，或在故事結束前就死去。過去他在小說從未設想的情境，這次他打算在劇本大膽嘗試，他暗自祈禱這種手法能夠成功。

他不喜歡刪減情節，但他知道自己沒有抱怨的立場。一開始他發了不少牢騷，結果替亞力山大工作的人全都討厭看見他。他知道自己不需要表明萬一眞需要刪戲，他會在劇本結束前就將它刪光，因爲這全是氣話。結果現在他每天都在刪戲，他也覺得奇怪，現在唯一注意到劇情前後矛盾的，似乎只有他一個人了。

彩排時他總是沒事可做，心情憂喜參半，因爲這齣戲只有一半是他的功勞，其他全屬於導演、演員以及幕後工作人員的努力。監督很花時間，這對他而言也是全新體驗。他感覺舞臺圓幕上方彷彿掛了個隱形大鐘，劇作家必須在意它的分分秒秒，從晚上八點三十分開始之後，它的時針分針就難以扭轉挽回，與觀眾的耐心一樣精準。在演出的兩小時內，包括中場兩次休息，他都必須出席，解決即將出現的問題，這是他的運命。

他參與了這齣戲的每一次預演，每一次彩排，但戲似乎離他越來越遠，也有了自己的生命，他很確定自己找到了方向，如今開始創作劇本似乎不算太遲。他已經準備好改變人生，能預見自己漫長孤獨的日子終將結束；小說提供給他的些微滿足即將被取代，未來他將努力創作充滿聲光娛樂的舞臺作品，這顯然能給他立即的喜悅感。過去的他從不知道自己也能有這種身歷其境的體驗。如今，嶄新的世界就在他的指掌間。但近來特別是早上時分，他會有種自己就要全盤皆敗的末日感，總覺得自己該走回眞正的宿命：寫作。以前他從來沒有經歷過這種奇特刺激的心情。

他對演員還抱持著熱情，情願對他們全心奉獻。排戲時，他找人送各式美食到後臺，犒賞大家：冷盤雞肉牛肉、新鮮蔬菜沙拉、美乃滋拌馬鈴薯泥、熱騰騰的麵包與牛油。他喜歡看演員大快朵頤，欣賞他們走出角色，回歸正常人生的那一刻。他期望未來幾年自己能寫出新的角色，觀察演員挑戰不一樣的戲劇人生，每晚看大家演出直到落幕，然後再走出戲院，回到灰濛濛的眞實社會。

他覺得自己的小說家人生早已大不如前，過去經常有編輯和出版商邀稿催稿，如今似乎每況愈下。他不熟悉的新生代作家已經取而代之，成爲市場主流。行將結束的作家生命讓他益發沉重；他已經寫不出什麼作品，過去獲利頗豐的雜誌文章，如今也寥寥無幾了。

他不確定戲劇創作除了能替人帶來歡樂，是否也是東山再起的契機，畢竟寫小說已不如以往風光。他的劇作《蓋・東維爾》探討物質人生與精神追求的對比衝突，男歡女愛與性靈喜悅的相互抵觸，他希望這齣戲能迎合大眾口味，聲名大噪。他樂觀期盼開演之夜的來臨——希望它能一舉成名——但他又焦慮難耐，他知道世俗光芒與輿論也無法平撫自己的躁動焦慮。

就看那一晚了。他腦海已經想好每一項細節，但他還不知道自己當天要做什麼。如果他待在後臺，可能會礙手礙腳；若要他坐在觀眾席，他會坐立難安，人們只要呻吟、嘆氣或陷入死寂，都會讓他神經緊繃，要不就是雀躍開心。他想到也許自己可以躲在離戲院最近的「丑角」酒吧，他信任的艾蒙・葛斯還可以在第二幕結束時跑來告訴他觀眾的反應，但就在開演前兩天，他又覺得這實在沒必要。

他還是得做點什麼吧？他沒人可共進晚餐，因爲所有他認識的人都收到他發函邀請參加首演，而大家也都欣然允諾了。他可以到鄰近的小城，他心想，欣賞外地風光，然後搭夜車回來及時接受觀眾喝采。但他也很清楚，自己無心搞這些附庸風雅的瑣碎行爲。他眞希望自己寫書寫到一半，不需要急著在春天開始連載故事之前完成。他只希望自己能靜靜坐在書房工作，讓倫敦昏暗朦朧的晨光洩入屋內。他祈求自己能甘心品嚐孤寂，好好做他自己，而不用靠取悅大眾維繫生計。

與葛斯和亞力山大討論多次後，舉棋不定的他終於計畫到乾草市場戲院看王爾德的新戲。他感覺這是他在晚上八點三十分到十點四十五分間，唯一能逼迫自己心境平靜的做法。看完戲後，他可以再回到聖詹姆斯戲院。葛斯與亞力山大也都贊成了。至少他的心思能從自己的新戲抽離，他可以在新戲即將落幕前的燦爛時刻再踏入聖詹姆斯戲院。

首演當晚他準備出門時，心裡想著，現實世界不就是這麼運轉嗎？這就是他選擇疏離的世界，一個他只能臆測的世界。但只有在這裡，人才能賺進大把鈔票，享受榮華富貴，其過程卻窒礙難行、緊張危險，有時人還得空著肚子，壓抑自己過速的心跳，放任奔放自在的想像力。這樣的日子自己還得過多久？如果他初次創作的大戲能夠讓他名利雙收，獲得好評，未來的首演夜應當會順利得多吧？但他等計程馬車時，卻忍不住開始想像一個新故事，空白紙頁待他塡滿，漫漫長夜待他寫作。他出發到乾草市場戲院前，很想打消念頭，他只願放棄一切，讓時光快轉三個半小時，他要知道結果，他想沉浸在讚美嘉許之間，要不，他也甘願接受最糟糕的結局。

車子前往戲院時，他感覺到一股奇特尖銳的失落，太多了，他想，他要求太多了。他讓自己回憶佈景、燈光、服裝、劇本，收到邀請函的人們，他心裡只有希望與興奮。這是他選擇的道路，如今他也擁有了，沒什麼好埋怨的。他讓葛斯過目他邀集前來看戲的名單，葛斯說，來自文藝圈、皇室與學界的多位重量級人物齊聚聖詹姆斯戲院，這可是倫敦戲院史的頭一遭。

超越這群人的——他遲疑微笑，知道自己如果正在寫作，肯定會在此刻停筆，尋思正確的形容詞——超越這群貴客的——該怎麼說呢？——便是付錢買票進場的觀眾了。對他而言，這群觀眾的喝采與支持才眞正有意義。他幾乎想大聲說，這些人沒看過我的書，但我們終於能認識他們了。這世界——想到下一句話，他又忍不住微笑了——全是這種人——他們也是最親近的觀眾。就在今晚，他衷心期盼，這群人能站在他這一邊，給他鼓勵。

他一踏上乾草市場戲院外的人行道，就開始忌妒王爾德了。戲院裡裡外外洋溢輕快歡樂的氣氛，觀眾也準備好開懷大笑。他這輩子從來沒有這種感覺，也不知道該怎麼在這群愉快輕鬆的觀眾中自處。在他看來，這些人應該都不會喜歡《蓋．史維東》。他們是來看一齣開心大戲的。他皺起眉頭，想起自己曾與亞力山大爭論《蓋．史維東》沉悶的結局。

他眞希望自己坐在靠走道的位置，但現在前後左右都坐了人，布幕拉起後，觀眾便開始哄堂大笑，但在他聽來，那些臺詞卻是再粗魯也不過，他覺得自己被孤立了。他完全笑不出來；他不認爲劇情有趣，更重要的是，他覺得故事虛情假意極了。毫無智慧可言的角色被視爲伶俐機靈；膚淺愚蠢的內容卻能引起眾人發自內心的如雷笑聲。

如果說《理想丈夫》俗不可耐，那麼顯然他也是世上唯一有這種想法的人，第一幕結束時，他就想起身離開，但卻無處可去。他唯一的安慰是，這不是這齣戲的首演，所以沒有衣香鬢影，也不見自己的熟人。最讓他放心的是，他也看不到聒噪的王爾德，還有他身邊那群嘍囉。

他在想，如果是自己，又會如何處理這種題材。顯然每一句臺詞都只想引人發笑，也全用上廉價庸俗的笑話。腐敗的上流社會人物早已屢見不鮮，而劇情更是生硬刻板，總之，這齣戲糟糕透頂。他認爲，看完這齣戲的觀眾不會怎麼記得劇情內容，而他本人更只會牢記自己看戲時的焦慮不安，因爲他只能想到自己的戲正在不遠處上演。他的新戲與克制律己有關，他想，但他身邊的這群人卻能豪放不受羈絆。到最後，觀眾甚至鼓譟要演員再度出場謝幕，從那些漲紅的歡樂臉龐，他知道這群人的水準也就僅只於此了。

他走過聖詹姆斯廣場，準備好面對自己的下場，剛才那場成功的演出只讓他更有山雨欲來的感受，《蓋．史維東》看來運命多舛了，他站在廣場中央，想到這種可能，頓時無法移動，他害怕前行，不敢面對。

後來的幾年間，他還是會聽見當晚的一些細節。他不想全盤得知眞相，但這是他知道的：受邀的貴客與買票的觀眾對新戲的反應反差極大，就像他與王爾德的那群觀眾。買票進場的觀眾開始蠢蠢欲動，甚至在第一幕結束前就開始咳嗽、竊竊私語。當第二幕愛德華．莎可夫人撐著她那龐大的古裝華服進場時，觀眾大笑起來，後來更一發不可收拾，風言風語此起彼落。

他直到很後來才得知，當亞力山大說出自己最後的那一句臺詞：「我是最後一位東維爾了。」

臺下竟然有人大叫，「你最好是啦！」觀眾鼓譟叫鬧，終於落幕時，噓聲辱罵四起，但受邀貴客與包廂觀眾卻熱情鼓掌。

當晚他走進戲院時，先迎上來的舞臺經理向他保證一切都很順利，他的劇本很成功。從對方的語氣，亨利還想追問何謂成功，但此時外面傳來第一波掌聲，他也聽見了，還以爲那些噓聲是喝采。他瞄了一眼亞力山大，看見他走出舞臺時一臉嚴肅，動作僵硬，過了好一會兒才肯上臺鞠躬。他更朝舞臺邊走，確信亞力山大與其他演員的表現都很精彩。那些口哨聲與喝采，他衷心相信，絕對是來自對於其中一兩位演員的嘉許，特別是亞力山大。

他站著傾聽，走到舞臺旁邊，讓亞力山大回來時能看見他。後來，有人告訴他，他朋友在觀眾群中大喊「作者！作者！」，但他沒聽見。雖然亞力山大後來說他有聽見，但卻只是表情木然，牽著他的手緩緩上臺。

原來這就是他在漫長的排戲日子所想像的觀眾，他原以爲他們專注認眞，大受感動，完全沒料想到會如此混亂騷動。他等了幾秒，非常困惑，然後彎身鞠躬。當他抬起頭時，才眞正意識到眼前的狀況。付錢進來的觀眾噓聲叫罵，他只看見了恥笑不屑。受邀貴客還坐在原位鼓掌，但他聽不見那掌聲，因爲沒看過他的書的人正大聲表達他們的輕蔑。

太糟了——他不知道該怎麼辦，也無法克制自己臉上的表情，他的驚慌難以掩飾。現在他看見自己的朋友了——瑟偵、葛斯、菲力．波恩—瓊斯——他們還在勇敢地鼓掌喝采，徒勞想對抗那群暴動的觀眾。這景象完全出乎他的意料。他慢慢走下臺，不想聽亞力山大如何安撫觀眾，甚至責怪亞力山大帶他上臺，他責怪那群噓聲連連的觀眾，但他更責怪自己爲何回到戲院。眼前沒有選擇，他只能從側門倉皇離開。他曾經夢想自己志得意滿，與受邀賓客寒暄閒聊，很高興朋友前來分享成功的喜悅。現在他只能低頭快步回家，彷彿剛犯了罪的傢伙，隨時等著警方上門逮人。

他在舞臺後方默默等待，希望自己不用看到演員。他又不想離開，因爲不知道自己會在外面遇到什麼熟人。到時也許對方和他都不知道該說什麼。這是一次徹底的挫敗。他的朋友一定會將今晚的遭遇列入他曾經努力許久，不讓自己列名其間的社會醜聞祕辛。時間一分一秒過去，他知道自己不能在此時此刻背叛演員。他不能陷入自己只想躲在暗處的急切渴望，他不能就這麼逃避一切，彷彿這劇本非他所寫，彷彿他誰也不是。他應該要走到他們面前，謝謝他們；他應該要堅持慶功宴如常舉行。他在微弱光線中整理心情，克制自己的情緒。他握拳上前，對大家微笑敬禮，想像這原本該是倫敦劇場史上，一次精彩演出的偉大夜晚。

第二章

一八九五年二月

《蓋．東維爾》一敗塗地後，他對寫作的熱情與決心已經不復見，如今的他充滿挫敗羞辱。他意識到自己一直忽略了普羅大眾的胃口，現在的他得面對悲慘的現實——他可能再也寫不出暢銷作品了。多半時間他都能克制自己的胡思亂想。但是他難以克制的是清晨起床後那刻骨錐心的疼痛，這疼痛往往延續到午後，而且怎麼樣也趕不走。王爾德的劇作有一句他很喜歡的話，那是一句疑問——究竟是倫敦人的哀傷讓這裡總是瀰漫著霧氣，或者，是這霧給倫敦人引來了哀傷？他心想，他的悲傷如冬天清晨在窗外偷窺的迷濛微光，就像那名聞遐邇的倫敦薄霧。只不過，他的悲傷徘徊不去，而倫敦的霧終究會散，而且，那悲傷更伴隨著一種他從來不認識的疲憊感，讓他低落消沉，萎靡不振。

他不知道自己如果在未來的某一天，比現在更落魄，萬一連父親分給他的家產也都被他散盡，情況會不會比現在更尷尬。一切終究還是回歸金錢吧，唯有它，才能替性靈增添一份甜美。金錢就是優雅高貴的化身。他走到哪都發現，金錢多寡，決定了人的物種。男人有錢，就能掌控世界；女人有錢，就會自得優雅，從內在散發光芒，直至青春老去，也依舊隱隱發亮。

現在他懂了，他就註定只能為少數人寫作，也許未來還有可能，但眼前，他是不可能豐收的，例如他自己的房子，精緻的花園，對未來無憂無慮。無論如何，他還是為自己的決定驕傲，因為他不曾對現實妥協，儘管他背痛不已，雙眼發酸，但他還是堅持全天候為那一份純粹自由的藝術努力，不追求商業利益與野心。

在他父親、哥哥以及許多倫敦人的眼中，在市場遭受挫敗，其實就是一種成功，就算你是商業寵兒，也沒什麼好大肆宣揚的。他這輩子從來沒有積極追求名聲。當然啦，他也想要自己的書大賣，他也想要發光發熱，獲取利潤的同時，無須犧牲自己熱愛的神聖藝術。

他很在意別人對他的眼光；他希望別人看見，他不需要成為暢銷書作家；他希望別人看見他對高尚藝術的無私奉獻。然而他也領悟到不成功是一回事，但慘烈挫敗又是另一回事。也因此，那一次赤裸裸的劇場慘敗讓他與人們相處時侷促不安，甚至也不願重新踏入倫敦社交界。他自覺像回歸故土的敗戰將領，只要身處倫敦各宅邸的明亮房間就讓他渾身不自在。

他認識一些在倫敦的軍人。他在有力人士的圈子內行事謹慎，專心聽英格蘭人交換政壇內幕與軍事功績。當他坐在渥斯里爵士波特曼廣場的家中，與權貴將領閒話家常時，他總是想起妹妹愛莉絲或大哥威廉。如果他倆在此聽到這群人激烈討論帝國大小戰役的精良部隊、閃電攻擊與慘烈屠殺，不知又會有什麼評語。愛莉絲一向是家裡最反帝國主義的人；她甚至很喜愛帕奈爾，更支持愛爾蘭自治。威廉也偏向愛爾蘭，反對大英格蘭主義。

渥斯里爵士與他的賓客都是溫文儒雅的紳士，臉上還有酒渦，雙眼清澈。亨利總是陪著這群人，因為他們的妻子希望他這麼做。女士們欣賞他的舉止、灰色雙眼，而且更重要的是，他是美國人，她們最喜歡他專注聽人說話的模樣，必要時才會發問，搭配手勢，回應時也彬彬有禮。

如果現場沒有其他作家，沒人知道他的職業，他會自在一點。飯後男士們總齊聚一堂閒聊，但他對他們沒興趣，他比較想聽的是他們要說的政治八卦；然而，女士們的話題總是讓他覺得很有意思。渥斯里夫人特別吸引他，因為她聰明、善感又很有魅力，態度舉止都比較接近美國人。她總會滿臉驚奇地環顧室內，對她的賓客公開表達讚揚或景仰，然後再微笑轉向自己的好朋友，靜靜說話，彷彿在分享祕密。

他需要離開倫敦了，但他不認為自己能忍受獨處。他不想要討論自己的劇作，也不覺得自己會想繼續工作。他深信如果他遠行一段時間，回來之後，一切都會變得比較順利。他的心思已經充滿期盼與想法。他禱告希望自己的想像力能徹底化身文字，他深信這就是現在他最想要的了。

最後，他去了愛爾蘭，因為它交通便利，也因為他深信它不會讓他精神緊繃。哈福頓爵士是愛爾蘭新任總督，他也與其父親熟識，而渥斯里爵士更是最近才榮升愛爾蘭三軍總司令，這兩個人都沒看過他的新戲；他也答應各在他們的住所待上一星期。他很訝異這兩位人士竟然會暗自較勁，爭執他該在誰哪裡住得比較久。直到他抵達都柏林城堡，才發現問題所在。

愛爾蘭依舊紛擾不休，女王的政府完全無法弭平局勢，甚至持續讓步。議會勉強接受英格蘭政府，但地主與各地駐軍卻難以溝通，甚至抵制在都柏林城堡舉辦的社交活動。哈福頓爵士必須仰賴外來貴客，所以才這麼熱烈歡迎他。

老哈福頓爵士行事向來隨興，晚年更是以娛樂眾人自居，他的兒子卻相當自以爲是，拘謹嚴肅，很以總督職位爲傲。他總是睥睨倨傲，可能毫不知道自己的身分地位根本無關緊要，他甚至卯足全力，讓自家晚宴舞會講究各式繁文縟節。他力求家務處處完善，彷彿女王隨時都將大駕光臨。

小小的總督官邸陳設奢華誇張，亨利一眼看去只覺疲累擾人。六天內舉辦了四場舞會，每晚都有宴會應酬，邀來的賓客全是政府官員與軍方將領，但現場卻很有英式的家庭派對氛圍。所幸多數客人都沒聽過他的名字，他也不打算改變這一點。

「我建議你，」一位英格蘭太太告訴他，「不要呼吸，閉上雙眼，如果能摀住耳朵更好。記得一到愛爾蘭就要這麼做，直到你走進城堡或官邸或你要住宿的地方。」

那位太太看來很得意。他眞希望他那已經死了三年的妹妹愛莉絲能在場激怒她。他知道愛莉絲稍後還會高談闊論批評這女人，甚至寫信描述這女人臉上的汗毛與牙齒，那不屑的尖銳嗓音。此時，英格蘭太太正對著他微笑。

「希望你沒被我嚇到。你看起來有點緊張。」

她的確是打擾他了，因爲他好不容易找到一個有書桌的小房間，裡面有紙、筆、墨水，還有幾本書，他手邊正忙著寫信。他突然想到能把這女人趕走的最佳方式，就是把她當母雞或鵝群般，揮舞他的雙手，嘴裡發出噪音，她才會落荒而逃。

「不過那裡風景很可愛，」她還在滔滔不絕，「去年的舞會辦得很成功，比倫敦的場子好太多了，眞的。」

他陰沉瞪著她，心底暗自希望自己眼神夠空洞茫然，他什麼話也沒說。

「這裡還有其他人，」她還沒停，「可以好好認識爵士。你知道我們在倫敦經常受邀到其他豪宅。但我們其實不認識渥斯里爵士，也根本沒見過他夫人。哈福頓爵士人很好，我們剛到就辦了一場晚宴，引介我們彼此認識，我就坐在他身邊，我家丈夫是個老好人，而且，如果你不介意我這麼說的話，我們家也是很有錢的，總之，他竟然給安排坐在渥斯里夫人旁邊。」

她停頓下來喘口氣，將聲音提高了一度。

「渥斯里爵士一定是在他那些戰爭中學會了什麼打信號的本事，還偷偷教她要忽略我丈夫，平常其實我丈夫也都不太理我啦。總之，那傢伙眞是太粗魯了！他太太也很沒禮貌！讓哈福頓爵士不知所措。這對渥斯里夫婦是我見過最最無禮的夫妻！」

亨利認爲對話該結束了，但他知道她對無禮行爲介意得不得了。不過，相較於必須忍受她的一言一語，亨利認爲粗魯還算是小事。

「我恐怕得立刻回房了，」他說。

「喔，老天，」她回答。她擋住門了。

當他走向她時，她完全沒有移動。她的臉甚至帶著惱怒。

「現在我們當然也不會收到皇家醫院的邀約了。我丈夫說，就算收到邀請，我們也不會出席，但我自己很想見識看看，聽說那裡的晚宴辦得很精彩，當然賓客們還是很粗魯。我丈夫說，有一位年輕的議員偉博先生是政壇的未來明星，有一天可能還會當上首相，他也會出席晚宴。」

她住了嘴，眼神盯上他頭頂好一會兒，然後堆起臉頰。接著又開了口。

「我們還不夠優秀，我是這樣告訴我丈夫的。但是你很有優勢，你是美國人，沒有人知道令尊或令祖父是誰。你想當誰都可以。」

他冰冷看著她。

「我沒有別的意思，」她說。

他還是一個字也沒說。

「美國是很棒的民主國家。」

「妳在那裡一定會很受歡迎的，」他說完話，向她鞠躬。

兩天後，他從都柏林城堡前往位於基耳曼的皇家醫院。他曾經來過愛爾蘭，那次他從科克的皇后鎮前往都柏林，也曾經住在國王鎮幾天。他很喜歡國王鎮，海面粼粼，讓人感覺平靜有序。但這趟旅程卻讓他想起橫越愛爾蘭的那一次，自己見識了無所不在的赤貧與髒亂。他經常看到幾間小屋錯落鄉間，卻不能確定到底它們是行將頹圮或還有人居住。一切不是全然傾毀就是即將崩塌。斷裂的煙囪還在冒煙，從屋子冒出來的人會跟在馬車後面大叫，或在車子慢下來時目露兇光靠近來客。他當時常覺得自己困在人們充滿敵意與詛咒的眼神中，難以脫身。

都柏林則不太一樣。粗鄙窮戶與文雅富人相互揉雜。但愛爾蘭貧民窟相當接近城堡大門，這讓他情緒低落，久久不能自己。此刻皇家馬車正載著他離開城堡前往皇家醫院，他對愛爾蘭人的陰鬱沉悶感覺更加深刻。他想挪開視線，卻怎麼樣也辦不到。最後那幾條街過於嚇人，以致於他不得不注意到周遭人群與建築物的簡陋與貧窮，而他們的去路更是不斷被乞求的老弱婦孺阻擋。如果威廉與他同行，他絕對會嚴詞批判這飽受忽略的赤窮世界。

馬車終於駛上通往皇家醫院的大道時，他的確鬆了一口氣，也對眼前建築的莊嚴驚喜連連，它展現了優雅、對稱與秩序。想到自己彷彿跌入萬丈深淵，一路踉蹌顛簸，而終於走進了如天堂般的國度後，他不禁微笑了。就連前來接過他行李的侍從看起來也截然不同，他們都像是天國的僕人。他有種衝動，想命令他們立刻關上大門，讓他無須再度面對這城市的騷動與無助。

他知道醫院在十七世紀專爲退伍老兵創建，他首次在院裡走動時，就發現裡面還住了一百五十名老人家，他們居住在一處有中庭的漫長廊道安養天年，環境清幽乾淨。渥斯里夫人向他道歉，因爲老人家們與賓客距離太近，但他告訴她，就某方面而言，他自己也算是老兵，或至少已經步入晚年，而且如果這裡還有房間，他甚至會很樂意入住，把此處當作自己的家。

從他房間往外看就是河景，遠處還有公園。他晨起時發現草地上甚至瀰漫輕霧露珠。他回頭又睡過去，這次的睡眠非常深沉平和，醒來時，他發現室內有個小心移動的身影。

「我留了一些熱水讓您梳洗，先生，您若想泡澡，請儘管吩咐。」

這男人操著溫柔有把握的英格蘭口音。

「夫人交代如果您想要的話，可以在房間用早餐。」

亨利立即請他準備熱水澡，也在房內用了早餐。他不知道夫人會不會介意他在午餐前完全沒有現身，並打算用他創作需要獨處當作藉口。一人獨享的早晨，享受窗外極致的美景，住在這可愛的小房間內，讓亨利很開心。

他請教男僕的名字，才發現他原來是陸軍下士，他這才意識到原來渥斯里夫婦手下有這麼多小兵可差遣。下士叫做哈蒙，聲音沉靜，人也內斂。亨利認為哈蒙萬一被軍方釋出，一定是很受歡迎的男僕。

午餐時，眾人的對話如他預料，轉向了都柏林城堡的活動。

「愛爾蘭人都很糟糕啦，」渥斯里夫人說，「沒來參加社交季也好。恐怖的母親拖著更可怕的女兒，到處替她們物色伴侶。老實說，根本沒人敢娶她們的女兒，一個人都沒有。」

現場有五位客人是英格蘭人，其中兩位他曾經見過。他注意到這些人很安靜，臉上掛著笑容，偶爾因為男女主人爭相說笑話時，捧場笑出聲。

「這個哈福頓爵士呢，」渥斯里夫人繼續，「還眞以為自己是愛爾蘭皇室呢，皇室就不能沒有臣民，對吧？但因為愛爾蘭人不甘願對他卑躬屈膝，他就從英格蘭進口了一貨船的臣民，我想詹姆斯先生一定很清楚吧。」

他沒說話，也提醒自己不要妄動，免得默認她的話。

「只要有人願意來這裡，他誰都邀請。我們得拯救詹姆斯先生，」她丈夫補充。

亨利原本想說哈福頓爵士是很稱職的主人，但他知道自己這時候最好少說為妙。

「為了炒熱晚宴氣氛，」渥斯里夫人繼續，「他一天到晚舉辦舞會晚宴。可憐的詹姆斯先生到這裡時簡直累垮了。上星期哈福頓爵士就曾經邀請我們到他寓所用餐。現場眞是熱絡到讓人覺得受不了。我旁邊坐了一個很粗魯的傢伙，渥斯里爵士旁邊就是那傢伙同樣沒什麼禮貌的妻子。至少那個丈夫還知道什麼時候該說話，但他的妻子可就放肆多啦。當然我們沒怎麼搭理他們，根本懶得管。」

當晚亨利告退回房時，渥斯里夫人陪著他走上長廊。她的口氣聽來似乎準備對他透露其他賓客的隱私。

「你對哈蒙的服務滿意嗎？」她問。「抱歉你剛到時他沒有現身迎接你。」

「他非常完美，好得不得了。」

「是啊，所以我才找他服務你，」她說。「他很有魅力，而且做事也很仔細，不是嗎？」

她端詳他的臉。他沒說話。

「我想你也贊同的。他只專爲你一個人服務，隨侍在側。他一定也很榮幸自己能有這個機會。我告訴他等到我們全死光沒人記得時，只有你還會長存世人心中，因爲你寫的那些書。他回答我的話非常貼心，他用他那沉靜的語氣說：『我會盡心盡力，讓他賓至如歸。』這麼簡單的幾個字！但我覺得他是發自內心的！」

他們走到了樓梯下方；她的臉龐發亮，似乎想暗示什麼，他只是對她微微一笑，向她道晚安。

當他走上第二道臺階時，他能感覺到她依舊掛著奇異的微笑，望著他的背影。

臥室窗簾已經拉上，起居室的壁爐也升起爐火。哈蒙拿了一壺水進來。

「您打算晚睡嗎？先生？」

「不會，我等會就要上床了。」

哈蒙身材高大，爐火映著他的臉龐，卻看起來更瘦更溫柔了。他走到窗邊順順窗簾，然後走到壁爐前撥動柴火。

「我希望自己沒有打擾到您，先生，不過這批煤炭品質不好，」他開口，幾乎是輕聲細語了。

亨利坐在壁爐前的扶手躺椅。

「不會的，沒有打擾我，」他回答。

「您想看您的書了嗎？先生？」

「我的書？」

「剛才您在看的書。我可以替您拿過來，先生，就在隔壁房間。」

哈蒙的棕眼停駐在他身上，神情友善，幾乎可說是幽默了。他臉上沒有任何鬍渣，依舊靜靜站在昏黃的煤氣燈光中，似乎本來就不期待亨利的答案。

「我現在不想看書，」亨利慢慢開口，一面微笑起身。

「我覺得我好像打擾您了，先生。」

「不會的，沒事。我也該睡了。」

他遞給哈蒙半克朗。

「喔，謝謝您，先生，我不能收的。」

「請你收下，是我自己想給你的，」他說。

「太感謝您了，先生。」

第二天午餐前，更多賓客抵達渥斯里爵士夫婦的住所。不久，長廊的客房便充斥歡樂的人聲與笑聲。渥斯里夫婦宣佈他們將舉辦舞會，渥斯里夫人還說，城堡那群人可以趁機學學該如何在異國海外舉辦合宜的舞宴場合。

不過當他們提到華麗的化妝舞會時，亨利稍有微詞，他說自己太老派了，並不適合這種場合。當晚他向渥斯里夫人提到這一點時，她堅持他可以著上軍服，但他婉拒了，此時一位初來乍到的年輕賓客打斷了兩人的對話。他積極自信，顯然渥斯里夫人很欣賞他。

「詹姆斯先生，」他說，「我的妻子想打扮成黛絲．米勒，或許您可以幫忙我們設計她的服裝。」

「沒有人可以打扮成黛絲．米勒，」渥斯里夫人說，「我們規定女士們要打扮成根茲巴羅、羅姆尼或是約書亞爵士的畫中仕女。而且我強調這一點，偉博先生，我打算贏過所有的女士。」

「太奇妙了，」男子回答，「今天早上我妻子也這麼說，太巧了！」

「所以不能出現黛絲．米勒，偉博先生，」渥斯里夫人口氣嚴肅，彷彿真被惹得生氣了，「還有，請記得我丈夫是軍隊統帥，老兵可惹不起啊，他們的反應會很激烈。」

稍晚，亨利引渥斯里夫人到一旁說話。

「這位偉博先生是哪來的啊？」

「喔，他是議員，渥斯里爵士說只要他不這麼賣弄才智，可能政治前途一片光明。他在議場一向發言踴躍，渥斯里爵士也認爲這一點非常不可取。他妻子家族很有錢，可能是靠雜糧或麵粉還是燕麥致富。總之家財萬貫，算是富家千金，而他除了有點狀況外，其餘都很到位。所以我才很高興你來了，也許你可以當他的良師。」

哈蒙是愛爾蘭人，不過他說話有倫敦腔，因爲很小就被帶到英格蘭去了。他喜歡一面做事一面聊天，每次進門離去總是連聲抱歉。亨利得不斷強調他並沒有打擾到自己。

「我喜歡醫院，先生，還有老兵，」他說。聲音眞的很溫柔。「他們這輩子都在打仗，有些人到現在還在作戰，將門窗當成土耳其軍隊或祖魯人，甚至還想出手攻擊它們。這裡很好玩，先生，一半像愛爾蘭，一半又是英格蘭，就像我自己。所以我才會感覺這麼自在。」

他舉止輕鬆自如，不讓人討厭，動作敏捷，腳步輕盈，但他的確非常高大。他的眼神總是直視正前方，似乎對一切一目瞭然，並對事情自有判斷。

「夫人說我應該看您的書，先生。她說，您的書非常棒。我希望有機會能看您的書，先生。」

亨利告訴哈蒙等到他回倫敦後，會寄一本給他。他會將書寄到皇家醫院。

「請您署名是寄給湯姆．哈蒙的，先生，湯姆．哈蒙下士。」

每次亨利用餐結束或散步後回到臥室，哈蒙總會找理由進來跟他說話，而他的理由都很充分，他也不會閒晃，或發出不必要的噪音，隨著日子過去，哈蒙顯得越來越自得其所，他總是站在窗邊說話，認眞提出問題，傾聽亨利的答案。

「您是從美國到英格蘭的，先生。大部分的人都是走相反的路線。那麼，您一定很喜歡倫敦囉？」

亨利點頭，回答他的確很喜歡倫敦，但也想好好解釋自己認爲在那裡很難專心創作，因爲讓他分心的事物與邀約太多。

用餐時分，眾人閒聊笑鬧，設法娛樂其他賓客時，亨利卻渴望著回到房間，當哈蒙走進來的那一刻，他已經等待很久了，腦子甚至無法思考，不顧一旁渥斯里夫人與偉博先生的唇槍舌戰。他想到哈蒙站在起居室窗戶邊，專心傾聽的模樣。但一等到他回房，回答幾個哈蒙的問題，或在他努力對他解釋某些題目之後，亨利卻又渴求自己的平靜，並希望哈蒙留他一人獨處。

他知道他這一生做過的事情、寫過的文章著作、個人的家庭背景以及在倫敦的年月，對哈蒙而言全是光怪陸離的奇特經歷。儘管如此，哈蒙與他在起居室時，他卻感覺與哈蒙極爲親密，兩人的對話甚至令他心情雀躍。但只要哈蒙一開口提到自己的人生、對未來的期望以及對世事的看法，那難以跨越的鴻溝卻又隱然浮現，滔滔不絕的哈蒙渾然不知——其實亨利得承認這一點——他談話的內容相當無趣。

「如果美國與英格蘭爆發戰爭，詹姆斯先生，您會支持哪一邊？」偉博在某日晚餐後提出這個疑問。

「我會希望兩邊追求和平。」

「如果這不可能呢？」偉博追問。

「我知道答案，」渥斯里夫人在此時插嘴。「詹姆斯先生會打聽法國站在哪一邊，然後支持法國的決定。」

「但在詹姆斯先生筆下的阿佳莎．葛萊斯那篇故事，他的美國人主角痛恨英格蘭，把我們說得一無是處，」偉博聲音很大，餐桌上每個人都豎起耳朵。「我認爲他應該要給個說法，」偉博繼續。

亨利望著對桌的偉博，此時屋內的溫暖讓這年輕人雙頰通紅，更因爲自己主導了這段對話，雙眼興奮發亮。

「偉博先生，」亨利確定這年輕男子終於發言完畢後，靜靜開口，「我目睹了一場戰爭，見識了它帶來的傷害與毀滅。我自己的大哥幾乎在南北戰爭喪命，戰爭對他的傷害無法用言語形容。所以，偉博先生，我不會對戰爭輕描淡寫。」

「贊成，」渥斯里爵士說，「說得好！」

「我的問題其實很單純的，」偉博說道。

「他也提供了一個再簡單不過的答案，但看來你似乎還沒聽懂，」渥斯里爵士回他。

渥斯里爵士夫人忙著張羅舞會，諮詢賓客各項細節，花了很多時間監督大會廳的裝潢擺設，更多的朋友抵達了，其中有一位女士，亨利曾在渥斯里夫人的宅邸多次見過她，她名字是蓋若，她的亡夫似乎曾是陸軍高階軍官。蓋若還帶了小女兒夢娜，小女孩大約十一歲左右，由於是這裡唯一的小朋友，大人們經常稱讚她，因爲她長得清純可愛，對人很有禮貌，應對進退也得體，話不多也不要脾氣，總是乖乖待在一旁。

在舞會前一天，都柏林遭逢寒流，亨利也被迫終止自己的例行散步。在他走過一樓長廊的房間時，看見渥斯里夫人正忙著整理女士們在晚宴前要帶的各式假髮。偉博跟她在一起，亨利在門前停下腳步，原本打算跟他們攀談。他倆看來正玩某種挑假髮的遊戲，彼此審視對方的模樣，嘻笑打鬧，把假髮傳來傳去，彷彿一場祕密美夢的主角，渥斯里夫人逼著要偉博試戴一頂假髮，當他又將它戴回她頭上時，她將頭往後仰，大笑起來。這兩人遊戲玩得認眞，讓亨利不便打擾。突然間，他注意到夢娜就坐在房間某張扶椅。她沒在做什麼，沒有在幫忙，也不參與兩個大人的遊戲，那兩人繼續打鬧，渥斯里夫人用手遮住嘴唇。

夢娜就如畫中的完美小女孩，亨利觀察到，她似乎很想努力專注在眼前這一幕，她的眼神既不困惑也不焦慮，而是一種刻意裝出來的甜美可愛。

他往後退，渥斯里夫人在此時因著偉博先生說的話發出尖笑。他最後看了夢娜一眼，她也在微笑，彷彿剛才的笑話是講給她聽的，但她很清楚知道自己不應該在現場，聽著那些意有所指的話語。亨利走回自己房間。

他想到剛才自己目睹的那一幕，它是如此活潑，就像他曾經熟悉的某種場景。他坐在自己的扶椅，讓心思描繪房間廊道發生的種種，隱諱不語的眼神交會，而他只在旁駐足旁觀，企圖詮釋這些似是而非、活色生香的畫面。他這才意識到，他曾經在書中一次次描述這種若有似無的曖昧題材，門窗之後的男女，細微手勢動作背後的深切涵意。這些曾經出現在他筆下，如今他竟得親眼見證，但卻又無法揣摩眞義。他再次想起那無辜的小女孩，她的天眞無邪相較於剛才的畫面，她置身大人的世界，通盤理解對方動作洩露的暗示隱喻。

他抬起頭，哈蒙正默默打量他。

「希望我沒有打擾您，先生。這種天氣得不斷撥弄火爐。我會盡量不要發出噪音。」

亨利注意到當他從自己的幻想中抬起頭來時，哈蒙正毫不保留地盯著他看。現在他假裝腳步飛快走開，似乎準備挪走煤炭桶，不再開口。

「你看過那個小女孩夢娜了嗎？」亨利問他。

「最近嗎？先生？」

「我是說自從她到這裡之後。」

「有，我經常在走廊遇到她，先生。」

「很奇怪，她這年紀老是一個人跑來跑去，難道沒有保姆跟著她嗎？」

「有的，先生，還有她母親。」

「她每天都在做什麼？」

「不知道呢，先生。」

哈蒙再度端詳他，那種密切的程度幾乎算是無禮了。亨利盡量回視他的眼神。兩人沉默半晌，最後哈蒙終於轉開眼神，陷入沉思。

「我妹妹也跟夢娜同年，先生，她很漂亮。」

「住在倫敦嗎？」

「是的，她是我家裡最小的孩子，是我們全家人的開心果，先生。」

「所以，看見夢娜會讓你想到妹妹？」

「我妹不會這樣亂逛，先生，她是我們的寶貝。」

「想必夢娜的保姆和母親也會保護她的，對吧？」

「我想應該是的，先生。」

哈蒙低下頭，表情有點困擾，看來他好像想說什麼，卻又開不了口。他轉頭看向窗外，動也不動。燈光映照他的臉，但它有一半隱藏在陰影中；房間非常安靜，亨利甚至聽得見他的呼吸聲。他們沒有移動，也沒說話。亨利心想，此時此刻如果有人看見他們，就像剛才他站在他人門前那樣，甚至透過窗內望見他倆，或許會假設他與哈蒙之間必然暗潮洶湧，兩人之所以默然相對，絕對是因爲剛才說了些什麼。突然間，哈蒙嘆了口氣，好意對他微笑，然後從桌上取走托盤，離開了房間。

當晚亨利發現自己坐得離渥斯里爵士很近，他想，總算能擺脫偉博的糾纏了。他身邊有位女士看過他的書，對於書的結局發表了自己的高見，也質疑美國人寫英格蘭生活的優劣。

「你一定覺得我們比美國人空洞乏味吧，」她說。「你小說裡的屋普登爵士姊妹就很空洞。依莎貝或黛西・米勒就不會這樣・如果喬治・艾略特來寫美國人，也會讓他們顯得很空洞。」她顯然很欣賞自己能運用「空洞」這個形容詞，一句話用上了好幾次。

值此同時，偉博依舊難以克制自己想要掌控全場的衝動。他先是恥笑現場女士在化妝舞會應該或不該穿哪些服裝後，將火力朝小說家攻擊。

「詹姆斯先生，你會去拜訪這裡的親戚嗎？」

「不會的，偉博先生，我沒有這個計畫。」他堅定回答。

「爲什麼呢？詹姆斯先生？爵士已經讓軍方監視鄉間道路，你不用擔心盜賊出沒。我也很確定夫人會派馬車任你差遣。」

「偉博先生，我沒有這個計畫。」

「渥斯里夫人，那地方叫什麼來著？貝利伯勒，對了！卡文郡的貝利伯勒。詹姆斯家族就是源自那裡的。」

亨利注意到渥斯里夫人臉紅了，甚至不敢看他。他直直盯著她瞧，然後轉向渥斯里爵士，接著輕聲說話了。

「偉博先生不願放過我呢，」他說。

「就是啊，到軍中訓練一陣子也許可以改進他這個人的個性，」渥斯里爵士回答。

偉博沒聽到這段對話，但是他發現他們正在批評他，他對此非常不爽，因爲兩位年長男士此時正意有所指地對他微笑。

「詹姆斯先生和我，」渥斯里爵士大聲說話，讓全餐桌的人都聽得見，「非常欣賞您勇於發言的特殊天分，偉博先生。不過您實在應該將這份才華發揮在更有用的地方。」

渥斯里爵士看向自己的妻子。

「偉博先生總有一天會成為雄辯滔滔的演說家，甚至是偉大的議員，」渥斯里夫人說。

「只要他能精通沉默的藝術，他終究能成為優秀的演說家，甚至會比現在更傑出呢，」渥斯里爵士說。

渥斯里爵士轉頭看向亨利，他們刻意不理睬餐桌的另一端。亨利感覺自己彷彿被人一頭棒喝，讓他現在必須依附渥斯里爵士，但心裡卻努力想瞭解剛才到底是什麼狀況。

他不介意偉博顯而易見的敵意；他希望自己再也不要見到他，渥斯里爵士的那席話也明指偉博不得繼續在席間高談闊論。但當偉博提到貝利伯勒時，渥斯里夫人臉上的輕蔑讓亨利難以釋懷。雖然那表情稍縱即逝，但他卻瞧見而她也知道他發現了。他目前還處於震驚狀態，以致於無法得知她是無意或是有心。他只知道自己並不是刻意挑釁，也清楚偉博與渥斯里夫人私下必然曾討論過他的家族與卡文郡的故里。他真的不知道他們的資訊是從何而來。

他真希望能立刻離開這裡。當他低頭看著餐桌時，眼角瞥見渥斯里夫人正與鄰座友人交談。她現在看來拘謹多了，不過他也納悶這是否只因為他希望她能如此表現。他在渥斯里爵士說完自己的某場戰役後，小心點頭，盡可能在臉上堆滿微笑。

偉博站起身時，亨利看得出來他的慌張，剛才渥斯里爵士要他閉嘴的評語，似乎他是聽進去了。亨利知道偉博一定很清楚渥斯里爵士語氣的強硬，把現場當作軍營了。當然，渥斯里夫人也太早替偉博辯護，如果她能不說話就好了。亨利知道此時他最好立即告退回房，不要再與偉博或渥斯里夫人有任何交集，他們還在晚餐室內迴避彼此，不參與任何對談。

他房間的煤氣燈已經亮起，壁爐也燃燒著熊熊烈火。彷彿哈蒙知道他會提前回房，起居室感覺非常溫馨，古老的木頭傢具擺設，搖曳的光影搭配暗色天鵝絨窗簾。這間客房如今對他竟然變得如此熟稔，實在奇特，而他甚至渴求它們提供的寧靜和諧。

他很快坐上扶椅，哈蒙端著托盤與茶壺進來。

「我剛才看見您在走廊，先生，您看起來很糟糕。」

他沒見到哈蒙，很不開心自己走回房間的路上被人這樣從暗處盯著。

「您看起來像是撞見鬼了，先生。」

「我看見的全是活人，」他回答。

「我替您準備了熱茶，我會確保您臥室的爐火燒得剛剛好。您看起來需要好好地睡一覺，先生。」

亨利沒有回答。哈蒙搬來一張小茶几，將托盤放在上面，開始替他倒茶。

「您想看看書嗎？先生？」

「不用了，謝謝，我就在這裡坐一會兒，然後照你的建議早點睡覺。」

「您看起來有點激動，先生。您確定您沒事嗎？」

「是的，謝謝你的關心。」

「如果您想要，我可以在夜裡過來看看您，先生。」

哈蒙朝臥室走去。他說話的語氣自在隨意，彷彿自己的話很尋常。亨利不太確定自己是否有聽懂他話裡的含意，也不知道他剛才的提議是否毫無其他意思。他只知道自己應該是想太多了；他甚至覺得自己屏住了呼吸。

也因爲他沒有回答，哈蒙轉身，兩人視線交錯停留。哈蒙臉上盡是關心，但亨利無法分辨那後面的深意。

「不用了，謝謝，我很累了，我應該會睡得很熟。」

「那就好，先生，我看看臥室，然後就讓您休息。」

亨利躺在床上，想著自己現在待著的這處寓所，這裡到處都是房門與長廊，奇特的嘎吱聲與詭異的暗夜聲響。他想到女主人與偉博先生嘲弄的語氣，眞希望自己能立刻離開，收拾行李，搬進城裡的旅社。但他知道自己走不了，明晚就有舞會，在舞會之前走人是很無禮的舉動。他就在舞會隔天清晨離開吧。

他覺得很受傷，因爲女主人竟然暗地攻訐他。他想到偉博的話。他從來沒在渥斯里夫人的社交圈提過卡文郡。這既不是祕密，也沒什麼可恥的，但偉博的語氣卻擺明了他的背景就是如此。那裡不過是他爺爺的出生地，他父親也只是在六十年前拜訪那裡。這又有什麼大不了的？他的爺爺到美國追求自由，最後不只是自由，他也建立了自己的財富，扭轉了後代人生。亨利根本連想都沒想過卡文郡。

他將手枕在腦後，臥室已經陷入黑暗，爐火早已全熄。在這陌生國度的奇特住所，此時的他比往昔都更渴望有人能擁住他，不須言語，只要好好抱著他，陪著他就好，這思緒令他困擾。但他現在真的好需要與人親近，這需求是如此強烈，卻又遙不可及、無法實現。

第二天早上接近中午時，他坐在窗邊，望著利菲河上方的蔚藍天際。天氣嚴寒，他卻很訝異發現夢娜光腳獨自在草坪漫步。他自己早就已經出門走了一圈，也很慶幸自己及時回到屋內取暖。他注意到這女孩雙手往外伸，在原地繞著圈圈；偌大的草坪完全不見她媽與保姆的蹤影。

如果任何人看見這小女孩，亨利心想，他們一定會與他有同樣的感覺。得有人趕緊去救她，這麼大的草坪，四下無人，她竟然會在寒冷的三月清晨獨自一人，想到這裡就令人擔心。她還在草坪中央半跑步半走路，時而自顧自地停下腳步。他看見她外套沒扣，隨著時間過去，還是不見大人帶她進屋，他想像也許暗處有人正看顧著她，也許等會就有人現身。此時，她突然停下動作面對他。他看得見她冷得發抖，她比手畫腳，搖了搖頭。他知道她應該是與某扇窗後的某人溝通，應該就是她母親或保姆吧。她不動了，獨自站在大草地上。

他注意到她窒息死寂的凝視。她之所以木然，似乎是因為害怕與順從，他無法想像注視她的人在指揮她什麼。

他從門邊衣架抓起外套，無法抗拒自己想要親眼目睹這一幕的衝動，他原打算裝作沒事人般繞過牆角，等到自己一走到窗後人影的視線外，就抬頭一探究竟。但他深信窗後無論是誰，只要他一現身，就會立刻後退。他想，不管是誰都會因爲監視指揮小女孩覺得不好意思吧，因爲小孩原本就該待在室內的。他走到側門，誰也沒看見。

天氣越來越冷了，他朝草坪走去時一面發抖。他在牆角等了一秒鐘，然後驟然轉身，立刻抬頭看向上方的窗戶，根本沒注意到夢娜的身影。窗後沒人，也沒有如他預料會閃開的人影。然而，此時他面前那位頭戴藍帽，外套扣得老緊的可不是夢娜嗎？身邊還有她的保姆相伴。小孩與保姆手牽手走向他，他向她與保姆打招呼，然後很快走開。當他轉身觀察她們時，他注意到保姆對孩子溫柔說話，夢娜也心滿意足對著她微笑，顯然毫無所求。他又瞄了一眼樓上窗戶，但那裡一個人也沒有。

他走過大會廳時，看見僕人們早已經在忙上忙下，擺桌放蠟燭，裝飾得美侖美奐。哈蒙不在。他那天早上已經第二次告知渥斯里夫人，他不會打扮成什麼角色，他不是爵士，也不是什麼繼承人，不過是個窮文人罷了。她說，這麼一來，他會很寂寞，因爲女士們早已準備大展身手，而男士們也已經挑好自己的角色。

「大家都認識彼此，詹姆斯先生，」她說。

當她說話時，她頓了一下，似乎有所遲疑，好像不太確定接下來該說什麼。他仔細端詳她，直到她尷尬起來，然後他說自己一大早就要離開。

「那哈蒙呢？你不會想他嗎？」她顯然想重拾自己的輕快語氣。

「哈蒙，」他聽不太懂。「喔，那男僕嗎？是啊，很謝謝妳，他很棒。」

「他通常都很嚴肅，但這星期我看他都帶著笑容。」

「說眞的，」亨利說，「我會非常懷念妳對我的熱情款待。」

他決定當晚不要再跟偉博說話，如果可以，避不見面也行。但當他走到樓梯，準備參加舞會時，偉博就在他面前。他一身獵人打扮，亨利認爲極其荒謬可笑，他手裡還揮舞著一個信封，臉上的愉悅似乎隱含惡意。

「我不知道我們還有共同的朋友，」他說。

亨利鞠躬。

「我早上就在找你了，」偉博說，「我是要告訴你，我收到王爾德先生的信，奧斯卡・王爾德先生，他要我跟你問好。至少他是這麼說的，眞心與否就很難得知了。他說他希望自己能來，如果他眞來了，這裡肯定蓬蓽生輝，而且渥斯里夫人非常喜歡他。爵士則跟他劃清界線。我想他應該不歡迎王爾德先生加入他的軍團。」

偉博住了嘴，下樓站在亨利面前。亨利文風不動。

「當然啦，王爾德先生忙著他的新戲演出。他告訴我你有一齣戲下檔了，讓他本季能繼續演出另一部成功的戲劇，他對這一點很開心。他說你那齣戲與修士有關。愛爾蘭人天生就會寫作，我妻子這麼說的，這就是他們的本性。她非常敬仰王爾德先生。」

亨利還是沒說話。偉博此時停下來，似乎是要等他開口，但他只是點頭致意，示意要偉博走下來，但偉博也沒動作。

「王爾德先生說，他很想跟你在倫敦見面。他朋友很多。你認識他的朋友嗎？」

「不認識，偉博先生，我不認爲自己有幸見過他那些朋友。」

「也許你也認識那群人，只不過不知道他們就是他朋友吧。渥斯里夫人曾經跟著我們去看《不可兒戲》。下一次記得跟我們一起去看戲。我會告訴渥斯里夫人，要她邀請你。」

偉博比以往更努力想要表現自己的風趣，甚至確保話題不會中斷，讓亨利沒藉口離開。顯然他還有話要說。

「我認爲藝術家與政治人物有一項共同點。我想，除非我們運氣好又力爭上游，否則，我們都得付出代價。王爾德先生的妻子有點麻煩，這陣子他也不好過，我確定你很瞭解這一點。渥斯里夫人告訴我你沒有結婚。這樣也蠻好的，只要大家不要趕著流行就好，我想。」

他轉身想請亨利與他一起下樓。

「但單身的身分一定讓你經常……怎麼說呢？引來眾人同情的眼光吧？」

皇家醫院的大會廳沐浴在一千根蠟燭的朦朧黃光中。一支小型管絃樂團正在演奏音樂，僕從穿梭在賓客間送上香檳。餐桌已經擺設完成，渥斯里夫人曾告訴他，那些都是渥斯里爵士新近繼承的銀器，特地從倫敦運送而來參與盛會。目前爲止只有男士出席。他聽說女士們都不願率先抵達，她們還擠在房間，等待女僕下樓刺探現場情況。哈福頓爵士不愧身爲女王的愛爾蘭代表，盛裝出席，他認爲渥斯里爵士應當派出輕騎兵，讓女士們現身。似乎渥斯里夫人準備堅持到底，宣稱自己絕對要當最後抵達的女士。

亨利望著偉博；他敏銳感覺到此人的言行舉動。他眞是受夠他了。如果偉博朝他這裡大步走來，他必定會立刻轉身走人。這表示他再怎麼樣都無法認眞與其他人交談。

偉博一直發出洪亮笑聲，在大會廳走動，亨利用眼神追蹤他，此時，他第一次發現哈蒙也在現場。哈蒙身穿黑西裝與白襯衫，打著黑色領結。他的黑髮似乎閃閃發亮，看起來也長了一點。他才剛刮完鬍子，讓他的臉龐顯得更消瘦純淨。亨利一看到哈蒙正在看他時，才知道自己太專注看他了，上星期他一直很內斂，此時卻洩漏了自己的心思。哈蒙毫不尷尬，坦然回視他的目光。他手中端著托盤，卻站在原地，表情平板，讓人無從猜測他的情緒，他回視站在另一邊聽人閒聊的亨利。亨利將注意力轉回說話者身上，要自己不再回頭看向哈蒙。

渥斯里爵士跟樂團討論之後，樂團開始演奏振奮人心的樂曲，同時，也跟女僕們協議好只要一聽見樂聲，包括他妻子在內的諸位女士必須從房間出席，接受眾人的讚美嘉許。屆時不得有人落後。音樂響起時，男士們往後站，會廳大門鄭重開啟，二十多位女士親臨盛會，全都頭頂誇張華麗的假髮，濃妝豔抹，彷彿直接從根茲巴羅、羅姆尼或是約書亞爵士畫中走出來的仕女。男士們用力鼓掌，樂團開始演奏華爾滋。

渥斯里夫人是對的，她的服飾裝扮果然脫穎而出，堪稱現場第一人。孔雀寶藍與深赭紅是她絲質華服的基色，搭配富麗堂皇的流蘇配件，摺邊蓬袖讓人目不暇給，低胸剪裁更讓現場男女難以挪開目光。渥斯里夫人沒有戴假髮，不過在自己的頭髮上別了幾綹捲髮，但眞假難辨，天衣無縫。她的專業妝容更讓人看不出來她有化妝。她請樂團暫停演奏，示意要賓客往後退。她丈夫似乎不知道接下來搞什麼名堂，大門再度關上，然後又緩緩打開。

門後站的是夢娜，她打扮成維拉奎茲的畫作〈小公主〉主角，身上穿的洋裝比她本人還大上五倍。她走進室內，停住腳步，眼神盯住遠方，就像一位傲視平凡臣民的高貴公主，時時在意自己的貴族身分與命運，現場賓客鼓掌歡迎時，夢娜淺淺微笑，她就是今晚舞會最大的驚喜。

亨利反而侷促不安，看到她意識到自己的女性特質，更在乎自身的姿態動作，他看著現場賓客，想知道有沒有人跟他感覺一樣詭異，這孩子打扮成大人的模樣引來極不恰當的注意力。但其他人只是興奮觀賞這一幕，毫不在意。

亨利轉身想跟左邊的女士說話時，一開始並沒認出她來。她頂著一頭鮮紅色的大假髮，臉上塗得五顏六色，更重要的是，她根本還沒開口，但她一說起話來，他立刻認出這就是住在都柏林城堡的那一位夫人，被渥斯里夫婦刻意忽略的那一位太太。

「詹姆斯先生，」她低語，「不要問我是不是被邀請來的，因爲我就得告訴你，沒人邀我來。我丈夫拒絕跟我說話，他在城堡生悶氣。但是哈福頓爵士不欣賞粗魯無禮的行爲，他堅持我出席，也請其他女士替我打扮，讓我不被人認出來。」

她東張西望，注意有沒人在聽她說話。

「我丈夫說人家找妳，妳再去，但是化妝舞會根本沒有這種限制嘛。」

他擔心站她隔壁的人會聽見她說話，做手勢要她小聲點。

夢娜成了眾人的焦點，最尊貴的貴賓。偉博先生就站在她身邊，不斷讚美小女孩，說一些模擬兩可的話語；渥斯里夫人坐得離她夫婿很近，更是興奮難抑。

哈蒙手裡拿了酒瓶替人倒酒。無論有多麼忙亂，他表情始終平靜不為所動。亨利感覺他是當晚大會廳裡，性情最平穩的人。

亨利沒有跳舞，但如果他眞的跳了，他一定會邀夢娜共舞，因爲所有的男士都這麼做了。每一支舞結束後，總有新的舞伴等著小女孩，他們對她獻上大人才會說的諂媚與讚揚，她也顯然被逗得很開心，但這些人根本沒想到她只是打扮成成年女子的小女孩，其實她早就該上床睡覺了。亨利看著哈蒙正在觀察夢娜，知道他是室內除了自己之外，唯一不隨眾人起鬨的人。

大部分的時間亨利都是獨自站著，或是與幾位男士看著舞池，蠟燭即將燒罄，華服假髮讓人越看越俗麗，人們的臉頰通紅，樂團看來也很累了。他突然想到自己眞希望現在能有個美國人，若是波士頓人更好，一個能對這場詭異舞會同樣不以爲然或難以理解的同胞。

這些都是來自愛爾蘭的英格蘭人。這棟建築是貧窮髒亂中的綠洲。渥斯里夫婦將銀器寄來，也請來了賓客與他們的舉止作風。他喜歡渥斯里爵士，不願意過度評價他。然而，他卻希望此時能有一位美國人，一位在理想、自由、平等與民主的國度成長的美國人，對今天這場舞會表達看法。這是多年來第一次，他深刻體會到自我放逐的悲哀，他感覺前所未有的孤寂，他是異鄉客，對周遭的冷嘲熱諷、矯揉造作總是敏銳易感，無法遵循這群人的道德行爲。

他陷入沉思，回過頭來看見面前的哈蒙，他依舊散發今晚的那種高雅氣質，看起來俊俏極了。

亨利從托盤拿了一杯水對他微笑，但兩人還是沒有對話。亨利知道他們也許不會再見到彼此了。

在大會廳的另一端，夢娜坐在偉博的大腿上。他正握著她的手，來回搖著她。亨利想到自己那位想像中的美國友人目睹這一幕的神情。當他望著他們時，偉博看到了他，不以為然地聳肩。

時間已晚，哈蒙加入其他僕人，忙著收拾玻璃杯，清除凝固在地板與桌面的蠟油。他已經開始懷念哈蒙那張沉靜臉龐能帶給他的歡愉。不久後，這一切將不復見，這讓他感覺更像個外來者，他的渴望無從滿足，遠離自己的家鄉，只能從窗戶後面凝視外面的世界。他轉身離開會廳，快步走回自己的房間。

第三章

一八九五年三月

多年來，他從英格蘭人學到的習性，如今已經潛移默化，也逐漸運用在他的日常生活。他觀察到英格蘭男士都很堅持自己的嗜好習慣，身旁的人也會學著接受。他認識有人中午才起床，或每天午後都會在躺椅小憩，或早餐吃牛肉等等，這些習慣也成了各家各戶的例行公事，從來不會被外人評頭論足。當然，他友好隨和，隨遇而安；他作風文明，沒什麼怪異的行事。也因爲如此，當他婉拒邀約，說自己忙到得加時工作，日夜不休寫作時，外界很容易就理解了。他希望藉此可以終於卸下倫敦各宅邸競相邀約的晚宴賓客的地位。

他熱愛清晨燦爛的寧靜時刻，知道自己下午沒有行程，晚上也不用外出應酬。他想，孤獨的確讓他壯大了，他如今已經可以心滿意足慵懶渡過一天，什麼事也不用做。有時候，這種懶散會伴隨著奇異隱約的痛楚，他短暫享受這種感覺，卻也很快將它驅離。然而，多半時間他最喜愛的就是那種滿足感；閒散悠哉渡過一天後，夜晚悄然降臨。此時的快樂是任何社交活動、故舊好友或光鮮亮麗的人生都難以媲美的。

首演之夜過後的那些日子，從愛爾蘭回來後，他發現自己可以控制某些記憶帶給他的悲傷。哀愁、恐懼與慌張在他驚醒或夜晚時一湧而上，感覺就像過來替他點燈或拿走托盤的僕人。經年累月的優良訓練讓他們很快告退，知道不要繼續逗留。

然而，他還是無法忘卻《蓋．東維爾》首演夜的羞愧與震驚。他告訴自己這段回憶會緩緩褪色，他必須謹記這次教訓，把自己的失敗拋在腦後，繼續努力。

他倒是想到了錢，思考自己曾經收過還有該付的金錢；他想到旅行，思考自己可以去哪裡，何時可以出發。他想到創作、靈感與人物，還有情節豁然開朗的時刻。他主導這些思緒，他知道它們就像黑暗中引導他方向的燭光。如果他不專注用心，它們就會瞬間熄滅，讓他再度墜落挫敗與落寞，接下來，萬一他沒有好好應付，他面對的就是萬念俱灰與膽怯畏懼了。

有時他醒得早，這些負面情緒立刻找上他，他知道自己毫無其他選擇，必須起床了。只要他堅決精準，彷彿自己即將趕火車赴約，他知道自己終將驅離這些思緒。

然而，他知道偶爾得放自己自由。他那些賴以爲生的作品，不就是以放任不羈的思緒爲基底嗎？一天開始後，他發現自己沉浸在全新的想像與靈感。他不知道想法如何能簡單成形，或許化身突破成一個嶄新的故事。這故事很單純，從他朋友班森的父親，即坎特伯里大主教嘴裡說出來，聽來更是稀鬆平常，這位長輩原本是想在他劇作演出失敗後，隨意講個故事讓他開心的。長輩講得斷斷續續，這是個鬼故事，而且根本沒頭沒尾的。

亨利回家立刻坐在書桌旁。他寫在筆記裡：

以下是我到愛丁頓時（十號傍晚，星期四），坎特伯里大主教告訴我的鬼故事：內容細節含糊，不甚清楚：故事有一群小孩（人數年齡未知），在父母身故後，住在一棟古老的鄉間宅邸，任由一群僕人照顧。這群邪惡不懷好意的僕人，也將孩子們帶壞了。僕人們死了（故事沒交代清楚是怎麼死的），他們的鬼魂回到宅邸繼續糾纏孩子們。

他不需要翻回去看筆記也記得這個故事；內容已經刻在他腦中。他考慮將場景放在新港市，也許是嶙峋岩壁的偏僻大屋，或是紐約市區的新穎豪宅，但最後這些場景都被他排除了，他連故事主角都不想讓美國人當。他決定這會是早年英格蘭鄉間的一段傳言；他甚至將孩子刪到只剩下兩個——一個男孩與他的妹妹。

他經常想起妹妹愛莉絲的死，至今已經過了三年。他第一次看了她的日記後，發現裡面全是胡言亂語。現在的他總覺得孤單寂寥，但其實她這輩子都是這樣一個人走過的，如今他感覺與她越見親近，雖然他從未患過她的病症，也不像她如此逆來順受，拘謹嚴肅。

在他最低沉的時刻，他曾經覺得他們兩人都被人遺棄了，他家人總是到歐洲旅遊，然後莫名其妙又回到美國，他與愛莉絲從來就與家人的活動性情格格不入，往往都以旁觀者自居。威廉是大哥，而威奇與鮑伯則生在亨利之後，愛莉絲之前，他們三人就很自在，隨時準備好面對世界的挑戰，但亨利與愛莉絲卻怯弱侷促。他後來成了作家，愛莉絲則臥病在床。

他能清楚想起首度發現愛莉絲焦慮憂鬱的那一天。他們在新港市散步聊天，完全沒注意到天空烏雲密佈，結果下起大雨。她當時應該是十四、五歲吧，但她卻無法表現出同齡表兄弟姊妹的自信與把握；其他人走進屋內時總是謹慎自持，能跟陌生人自在說話，甚至主動與家人朋友聊天，這全是愛莉絲做不到的。

那炎熱的夏日突然下起傾盆大雨，海面上的烏雲是一抹深沉的灰紫。他只穿了一件薄外套，愛莉絲身上甚至只有一件短洋裝與一頂輕巧草帽。他們到處找不著地方躲雨，有幾次他們想躲進樹叢間，但狂風暴雨讓他們難以招架。他脫下外套，替兩人勉強遮雨，然後默默緊倚著彼此走回家。他感覺那天的她開心到幾乎要顫抖了。他從來就不知道她如此需要他、威廉或爸媽全然的注意、憐惜與保護。

在他們走過泥濘的海邊巷弄，朝村莊前進的那幾分鐘內，他覺得妹妹因爲能與他這麼接近而心滿意足。看著她臉上的喜悅與光彩，他第一次意識到她的人生將會有多麼難捱。

他開始觀察她。直到現在，他一直認爲大夥開玩笑說長大之後，威廉會娶她這種言論無傷大雅，主要只是想逗她開心，威廉也會大笑出聲，全家人一片歡樂。每次有客人來，就覺得少不了這笑話。大哥威廉比愛莉絲大六歲，每次愛莉絲身穿色彩豐富的洋裝現身，看到一屋子的大人時，她要嫁給威廉這笑話總是會被一提再提。

「喔，她會嫁給威廉啊，」凱特阿姨會這麼說，如果威廉在場，他還會走到愛莉絲面前，握著她的雙手親吻她臉頰。愛莉絲不會開口，只是盯著微笑的眾人瞧，眼神似乎有點敵意。她爸會在這時候擁住她。

「就在不久之後囉。」

亨利認為，愛莉絲從來就不相信自己要嫁給威廉。她十分理智，即使在她少女時期，慧黠的她就懂得包裝自己內心的忿恨不平。但正因為大家一天到晚就拿她會和威廉結婚這件事開玩笑，也因為從來也沒出現任何有資格的追求者，或許這種與大哥結婚的想法早已深植她靈魂的角落。

在他揣摩大主教的孤兒故事主軸時，他發現自己的思緒不斷轉移到妹妹懵懂迷惘的一生。他反覆回想她對家人展現的睿智與不堪一擊。她是他唯一認識的小女孩，如今，在他設法勾勒自己故事的少女主角時，他妹妹那未曾平息的幽靈則在他腦中徘徊不去。

他記得有一次，當時愛莉絲應該是十六歲吧。有一晚，家裡來了一兩位客人，晚餐也吃得很久，其中一位提到人死後的來生，以及死後就能遇見親人，或必須要有這類的期盼或信念等等。然後另一位客人，也有可能是凱特阿姨吧，當場提議祈禱，以便能在來生與心愛的人重逢。此時愛莉絲突然提高音量，大家停下來看向她。

「根本不用禱告，」她說。「說我們還會遇上誰，聽到就讓我發抖。這是侵犯它們的神聖，我強烈反對這種主觀的說法。」

她聽來就像是愛默生那位對生死哲學有透徹研究的姨媽，深深以獨立思考為傲。她家人知道她犀利機靈，但她知道如果她想要融入同齡女孩，最好掩飾自己的長處。

愛莉絲也有朋友，還會與人出遊。哥哥朋友的姊妹們也逐漸把她當成自己人。但亨利觀察到只要有年輕男子走進室內，愛莉絲的行為就會有所改變。她無法放鬆自己，只是緘默不語。若逮住機會，她會語無倫次不知所云，彷彿全身長滿了刺，坐立難安。他知道這些社交場合讓她累壞了。

就連家人吃飯對她也是一大考驗，因為鮑伯與威奇總會以嘲弄她為樂，讓她無處可躲。那些年他們的父親帶著一家大小四海為家，時常橫渡大西洋，尋求他們沒人知道的某種事物，或許他父親是想從中解脫自己對人生的困惑吧。他們從一座城市搬到另一座城市，在飯店、公寓、家庭教師與學校之間不斷移動。兄妹五人全都能說流利的法文，也知道自己與同輩截然不同；他們懂得比同儕不算多也不算少。他們瞭解財富、歷史與歐洲大城，更深諳孤寂、不確定與獨立自主。他們不懂的是美國、人脈與當代意識形態。在那些年裡，他們學會倚賴彼此，兄妹間有一種私密的語言，自成一個聯盟。他們就像一座畫地自限的古城，就算強敵環伺也難以攻破其城牆。而愛莉絲雖年歲漸長，卻也深困城內，難以脫身。

亨利不太有印象薩克萊曾經造訪他們在巴黎的家，但他記得在其他場合見過他。這段故事不斷被傳誦，連一向不多話的母親都喜歡講述給其他客人聽。

當時愛莉絲應該才八、九歲吧，她就坐在薩克萊身邊，亨利知道她一定非常緊張，對於自己拿起刀叉進食之類的任何動作都很在意。整晚她一定都在納悶這位鼎鼎大名的作家對她有什麼看法。亨利知道這種場合她會心跳加速，一方面讓賓客留下深刻印象，卻又無法過度造作，這樣的她實在很辛苦。

他不記得那段時間她是否穿了裙襯，但這是故事的關鍵。薩克萊在此時轉向她，打量她的穿著。

「裙襯耶！」他說。「眞難想像。年紀輕輕就這麼頹喪嗎？」

這句話並沒有惡意，但對他妹妹卻是沉重的打擊。那次晚餐的其餘時間，他妹妹滿臉羞愧，彷彿自己內心一處黑暗的神祕角落被人不經意揭露。他看見了她疑惑不解的神情，還勉強想擠出笑容，想必對方的那句話有多麼突兀。亨利能理解它對她的中傷，但他卻也無法阻止家人競相轉述這段軼事，特別是愛莉絲在場時，更喜愛描述她是如何被當代最偉大的小說家調侃。

威廉是家裡的老大，對事物的敏銳度最低。不管旅途有多麼艱辛，對他總是沒有任何影響。他在學校很受同學歡迎，隨時蓄勢待發，是屬於嗓門大的那型人物。他動作粗魯，熱愛運動，沒人注意到他擁有任何文藝特質，他可能自己也毫無所悉，直到有機會挺身與他們的父親針鋒相對。他滔滔不絕，辯才無礙，在十來歲時便已經能善用文字辭彙，堅持個人觀感，就像他在運動場上那樣所向無敵。

愛莉絲努力想展現自己成熟女性的那一面給威廉看，彷彿一位十八世紀愛寫日記的法國少女。他的母親有一次提到耐德．羅威爾極受哈威最新小說裡的波士頓人事物所感動，愛莉絲顯然很想發言，大家全都轉頭看她，但她反倒無法開口，雙頰漲得通紅。

「哎呦，可憐的傢伙！」她囁嚅道。「如果一本小說就能讓他這麼感動，那看了《羅馬劫》或是被他妻子調情時，他可不就難以招架了！」

又一次，餐桌上的人都停下手邊動作。母親似乎想立刻站起身，卻又將椅子拉回來。其他人震驚地望著愛莉絲。就連威廉也沒有對她微笑。她眼神低垂，她知道自己說錯話了，他們這才意識到，萬一有一天讓她進入社會，她會是個顯眼又奇特的人物。

他一直沒忘記當時的畫面；她私密困惑的內在相對於她即將面臨的外在人生，這讓他百思不解。倫敦漫長的冬天開始消逝，白日漸長，他沒有寫任何小說，而是開始記錄一些想法，偶爾提筆想開始創作。他妹妹的早逝讓他難以釋懷，而她特異的短暫人生在他最沒有防備時闖入他的思緒，更令他惋惜永不回復的過去。

他記得有一晚，當時妹妹應該是十八、九歲吧。他聽完一場他父親可能會有興趣的演講回家，他心情愉悅走進家門，結果迎上前來的是凱特阿姨，她立刻警示他妹妹身體不適。

他坐在樓下時，能聽見愛莉絲呼喚。他的父母都在照顧她，凱特阿姨也不時上樓在她房內走動，進去看看愛莉絲，然後下樓悄聲告訴亨利她的狀況。他不太記得凱特阿姨是如何描述愛莉絲的身心問題。可能是說愛莉絲發作了，或是愛莉絲神經衰弱之類的，但他的確記得當晚他爸媽都有下樓跟他對話，他注意到他們的激動，眼前出現了新難題，他們女兒神經焦慮，這種陌生的病症需要他們全心關愛與照顧。

當晚，她在樓上房間啜泣不已，亨利知道有人緊緊擁住她，安慰她。以往愛莉絲嫌母親小家子氣只懂得處理家務，如今她卻成了愛莉絲最大的支柱，當晚母親從微弱的燈光走進老舊的起居室時，坐在他身邊的她彷彿心滿意足，因爲女兒需要她。

一切都不如表象所呈現。他故事的家庭教師既能幹又聰明，對自己新工作的挑戰躍躍欲試，準備好要去照顧大主教故事裡的那兩個孩子。他還想到他的母親與凱特阿姨，她們其中之一拿著一盞檯燈走進起居室時，看起來疲憊擔憂，她母親緊抿嘴唇，雙眼明亮，臉頰通紅，她們跟他坐在起居室，樓下斷斷續續傳來愛莉絲的哭聲，兩個女人神情嚴肅，隨時待命，他已經好多年沒看過她們這麼充滿生氣了。

他也想起幾年後與愛莉絲和凱特阿姨同遊日內瓦的那一趟旅行，當時大家都不敢告訴愛莉絲或私下討論她的病情，其實他們都認爲愛莉絲似乎是刻意要生病的。他們想替她的問題找個合理的病症來解釋，而媽的結論就是愛莉絲得了歇斯底里的病症。亨利知道這無法痊癒，因爲她對自己的病情呵護備至，更無可救藥地愛上了它。那一趟日內瓦之旅，他們三個人在旁人或甚至彼此眼中，儼然就是少見的新英格蘭守法子民，認眞欣賞各處景點，用自己睿智的眼光觀察舊世界古色古香的風俗人文，兄妹倆肯定是趁自己還沒成家立業前，陪著阿姨四處走走。在他眼中，那是妹妹最快樂的時光，妹妹聰明伶俐，對人生抱持無窮寄望。

他記得每天下午，他們三個人都會到湖畔散步，凱特阿姨總是確保愛莉絲早上已經充分休息過了。

「地理書從沒提過，」有一次散步時，愛莉絲開口，「湖面會有波浪呢。詩人都要重寫了。」

「要從哪開始呢？」亨利問。

「我會寫信給威廉，」愛莉絲回答。「他會懂的。」

「妳每天都要好好休息，小寶貝，信不用寫那麼多，」凱特阿姨說。

「可這樣我怎麼連絡他呢？」愛莉絲回答。「散步比寫信還累，這些新鮮空氣搞不好有一天會把我害死。」

她的口氣撒嬌嘲弄，阿姨可完全不覺得有趣，亨利注意到，她不喜歡愛莉絲提到死亡。

「我的肺最愛的就是飯店，」愛莉絲說。「它們渴望走回去，特別是大廳和樓梯，當然還有裡面的餐廳和客房，若是美景宜人更好，而且窗戶打不開。」

「妳慢慢走，小寶貝，」凱特阿姨說。

亨利仔細觀察愛莉絲，她應該還在想該怎麼娛樂他，然後惹毛凱特阿姨，他們一面散步，她似乎滿意於當下的沉默與他們的陪伴。

「我的心臟呢，」愛莉絲繼續，「最愛的就是溫暖舒適的火車車廂，而大腦則高聲吶喊想要坐遠洋郵輪。我等會回到飯店房間就要寫信告訴威廉，我們要走快一點，阿姨，不然喔，走太慢對我的記憶很不好喔。」

「如果桃樂絲．渥茲華斯，」亨利說，「能告訴她哥哥這些事情，那我想他的詩肯定會寫得更好。」

「桃樂斯．渥茲華斯不是那位詩人的太太嗎？」凱特阿姨問。

「不是啦，那是芬妮．布朗，」愛莉絲回答，對亨利不懷好意地微笑。

「妳慢一點，小寶貝，」凱特阿姨又說了一次。

當晚愛莉絲下樓用餐時，亨利注意到她曾精心打扮，他知道如果她有絕世美色，或不只是個平凡女孩，或她沒有那麼慧黠聰明，或她能有個尋常童年，或許她的人生能截然不同。

「我們三個可不可以就這樣環遊世界，住在高級旅館，寫信回家，記錄我們之間曾經有過的好玩對話？」愛莉絲問，「可以一直這樣下去嗎？」

「不行，辦不到的，」凱特阿姨說。

凱特阿姨的角色，亨利記得，就是一位面惡心善的家庭保姆，照顧他們這兩個無人看護的孩子，亨利個性聽話貼心又可靠，愛莉絲比較難以捉摸，但還算順服。那幾個月他們三個人過得很開心，沒人願意去想等到回家後，愛莉絲會有什麼遭遇。

旁人只要看到這和樂融融的三人行，絕對無法預料到愛莉絲的狀況早已每況愈下。在他們的陪伴下，愛莉絲幾乎就要痊癒，但亨利知道他們無法永遠陪她走過各大城市。在那微笑面容以及每天早晨，輕快下樓找上他們的身形背後，其實已經隱然藏匿了陰鬱的暗流。當時，愛莉絲的言談舉止早已命定，儘管日內瓦的時光和諧歡樂，但她眼前的道路至今仍令他著迷困惑，這位年輕女孩看來無憂無慮，充滿抱負，順服乖巧，但她很快就要聽見月夜下的尖銳聲音，瞥見窗戶外的駭人臉孔，讓她的白日夢再度變成可怕惡夢。

威廉結婚前後那一段時間，她的狀況最糟，她心理徹底崩潰，新痕舊傷一股腦兒湧上攻擊她。多年後在英格蘭她告訴他，她在那時已經死了一大半了，就在威廉結婚的那個可怕夏天，在他娶進那位美麗踏實的富家女的那一年，更殘酷的是，大嫂的名字也是愛莉絲。而愛莉絲．詹姆斯從此墜入無底汪洋，黑暗水域將她徹底吞噬了。

然而，儘管她的心理問題讓她越見衰弱，她卻能強打精神，活躍自如；她的行事作風無法預測，總是刻意嘲諷或矛盾連連。當母親過世時，家人密切關注她，深信這打擊終將讓她徹底崩盤。亨利待在波士頓，隨時準備幫她並陪伴父親。但是愛莉絲沒有出現任何狀況；她成爲能幹守分又乖巧的女兒，上下張羅家務，從中協調溝通，成爲家人最佳的潤滑劑，維繫全家的情感。他回倫敦前，有天他看見她站在門廊送客，雙手交疊，眼神明亮，告訴客人歡迎隨時來訪。他看著她溫馨的微笑，關上門後卻立刻愁容滿面。她的神態、表情、動作都是承襲至他們的母親。亨利知道，她很努力想要成爲家裡的女主人。

不到一年，他們的父親也走了，待父親入土爲安後，她裝出來的冷靜自持全都粉碎了。她與凱瑟琳．洛芮發展出深刻的情誼，兩人才智相當，但她的極度脆弱卻能與洛芮小姐的強悍互補。洛芮小姐陪著愛莉絲到英格蘭，避開凱特阿姨的看顧，這種反抗行爲是在聲明她想要獨立自主的心願，當然，也想藉此尋求亨利出手救援．她後來又活了八年，但多數時間都臥床。她自己也常說，自己就像無豆的空虛豆莢，等待終有一天枯萎落地罷了。

他在利物浦等她下岸時，想起了這段往事，他知道以她的頑固與偏執，加上她繼承的家產還有洛芮小姐的陪伴，要她枯萎應該還有一段時間。他讓自己不在意她即將打擾他的放逐人生，其實，原本他一個人也過得相當不錯。然而，在他看見她病懨懨地被人從船上帶下來時，他眞的嚇壞了。他走近時，她連話都說不出來；在她以爲他想碰觸她時，她閉上雙眼，沮喪地轉開頭。她實在不應該旅行的。洛芮小姐指揮挑夫安頓愛莉絲，在當地找了一位護士。後來亨利才意識到，她仰賴他那毫無視事能力的妹妹，就如愛莉絲仰賴著她一樣。

愛莉絲不讓洛芮小姐離開她的視線。她沒了家人，健康狀況岌岌可危，但是她強烈需要洛芮小姐陪伴在自己身旁。亨利注意到每次洛芮小姐不在，愛莉絲就接近歇斯底里，一旦洛芮小姐答應陪在她床邊照顧她，愛莉絲心情便明顯轉好。他寫信向凱特阿姨與威廉報告這種奇特的關係。他想要表達自己對洛芮小姐的感激，因爲她竟能如此慷慨給予關愛，但他也知道洛芮小姐的這種依附也得靠愛莉絲的虛弱與無能爲力才能壯大。他並不樂見兩人這種不健康的關係。他不喜歡愛莉絲如此依賴這位忠心耿耿的好友。有時候，他甚至深信洛芮只會對妹妹造成傷害，但他卻也找不到能眞正替妹妹處處著想的人，最後，連他也就睜一隻眼，閉一隻眼了。

洛芮小姐多半時間都陪著愛莉絲，沒有人像她能對愛莉絲如此逆來順受，甚至傾慕讚美。愛莉絲最拿手的莫過於主觀強烈，胡言亂語，洛芮小姐竟然能專心傾聽，聽愛莉絲提到死亡、隨它而來的歡愉、愛爾蘭問題、不公平的政府與英格蘭人生活的種種不堪。只要洛芮小姐不在，無論時間有多麼短暫，愛莉絲立刻陷入悲傷自憐，她想到自己曾經與偉大的父親兄長共聚一堂，如今卻只能忍受某位英格蘭護士虛假的憐憫與同情。

亨利只要有時間就立刻去探視她，甚至當她與洛芮小姐偶爾出城住宿也不例外。聽她說話有時令他驚嘆，她喜歡鉅細靡遺講些笑話，芝麻綠豆的小事也讓她說得趣味盎然。她最愛說的就是查爾斯．金斯利夫人對她死去丈夫的依戀，每次都重複好多次，既是戲謔又是玩笑，每每總要訪客表態，說想聽她再說一次。

「你知道，」她會說，「金斯利夫人對先夫難以忘懷嗎？」這個時候她會停下來，製造懸疑，彷彿自己已經無話可說。然後她會一甩頭，表明自己可以繼續。

「你知道她總是身邊擺著他的半身塑像嗎？每次你去拜訪金斯利夫人，也同時也跟她的亡夫打招呼。他們兩個可都會對著你皺起眉頭呢。」

愛莉絲也隨之皺眉，彷彿自己講了什麼不好聽的話。

「還有還有，」她補充，「金斯利夫人還把她死去丈夫的相片別在她旁邊的枕頭上！」

這時她會閉上雙眼，乾澀大笑。

「她可是睡得一夜無夢呢！這應該是你聽過最可悲恐怖的事情了吧！」

還有醫生。他們的看診讓她不屑又覺得有趣，甚至連她被診斷出癌症，她也覺得不以爲然。只要哪個醫生講了什麼蠢話，她就能講上好幾天。有一天，她說安得魯．克拉克爵士帶著陰沉的奸笑來看她，彷彿後者就是他身上的一部份。她甚至驚喘說，好幾年前，有個朋友等了安得魯爵士許久，結果他一抵達，就說自己是「遲到的安得魯．克拉克爵士」。

「所以我就跟洛芮小姐說，等會他來肯定會這樣介紹自己，我跟妳打賭。『妳聽吧，』我說，門一打開，風度翩翩的紳士走了進來，當然還有那陰沉的奸笑，嘴裡立刻說出『遲到的安得魯．克拉克爵士』，彷彿他是第一次這麼介紹自己，結果他自己也發出爆笑，眞的笑得直不起腰耶。」

她期望著自己的垂死徵兆，看來對死亡毫無畏懼，其他的一切她卻懦弱以對。她不喜歡住在樓下的牧師，說她最怕的就是萬一她在夜裡病重，他可能自顧自地跑上樓來主持她的彌留儀式。「你們想想看嘛，」她說，「人生最後一次睜開眼，結果看見牧師跟一隻大蝙蝠一樣站在旁邊。」她說這句話時，眼神自豪地瞄向遠方。

「這會毀了這些年我練習了這麼久的遺容呢？」

她苦笑。

「最很可怕的，莫過於沒人看顧保護我了。」

隨著時間過去，亨利知道他妹妹終將流連病榻，他發現洛芮小姐也心知肚明。她誓言要陪伴愛莉絲走到人生終點。她們總是提到「終點」，這令他很困擾，有時看著她們兩人相談甚歡，開心自在——一位是再也好不起來的病人，另一位是她的同伴——他只想轉身離開，回到他得來不易的孤寂世界。

愛莉絲在英格蘭的時候，他寫了兩本小說，內容盡是妹妹世界的奇特氛圍。他知道這變革時代的女性會面臨的兩難：成長背景的規定侷限，以及掙脫這些束縛的渴求需要，但他知道，生長在他們這種放任自由的家庭，女性更是辛苦，她們只能在言談表達自由思想，但一舉一動仍必須拘謹嚴肅。寫《波士頓人》（*Bostonians*）時，他輕輕鬆鬆就能描述兩個人競相爭奪第三人的衝突交戰。這種情況曾經短暫出現在他與洛芮小姐身上，後來他決定放手，讓洛芮小姐主導。另一本小說《卡薩瑪西瑪公主》（The Princess Casamassima）也是在愛莉絲抵達英格蘭後完成，一開始他沒有意識到故事裡充滿愛莉絲的化身。剛抵達倫敦的她，就活脫是公主本人，細膩聰慧，隱約有種領導力。另一半的她可能她自己也認出來了：她就是蘿西．莫妮門，終日臥床的「愛炫耀的奇特病人」，一個「世故聒噪的嬌小妹妹」，一個「難搞活潑的小東西，內心卻盡是苦楚」。

她把他的書全看了，也對這本新書讚不絕口，卻完全沒提到兩大主角都討厭的臥床妹妹。在她的日記裡，她寫到亨利的工作以及威廉的成功。這對家族而言，她寫道，算是不錯的表現，特別是，她還這麼補充，如果我能死了更好，不過這可是最難的了。

也因此，她搬到倫敦後，她開始認眞追求死亡，總之，她也已經扮演垂死的角色很久了。她告訴亨利，她渴望能得到某種叫得出來的病症，也因此得了癌症讓她大大鬆了一口氣。她才四十三歲。她夢到自己在驚濤駭浪的大海上，搭著小船隨波載浮載沉，行經一片烏雲之後，她看見了自己死去的好友安妮．笛克威回頭看著她。她也準備隨著朋友而去了。

她身體越來越虛弱，亨利與洛芮小姐悉心照顧她，嗎啡讓她不至於太過痛苦，但她的病情似乎沒什麼變化，他開始納悶她是否就會這樣逐漸凋零，慢慢死去。然而，她的死去並不輕鬆。

有一天他走進她房間，震驚於她的變化。她看起來很痛苦，無法呼吸，洛芮小姐說她脈搏極爲不穩，發著高燒，不能言語，偶爾劇烈咳嗽讓她不斷作嘔，然後全身虛軟癱在床上。當她開口想說話時，又開始咳嗽到不能自己，只能沉默不語。醫生說她這種情況也許會持續好幾天。

他仔細觀察她，絕望想安撫她。他很擔心，他知道無論她之前大言不慚說了些什麼，她一定也很害怕。他覺得她隨時都可能離開，知道她會想要在死去之前再說一些話。

然後又出現了變化。幾小時內，所有的痛苦與不舒服都消退了，咳嗽不見了，高燒也退了，她臉上的垂死病容反倒出現新的沉痛。他坐在她身邊，眞希望母親能在此時陪她說說話，助她解脫，前往另一個世界。他想像母親此時就在房內，嘴裡甚至低語要她現在就出現，母親，用妳的溫柔幫幫愛莉絲吧。他想問妹妹能否感受到母親的幽魂已經出現在他們身旁。

顯然她撐不久了，但是凱瑟琳．洛芮堅持他在深夜就回去休息，他也知道自己無能爲力，他準備離開，就在他要走之前，他看見她又開始躁動，努力想要呼吸空氣，卻無法在床上轉身。接著她輕聲說話，他與洛芮小姐警覺互看彼此，愛莉絲費力緩緩提高音量，讓他們聽個清楚。

「我再也撐不了另一天了，」她說。「請不要讓我再這樣下去。」

這些話語隨著他緩步走回肯辛頓的家。他很怕時間來臨時，她會害怕、驚懼或反悔，畢竟在她最後的那一段時日，她總是嚷嚷說自己想死，現在他想來輕鬆多了，因爲妹妹眞有盤算。他看著她，知道如果換成是他，他絕對會恐慌無助，但是她不同，她毫不退縮。

凱瑟琳．洛芮告訴他，愛莉絲當晚睡得很沉。第二天輪到他守護她身旁時，他在想，不知道她是否做了美夢，更希望嗎啡助她享受其間，帶走她這輩子的罩頂烏雲，驅散她的恐懼與陰鬱。他要她快樂。但他卻無法克制自己想要她繼續呼吸的渴望。他不要她放棄。他無法想像她死去，儘管她已經遊走垂死邊緣這麼久了。醫生更開口要求不要繼續治療，因爲進一步的醫療措施已經沒有必要了。

亨利已近五十，這卻是他第一次目睹他人的死亡。父母過世時，他都不在身邊。他曾經站在母親遺體旁，但卻沒目睹她吐出最後一口氣。他曾經在書中描述人們死亡的情景，但他不知道會是這樣的漫長等待，看著自己妹妹的呼吸變得淺薄，然後若有似無，接著又吸了一口氣。他設法想像她的意識，那犀利尖銳的智慧何去何從，他感覺她現在只剩下斷斷續續的呼吸以及虛弱的脈搏。她沒了意志，沒了知識，只有肉體逐漸走向終點。這讓他更加憐惜她了。

他一直以爲家中有人垂死，屋內必然靜悄無聲，大家戒愼緊繃，但他現在知道並非如此，他能聽見妹妹的呼吸，它的強弱高低全充斥室內。她的脈搏快快慢慢，有時驟然停住，但她並沒死去。他納悶母親的死是否就是如此，只有愛莉絲知道，他也只能問她。

他站起來摸摸她，她的呼吸輕鬆規律，她的睡眠平靜。這維持了一小時。她還沒準備好要離開，他不知道現在的她究竟是誰？在這人間僅存的幾小時內，她有哪部份還流連不去？當她呼吸停止時，他警覺地看著她。儘管近日日夜守候病榻旁，他卻還沒有心理準備。她又費力呼了一口氣。他再次冀望母親就在他身旁，握著他的手，陪他看著愛莉絲慢慢離他而去。洛芮小姐開始計算愛莉絲的呼吸，她一分鐘只呼吸一次了，她說。那時刻降臨時，愛莉絲的臉龐似乎明亮了些，雖然奇異，卻也觸動了他的心。他站起來走到窗邊，讓些許光線透進室內，當他走回窗邊時，她就這麼嚥下最後一口氣。房間終於陷入死寂。

他待在她身邊，知道平和死去是她畢生最大的願望。她看起來美麗高貴，儘管他稍早曾經懷疑，但如今他深信如果她能看到自己等待火化的遺容，她必然會暗自欣喜這模樣。將她的骨灰送回美國，陪伴父母長眠位於劍橋的墓園，這對亨利而言意義重大。他很欣慰他們不會將她葬在英格蘭，他們不會讓她遠離故鄉，長存於英格蘭冰冷的土壤之下。

光線轉換時，她的面容也有了變化。她看起來既年輕又蒼老，容貌卻依舊絕美。他對著她微笑，她的臉蒼白卻細緻。他記得凱特阿姨留給她的世俗事物包括一條披肩時，她有多麼惱怒。他與妹妹都沒有後代；他們擁有的就是生時的一切，他們沒有繼承人，他們不喜交際，沒有密友，不善說愛。他們也從來不要這些。他感覺他們被世俗背棄了，隨波逐流，無依無靠，孤單無助，其他兄弟早已成家立業，父母也已經過世。他悲傷溫柔地碰觸她那冰冷優雅的雙手。

第四章

一八九五年四月

有一晚，當他搭著馬車吃晚餐時，他突然靈光乍現，想到自己該如何呈現一對失恃兄妹間那種奇特強烈的情誼。他對這對兄妹的長相或情境沒有既定的概念，他只有朦朧模糊的感覺，連化作文字記錄下來都沒有辦法。這對兄妹相知相惜，能體諒知會彼此的感受與情緒。他們不會想要成爲對方的牽絆，但是他們的確非常瞭解對方。太瞭解了，以至於任何情節事件都無法精準描述兄妹情。共享理智、想像力的兩個靈魂，擁有相同的脈動，幾乎生死與共，兩個截然不同的人生，卻共享同樣的經驗。例如，他們對父母的死去都是痛徹心扉，幾乎讓他們畢生難以釋懷。

他的創作靈感總是這樣意外出現；甚至在他手邊忙著其他事情時，也就這樣不請自來。這個新故事的主軸來得又急又快，他幾乎不須將它寫下。他不會忘記，一切鮮活存在於他的想像力中，甚至神祕兮兮地滲透進坎特伯里大主教告訴他的那個鬼故事，連他也開始將自己的想像實際化，讓它越來越具形體。他看見這對棄世的兄妹孤單住在一棟潦倒的古老宅邸，兩人靈魂相契，同甘共苦，對即將阻礙他們人生的考驗毫無防備。

故事軸線越見明確之後，他開始掙脫前次劇作失敗的鬱鬱寡歡，更堅定自己努力工作的決心。他再度拾起筆——這是他的神聖使命，他孜孜不倦努力的事業。現在他深信，這是他的畢生志業。他準備重起爐灶，回到崇高的小說藝術，這深刻純正的抱負是言語無法形容的。

在閒散的午後時光，他的眼神會回到自己的筆記本上。某天他看到幾行字時，幾乎視為笑了，不到三年前，他寫下這幾行字，竟日創作，滿懷美夢與熱情，結果孰知後來讓他經歷了好幾個月的沉痛、失望與倦勤，所幸他如今已經浴火重生。他逼自己將那幾行字看完：

曾經位高權重的威尼斯大家族（我忘記姓氏了），其中一位成員當了修士，但為了家族存續與亡，被迫離開修道院，回到塵世。

他已經是家族最後一個成員，必須成婚延續家族命脈。

本題材可沿用至今日社會。

他的眼神很快移到那一連串姓氏，這些全是他從報紙訃聞或死訊抄下來的，用來當作人物角色與情節場所的名字，或多或少還能派上用場。**畢格**——**維納**——**多林**——**帕思摩**——**特拉福**——**諾渥**——**藍思洛**——**偉諾**——**畢格里夫**——**胡森**——**東維爾**。最後這個名字當時是他不經意寫上去的。他也不記得自己是從哪裡抄下來的，其他名字的出處也已不復記憶。他根本不知道自己為何用上那個名字，總之這筆記與姓氏如今感覺已經相當遙遠，他想到自己那齣戲的開端竟然如此不起眼，感覺非常不可思議，它現在已經被王爾德的新戲取代，草草收場。

父母的過世，他想，其實也是一種奇異的解脫。應該是因爲這種事不可能再發生第二次，他母親的遺體只可能平躺著入土爲安，這只有一次。而伴隨這一次的心痛苦楚也就這麼過去了。爸媽不在，愛莉絲也走了，他深信自己再也不會被其他人事物觸動了。也因此，劇作演出的大挫敗令他震驚，他以爲自己再也無須應付那種尖銳強烈的痛苦。他得承認，這感覺近乎哀悼，雖然他知道這麼說實在是褻瀆。

他知道自己不會再讓戲院觀眾傷害他了；他誓言自己將全心奉獻在沉靜的小說藝術上。如果他現在就能開始工作，他的日子會近乎完美，充滿孤寂的喜悅，完成文字作品更會讓他雀躍。

他從愛爾蘭回來後不久，才剛開始讓生活重上軌道，每天固定寫作寫信之後，他的年輕友人強納森·史特齊告訴他一些小道消息，後來艾蒙·葛斯竟然也跟他提起同樣的新聞，全都跟王爾德有關。

王爾德這個人這幾個月常縈饒在亨利腦海，他的兩齣戲還在乾草市場戲院及聖詹姆斯戲院演出。亨利輕而易舉就能算出王爾德賺進多少鈔票。他寫信告訴威廉這件事，提到倫敦的最新時尚就是這位無所不在、聲名大噪的王爾德，他已經不是那位浪費大家和自己時間的傢伙了。

亨利沒有向威廉或其他人提到史特齊和葛斯提供的資訊。他這兩位朋友最愛的莫過於刺探與分享小道消息，他讓他們感覺自己都是第一位通報者，部份原因是由於他不太想讓他們知道，王爾德這傢伙的種種早已是他家人茶餘飯後的主要話題。

就在他到愛爾蘭前，亨利就聽過王爾德早就不顧禮數風俗，在倫敦爲所欲爲、胡言亂語。走到哪都聽得見他誇耀自己的財富、成功與名氣，甚至炫耀昆士貝瑞侯爵的兒子，葛斯認爲這年輕人跟他爸一樣討人厭，當然人是俊美多了，這點連史特齊也得承認。

亨利猜想兩位朋友告訴他的消息早已傳遍倫敦。他知道王爾德與侯爵之子的關係早就是基本常識，但史特齊跟葛斯似乎認爲自己知道的內幕比其他人還要多，而這些駭人聽聞的八卦簡直讓人難以忽視。亨利冷靜地看著他們，替他們點了茶，仔細聽兩人活靈活現地描述那些不可告人的私密情事。根本就是街頭牛郎，葛斯說，不過史特齊的形容比較好笑，他稱這群年輕人是漂泊不定的少年。

「他就像叫計程馬車一樣，一招手人就來了，」葛斯終於坦承。

「要花錢的吧？」亨利故做無辜地問。

葛斯鄭重點頭，亨利眞的很想笑，但表情維持肅穆。

他不震驚也不覺得訝異；從亨利見到王爾德的第一眼起，就連他們在克洛弗．亞當斯的華盛頓宅邸見面那一次，他便感覺此人城府極深。就算葛斯或史特齊告訴他，王爾德每晚打扮成牧師妻子的模樣出外救濟貧人，他也不會覺得奇怪。他隱約記得別人告訴他王爾德父母的往事，他母親行徑瘋狂，一身反骨，他父親則風流成性，同樣個性叛逆。他知道，小小的愛爾蘭容不下王爾德這類人物，但他身上總是看得見愛爾蘭人咄咄逼人的性格。現在看來，連倫敦也幾乎難以招架目前有兩齣大戲上演，並惹得滿城風雨的王爾德。

「王爾德的妻子呢？」他問葛斯。

「在家等著他，他一大堆沒付清的帳單，還有兩個小兒子。」

亨利無法想像王爾德夫人的長相，覺得自己應該是沒見過她。他和葛斯甚至不清楚她是不是愛爾蘭人。但想到看起來如天使般的兩個小男孩就令他心疼。他想像兒子們殷切期盼聲名狼藉的老爸回家，慶幸還好自己不知道他們的名字。兩個小孩不知道老爸在外地的惡名，卻總是將鮮少見面的父親捧得高高在上，渴望得到應有的父愛。

儘管八卦傳得到處都是，他對王爾德也不算是不認識，他還是靜靜在房間走動，葛斯則告訴他王爾德正控告昆士貝瑞侯爵，因爲侯爵公開指控他雞姦。

「這幾個字可能他連寫都寫不好呢，」葛斯說。

「這向來不是他的強項。」亨利站在窗邊望著外面，彷彿期待王爾德或侯爵此時此刻出現在下方的街頭。

葛斯無時無刻強調他的消息來源絕對來自高層，而且非常可靠。他說他與內閣成員有連絡，要不就說是線民來自首相辦公室，或是某個與王儲接近的親信。史特齊則表明他都是從社交場所聽來的八卦，這些人提供的資訊也許不全然正確。葛斯與史特齊在那幾星期內從未碰到面，亨利很慶幸這一點，因爲兩人提供的訊息幾乎是一模一樣的。

葛斯開始每天來訪，史特齊沒事就不會上門，不過在審判期間，史特齊也是天天登門。他們每次都帶來別的補充內容，甚至更令人費解的細節。蕭伯納就曾經告訴葛斯，他與王爾德見過面，也警告王爾德不要把這件事搞大，蕭伯納說，王爾德知道這樣並不明智，一切似乎回歸風平浪靜，結果魯莽的艾弗．道格拉斯爵士現身之後，便督促王爾德告上自己的侯爵父親，甚至攻訐那些提供忠言的人們，同時還堅持王爾德與他一同離開城裡。蕭伯納說這個道格拉斯簡直就是個被寵壞的小鬼，還氣得滿臉通紅。不過更讓人想不通的是，王爾德似乎對他言聽計從，什麼事都依著道格拉斯，看來是年輕男子的憤怒讓他融化了。

史特齊率先提供昆士貝瑞侯爵打算在庭上提供的證詞。

「我聽說他有一票證人。這群證人什麼都會講。」

亨利看著史特齊年輕的臉龐，他雙眼睁大的神情。他很想拍拍他的肩膀，告訴他自己也等著他提供所有內幕細節，他什麼都想聽。

王爾德的故事填滿了亨利的生活。報紙上也會有相關報導，他朋友隨時也可能帶著最新消息來訪。他寫信告訴威廉這場官司，表明自己對王爾德的不屑，他既不欣賞他的作品，更不樂見他把倫敦社交圈搞得天翻地覆。他強調自己從來就對王爾德不感興趣，但如今放蕩不羈的王爾德儼然成為眾人推舉出來的殉道者，這位愛爾蘭劇作家也就這麼自然而然成為亨利關注的焦點了。

「我聽到了超重要的新聞。」葛斯還沒坐定就急著開口，走路搖搖晃晃，彷彿人在大船甲板上。

「我相信道格拉斯的父親會找出一群痞子。這些年輕不怕事的小鬼肯定會提出對王爾德不利的證據，而且，鐵證如山喔。」

亨利知道現在他也不需要提問了。他根本不知道該如何發問。

「我看見證人名單，」葛斯用誇張的語氣說，「裡面還有一些害蟲。看起來王爾德往來的對象全是這群不三不四的害蟲，不是小偷就是盜賊。當初他可能只花了一點小錢尋歡，結果現在要付出慘痛代價了。」

「道格拉斯呢？」亨利問。

「聽說他快火山爆發了。但是王爾德不要他插手。據說王爾德用完這群骯髒的小鬼後，還會讓道格拉斯分享，誰知道接下來還有誰玩這群男孩。看起來名單還很長。」

亨利發現葛斯盯著他瞧，等著他有所反應。

「聽起來很可怕，」亨利說。

「沒錯，還有名單呢，」葛斯當亨利什麼話也沒說，繼續講他的故事。

史特齊和葛斯都沒有到法院旁聽，但是他們似乎都把現場答辯牢記在心了。他們說王爾德辯才無礙，自信滿滿。史特齊說王爾德的發言語氣斬釘截鐵，因爲他已經要去法國了。他口齒伶俐高傲，蠻不在乎又輕蔑不屑。某晚葛斯從他的消息來源聽到王爾德早已經離開英格蘭，但第二天又發現這消息是錯誤的，葛斯也就不再提這件事。

然而，亨利這兩位線民都很確定王爾德會跑到法國，甚至還說得出來即將出庭作證的少年名字，連這群男孩的背景也如數家珍。

審判第三天，亨利注意到葛斯與史特齊語氣越見熱情急切。他們兩人前天全都熬了夜，認眞討論案情；甚至等到王爾德出庭繼續蒐集最新消息。葛斯前晚曾與詩人葉慈聚會，葛斯說葉慈是唯一對王爾德讚不絕口的人，他很佩服王爾德的勇氣，甚至批判社會大眾過度虛偽。

「我沒注意到原來大家這麼喜歡知道他人不堪的隱私，」葛斯補充，「我也這樣告訴葉慈。」

「他認識王爾德嗎？」亨利問。

「他們都是愛爾蘭人啊，」葛斯說。

「他跟王爾德很熟嗎？」亨利追問。

「他告訴我一個很厲害的故事，」葛斯說。「他說，有一年他到王爾德家過耶誕節。他說那房子的美簡直難以形容，放眼望去一片潔白無瑕，有許多奇異漂亮的收藏品。其中最醒目的，葉慈說，莫過於王爾德夫人，他說她聰慧優雅，美麗動人。

那兩個兒子更是純潔可愛的完美小東西。一切都這麼完美，他說，不只品味出眾，更是溫馨舒適，讓人感受那是一個有愛又有美的家庭。」

「可能這樣還不夠吧，」亨利乾澀地說，「搞不好是太過頭了。」

「葉慈很想拜訪他，」葛斯說，「祝他好運。」

史特齊仔細聽亨利轉述葛斯的話。

「很清楚啊，」史特齊說。「他這輩子最愛的就是波西（道格拉斯的小名）。他甘願為他放棄一切。王爾德已經找到了畢生摯愛。」

「那為什麼他不把他帶去法國？」亨利問。「這些人不都是往那裡去嗎？」

「他還是可能去法國啊，」史特齊說。

「我不懂爲什麼到現在他還沒離開，」亨利說。

「我想我知道爲什麼，」史特齊說。「我花了很多時間跟認識他的人討論，或至少那些自以爲跟他很熟的人。我覺得我也許知道原因。」

「快說啦，」亨利坐進窗邊的椅子。

「在短短的一個月內，」史特齊慢慢開口，彷彿在思索下一個句子，「他的兩齣劇作大受歡迎，廣受好評，讓他在這裡聲名大噪。不管是誰遇到這種事情，都會坐立不安。只要新近出書或有新戲上檔的人，判斷力都有待商榷。」

亨利沒有回應。

「同時，」史特齊繼續，「他還去了阿爾及利亞，結果他在那裡的行徑給傳了回來。似乎他和道格拉斯不在乎在當地部落闖出名號，這種刺激生活讓王爾德更加放肆，看來當地人肯定也是流言不斷。」

「我能想像，」亨利說。

「等到他回來後，他無家可歸了，得到處換旅館，連錢都沒了。」

「才不是這樣，」亨利說，「我估算過他戲院的收入應該很可觀。」

「波西全都花光了，」史特齊回答，「甚至還又多加了幾筆債務。我相信他根本沒錢付旅館錢，經理甚至沒收了他的私人財產。」

「就算這樣他還是去得成法國，」亨利說。「他可以在那裡繼續他的創作事業，甚至還能發揚光大。」

「他到處漂泊，喪失了判斷力，」史特齊說。「他完全無法做決定，成功、愛情和飯店房間讓他無所適從。此外，他還深信愛爾蘭會因此深受打擊，但我一點也不這麼認為。」

審判結束後，葛斯確信王爾德如果逃不走，肯定會被立刻逮捕。隨著時間過去，警方也掌握了他的行蹤，看來他必然會因爲傷風敗俗的行徑被起訴，畢竟那些倫敦黑暗角落的證人全都指證歷歷，葛斯說。

「我就說有名單，城裡人人自危，政府也決心雷厲風行剷除這種不良作風。我擔心還會有其他人被捕，我連下一個是誰都知道了，眞的很震驚。」

亨利盯著葛斯，揣摩他的口氣。突然間，他這位老友也儼然成了政府打擊傷風敗俗的擁護者。他眞希望這裡有法國人能安撫葛斯，他這自認追求正義的朋友顯然有整個英格蘭社會當作強而有力的後盾。他想警告他這對他的文筆不會有幫助。

「或許禁閉一段時間對王爾德有益，」亨利說，「但不能讓他成了代罪羔羊，這對他一點都不公平。」

「內閣也討論過那個名單，」葛斯繼續。「警方似乎早就調查某些人，很多人也被暗示最好前往法國。我相信此時此刻正有人搭上橫渡英吉利海峽的渡輪呢。」

「的確，」亨利說，「除了眼前的道德氛圍，他們可能也會發現那裡的食物更好吃。」

「嫌疑人士是誰還沒有浮出檯面，但謠言早就傳得滿城風雨了。」葛斯補充。

亨利發現葛斯認眞看著他。

「只要有問題的人，我想，挑這時機離開是最好的。倫敦很大，很多事情都可以祕密進行，但是這種神秘感很快就要被當局粉碎了。」

亨利站起來走到窗邊的書架，望著上面那些書。

「我在想如果你，也許……」葛斯開口說。

「沒有，」亨利突兀轉身。「沒有什麼好懷疑的。不需要這樣。」

「那我就鬆了口氣，」葛斯靜靜回答，站了起來。

「這就是你來的目的？」亨利盯住葛斯，眼神直接又咄咄逼人，足以讓對方閉嘴。

史特齊在王爾德受審期間持續來往，最後王爾德遭受拘留，不可能去法國了。

「我聽說他媽很快活，」史特齊說。「她深信他給了大英帝國重重的一擊。」

「眞難想像他這種人也有母親，」亨利說。

亨利問他這兩位朋友以及其他客人知不知道王爾德兩個兒子過得好不好，他們家風已經徹底受辱，葛斯帶來了相關的訊息。

「他本人破產了，但他妻子沒有。她自己也有錢，據我所知已經搬到瑞士了。她甚至改了她自己和兒子們的姓氏，再也不跟著父親姓了。」

「案子開始審理前，她知道自己丈夫的行爲嗎？」

「完全不清楚，所以她極度震驚。」

「兒子們又知道了多少？」

「這我就不知道了，我沒聽說，」葛斯說。

有好幾天的時間，亨利的腦海都是這兩個戒慎緊繃的可愛男孩，他們住在一個完全聽不懂外界語言的國家，他們丟了原本的姓氏，父親犯下黑暗的無名罪狀。他想像他們住在瑞士某處公寓，挑高房間，壯麗湖景，保姆不願告訴他們爲什麼搬到這裡，爲什麼大家都不解釋，爲什麼母親從不見人影，要不就是突然守護在他們身旁，彷彿深怕他們遭逢危險。他想到他們是否難以對彼此啟齒，說自己身旁其實有魔鬼，他們不能理解自己的新姓氏，爲何總是孤單寂寞，只能每天待在寒冷的房間內，似乎等待大難臨頭，而那位父親早就猶如朦朧幽魂了，在他們走上樓時，站在陰暗角落對他們微笑。

王爾德被判刑，倫敦黑暗的地下世界醜聞逐漸退散，亨利與葛斯的關係回到過去，葛斯也恢復成原來的模樣。王爾德入獄後，葛斯口氣聽起來也不那麼像上議院議員了。

有天下午，當他們坐在亨利書房喝茶時，之前亨利放在心上的一個老話題又出現了。那就是約翰．艾丁頓．西蒙，他是葛斯的老朋友，已經去世了兩年。亨利說，在王爾德案如火如荼之際，想必約翰絕對會最關注其動向，甚至可能因此回來英格蘭。

「當然他肯定唾棄王爾德，」葛斯說，「那些淫穢骯髒的內幕。」

「是的，」亨利耐著性子回答，「但想必他對公諸於世的事件也會很感興趣。」

西蒙多半時間住在義大利，撰寫了許多關於風景、藝術與建築的文章，內容描述得精彩絕倫，讓他躍身成爲義大利光影與色彩的鑑賞家，同時他還是某個更爲危險的話題專家，他稱之爲希臘道德的問題所在，也就是所謂的男男戀。

大約十年前，亨利與葛斯總會熱烈討論西蒙，就像他們這次討論王爾德的審判一樣。此時葛斯還沒有認識那麼多權勢人士，他們彼此知道西蒙是私底下討論的話題，隨著年月過去，就也沒這麼神祕了。

一八八〇年代前後，人在義大利的西蒙從不諱言討論自己的癖好。他寫了許多直白的信件給自己的朋友，甚至連不是他的朋友也收過他的信。他將自己的書寄回英格蘭，收件者是他認爲可以就此議題加以發揮的朋友。收到這本書的人多半惱怒尷尬。西蒙想要讓這話題開放探討，當時亨利就跟葛斯說，這表示他眞的離開英格蘭太久了，也過度享受義大利的陽光了。葛斯對公眾生活很感興趣，更想知道西蒙的議題能否進入立法程序，也很想瞭解大眾對這件事的態度。相反地，亨利比較想好好認識西蒙本人。此時亨利早已收到許多西蒙寄來的信，內容描述了義大利的種種，早些年亨利還曾經在晚宴上坐在西蒙夫人身旁。他記得她是個異常安靜無趣的女人。他現在都想不起來那天到底她說了什麼。

然而他還是對她依稀有印象的，那是一個主觀意識強又頑固的女人，葛斯還在滔滔不絕講著西蒙的事情，亨利的心思則跑到了西蒙夫人身上，彷彿他就是一個肖像畫家。葛斯說她對丈夫的作品毫無所感，一點也不贊同他對義大利的描述，甚至對他的唯美思想極度訝異，她更厭惡他對男男戀的關注。葛斯說，她本來就是個冷漠、眼光狹隘的喀爾文教派主義者，她奉行道德思想，她丈夫則追求極致美感。他們的鴻溝越見明確，因爲西蒙夫人幾乎是清心寡慾，而她丈夫則一心追求希臘式的情愛。

葛斯隨意提到西蒙夫婦，沒有在意亨利。亨利就這麼吸收了這故事的養分，他也沒特別告知葛斯，便開始創作了。

如果這對夫婦生了一個孩子，就說是小男孩好了，這孩子聰明敏銳，對周遭有強烈的好奇心與警覺心，父母也極度疼愛，他會有什麼樣的人生？他會被教育成什麼模樣？他又該如何看待生命？他聽葛斯說話，提出問題，從答案中構築自己的故事。他最初的內容可能過於死板，所以他放棄了父母對孩子的野心期盼——原本他計畫是母親希望孩子服侍教會，而父親要孩子成爲藝術家——相反地，他改爲母親只想拯救孩子的靈魂，保護孩子不受父親那些亂七八糟的文章影響。

他一開始考慮要不要讓這小孩長大成了地痞流氓，完全背離母親的期盼與父親的野心。但隨著故事開展，在夜深人靜時，他決定主角就是男孩，並讓故事框架簡潔卻張力十足。他會引進一位美國人，這個外來人士仰慕父親的作品，也是少數瞭解父親天賦的人。他想，這父親可以是詩人、小說家或二者兼具。美國人被這家人熱情招待幾星期，卻不巧遇上這孩子病重，最終不幸過世。美國人知道父親不知道的事情——深夜孩子病情加劇時，他的母親竟然暗下決心認爲就讓孩子死去，她目睹孩子嚥下最後一口氣，握著他的手，但什麼也沒做，就讓他緩緩凋零枯萎，走到人生盡頭。美國人從來沒有對他仰慕的作家透露這件事。

一晚葛斯告辭後，亨利寫下故事主幹，然後每日固定工作。他知道這本書的筆觸必須細膩深刻，或許令人毛骨悚然，甚至完全不自然。然而，他著迷於這故事，他認爲他應該嘗試這種主題——腐敗沉淪、清教徒思想與純潔無辜——這幾乎是當代社會情境的典型了。

他記得這故事出現在《英格蘭絮話》雜誌時，葛斯嚇壞了。大部分的人都會認出這是西蒙家族，他說，就算不知道的人，也可能猜主角是羅伯特．路易斯．史蒂文生。亨利告訴他故事已經完成，也都出版了；他根本懶得去想誰會猜出眞正的主角。葛斯還是緊張兮兮的，知道那大部分都是自己跟亨利聊過的內容。他堅持利用眞實素材與現實人生的人物非常不誠實，這太奇怪，也很奸詐。亨利不想聽他說話了。結果葛斯不再找上他談八卦，作爲報復。沒過多久，他這朋友也忘記自己堅稱小說是廉價玩弄虛實的藝術，又開始告訴亨利他道聽途說的八卦軼事。

史特齊告訴亨利，王爾德的妻子從瑞士到英格蘭，親口告訴那位入獄的丈夫他母親的死訊時，亨利的心思又挪到那兩個身處父母角力戰的孩子。他想像自己與威廉站在日內瓦拉葉古飯店窗前，當時他十二歲，威廉十三歲，而那段在瑞士的時光令他厭倦：永無止盡的無趣時光、醜陋老舊的街道、陰鬱的陳年庭園。他想像王爾德的兩個兒子改變了自己的姓氏名字，面對不確定的命運，從窗後望著母親離去。他不知道夜色低垂後，孩子們最怕的是什麼，在這無情的城市，隱約肅穆的黑影，似懂非懂母親將他們丟給僕人照顧的原因，那莫名的恐懼，還時時伴隨著疏離的邪惡父親給他們的慘澹回憶。

一八九六年五月

他的手痛得不得了。如果他拿著筆，動作輕柔和緩移動，就完全不會感覺不舒服，但一旦停筆，就算是轉門鈕、刮鬍子，手腕都會傳來劇痛，直達他的小指頭。拿一張紙都成了小小的酷刑。他納悶這是否是神的旨意，要他持續寫作不輟。

每年接近夏天時，他就開始焦慮，甚至恐慌。如今跨大西洋的交通管道越見舒適簡單，也很受人們歡迎。他在美國的許多表親似乎繁衍了更多表親，他的朋友也多了更多朋友。這些人只要一到倫敦，就會想參觀倫敦塔、西敏寺和國家藝廊，隨著年月過去，他的名字甚至也成了不能不看的景點之一。白晝越來越長，飛燕北返，他開始收到一批批書信，內容全是對方的自我介紹，他稱之爲觀光客的決心信，這些人似乎堅持如果沒有遇到這位著名的作家，沒有他的陪伴，那這趟英格蘭首都之旅就等於白來了。萬一他拒絕他們，信中暗示——其實多半是語氣堅決試探——那麼他們的旅費就白花了，亨利發現這似乎是世紀末時，美國同胞們最爲在意的事情。

他記得自己前一年在筆記本裡寫的文字，那畫面自此留存在他腦海。強納森．史特齊告訴他自己在巴黎遇到了威廉·迪恩·哈威，他想來也應該快六十歲了吧。哈威告訴史特齊他對巴黎很陌生，一切對他都很新鮮，每一天都是獨特的感官刺激。哈威似乎心事重重，彷彿感覺自己已日薄西山，除了體會感受，其餘已經不能多做什麼，更後悔自己爲什麼不在年輕時多多體驗。後來，史特齊不知道說了什麼，哈威將手放在他的肩膀上，喟嘆：「哎呦，你還年輕啊，要用開心的角度好好過日子，盡情享受，不這麼做就萬萬不對了。你做什麼都不重要——只要好好生活就對了。」史特齊模仿當時的那一幕，彷彿哈威是第一次說出實話，讓人感覺彷彿在看一場奇特的戲劇演出。

亨利認識哈威三十年了，與他固定書信往來。每次哈威到倫敦來，便彷彿回到自己的家鄉，彷彿自己是雲遊四海，見多識廣的都會紳士。因此亨利對他對巴黎的看法很訝異，史特齊甚至認爲他在悔恨自己沒有好好享受人生，如今一切都太遲了。

亨利希望倫敦能讓他的美國客人表達自我想法，正如哈威對巴黎的心得。無論是敬畏或悔恨，或讓他們更理解自己在世界的地位，亨利覺得都好。然而，他們只告訴他和其他人美國也有高塔，甚至倫敦塔的規模還比不上美國的某些監獄。此外，美國的查爾斯河似乎比泰晤士河功能性更強呢。

不過每年夏天一來，亨利總是饒富興味地帶著觀光客的眼光觀察倫敦；他想像自己也是他們之一，第一次踏上倫敦，就像他去義大利或回美國時，想像當地人們的生活。每一處全新的街景，就連一棟建築也讓他陷入沉思，如果他還住在波士頓，或搬到羅馬或佛羅倫斯，他又會變成什麼模樣？幼時與威廉、威奇、鮑伯，也許還有愛莉絲從巴黎搬到波隆納，從波隆納搬回倫敦，或甚至從歐洲舉家搬回美國的目的，或許比不上他們父親蠢動不安的慾望，他們從來不理解這些遷徙是爲了什麼。找到了一處避風港後，過了一陣子卻又棄之而去，要不就是好不容易住下來了，不久後他爸又說全家即將離開，讓他總是渴求安全感與穩定。他無法想像家人爲何要從巴黎搬到波隆納。當時他應該是十二或十三歲，也許是父親遇上股市危機，或是收不到租金，要不就是哪裡的分紅出了問題。

住在波隆納時，亨利會陪父親到海灘散步。某個初夏的白日，風平浪靜，放眼望去盡是白沙碧海。他們才剛到一處小餐館歇息，那裡有明亮乾淨的大窗戶，地板甚至撒了麥麩，讓亨利想起有意思的馬戲團場地。餐館裡有一個正在剔牙的老先生，臉部表情也因此扭曲怪異，另一位先生則將自己的奶油餐包泡進咖啡，亨利看得入迷，此人接下來將那溼漉漉的小餐包一口塞進嘴裡。亨利還不想離開，但是父親急著要去沙灘散步，他也只好放棄欣賞法國人飲食習慣的大好機會。

他爸一定是邊走邊說話。他現在只能想起父親打著生動的手勢，想必是在討論一場演說、一本書或是一種新的概念。他喜歡聽父親說話，特別是威廉不在場的時候。

他們沒有玩水，連海水都沒有碰到。他只記得他倆腳步很快。他父親可能還持著一根手杖。這畫面和樂溫馨，在陌生人眼中，就是一對父子在近中午時漫步波隆納的海邊。有位女子在游泳，比較年長的婦女在沙灘上看著年輕女人。年輕女泳者很壯，幾乎算是過重了，她身上的泳衣相當專業，足以抵禦風浪。她的動作專業精準，敏捷活躍。然後她站起來面對大海，雙手玩弄著浪花。一開始亨利根本沒注意到她，只以爲父親停下腳步觀察遠方地平線。然後他爸默默往前走了幾步，似乎心不在焉，接著又回頭端詳剛才的方向。這一次亨利才知道原來他正望著那位女泳客，他眼神饑渴，又立刻回頭看著身後的低矮沙丘，假裝自己對它們也很感興趣。

他爸再度轉身開始走回家時，聽起來有點喘不過氣，什麼話也沒說。亨利想找藉口跑在他前面，但他爸又在此時轉回頭，臉上的表情鮮活，雙眼銳利得彷彿正在發怒。他爸現在站在岸上，身體發抖，注視那位背對他的女人，她的泳裝緊緊裹住她。他爸再也不假裝無所謂，他刻意炙熱地盯著她瞧，但沒人注意。女子沒有回頭，她的同伴也走開了。亨利知道當下他必須假裝什麼也沒發生，他什麼也不能提，也不能發表意見。他爸沒有移動，甚至忽略了亨利的存在，但他是一定知道亨利在場的，亨利心想，如此強烈享受眼前泳者的一舉一動，足以讓父親再也不在乎亨利了。最後，父親終於轉身回家，他不斷回頭，眼神挫敗失落。那女子再次游向大海。

亨利熱愛萊依鄰近沙灘的柔和與色彩，那變幻多端的光影，奶油色的雲朵彷彿知道方向般地在天空移動。他過去幾年夏天都在這裡避暑，今年尤其特別，他什麼計畫也沒做，只想終日輕快散步，但他卻忍不住自問到底自己想要什麼，他的答案也很明確——平靜的工作，靜謐的時光，可愛的小屋與和煦的夏日陽光。在他離開倫敦前，他買了一輛腳踏車，現在正在小巷弄等著他帶它去沙灘。他知道自己根本不想回顧過去，他早知道不要這麼做了。死者不會復返，他不再害怕擔憂他們的去處，這讓他有種奇異的滿足感，他知道眼前他最冀望的，莫過於緩緩移動的時間。

他每天早上站在露臺時，都希望自己能找到掌握這美景良辰的方法，將它攬近。鋪了瓷磚的露臺彎度猶如船艏，俯瞰如大海般純淨多變的小城。這小城就是萊依，最不像英格蘭的英格蘭城鎮。蜿蜒街道點綴著紅瓦屋頂建築，幾乎像是義大利的小山城了，氣氛鮮活動人，卻又肅穆沉靜。亨利幾乎每天都會散步，觀察房舍，那些古色古香的小店面，方方正正的教堂鐘塔，歷盡滄桑的優雅紅磚。回到家後，他的露臺就是戲院包廂，他可以觀賞地球上所有國度。他的露臺，他心想，就像個和藹可親的老友，或許有過之而無不及。他眞希望能買下這房子；他知道他已經開始對屋主打算在七月底收回這小屋感到不開心了。

六月幾乎不見黑夜。他在露臺流連忘返，彷彿籠罩山谷的迷濛薄霧，等待柔和的黑夜降臨。幾小時之後，晨曦便隱約現身。在這段時而放縱時而勤奮的日子中，只有一個人寫信確認自己來訪與離開的時間。小奧利佛．溫德．荷姆斯是老朋友了，如今比較沒有連絡，他屬於當年他在新港與波士頓來往的那群年輕男子，他們在三十來歲就達致事業高峰，現在也是當代舉足輕重的人物。他們來英格蘭時看來神祕，自信滿滿，總是急著將話說完，也習慣別人聽他說話，但在他眼裡，他們比不上英格蘭或法國的同齡人物，他們顯得更魯莽幼稚，幾乎是太天眞了。他大哥威廉就有這些特質，但並不全然如此；威廉的稚嫩無知都深埋在冷嘲熱諷的言談中。威廉知道自己複雜獨特的個性會造成的影響，但美國文學界或法界有頭有臉的人士完全摸不清頭緒。他們還是堅持做自己，展現自然的本我，亨利覺得這實在太有意思了。

也因此威廉．迪恩．哈威會對巴黎清新的感官世界毫無防備，但他當代的歐洲人全都小心翼翼對那花花世界築起高牆。哈威想被美魅惑，更深信他在波士頓時錯過了它。亨利熱愛美國人的坦率與渴望，隨時準備吸收經驗，眼神閃爍著期待與承諾。他撰寫關於英格蘭道德禮數的小說時，總覺得英格蘭人的生活經驗枯燥——對自身地位的確信，不打算接受任何改變——這全都深植在社會體系，一千多年來就是如此。相較之下，這些富有學識素養又擁有權力的美國訪客似乎閃閃發亮，熱烈擁抱新氣象，深信自己終將發光發熱，露臺此時沐浴在暮光下，亨利能感受他們的力道，他們還有許多未完成的志業，近來他的確是忽略他們了。他很高興自己邀請奧利佛．溫德．荷姆斯到普因特丘短住，也答應如果可能的話會與他在倫敦見面。原本深怕被人打擾的他發現自己還挺期待這次的會面。

他開始想起荷姆斯，回憶當初兩人初識的場景，他記得他這位朋友散發著自信可靠的光環。當年才二十二歲的荷姆斯相信自己將在世界大放異彩，人生就如刨床創造的深刻溝槽，也因此，他一路吸收新知，並從中得到滿足與喜悅。在他學習思考時，他的心智卻僵化如失去彈性的彈簧，這令他總是如牆頭草搖擺不定，所以他的情緒總是緊繃，每次公開發表言論時自持冷靜，字句清晰明確，收斂個人情緒與世俗批判，讓自己不至於表現過了頭。但只要他心情好，他就可能會咄咄逼人。亨利跟他已經很熟，不會受這些影響，但威廉曾經警告他荷姆斯現在成了法官，要他小心一點。

從威廉那裡，亨利也知道荷姆斯從來不向他展現的另一面；荷姆斯似乎喜歡跟老朋友閒聊女人，這讓威廉覺得很好玩，威廉還發現，只要亨利在場，荷姆斯就什麼也不說。威廉還指出，荷姆斯喜歡重述南北戰爭的英勇戰績，對眾人解釋自己身上的戰爭舊傷。

「時間晚了之後，」威廉說，「荷姆斯就成了他老爸，那個貴族老醫生，他最愛重複自己的故事，最愛人家聽他說話。」

威廉無法相信荷姆斯過去三十年從來沒向亨利提過南北戰爭。

「他從白天講到晚上，」威廉說，「掃射的子彈與打仗的士兵，遍地死傷。當然加上他自己的傷，就算女士們在場，他也滔滔不絕。他沒有因此殉國眞是一大奇蹟。你一定有看過他的傷口吧？」

亨利記得他們這段對話是在威廉書房。他看得出來威廉興致勃勃，跟弟弟聊得自在，連跟妻子討論的話題也提到了。

亨利記得這段話的結束令人心滿意足。

「那你們兩個都談些什麼？」威廉問。他似乎想要知道最眞實的資訊，眞正的回應。

亨利遲疑看向遠方，然後挪回視線，望著那些精裝皮套書冊，他靜靜地回應，「溫德恐怕單純只是想呈現自己最厲害的一面吧。」

晚餐過後，他在露臺上等待黑夜。他現在想起來了，荷姆斯大部分的時間都跟他談工作、同事、新的案子、法界與政界的最新消息，要不就是他在英格蘭貴族界的新斬獲。他閒聊老朋友的八卦，吹噓新朋友，語氣自在莊重。亨利熱愛他的老練世故，他的犀利言辭，他有時候會突然說出不是法律或戰爭的辭彙，比較像是文學作品或是講道。荷姆斯愛與自己辯證，用他個人的邏輯詮釋一切，彷彿他還在戰場上與他的內在思緒打仗。

亨利從不介意荷姆斯說了什麼。他們很少見面，也知道讓彼此的連結再簡單明瞭不過。他們屬於舊世界，尊崇高貴，甚至帶著清教徒的思想，領導者就是他們難以捉摸的父親以及謹慎仔細的母親。他們都瞭解一己的命運。更準確的說，他們屬於一群同樣上過哈佛的年輕男子幫，大家都認識也熱愛蜜妮·檀波，他們全都拜倒她裙下，爭相尋求她的青睞，就連到了中年時，大夥還對她念念不忘。有她在身邊時，大夥無論有什麼經驗，全都變得微不足道，就算是天眞無邪，也不算什麼，因爲她從他們身上所要的都不是這些。她讓他們歡欣雀躍，只要回憶起當年與她相處的青澀時光，人人都會陷入一種奇特又縈繞心頭的念舊情緒。

她是亨利的表妹，檀波夫婦死後，留下了六個孩子。對亨利和威廉而言，檀波家族沒了父母，讓他們這幾個表兄弟妹顯得更有趣浪漫，兩人忌妒得很，因爲權威對他們而言根本就是模糊的形象。他們無拘無束，鬆散自在，直到後來長大之後，各自面對掙扎甚至苦痛，亨利才知道失恃對他們是一種無法挽回的深沉傷痛。

其實過了好長一段時間，亨利對他們的看法才從忌妒轉成憐憫。他過了很多年才又見到蜜妮，當時她才十七歲，他對她依舊又愛又怕。他馬上知道她是她家姊妹中，對他最意義獨具的一位，而且將一直如此。他能用許多文字描述她：輕鬆好奇、主動自然——這一點很重要，還有，也許，她沒有父母管束，所以她身上有種清新感，讓人覺得很舒服；她從來不用迎合其他人的期待，或滿足誰的願望，或對抗某人對她的影響。也許，他後來想，在死亡的陰影下，她發展出她最獨特顯眼的特質——生活品味。她的心思轉個不停；她什麼都想知道，她對內在人生滿腹質疑，因此在社交圈有她特殊的呈現方式。她喜歡立刻走進室內，找人聊天。他最記得她的笑聲，來得宏亮清脆，雖說渾厚卻又輕巧，那奇特觸動人心的銀鈴笑聲。

她首次讓他見識到她的道德力量時，看起來沒那麼脫俗。她與她姊妹來到新港市，美麗的姊妹花眼神明亮自然，當時有阿姨姨丈照顧著她們。第一次來訪時，蜜妮就跟亨利的父親針鋒相對。亨利的父親老是找人辯論。從亨利聽懂人們說話之後，他便記得威廉與他爸總不斷討論某些議題，聲音高亢，互不退讓。大部分的男性賓客與某些女士賓客也似乎是專門到他家找人爭論的。總之，自由吧，特別是宗教自由就是他爸最熱愛的題目，但他還有其他議題要發表；他不會畫地自限，這是他堅持的原則。

蜜妮坐在花園，一開始安靜傾聽亨利的父親對威廉高談闊論，他倆還不時朝著亨利及蜜妮姊妹點頭。桌上有一壺檸檬汁及幾個玻璃杯，看起來就是個輕鬆愉快的夏日聚會，表兄妹齊聚一堂，與長輩話家常。同樣的話題其實他爸已經講過好幾次了，但儘管如此，威廉還火上加油，鼓勵他爸繼續討論女性不如男性，要她們順從，也要更有耐心。

「天生就是這樣嘛，」他爸加重語氣，「女人就是不如男人，熱情、智慧、體力，樣樣比不上。」

「家父對很多事深信不疑，」威廉想要打圓場。他對蜜妮微笑，但她並沒有回以笑容。她的眼神筆直嚴肅，她坐直身軀，緊繃的模樣似乎準備開口了。他爸注意到她的不安，不耐地看著她。有好一會兒，大家沒人說話，等著看她要說什麼。她的聲音低沉，讓她舅舅得豎起耳朵認眞聽。

「也許是我太差了，」她說，「所以我忍不住納悶了。」

「納悶什麼？」威廉問。

「你們眞的想知道嘛？」她問，看起來快笑出來了。

「妳快說吧，」父親說。

「很簡單，舅舅，我不知道你說得是否正確。」突然間，她的語調直接清晰。

「妳是說妳不贊同嗎？」威廉問。

「我沒有這個意思，」蜜妮說。「如果我有這個意思，我會直說。我一向有話直說。我只是納悶這樣的說法是否正確。」她的語氣尖銳了起來。

「當然是眞的啦。」老父親的眼神也透露出憤怒了。「男人本來體力就贏過女人。這很清楚，這很正確，如果用妳的形容的話。論熱情，男人也強過女人，智慧也是，柏拉圖不是女人。蘇福克里斯不是女人，莎士比亞也不是女人。」

「我們又怎麼能確定莎士比亞不是女人呢？」威廉插嘴。

「我這些話妳滿意了嗎？檀波小姐？」父親質問。

蜜妮沒有答覆他的問題。

「女人天生就是該順從。做好她的針線活，精進她的烹飪技術，照顧她丈夫的孩子，日日夜夜都不能休息。今天我們能靠女性的服從程度和責任心來判定女人的價值。」

他的口氣越來越銳利，顯然不高興了。

「老爸說了算，」威廉說。

「討論完了嗎？」老人問蜜妮。

「還沒有，舅舅。根本沒有結束。」她對他微笑。她的表情幾乎是桀敖不馴了。「很簡單。我不知道體力不足，是否就表示我們懂得不多，或是沒法聰明活在這個世界上。您也知道，我自己就是證據，我的心智薄弱，但是我想其他人的程度也跟我差不多。」

「女人要當個虔誠謙遜的基督徒，」老亨利說。

「這是聖經寫的嗎？舅舅？或是十誡之一？還是您的老師教您的？」蜜妮問。

晚餐前，剛才的事情已經傳開了。詹姆斯夫人、凱特阿姨與愛莉絲已經被警告過了。

「她不在意女人替她煮飯，打掃家裡，」亨利的母親在走廊告訴他。「她沒人管教，沒有教養，我們應當要同情她，因爲她的未來岌岌可危。」

一八六五年的夏天，南北戰爭剛結束，亨利也剛出版了自己的兩篇小說，並準備與檀波家族到新罕布夏避暑，渡過炎熱的八月。奥利佛．溫德．荷姆斯雖然婉拒到新港造訪他們的邀約，但知道檀波家族要到北康威之後，荷姆斯欣然赴約，因爲他知道會有許多女士在場。他將與亨利一起出發，同行者還有另一位南北戰爭的同袍約翰．格雷。亨利寫信告知荷姆斯，蜜妮．檀波用盡超人的力量，終於在附近找到一間單人房，但討人厭的房東無視蜜妮的抗議和魅力，就是不願加一張床。

亨利告訴荷姆斯，他們可以到房東房間搬床。而蜜妮也還在找另一張床，或是其他房間。荷姆斯似乎很興奮眼前又出現一位敵人，可能會在他們的威脅下，被迫交出自己的床。前往北康威的路上，他已經列出可以運用的戰略，提到許多專業戰爭術語，自視爲這場小戰役的領袖與英雄，小他兩歲的亨利完全不能派上用場，所以只能擔任誘餌。他似乎不介意亨利聽他說話時打盹睡了過去。

他們受邀出席檀波家族的晚餐，檀波姊妹這一趟行程由姨婆隨行，亨利覺得這位長輩長得實在很像喬治・華盛頓。剛到北康威，他們就開始找晚上的落腳處。轉錯了幾個彎之後，他們終於找到那位壯碩的房東，他立刻表明自己不喜歡不是在北康威土生土長的外地人。荷姆斯一身帥氣的軍裝那俏皮的八字鬍也沒讓房東先生改變心意，而且，他連看都沒看亨利一眼。一張床而已，他說，他早就告訴那位小姐了，但是地板很乾淨，甚至可讓整個軍團打地舖，他交出鑰匙時還這麼說。

房間空空蕩蕩，只有一個洗手臺，一只水壺和一個臉盆，另外也有衣櫃以及一張鐵架床，上面的拼被美麗非凡，簡直與簡單樸素的房間陳設不搭嘎。他們將行李放在門邊，不太確定晚上該怎麼睡。

「我想這是呼叫備援部隊，發動襲擊的時候了，」荷姆斯說。

亨利按按床墊，它中間已經塌了。

「這種房型比較適合每天留在戶外走動的住客，」亨利說。

他從地板拿起一盞檯燈。

「恐怕，」他說，「新罕布夏的每一隻飛蛾都把這裡當作聖地了，牠們早就隨著開國元老們進駐此地了。」

「你表妹蜜妮聰明嗎？」荷姆斯問。

「是的，她很聰明，」亨利說。

「那麼，我想她一定會替我們找到另一間房間的。」

亨利走到小窗戶旁往外看。外面還很亮，空氣瀰漫松針香。

「所以，」他笑著轉向荷姆斯，「你不介意那我也沒關係，上次小狗舔了那位女士的臉，不就也這樣說嗎？」

「恐怕接下來這個月會很漫長了。」荷姆斯說。

亨利與朋友抵達之前，蜜妮與她的兩位姊妹已安坐後院草坪的躺椅休憩。亨利敏銳察覺到荷姆斯眼中的蜜妮。她不美，他想，除非她開口或微笑。她可以立刻與賓客打成一片，展現自己嚴肅幽默的一面。亨利知道，荷姆斯應該會比較喜歡兩姊妹奇蒂與艾麗，她們的美較爲傳統，對人也客氣多了。

他們一坐下，亨利發現荷姆斯立刻搖身一變成了軍人，一位身經百戰，甚至差點爲國捐軀的南北戰爭老兵。突然間，戰術策略不再是笑話，檀波姊妹的大哥威廉也在戰爭中陣亡，姨婆更是哀傷又讚嘆望著眼前這位年輕軍士。亨利端詳蜜妮的反應，想知道荷姆斯的言談是否令她折服，但她的表情並沒有太大變化。

晚餐過後，兩位年輕人走回房間，很高興聽到蜜妮已經替他們找到其他住所，等到約翰．格雷一到就可以搬進去。荷姆斯心情大好；他很開心有小姐們作陪，更高興大家都聽得很專注，接下來這段時間，他可有一群高雅又懂得欣賞的年輕聽眾了。一路上他不斷開玩笑，還提出惡整房東，成功取得另一張床的餿主意。

他們兩人還沒討論該怎麼睡，是否得有人要睡地板，或就這麼擠一張床。亨利知道荷姆斯會決定該怎麼做，他在窗邊走來走去，靜待荷姆斯開口。此時荷姆斯將燈打開了。

燈一亮，房間瞬間光芒大放，感覺更寬敞舒適了；就連床鋪上的拼被散發著彩色光暈，與之前天差地遠。荷姆斯看來嚴肅，彷彿正企圖解決某項困難議題，他從行李袋拿了肥皂與毛巾，走到臉盆旁將水倒進去，很快將全身脫光。亨利很訝異他的骨架竟然如此壯碩，身材強健結實。荷姆斯的軀體在顫動微光中顯得生動，他朋友動也不動，令他聯想到高壯的少男雕像。在亨利注視他時，早就忘記了他那詼諧的鬍鬚以及稜角分明的五官。他從來沒想像自己會這麼凝視荷姆斯。他想，荷姆可能對男子公然脫光衣服斯司空見慣，畢竟他在軍隊待了這麼久。不過，他當然也知道今晚在這間奇特空蕩的臥室，在這夜深人靜的時刻，在朋友面前脫得精光是不一樣的體驗吧？亨利端詳他的強健雙腿與臀部，脊椎的線條，精壯的古銅色頸部。他不確定等會躺上床前，荷姆斯會不會將內衣褲穿回去。亨利也開始褪去衣物，當荷姆斯開窗，朝外頭傾倒髒兮兮的肥皂水時，亨利也差不多全裸了。荷姆斯放回臉盆，光溜溜走回床邊，將檯燈拿近。

亨利不知道自己站在臉盆前時，荷姆斯是否也凝視著他。他敏銳察覺自己的存在，卻缺乏荷姆斯方才展現的自在與自信。他慢慢梳洗，等到荷姆斯開口時，他轉身看見荷姆斯雙手枕在腦後，躺在床上。

「希望你不要打呼，我們有對付打呼者的方法。」

亨利擠出笑容轉身。他擦乾了自己，也將水倒出窗外，他知道自己現在一定得轉頭面對荷姆斯，而荷姆斯一定也正輕鬆望著自己。亨利覺得很尷尬，也不知道荷姆斯是否想要他全身赤裸躺在身旁。他不確定該不該開口問荷姆斯。

「可以將燈關上嗎？」亨利問。

「你是在害羞嗎？」荷姆斯問，沒有關上燈。

亨利轉身慢慢走向床，毛巾掛在肩膀，掩住他的軀幹。荷姆斯的眼神好玩專注。亨利丟下毛巾，荷姆斯關了燈。

他們肩並肩躺在床上，沒有說話。亨利能感覺自己骨盆碰著荷姆斯。他不知道要不要建議自己乾脆睡到床尾，但不知爲何，此時此刻，荷姆斯似已經掌控全局，就算他提議也可能會被默默否決。他能聽見自己的呼吸，感受自己的心跳，他閉上眼睛，背對荷姆斯。

「晚安，」他說。

「晚安，」荷姆斯回答。荷姆斯沒有轉過去，仍舊仰躺望著天花板。爲了確保自己別掉下床，亨利必須挪近荷姆斯，但他還是朝床緣貼近，不過身體依舊碰到了不動如山的荷姆斯。

也許他再也不會有如此鮮活的感受了。從荷姆斯的每一次呼吸，每一次移動，亨利知道他還沒有睡著，也因此輾轉難眠。今晚，亨利是不可能安然入睡了。他想，荷姆斯此時應該是雙手交疊放在胸口，但仍保持沉默，他沒有移動，表示他一定非常清醒。亨利渴望知道荷姆斯是否也感受到兩人身體的相互碰觸，或是他根本對於身旁的炙熱軀體毫無所感。第二天他們就要換房間了，兩人再也不可能這樣裸裎相見。這與他們原本的計畫相去甚遠，直到看見荷姆斯赤裸站在燈下，亨利才意識到可能發生的事。萬一他還有選擇，如果眼前出現了另一張床，他會毫不思索地摸黑爬上去。然而，他自己的無力感卻也讓他安心。他滿足於當下不用移動，也不說話的情境，如果需要假睡，他也會照做。他知道自己靜止不動，保持緘默，荷姆斯便能自在一點。亨利等著接下來荷姆斯的反應，但他依舊文風不動。

與荷姆斯一同離開波士頓後，他竟然一點也不緊張，而且這種安逸感還持續到今晚。他知道問題癥結在哪裡——威廉不在——他去巴黎參加科學探勘了。亨利知道大哥不在身邊讓他坦然許多，壓力源消失了，因為威廉總是讓他覺得緊張，甚至很有壓力。荷姆斯是威廉的朋友，比威廉還大一歲，但荷姆斯不會像威廉一樣批評他，亨利的言行動作總是攤在陽光下，讓大哥恣意審視、糾正，甚至嘲弄。

荷姆斯突然朝床中央移動。這動作出於自我意志，而非睡眠中無意識的行為。亨利沒有多想，就朝荷姆斯湊過去，兩人就這麼靜靜躺了一會兒。他能感覺荷姆斯的呼吸，他壯碩的身體離他好近，他努力讓自己的呼吸淺薄安靜。

荷姆斯轉身背對他，動作跟剛才一樣突兀，亨利知道今晚躺在這裡就是他的命運了，他的心思飛快，全都在身邊這男人身上，或許對方並不在意，畢竟他習慣與一群男人同起同坐，待在親密的空間。他深信荷姆斯應該入睡了。亨利不知道自己是失望或解脫，但他眞希望自己也能陷入沉睡，一路到天明。

過了一會兒，他確信荷姆斯仍然沒有入睡。他們背對彼此，亨利能感受背後的緊繃身軀。他等著，知道荷姆斯必將轉身，兩人無法避免將打破這緘默的僵局。他認爲荷姆斯也知道接下來可能會發生的事情。

當荷姆斯轉身用身體貼住他，一手放在他背上，一手放在他肩膀上時，他一點也不驚訝。他知道自己不要移動也無須轉身，但他同時也不想透露任何抗拒的情緒。他維持不動，巧妙放鬆身軀，配合荷姆斯的睡姿，閉上雙眼，舒緩自己的呼吸。

他睡了過去，醒了一下，然後再度睡著。當他終於醒來時，房間撒滿晨曦，他很訝異發現荷姆斯已經醒了，而且直接盯住他雙眼，並自然而然湊近他。他知道昨晚發生在兩人間的事情是暗夜祕密，專屬黑暗中的私密行爲。他知道他們不會再對彼此提起，也不會對他人提起，也許白天來臨後，一切又將不一樣吧。他很清楚荷姆斯在戰爭經歷了許多，甚至與死神交戰，身受重傷，更重要的是，在二十一、二歲時，荷姆斯便練就了無畏的鋼鐵意志。亨利沒想到這種精神也會延伸到他的私領域，但至少在新罕布夏這燦爛的清晨，在這短暫停留的房間，他充分流露出多年的歷練了。

十一點前，兩人已經梳洗著裝完畢，行李也收好，付了錢給房東，準備去見檀波姊妹。他們坐在後院草坪的躺椅，討論散步出遊事宜，一面喝茶聊天，亨利覺得自己心思在他處游移；昨晚的一切擾動他的感官；他放眼望去全是昨夜的插曲；其餘全都索然無味了。當他喝茶聽表姊妹說話時，才頓悟自己必須隨時提醒兩人沒有開始，這是新的一天，有新的工作要做。

他注意蜜妮沒有加入對話，異常安靜。當大家說說笑笑時，他找上她。

「我沒睡，」她說，「不知道爲什麼沒睡著。」

他對她微笑，知道她的疏離不是因爲什麼嚴重的事情，讓他鬆了一口氣。

「你睡了嗎？」她問。

「不好睡，」他說。「床墊很不舒服，不過我們還是盡量睡了一覺，實在不好睡，眞是的。」

「一張讓人難忘的床鋪喔！」她大笑。

約翰．格雷當天下午抵達，亨利注意到荷姆斯只要一段時間沒有其他士兵在身旁，他那戰功彪炳的光芒似乎就會褪盡，他只會專注扮演自己的老兵角色，格雷更是用盡心力爲荷姆斯彌補任何不足。他們搬到一處老農舍，這裡離檀波姊妹的住處只離幾哩，在這裡，三個男人都有一個閣樓房間，房東太太是一位友善的年輕農婦。地板雖然嘎吱作響，床鋪也顯得老舊，天花板更是低矮，但是房價合理，房東先生甚至說，他可以載他們在附近逛逛走走，還強調如果他們需要任何東西，他都會想辦法提供北康威最經濟實惠的價錢。

於是，假期就這麼開始了，兩位行動力十足的男士安於回到閒散的平民人生。這是悠哉快樂的國度，話題可以天南地北，只要不踰越基本禮節，什麼都可以談，他們討論了千奇百怪的社會百態，綜合個人最私密的心事，讓這美國之夏充實豐富。

亨利沉浸在首度造訪北康威的愉悅中，這裡是安全的庇護所，讓他感到如家般的舒適。他望著自己的朋友，等待大夥間出現某種模式，他知道他希望他們能跟他一樣讚嘆蜜妮．檀波的聰慧，看出她與其他姊妹的大不同，雖然另外兩位姊妹甜美可人，但蜜妮眞的是最醒目的發光體。他知道自己默默宣傳蜜妮的好，暗地裡用各種小伎倆加速兩位朋友對她的欣賞。當他看見荷姆斯專注與她交談時，他知道兩人之間已經有了好感，他只希望接下來他們能有進一步的發展。

格雷談話枯燥了些；顯然此人在軍隊與家中都有很多聽眾，他的法律學識讓他的語言加入不少艱澀的拉丁字彙，而且他還頗好此道。他對文學書籍很有自己的看法，每天總是翹腿清嗓，找女孩們討論特羅洛普書中人物有多活潑有趣，情境引人入勝，更能掌握祖國多元的眾生生態，還有當下的美國小說家是如何比不上他等等。

「但是他，」蜜妮插嘴，「眞能理解人心的細膩嗎？眞的了解人性存在的奧祕？」

「妳問了兩個問題，」格雷說，「我就分開回答。特羅洛普精準描述愛與婚姻。的確如此。第二個問題比較不一樣。特羅洛普認爲傳道師、神學家、哲學家，或也許詩人才能回答，妳口中的『人性奧祕』不屬於小說家該探討的範疇。」

「我不這麼認爲，」蜜妮變得有點激動。「看完《弗洛斯河上的磨坊》，人更會理解生命是多麼燦爛美麗，這種體會是聽了上千次傳道也得不到的。」

格雷沒有看過喬治．艾略特，蜜妮熱心提供《弗洛斯河上的磨坊》時，他認眞翻了幾頁。

「她是我在世界上最景仰的人，也是我最想見的人，」

格雷滿腹狐疑抬頭望著她。

「她能了解，」蜜妮繼續，「一位慷慨寬容的女性，一位深信寬恕是福的女性應當有的特質，雖然這在現實人生非常不容易，」她停下來思考，「她知道該如何實踐遵循這種準則。」

「『遵循』」？格雷問。「有什麼好遵循的？」

「當然是懂得『寬容』啊，我剛不是說了？」蜜妮回答。

蜜妮還給格雷一本三月號的《北美論述》，裡面有一篇亨利寫的短篇故事〈一年雜記〉。她告訴格雷，她與姊妹被禁看亨利過去的作品，因爲長輩們說，裡面全是淪喪不堪的法式道德，但這篇小說卻受到大人們的許可。之前幾天，對出版界一無所知的亨利還在等待荷姆斯對這篇小說的意見。他知道荷姆斯曾經告訴威廉，他相信故事中的母親與士兵就是在暗喻他與他媽的關係。威廉立刻拿這件事來取笑亨利。威廉說，荷姆斯家族非常火大，老荷姆斯甚至找上亨利的父親抱怨。稍後，威廉才坦承這全是他捏造的，除了荷姆斯最早的說法。

荷姆斯什麼也沒說。亨利望著格雷一手拉著椅子，另一手拿著《北美論述》想找到陰涼的地方好好看他的作品。亨利很擔心格雷的反應，但也很慶幸終於有人提到這篇小說了。他想格雷可能會以退伍軍人的犀利眼光來看待這篇故事，或許認爲戰事描述過度薄弱，對女性則著墨太多。亨利從一處制高點觀察格雷，看著他打開雜誌緩緩開始閱讀，過了一會，他實在坐不住了，於是出門散步，直到晚餐才回來。

大夥一坐下來，蜜妮就說話了。

「那麼，格雷先生，你覺得故事怎麼樣？我覺得有個作家表哥眞是太棒了，眞的難以想像呢！」

亨利心知肚明，但他不知道蜜妮是否也清楚，她的話對才剛從戰場返鄉的兩位軍人有什麼影響。他們對戰爭的印象依舊鮮活，光是他們的存在就能讓人回憶起爲國捐軀或英勇抗敵的千萬青年軍。儘管蜜妮想要展現自己對亨利作品的支持與讚嘆，卻也無形間削弱了餐桌上這兩位勇敢士兵的重要。

「很有意思，」格雷說，接下來好像也沒有進一步的批評了。

「我們很愛這篇小說，也很覺得很光榮，」蜜妮的妹妹艾麗說。

「如果上面不是寫了亨利的名字，」格雷說，「我會以爲作者是女的。但也許這本來就是你的打算？」

他轉頭望向亨利，亨利回視他，但沒有說話。

「他寫的是故事，哪會有什麼打算。」蜜妮說。

「沒錯，但如果想到戰爭，或是跟那些曾經參與戰事，甚至看過戰爭報導的人，我確信故事可以寫得更深刻，更貼近人生。」

「這篇故事又不是在寫戰爭，」蜜妮說。「是在描述女孩的心情。」

「難道女孩們自己寫不出這種小說嗎？」格雷問。

荷姆斯將手放在腦後，放聲大笑。「又不是每個人都能當士兵，」他說。

三位男士與檀波姊妹的話題不斷回到戰爭上。女孩們的大哥與她們的表哥蓋茲．巴克就陣亡了，因此兩位士兵必須謹慎一點，不要過度吹噓自己能全身而退的英勇戰績。然而，大家卻很難不去提到特定的戰役以及受傷的士兵，例如亨利的弟弟威奇、荷姆斯本人及蓋茲·巴克，後者在傷勢恢復後堅持繼續回到戰場，荷姆斯與威奇則又受了傷，但也存活下來了。然而，蓋茲·巴克兩年前被狙擊手擊中不治，當時他連二十歲都不到，地點就在維吉尼亞州的拉波哈諾河畔。講到他的名字和死亡地點，眾人全都陷入緘默。

亨利童年時期回到美國時，曾經在奶奶位於亞伯尼的房子見過蓋茲，那次他也見到了檀波姊妹，後來也在新港遇過他。其他人開始回顧蓋茲的過往時，亨利的心思則移到五年前南北戰爭戰事正酣時，他與家人回到新港市，讓亨利能專心研讀藝術。

一八六〇年秋天，有一天亨利走進畫室，正好發現他的表哥蓋茲·巴克全身精光站在臺座上，讓進階的藝術系學生臨摹他的裸體。蓋茲身材強壯，毛髮茂密，一頭紅髮，皮膚白皙。包括威廉在內的五六名學生盯著他看，認眞作畫，蓋茲動也不動，毫不害羞。蓋茲與檀波姊妹一樣沒了母親，孤苦無依的童年也讓他隱約有種神祕感，行事做人更是獨立自主。他媽不可能跑到這裡不准他光溜溜展現自己，要他立刻穿上衣服。他的體態優美男性化，亨利很訝異自己也目不轉睛看著他，還得假裝自己的興趣與現場同學一樣，完全從學術角度出發。他仔細觀察威廉的作品，偶爾才抬起雙眼，欣賞他這位裸身表哥近乎體操員的完美身軀，他的力道，以及他散發的感官光環。

許多年後，他才知道自己當時心裡所想，而那絕對不能向格雷或荷姆斯或甚至蜜妮透露。就在那短暫的幾分鐘內，他的腦海出現一個畫面，那是他畢生都必須保守的祕密。他不認爲格雷的心思會這麼複雜，荷姆斯或檀波姊妹的想像力也不會這麼豐富。他也不確定大哥威廉是否也曾經有過這種模擬兩可的朦朧時刻。他想過，萬一他說出自己的心思，如果他對自己的朋友坦承蓋茲在他回憶中代表的意義，會有什麼樣的後果？他不知道終日聚會的大家是否也在心底有個祕密天地，而只要聽到了某個名字，那祕密角落就會豁然開朗，難以掩飾？他思考了一秒，眼神遇上荷姆斯的眼神，亨利發現自己無法完全隱瞞自己，荷姆斯看穿了他的社交面具，揭發了亨利難以分享的私密心思。此時此刻，兩人共享著彼此擁有的一次回憶，而他人根本毫不知情。

日子一天天過去，蜜妮做了選擇。她小心謹慎，沒人看出她的決定，但亨利卻比格雷或荷姆斯或她的姊妹更清楚，因爲她希望亨利與她沒有祕密。她選擇亨利當她的密友，他就是她最信任的人，最能自在交談的人。或許荷姆斯也在她心中有一席之地，因爲她不會忽略他，在眾人之間，她最注意的人就是荷姆斯。

不過她把格雷當作自己最需要影響的對象。她根本懶得搭理他那些戰爭事蹟或實際評論或犀利言辭。她希望改變他，亨利觀察到蜜妮總是溫柔客氣地逗弄格雷。

某天當她遞給格雷幾個布朗寧的句子唸時，他反倒往後退了一步，要她大聲唸出來。

「不行，我是要你自己讀，」她說。

「我不能讀詩的，」他說。

亨利、荷姆斯與其他的姊妹沒說話，亨利知道這是蜜妮改變約翰．格雷的關鍵時刻。

「當然你能讀詩，」她堅持，「但你得拋開『唸』與『詩』這兩個字，專注在『我』上面，加注新的信念，很快你就會改頭換面，你的青春就會回來了。但如果你眞想要我唸，我就大聲唸吧。」

「蜜妮，」她姐說，「對格雷先生客氣點。」

「格雷先生以後要等著當大律師，」荷姆斯說。「他得學習替自己辯護，這樣他才能學會替他人辯護，不是嗎？」

「我渴望聽妳大聲唸出來，」格雷說。

「我更渴望有一天你也可以帶著情感默默唸出來，」蜜妮接過那本書。

亨利開始想像有一位新近喪親的女性繼承人，她有三位追求者，但她的智慧與脾性卻從未被周遭親人所理解或欣賞。他不想讓故事主角像那年八月的蜜妮那麼漂亮；相反地，他把女主角勾勒成相貌平平，但笑起來卻驚爲天人。兩位追求者有軍事背景；第三位則是「可憐理查」，這也是故事的名稱。可憐理查是個緊張兮兮又頑固的平凡人物，他因爲單戀而萬念俱灰。理查深深傾心葛楚．惠提克，但她卻更喜歡那兩位打過南北戰爭的退伍士兵，其中一位是嚴肅謹慎的史文上尉，行事作風認眞仔細。另一位盧崔中校則與格雷相似，言談有時令人受不了，卻不難相處。這三個人全都展開攻勢，想贏得惠提克小姐的芳心，但最後，三人全都鎩羽而歸。

故事開始時，理查看見史文上尉陷入沉默，發現原來他也與自己一樣無助，因爲惠提克小姐與盧崔中校正相談甚歡，有說有笑。這現在也成了亨利與荷姆斯的例行公事，每天在北康威就看著蜜妮努力要讓格雷屈服，要他更注意內在甚於外表，承認自己最深沉的恐懼與渴望，要他抛開那些防禦性的功績吹噓。一開始荷姆斯相信蜜妮不喜歡格雷，這讓他沾沾自喜，後來才警覺到格雷即將贏得小姐芳心。檀波姊妹與格雷都沒聽到荷姆斯敲響的警鐘，但亨利輕而易舉就發現了，每次獨處時就在思索這件事。

他當時沒有注意到，其實，很多年後，他也沒有發現——在北康威的那幾個星期——大家總是在扶疏松林下開心對談——已然就是他畢生最企求的一切。寫作的這些年來，他總是不斷回顧當時自己目睹與經歷的場景：兩位野心勃勃的新英格蘭上流社會人士，早已期盼自己在社會將擁有一席之地，還有那幾位以蜜妮為首的美國女孩，敞開心胸擁抱人生，總是充滿好奇，睿智又魅力十足。眾人之間存留著許多無法言喻又無從得知的話題。那年夏天的草坪早已有許多祕密，而蜜妮．檀波也終將掙脫大家高飛，雖然當時他們無從得知，也渾然不覺這令人悲傷的事實這麼快就要降臨。

他不記得自己是何時知道她將不久人世。當然，那年夏天也毫無任何重病的跡象。他只記得過了一陣子後，他母親提到蜜妮狀況不好，她的語氣甚至有些不贊同，彷彿覺得這都是蜜妮自導自演，因為她想博取眾人的注意。

第二年年底時，這群人又在他父母位於昆西街上的宅邸起居室據守；他記得自己發現蜜妮與格雷和荷姆斯都在通信時非常驚訝。他還記得他媽比較喜歡格雷，她認為他比荷姆斯優秀多了，後來，母親也向他報告，蜜妮本人對荷姆斯的幻想也破滅了，因為她發現他太自我了。亨利很訝異蜜妮竟然會跟母親透露這些心事。

如今事過境遷，許多年過去了，他也離家數千哩。今晚新月現身時，他端詳月亮奇特細緻又無懈可擊的美，回憶起威廉走進他房間，告訴他蜜妮肺部有沉積物的那一晚。亨利不確定這是否是他第一次聽到這消息，但他知道之前家人早已有所傳聞。隨後的幾個月，亨利憂鬱擔心，什麼事都不能做，他知道他不能去見她，但他母親固定告訴他最新進展，她媽總是對誰生了什麼病大感興趣，特別是適婚女孩，現在母親也認爲蜜妮的病情很嚴重了。

他設法回憶首度聽到約翰．格雷告訴他蜜妮持續寫長信給自己是什麼時候。格雷覺得有點不好意思，甚至尷尬，因爲內容很私密，情緒起伏劇烈，但格雷還是回信了，所以格雷算是在蜜妮生命的最後一年持續保持書信往來的唯一人士。其中有一封信裡面的文字，格雷曾經轉述給亨利聽，亨利現在認爲那些文字最具意義，遠超過他自己曾經寫過或任何人曾經寫過的文字。她的話縈繞他心頭，讓他無法釋懷，如今在寧靜的黑夜中重述那幾個字，他感覺她彷彿就站在眼前。那其實只有一句話。蜜妮寫道：「你一定要告訴我一件你深信是眞實的事。」當她健康快樂時，他深信這就是她最大的願望，但等到她病重，知道自己來日不長，這句話更凸顯她的絕望，讓她說出這偉大的祈求。「你一定要告訴我一件你深信是眞實的事。」在他的回憶中，她用甜美的嗓音跟他說話，此時此刻，當他坐在暗夜露臺上時，他不知道萬一他收到她的這個請求，他又會如何回答她。

他自問，她那鮮明的性格與明確的野心得鎮日應付身邊的枯燥、庸俗與匱乏，是否因爲如此，讓她再也無法堅持生存下去。當她的姊妹爲了追求安全感而委身下嫁時，想必這種情緒更爲強烈，因爲身體惡化、肺部出血的蜜妮，被迫仰仗姊妹的夫婿們助她養病。她記得在他隻身搭船前往歐洲前兩天，他在紐約與她見了最後一面，當時他努力掩飾自己的興奮與對未知的企圖心。他們還談到她實在也該去一趟歐洲，他還得獨自出航眞是可惜等等。儘管她身體不適，也非常忌妒亨利，那天兩人相處的一小時相當愉快，聊得非常開心。他們還提到冬天可以在羅馬見面，還有他的倫敦行，他可以見到的人，可以拜訪的景點。當他提到自己還可能去拜見她最崇拜的喬治·艾略特，也就是羅溫斯夫人時，她簡直快要生氣了，她搖搖頭大笑了起來。

看來她確實是生病了，而且顯然難以復原，兩人彼此心知肚明，卻沒說出口。不過，在他離開前，他問了她最近的睡眠狀況。

「睡眠，」她回答，「我不睡的啊，我早就放棄了。」

接著她卻又勇敢自在大笑，他認爲那笑容恰到好處，不會讓他人察覺那背後的恐懼與虛假。最後，她離開了。

到了英格蘭，他終於藉由家族友人，有機會在某個星期天午後到北岸拜訪羅溫斯夫人，他想像蜜妮陪著他，她問了喬治·艾略特許許多多的問題，那全是蜜妮在美國的社交圈朋友不會問也不想聽的疑問。他想到她的嗓音，她必然因爲自己身處此地而充滿崇敬。離開時，他還想像表妹站起來，小說家對她的表現也極爲激賞，伸手熱情與她握手，更開口邀請兩人有時間再度回訪。在信中，他竭盡心力對蜜妮描述羅溫斯夫人，包括她的口音，她沉靜專注的眼神，她奇特的長相，那揉合甜美與聰敏的特質，那獨特的優越感與疏離感。不過，寫信向父親描述羅溫斯夫人似乎簡單多了；現在要寫信給蜜妮就等於寫信給幽靈了。

蜜妮在三月過世，就在他倆最後一次見面後的一年。他人還在英格蘭。知道她的離世，他感覺自己的青春也就此流逝，他知道到了最後，她也同樣很恐懼死亡。想必她寧可放棄一切，只要能讓自己繼續活著。隨後幾年，他總是渴望知道如果她還在，會對他的小說和故事有什麼看法，他也想知道她對於他的人生抉擇又有何話可說。失去了她深刻直接的回應，格雷、荷姆斯與威廉也都悵然所失。他們全都殷切想知道，蜜妮對他們的看法與想法。亨利更納悶她現在過著什麼樣的人生？她心思細膩，尋求挑戰又該如何應付這個處處爲她設限的世界？他唯一的安慰是，至少他比這世界更瞭解她，人生沒了她儘管痛苦，卻是他必須付出的代價，因爲青春年少的他曾有幸與她相處。人生依舊運轉，他知道她的音容終將引領他的智慧，這是他賴以寄託與追求光明的準則。

說蜜妮·檀波在他心頭流連不去，還不如說他終究無法離棄她。走到哪他都能看見她，無論是回到父母的家，或是後來他到法國與義大利旅行，到處都有她的身影。在宏偉大教堂的暗影下，他看見了她，她那玲瓏高雅又深富好奇心的身影，只要看到藝術品，她便驚訝得說不出話來，然後努力想找出適合當下情境的言語，豐富自己全新的感官人生。

在她死後不久，他寫了一篇故事《旅伴》（*Travelling Companions*），內容描述威廉從德國前往義大利，在米蘭大教堂巧遇她，看見她站在達文西畫作〈最後的晚餐〉前方。他喜歡讓她撐著一把有紫蘿蘭花邊的白色洋傘，動作眼神與嗓音透露她的聰慧。他現在能掌控她的命運了，她已不在人世，他能讓她體驗她會想經歷的，爲她那提前結束的殘酷人生加點戲。他不知道前輩作家是否也曾經這麼做，或許霍桑還是喬治．艾略特也曾經讓死者復生，日以繼夜，猶如魔術師或煉金師，抵禦命運、時間與其他難以克服的因素，創造另一個神聖的生命。

他忍不住猜想如果她還活著，現在會在做什麼，她的人生又會是如何？在他妹妹愛莉絲面前是不准提到蜜妮的，因爲妹妹忌妒蜜妮擁有的一切：她獨具一格的美與魅力，她的自信，她的深刻與嚴肅，她對男人的影響力。後來，愛莉絲甚至忌妒蜜妮先過世了。

威廉很喜歡揣摩蜜妮的人生，討論這個話題時，他與亨利都同意她不知道自己該嫁給誰，如果她還活著，她一定會太理想化，過度魯莽或甚至矯揉造作。兄弟倆都同意蜜妮的婚姻絕對會失敗，想必她這麼複雜的一個人，一定早已體會這一點，知道自己身無分文又過度聰明，這將成生命難解的悲傷課題。他與威廉都認爲就多數層面而言，狹隘的人生無法侷限她的靈魂。她的性格與行爲，在亨利看來，似乎都指向同一個結論——她的生命終將鬱鬱寡歡，讓她提早香消玉殞。

他常想像她嫁給格雷，或荷姆斯，或威廉，她的地位將微不足道，終日在婚姻中奮戰，卻怎麼樣也贏不了。在《可憐理查》（*Poor Richad*）中，他讓她去了歐洲，終生未嫁。到了《黛絲．米勒》（*Daisy Miller*），他筆下的她魯莽衝動，從不按牌理出牌，最後死在羅馬。而《旅伴》的她嫁了人，他描述她與伴侶在浪漫義大利相遇的情節。他絕對不會讓她落入家庭雜務俗事的窠臼，更不可能讓她在無趣男子的陰影下苟活。

一直到他看了《丹尼爾的半生緣》，他才頓悟自己之前沒注意到的一件事——一位活潑的女子毀於一場窒悶的婚姻，這可是很能大書特書的題材。恰巧這段時間他也在看特羅洛普的《費尼斯．

芬》，雖然他只是打發睡前時光，但洛拉．甘乃迪夫人的婚姻卻令他大受震撼，他很好奇其他讀者是否也會同情這位勇敢聰明的女主角，面對不幸的命運，幻想終有一日能奔向自由人生的渴望。

他開始寫作。當時他已經在英格蘭住了幾年，感覺自己應當能用更客觀的角度看美國。他想讓美國清新自由的精神融入她的生命，隨時準備好擁抱人生，對他人與自己抱持開放的態度。他將他筆下的年輕女孩擺在他奶奶位於亞伯尼的大房子，場景裡只有奇怪擁擠又陳舊的房間，後來，有錢的托樹太太出現了，她立刻下令要拯救依莎貝．亞契，帶她到英格蘭冒險，那裡也是他筆下許多女主角最想望的地方。到了英格蘭，他安排了三位追求者：一是直來直往的嚴肅男子；另一位男子溫柔高尚；第三位可能因為生病或個性不合或語氣尖酸而不適合當她丈夫，後來卻成為她的莫逆之交。

他在佛羅倫斯寫作，每天早上他在河畔旅館醒來時，或稍後到了貝洛斯瓜多時，他總認為自己身負重責大任：他必須讓蜜妮能漫步這些可愛的街道，讓和煦的托斯卡尼陽光撫觸她溫柔的臉龐。但不只如此，他想要更細膩描述她的道德特質，手法必須空前絕後。他想讓這位身無分文的美國女孩開創一個能自在紮實呼吸的宇宙。他給了她金錢、追求者、別墅與宮殿，她身旁更有了新朋友，體會更不一樣的感官享受。他從來不覺得自己這麼有力量過，這是他的責任；他在佛羅倫斯的街道與碼頭散步，腳步輕盈踏上貝洛斯瓜多的蜿蜒山丘，這種輕盈活力都讓他寫進了書裡。他的文字優雅自然，彷彿蜜妮正呵護著他，俯瞰著他。他設想並寫下某些場景後，偶爾甚至不確定它是否曾經發生，抑或他想像中的世界終於取代了現實。

但多年來，蜜妮卻是再眞切也不過，比任何他認識的新朋友或是遇見的人更為眞實。她屬於他誓死守護的那一部份本我，他隱藏的自我，在英格蘭沒人知道或瞭解他的這一面。在英格蘭天空下好好守護她容易多了，這裡的人不會像他想念表妹這樣緬懷死者，在這裡就只有當下，只需注意禮節規章。在這裡，他賦予她力量，讓她走路有風，而那風中迴盪著一首繚繞悠長的老歌，那哀愁的音符更與他如影隨形。

直到他看見荷姆斯，才想起這位老朋友有多麼喜歡英格蘭人；荷姆斯在萊依一下了火車，就不斷說自己見了哪些人，而這些人又是如何如何，例如茱莉亞死後，萊斯里．史提芬的重聽更嚴重了，還有瑪歌．坦納結婚之後整個變了一個人，以及他的新密友凱斯唐夫人多麼吸引人。亨利甚至懶得開口，他也知道如果自己眞的說了話，話題也會立刻被岔開。荷姆斯神采奕奕，儘管過了這麼多年，他更成熟英俊，甚至更帥氣了。或許，亨利心想，這全得歸功凱斯唐夫人。

「恐怕，」亨利終於找到空檔，「恐怕萊依沒有什麼爵士啊，夫人的。這裡安靜得很。眞的，非常非常安靜。」

荷姆斯用力拍了他的背，面帶微笑，彷彿才剛發現亨利站在眼前。擔任法官之後，他反倒變得更不收斂了。亨利心想，也許當下五十多歲的美國人都是這樣吧，但他想到自己的大哥威廉與威廉．迪恩．哈威，他知道應該只有荷姆斯會有這種表現。他企圖想對荷姆斯解釋自己現在手邊正在寫的兩篇小說，過去幾個月來，除了自家僕人外，他不太跟外界連絡。但荷姆斯正專心欣賞田園風光，根本無暇聽亨利說話，在那當下，亨利慶幸荷姆斯只會來普因特丘住上一晚。他從威廉與哈威那裡得知荷姆斯現在是美國大名鼎鼎的法官，他所提出的法律理論在法界與政界都是方興未艾的熱門話題，約莫相當於達爾文在科學界與宗教界的地位。亨利還記得他曾經問威廉到底是什麼理論，威廉直截了當說荷姆斯啥都不信，還將自己的觀點搞得合情合理，甚至流行了起來。威廉說，他的立場就是他沒有立場。哈威的口氣就沒有威廉這麼犀利了；他只解釋荷姆斯想讓法律近乎人情現實，而非死板的教條道德。就像達爾文，哈威說，荷姆斯同樣開發了一種「贏家」理論，但最吸引人的還是他尖銳坦率卻又平凡簡淺的論點。

他與荷姆斯走過萊依街道時，荷姆斯嘴上正在說著自己總覺得該搬到英格蘭來住。當然啦，如果他眞的搬了過來，英格蘭人可不會全心歡迎他，荷姆斯補充。亨利聽得點頭稱是，不過他的心思馬上就跑到別的地方了。

他們在露臺吃晚餐，飯後靜靜欣賞靜謐暮光下的遼闊平原。荷姆斯伸展他的雙腿，似乎準備好好在這裡渡過悠閒的夜晚，但亨利只希望時間快轉一小時，讓他有機會告退。他們之間的話題沒有重點，彼此都小心避開會讓兩人意見相左的議題，例如似乎曾與荷姆斯吵架的威廉，還有被冷落在波士頓的荷姆斯夫人，以及亨利的小說，他很清楚其實荷姆斯對這些都很有意見。兩人討論的不外乎美國社會與友人間的八卦，政治與法律等等，很快就沒話說了。亨利發現自己問了太多老朋友的問題，荷姆斯也回答了太多次自己根本沒見到他們，或他們根本不熟，還說也許亨利知道的比他還多。

晚霞餘暉流連不去，兩人沒怎麼說話，亨利覺得應該無話可說了。他挪動椅子，想好好看看荷姆斯，眼前的這個男人對人生心滿意足，亨利甚至感到一股厭惡。

「時間實在太快了，好奇怪，」荷姆斯說。

「是啊，」亨利也伸了懶腰。「我還以為在英格蘭的時間會過得比較慢，結果搬到這裡，住了這麼久之後，我才知道那全是虛幻。現在就看義大利的時間會不會慢一點了。

「我在想那年我們一起過的夏天，」荷姆斯說。

「是啊，」亨利說。「燦爛又野心勃勃的夏天。」

亨利等著荷姆斯開口說光陰飛逝或一切宛若昨日之類的話，還思考自己該如何回應這種俗不可耐的內容。他已經準備好通報威廉，告訴大哥荷姆斯眞是個令人受不了的談話對象。

「我清楚記得那個月的每一分每一秒。比昨天還記得清楚，」荷姆斯說。

兩人再度陷入沉默；亨利不知道他還要等多久才能客氣告退。荷姆斯清清喉嚨，彷彿準備說話，但卻又住了嘴。他嘆了口氣。

「我總覺得時間不斷往後退，」荷姆斯轉向亨利，確保亨利在聽他說話。「那年夏天一結束，一切全都歷歷在目，我能清楚回憶，彷彿過往籠罩了我身邊的所有事物。有時我感覺自己像在水底，只能看見模糊的輪廓，絕望想浮出水面呼吸。我不知道戰爭對我做了什麼，我只知道自己活下來了。但我現在知道，當時的恐懼、震驚與英勇只是文字描述罷了，它們並沒有教會我什麼——其實凡事皆如此——當你一天又一天重複體驗，你也將永遠喪失了部份的自己。南北戰爭後，我變得渺小，我很清楚，我的靈魂，我的生活方式與感受多多少少都癱瘓了，但我卻不知道是哪些部份出了問題。沒有人看得出哪裡出了錯，連我自己也沒辦法。那年夏天，我只想改變，不再當個旁觀者。我想要參與，我想盡情享受人生，就像那美好的三姊妹。我渴望重生，就像現在，時間的過去對我是有幫助的，讓我更能好好活著。我二十一、二歲時，體內沒了任何平凡正常的情緒與感受，從那時起，我就不斷想要彌補，我要過好人生，我要跟其他人一樣，好好生存。」

荷姆斯的聲音幾乎是生氣了，但奇怪的是，卻又疏遠低沉。亨利知道要他抒發這些心情會有多麼辛苦，他也知道荷姆斯所言不假。兩人再度陷入緘默，但這一次，空氣瀰漫了悔恨與頓悟。

亨利不認爲自己該說什麼話。他不需要告白什麼。他打的仗是私密的，僅限於自己家中，並深深埋藏在他的心底。他不用提起，也無須解釋，但當荷姆斯描述心情寫照時，他深有同感。有時，他感覺自己的人生屬於別人，一個還沒開始寫的故事，一個尚未成形的主角。

他以爲荷姆斯話已經說完了，他也準備再待一會兒，畢竟荷姆斯剛才的告白言猶在耳。但他緩緩瞭解到，荷姆斯看著他，一面斟滿白蘭地的動作，原來，對方覺得今晚時間還長，荷姆斯還有話要說。他等著荷姆斯開口。終於，他說話了，但語氣已然轉變。他又回到那位公眾人物，那位世人景仰的法官。

「你也知道，」荷姆斯說，「《一位女士的畫像》（*The Potrait of a Lady*）是一本能紀念她的好書，雖然結局實在不怎麼樣。」

亨利看見天色逐漸昏暗，沒有回答。他並不想討論自己小說的結局，但他還是很欣慰荷姆斯終於提到了這本書。

「沒錯，」荷姆斯說，「你完全掌握了她的高貴優雅。」

「我想我們大家都很欣賞她，」亨利說。

「她就像我的試金石，」荷姆斯說。「眞希望她還活著，我想知道她對我的看法。」

「的確，」亨利說。

荷姆斯喝了一口酒。

「你會不會後悔她病重時，沒帶她去義大利？」他問。「格雷說她問了你好幾次。」

「我不覺得她曾經開口『問』我，」亨利說。「當時她的病情已經加劇了。格雷的消息不正確吧。」

「格雷說，她問了你，但是你沒有說要幫她，也許到羅馬過冬天可以救她一命。」

「什麼都救不了她，」亨利說。

亨利察覺荷姆斯語氣的尖銳與刻意，彷彿在凌遲質問他，這位老朋友對他毫不留情。

「她沒得到你的回應，就此知道自己活不長了。」荷姆斯這句話彷彿已經演練許久。他清清喉嚨繼續。

「最後她知道走投無路，知道自己活不長了。她當時孤苦無依，也深信自己就要這樣獨自死去。你是她的表哥，本來就可以帶她旅行。你無牽無掛，而且你人已經在羅馬了，根本花不了什麼工夫。」

後來，兩人沒再交談，夜深了，陰鬱暗夜似乎無所不在。亨利要僕人不用拿來檯燈，因為他們都要離開了。荷姆斯喝著酒，雙腿不斷轉換動作。亨利不記得自己後來怎麼回房休息的。

到了早上，亨利還在思索昨晚他該如何為自己辯解，或他該如何結束那段對話。顯然這件事已經在荷姆斯心上醞釀好幾年了，他也一定與格雷密謀過，這兩位律師堅定立場，在家鄉對他評頭論足。現在，荷姆斯就可以回家告訴格雷自己是怎麼說的了。

早餐時，荷姆斯冷靜得很，彷彿昨晚那段話就是一次艱困卻又深思熟慮的判決。現在，他總算可以無愧於心了。他說自己下週末要回來，亨利還在考慮該怎麼找藉口。他不太想再見到荷姆斯了。

接下來那一星期，他工作得很認真，儘管手確實痛得厲害。他不到露臺閒坐，只有在吃飯與睡覺時才離開書桌。過了幾天後，他寫信給荷姆斯說他得趕稿，可惜不能再陪他渡週末了。他告訴荷姆斯希望能在他回美國前，在倫敦再見上一面。

有好幾天，他沉浸在這封信帶來的孤寂中，但是他忍不住不斷回想他與荷姆斯的對話；他想要寫幾封信給荷姆斯，但是根本沒有動筆。他深信他們對他的指控極不公平、無憑無據，荷姆斯竟能冷酷提起那段往事，眞是太令人惱怒了。

他無法確定表妹在生命的最後幾個月，與格雷通信的內容到底是什麼。他知道格雷把她的信全留在身邊，亨利自己在倫敦的公寓也有幾封蜜妮最後一年寫給她的信。他知道她並不怪他，但他眞希望自己能知道她倒底是用哪些文字描述自己想去羅馬的心願。他緩緩停下手邊工作。只要是清醒的時刻，他的心思都在回憶住在倫敦與義大利的那些時光，還有她的那些信。他想還是去把信給找出來吧——他記得很清楚自己將信收在哪裡——然後好好打開信再仔細研讀揣思一番，他無法擺脫這些念頭，他知道自己一定得回倫敦一趟。他會像幽靈一樣飄入自己在肯辛頓的公寓，走到櫥櫃前拿出信，看完信後再回到萊依。

等火車時，他好擔心會遇到認識的人，這樣就得假裝自己要回倫敦辦事。他很怕開口說話，就算告訴僕人他要出門，或是與計程馬車的馬夫說話或是買車票，都讓他緊張兮兮。他真希望自己能就此隱形一兩天。回倫敦的路上，他心裡不斷在想，那些信可能根本沒什麼，看了也許連他也搞不清楚，到頭來也許根本與他現在所知的內容差不了多少。

當他走出車站時，他突然驚覺在那次戲院的大災難後，他是過著如此平淡的人生。他努力追求的恬澹生活，如今隱約就要消逝了。當他打開公寓櫥櫃時，他覺得一定會發生什麼事，他努力說服自己不要想太多，不要太焦慮，但一點用都沒有。

信很容易就找到了，他很驚訝它們竟然這麼輕巧簡短，信紙的摺痕讓墨水都糊了，有些字跡已經難以辨識。然而，那是她的信沒錯，上面還有日期。他將信唸出來：

我會很想念你的，親愛的，但是我更高興知道你過得很好，正在享受人生。如果你不是我表哥，我會寫信請求你娶我，讓我跟著你走，但當然，這不可能，所以我只好安慰自己，告訴自己你也不可能接受我的表白。

他繼續看下去：

如果我明年冬天眞可以去羅馬，可能跟你見到面嗎？

接著是最後的幾封信之一：

親愛的，你想想，如果能在羅馬相聚，會有多麼開心！光想到這裡我就快樂得要發瘋了。我願意放棄一切，只爲了到義大利過冬。

他將信放到一旁，雙手抱著頭。他沒有幫她，沒有鼓動她，而她也竟然從沒直接開口。如果她曾經堅持，現在他平靜下來想，他一定會袖手旁觀保持距離，或用盡全力積極勸阻她不得到歐洲。就在那一年，他也才剛成功逃入明亮燦爛的舊世界，這是他畢生渴望。他正在創作故事，吸收所有感官接收到的刺激，構思自己的第一本小說。他再也不是詹姆斯家族的一員，他有明確的抱負，奔放的想像力，身處溫暖的環境。他媽寫信要他盡量花錢，享用自由的饗宴。他不想要見到病懨懨的表妹。就算她身體健康，他也不確定自己需要她的陪伴，畢竟，她那麼機智聰明，絕對會比他更受歡迎。當時的他需要觀察芸芸眾生，用自己的眼光打量評估世界。如果她在場，肯定會牽著他的鼻子走，他會用她的雙眼看世界。

他走到窗邊望著大街。就算是現在，他也覺得自己有權拒她於千里之外，他要善用自己的才華，深耕自己的本質，走出自己的一條路。然而，她的信的確令他內疚哀傷，更不用說他現在知道她找上外人——或至少格雷——討論他的冷漠與拒絕。荷姆斯說她「知道自己活不長了」，這話迴盪在他心底，令他羞愧，他的無情與自我意志在內心交戰。最後，當他環顧室內時，深覺有個銳利難耐的念頭瞪視著他，兇猛殘暴，對他低語，其實他慶幸她死了，她沒了生命，他才知道該怎麼應付她，她溫柔乞求他幫忙時，他竟斷然拒絕了。

那天下午，他坐在起居室的椅子上，沉澱自己的思緒，卻又放任它恣意游動。他不知道自己該不該把信給燒了，總之未來留著這些信也沒什麼好處。他將信先擱在一旁，回到櫥櫃前，找到之前一直遍尋不著的紅色筆記本。他知道自己想看什麼，就在前幾頁，就在幾年前，他仍舊清楚記得自己親筆寫下的大綱，但細節早已模糊。他將筆記本拿到亮一點的地方。

荷姆斯造訪他之後，他終日惶惶不安，腦海裡那位垂死的美國女子形象逐漸清晰。她家財萬貫，眼前的人生有無窮的可能性，她可以到歐洲過精彩的生活，就算時間短暫也好。

他筆記裡有一位年輕的英格蘭人，身無分文卻聰明帥氣，他拯救這位美國女孩，表現得像他愛她，助她生存，但這一切都是有條件的，只不過那位垂死女孩並不知道內幕。男子眞正的愛人，也成了這位富家千金的好友。

他看著自己的筆記，很是震撼，這些內容竟然如此露骨冷血。年輕人假裝愛著美國女孩，只為了她的錢，那是狡詐的愛情，而他的眞愛還能在旁坐視不管，知道只要拿到錢，兩人就可以遠走高飛了。他覺得這故事過於庸俗醜陋，卻後勁十足。

他又拿起那些信，看著蜜妮乾淨的筆跡，這雙手只想見證世間的美好。他看見她抵達歐洲，這是她人生最後的巡禮。他給她錢，他會讓她繼承一筆遺產，同時也看見了男主角，此人對她呵護備至，轉過身時卻是一個隨時準備背叛她的大壞蛋。故事之所以醜陋庸俗，是因為人起心動念也是如此，但萬一人心本就善惡不明，美醜不分呢？突然間，他坐直身軀，然後站起來走到窗邊。那一霎那，他看見了另一個女人，他瞥見了她奇異獨特的道德，她犧牲大我，讓垂死女孩認識了愛情，就算她心機算計在身，但現實中，這兩個女孩卻成了讓天秤維持穩當的兩種力量。

他的角色全有了，他們三個人，他會擁抱他們，堅守他們的本我，讓他們隨著時間演化，成為更繁複成熟的角色，不流於庸俗醜陋，他們將更豐富，坦然承受人生的可能。他再度走過房間，收好信件與筆記本，將它們全部放回櫥櫃，關上櫥櫃門。他不需要它們了。他現在需要的是工作，收拾心情，他決定立刻返回萊依，準備就緒，再次深刻探索他表妹蜜妮．檀波的生與死。

第六章

一八九七年二月

他的手沒有改善。雙手有如交付他照顧的外物，卻一點也不討喜，更不受歡迎，有時甚至惡毒狡詐。他早上還能寫作，但到了中午，劇烈疼痛會沿著他的手腕直到小指、肌肉、神經與肌腱。手若保持不動，就沒有疼痛感。但只要他寫作到一半，停下來思考，再拾起筆時的刺骨疼痛會讓他不得不把筆放下。

他只能在極度挫折下檢查前面寫過的幾頁，暗自記下準備修改的章節。他發現自己的心思往前奔馳，腦海中的故事情節更是豁然開闊，一字一句都已經找到它們的位置。他甚至可以隨意停頓，然後繼續開始。他並沒有大聲說出文句，甚至也不用低語，它們完整呈現，讓他毫不費力就能記得前後連貫的內容。他坐在書桌前，很想寫信告訴威廉，卻又發現自己根本痛到沒法寫信，而且，他眞的很久沒寫信了，他得小心呵護自己右手的力量寫小說，因爲它每月在報紙連載，無論手痛不痛，他再怎麼樣都得擠出成果。他可以利用早上的幾個小時好好工作，但到後來，連這幾小時他都無法忽略自己的疼痛了。

威廉很熱衷現代發明，他寫信向亨利推薦速記機的優點，堅持聽寫又快又好，專注工作的效果更棒。亨利相當懷疑，而且覺得這成本也太高了。更不用說他安於單獨工作，可以主掌紙上的文字。但疼痛延伸到整條手臂，每天早上他得忍受疼痛酷刑，只為了不讓小說中斷，他知道自己該認輸了。他累壞了。

他可以找速記員替他寫信，他想，而且他也堆了很多該寫沒寫的信。不過亨利也擔心自己的隱私，卻又告訴自己反正那些信也沒啥太私密的內容。如果真是如此，他只要立刻擦掉就好。推薦來的速記員是一位蘇格蘭人，名叫威廉．邁亞潘，看起來效率奇高又可靠能幹，他每天早上會準時抵達亨利的公寓，此人安靜陰鬱，顯然對工作以外的人事物毫不感興趣。

亨利說出自己的書信內容時，邁亞潘會認眞用速記記下每一個字，隨後再遞上一份整齊打好的打字稿。不久後，亨利也開始直接對著速記機唸，有時他甚至納悶不知道邁亞潘或新機器對他的內容更感興趣。

他告訴朋友，自己的手已經掛了。他的速記員開始如空氣般無所不在，亨利後來發現聽寫甚至也能善用在寫小說上。他的手好了後，他開始在晚上打字員休息後自己寫信，但創作小說還是得仰賴新機器以及那位安靜的操作者。

一開始他小心不要過度宣傳自己的寫作新法，不久後他便後悔了，他不應該讓別人知道的，因為只要知道他現在是對著機器說話，發現小說藝術已經商業化的人，就會對他的決定甚至前途非常不樂觀。他向他們保證他絕對不會投機取巧，甚至強調機器與蘇格蘭人反而是與繆思女神有所連結的開始。

他喜歡在房間來回走動，先幫句子起個頭，讓它蜿蜒前行，然後暫時攔住它，加上一個片語，一個停頓，再讓它奔馳到優雅適切的終點。每天早上他總是期盼開工的時刻，他的打字員從不抱怨，一向準時，對小說家使用的優美文句毫無所動，彷彿它與之前他在商界工作的內容並無差異。

他現在感覺自己的寫作人生邁向了極致自由的頂點，過了幾個月後，他知道自己再也無法回到紙筆世界，他再也不要沒有機器陪伴的孤寂歲月了。他走到哪兒，蘇格蘭人就提著那巨大的打字機跟到哪兒，打字機已經取代了速記機了。打字機總要帶著，蘇格蘭人總得支薪，因此出門成了麻煩事，而且也很花錢。他再也不能隨心所欲橫渡英吉利海峽或搭火車或住飯店旅館了。宜人氣候與宏偉城市的呼喚早已淹沒在打字機忠誠的噠噠聲以及他自己的說話聲中了。

這些年他寫了許多關於各地宅邸的敘述文字，內容鉅細靡遺，也因此，他的好友兼建築師愛德．華倫便自願提供葛登園、波以登、依司赫與旁茲等宅邸的藍圖素描給他，讓他能描述每個房間，或許是它們精心營造的氣氛，家族珍視的收藏擺設與褪色泛白的織錦掛毯。華倫甚至說亨利可發行跟建築有關的小說的建築版了。每次亨利拜訪華倫家，總是研究那一幅他臨摹萊依藍姆宅邸的花園室的畫作，作品的角度是從大街看過去，充滿了英式精粹，古色古香的紅磚牆與歷盡風霜的安逸感。

亨利也夢想自己能在倫敦城外有自己的房子；他想像自己每晚沐浴在老式起居室的昏黃燈光

下，深沉的暗色地板鋪著地毯，壁爐裡的木柴劈哩作響，厚重的窗簾早已拉上，漫長的一天結束了，社交應酬全都拋在腦後。

夏天一到，他就會在蘇福克海邊小鎮漫步，欣賞著它們的名字——大雅茅斯、布朗岱斯頓、沙克斯曼德罕與丹威奇——代表的是一段古老悠久、錯綜複雜的歷史。他想，若岸邊有一處石砌小屋，線條簡單實在，又與周遭海洋文化有所連結，應該就是他的理想住所。他到處走動，打字員與雷明頓打字機也隨侍在側，他們時而住進糟糕的客房，偶然進駐昂貴的飯店，他眞希望這是最後一次居無定所的夏天，但他知道這種臨時拼湊的無殼人生也許就是自己的宿命，直到他眞能下手找到一處可愛的避風港，隨著時間過去，他這種渴望越來越急切了。

在蘇福克的海邊小鎮，他到處找人問，解釋自己的需求願望，拿出自己在倫敦的地址，表達自己的認眞。幾次有人找他看房子，但那些都不是他的夢幻住所；不知如何，這些房子看起來都很可怕，似乎是沒人想要才找上他去看屋的。

他在萊依也釋放自己想看屋的風聲。他跟當地鐵匠成了好友，此人偶爾也會經營鐵器生意，很歡迎外地人隨意找他閒聊。某次在萊依散步時，亨利停在米耳森先生家門口，米耳森先生立刻稱他詹姆斯先生，知道他就是那位喜愛在萊依散步的美國作家。第二次或第三次見到米耳森先生後，對方知道亨利想在當地長住。米耳森先生喜歡聊天，對文學沒啥興趣，也從來沒去過美國或認識其他美國人，加上亨利對鐵器也一竅不通，兩人便聊起房屋市場，例如過去那些曾經出租，哪些曾出售或已售或有人出價反悔，哪一區最受歡迎，哪些房子又從未出售或出租等等。每一次亨利造訪，只要提到房市話題，米耳森先生就會拿出亨利之前給過的倫敦地址，他強調他沒有把地址亂丟，也沒忘記亨利的願望，接著就提到某棟很不錯的老屋，應該很適合單身漢的需求，但又惋惜表示老屋主人總是不肯脫手，未來似乎也不可能售出。

亨利認爲自己與米耳森先生的談話猶如戲劇形式，正如他與漁夫討論大海，或與農人討論秋收，這些都是禮貌的寒暄，讓人放鬆心情，這是體驗英格蘭人生的最佳方式，用文字或地方新聞讓自己細細沉浸於英格蘭的獨特風情。也因此，在他打開那封寄到他倫敦地址的信時，他注意到寄信者應該不常寫信，甚至當他看到寄信者是「米耳森」時，他還搞不清楚到底此人是誰。直到他再定睛看了一次，才意識到原來就是萊依的米耳森先生，感覺肚子彷彿被打了一拳。米耳森告訴他，萊依的藍姆宅邸已經清空，也許可以入手。亨利第一個想法就是他一定買不到，藍姆宅邸位於圓石小丘的一處靜謐角落，華倫將它的花園畫得極爲可愛，每次他到萊依總會又嫉又羨地駐足觀賞，雖說宏偉卻也低調，地點適中卻又不會過於熱鬧，居住其中一定舒適自在，更可營造溫馨熱鬧的氣氛。他看了郵戳，心想那位鐵匠會不會到處宣傳。這是他最想要也是最愛的房子。他不相信什麼奇蹟，他一定要馬上行動，他可以發電報或搭下一班火車，但他很確定自己是搶不到的。光想也不會得手，更不用說坐著擔心後悔了；眼前唯一的解決方法就是趕緊衝到萊依，至少他爲了入住藍姆宅邸已經盡了全力了。

在他出發前，他寫信告訴華倫，也請求華倫儘早抵達萊依，替他檢查屋內的狀況，希望它裡外皆美。可是他不想等華倫了，他當然也無心工作，坐火車時，他納悶是否其他乘客看得出來他的心情，他們知不知道這趟旅程對他有多麼關鍵，雖說興奮，但結果也許會令人失落。他知道那不過是一棟房子罷了；他人買賣房子，隨時搬來搬去再平凡不過。前往萊依的路上，他突然發現只有自己能體會箇中深意，這麼多年來，他沒有國家，沒有家人，沒有住所，只有倫敦那間小公寓。他連個棲身的殼都沒有，漂泊多年讓他緊繃疲倦，時時驚恐，他的人生彷彿少了一道外牆，讓他只能隻身面對無情的世界。藍姆宅邸有美麗的老舊窗戶，讓他能駐足望著外界；而外界，也只能在他開口邀約後，才能一窺他的內在。

他夢想自己成爲屋子的主人，請朋友家人入住；他夢想自己裝潢這間老房子，添購他想要的傢具，讓他的人生終能永續紮實。

他一走進大門，就感受一股沉靜的恬澹感。樓下的房間小巧溫馨，樓上的房間寬敞明亮。某些橡木鑲板已經貼了現代壁紙，但他知道這應該不難恢復舊有的光澤風華。屋內有兩間房間可直通悉心維護的美麗庭園，綠意盎然，花卉燦爛綻放，對他來說是大了一點。客房曾經招待過喬治一世，他知道這裡會很適合他的親友。他在屋內走動，開門關門，什麼話也沒說，擔心自己表現得過於積極，就怕也對這房子表達意願的某人會出現在前門，大聲要他離開。

然而，當他從花園走進面對花園的房間時，站在能俯瞰圓石丘的落地窗旁，他知道自己能把這房間拿來做什麼：夏天時，他可以每天在這裡工作，盡情呼吸這兒自在的空氣，沐浴在炫目神迷的光線下，此時他不禁深吸一口氣。他再也無法壓抑情緒，只能走出房間，面對美麗的花園，圍牆爬滿了年代悠遠的碧綠藤蔓，一株老桑樹提供了涼爽的樹蔭，歷經風吹雨打的滄桑紅磚早已褪色。在屋內與花園走動就像在塡某張表格，走得越多，他越確信自己就要在表格最下方簽名，宣稱自己的擁有權。

屋主清楚這位入住者大名鼎鼎，很快便同意提供二十一年的合約，條件優渥寬鬆。華倫以專業角度看過房子後，也列出需要改善的項目，不過全都是小事幾件，冬天前就能完工，春天來臨時，亨利就可以住進來了。亨利請邁亞潘代筆，告訴朋友與大嫂他的新房。他還說這裡一年租金七十鎊，這一段是他等到邁亞潘離開後，親筆加上的。

奇特的是，接下來的幾個月，他的心情總是誠惶誠恐，彷彿自己做出了未曾考慮周全的財務決定，可能讓他一夕破產。他現在每天都很忙，需要找各界的人士商談，買傢具與家用品，倫敦的公寓也還沒決定是要出租或留下來。現在他花了一大筆錢，接下來每一次的財務決定都要謹愼。但除這些之外，他總有種無以名狀的憂鬱如影隨形。過了幾個星期，他才瞭解它是什麼：當他走進藍姆宅邸的樓上房間，走進他未來的臥室時，他深信這裡就是他即將離世的地方。看過租約後，他知道二十一年後，他應該早已步入墳墓。房子的高牆早已見證過去三百年人們的來來去去；如今它邀請他短暫品嚐它的魅力風華，誘惑他，讓他享受稍縱即逝的熱誠招待。先是歡迎他，而後再送他離去，在他之前的其他住客也是這樣的。他會病重躺在某間房間，最後全身僵硬冰冷。想到這裡，他的血液幾乎凍結，但他的心情卻是欣慰的。他義無反顧地一路旅行至此，與他將在其間嚥氣的場所相遇，他揭開了它的神祕，開展它無從得知的面向。但他也要在這裡好好生活，白天工作，夜晚在壁爐前取暖。他找到了他的歸屬，他流浪不安了這些年，現在他渴望投入它的懷抱，美麗溫暖的它，即將是他最熟悉的地方。

那年冬天與隨後的初春，他養精蓄銳，決定了一些俗事。哈威到倫敦時，他們在某個濃霧瀰漫的清晨討論了美國的小說與連載文學市場。哈威的造訪以及冷靜的建議，甚至在他回到美國之後，對編輯也著力甚鉅，在亨利看來，全是那一季的驚奇魔力。

其他事情也逐漸步入軌道。渥斯里夫人發現他有了新家，堅持要立即來訪，提供她的忠告。他知道她是眼光精準、品味獨特，卻又講求實際的收藏家，就算是小房間或私密空間，她也不遺餘力精心擺設。她知道幾家藝術精品點，多年來也在頂級藝術界建立了她的響亮名聲，劣品更被她嗤之以鼻。她看了《波以登的戰利品》，這篇連載小說是從美國寄來給她的，她深信那位爲了收藏波以登精品也會犧牲生命的葛瑞寡婦就是以她爲藍本。

「我又不貪婪，」她說，「更不愚蠢，當然也沒守寡。我才不肯當寡婦。但我也有那雙什麼也放不過的銳利雙眼，我知道如何修復安妮皇后時期的椅子，要怎麼補綴褪色的破舊織錦，或是該如何替繪畫找合適的畫框。」

她假設他沒剩什麼錢，卻也認爲他品味應該與她相當，她一定得去看他新房的每一個房間需要哪些擺設。她覺得藍姆宅邸完美極了。她甚至希望自己能把它帶回家，但既然做不到，她便甘願帶著他在倫敦大街小巷採買，到不起眼的角落小店搜尋古董傢具。他驚訝發現，她那些精緻可愛的小收藏品，都是她與夫婿還沒什麼錢，也沒繼承財產時買下來的，當時倆夫妻靠的只有他的薪水和她的私房錢。她說了，貧窮會讓眼光更犀利。

白晝逐漸縮短，他隨著她在倫敦街頭走動，推開昏暗的小店鋪，老闆多半謹慎，不過他們全都記得渥斯里夫人曾經入手的古董，想起她的討價還價，以及那些當時看來怪異的收藏品。這個有明亮店鋪、熙攘街道的倫敦城，社交活動豐富多樣，讓準備遁入安逸寂靜鄉村生活的亨利極為思念。他熱愛傍晚的光線與凜冽的冷天，而且，雖然他之前抱怨連連，精彩的夜生活也是一絕。在他隨著心情大好的同伴步行街頭時，他帶著親密的眼神觀察周遭的脈動，後來，在他們站在展示間，由老闆客氣介紹自己的絕佳商品時，他開始想像起自己的嶄新人生與全新傢具，那新近粉刷完成的高牆與終於露出原貌的橡木面板，他的心情輕快了起來，很期待自己就要達成目標，而萊依藍姆宅邸此刻就在想像國度等著他。

自從渥斯里爵士擢升為女王軍隊司令官，而爵士夫婦從愛爾蘭榮歸故土之後，渥斯里夫人對亨利的態度更為輕率，但眼前的她，在店家面前卻顯得溫和有禮。他從來不知道她聲音可以壓得這麼低，但在灰塵滿布的老店裡，她端詳著新到的古董，請求看一眼老地圖，她的表現極為端莊，時令越走到冬天更是如此。然而，她還是很確定自己該買什麼或不用買什麼，她早就知道藍姆宅邸應該要擺上哪些陳設。他得不斷應付她的熱心與不耐，有幾次他甚至得掩藏自己對某件物品的喜好，因為她非常不以為然。

渥斯里夫人帶他認識了自己過去從來不知道的倫敦，他們造訪許多祕密地點，搜尋足以裝扮藍姆宅邸的古董傢具；她提供的倫敦版本嘈雜擁擠，他梭巡撫摸過的每一件物品都有不為人知的神奇過往，背後盡代表了英格蘭的富足與野心。

這幾個月來他日夜不休，撰寫文章與故事，不過只要他完成了既定工作，寫了該有的字數，讓蘇格蘭人忙了一整個上午後，他會突然決定去古董店舖走走，撣撣被人遺忘的古物灰塵，或是沒人整理的變賣傳家寶，他漫無目的亂逛，挑了某個畫框，檢視某張椅子或拾起一只銀叉，可他一樣也不買，他會等到自己下定決心，要不就是找渥斯里夫人同行時再出手。

某天下午四點多，天色已逐漸昏暗，他發現自己走進卜魯柏瑞街的一間古董店，之前渥斯里夫人也曾帶著他來過一次。他清楚記得店老闆那雙銳利的眼睛，老闆默默對夫人與他施加壓力；只消看大家一眼，他們就能感覺老闆的延誤。亨利想起老闆輕巧的手指，指甲整齊乾淨，時而碰觸櫃檯寶物，短暫緊繃又溫柔。他似乎能感覺渥斯里夫人極力抗拒，不願出手的心情，不斷搬出鎮店之寶，包括一張華麗的小型法國織錦，還有幾件老舊的天鵝絨綢緞，它們的質感在今天已經很難看到了。結果她什麼也沒買，卻花了很多工夫與時間端詳某些物品，到最後老闆也都快失去耐性了。走到戶外後，她說價錢太高，還說總之老闆已經在這行很久，這次不捧場也無所謂。

亨利倒是考慮了許久想買件商品，就算無用或價錢太高也無所謂；他想要的是自己一眼就愛上，還得可以帶在身旁又意義獨具的藝術品。那張法國織錦就不錯，上面的圖樣應該來自義大利巨匠安哲利軻修士或是馬薩其奧，布料上蜿蜒貫穿的粉紅絲線仍保有明亮的光澤。他想自己再回頭找老闆商量一次，也許不用渥斯里夫人在場就直接買下來，因爲他知道夫人不會改變心意的。

他看見店門開著，立刻走進店裡，無聲無息地關上背後的大門。這應該就是老闆喜愛顧客進門的奇特方式吧，他想。古董店的前半部相當狹隘雜亂，但他記得只要往下走幾道階梯，就可以看見另一間更大的展示間，還有一道樓梯能走到閣樓。他隨意亂看了一陣子，等老闆現身，隨即拿起一只應該是塞佛爾瓷器的小茶杯端詳。亨利繼續看了幾樣物品後，便走到店後方，看清眼前的展示間。不遠處，渥斯里夫人與店老闆擠在一張貴妃椅討論它的質感與椅墊，同時測試它是否穩當。有那麼一秒鐘，亨利感覺自己像個入侵者，他緩緩退入暗處等待。他沒想到渥斯里夫人也在場，看來還是不要打擾他們比較好。這是她的地盤；他未經同意就擅自闖入，亨利知道自己最好還是默默離開。

就在那一刻，另一位顧客大聲地打開了店門。這是一位衣冠楚楚的中年紳士，開關門的動作都很粗魯。老闆走上樓時，似乎立刻知道兩位男士不是一同前來，而且根本不認識。老闆看起來很訝異屋內有兩位顧客，但很快就堆起笑容招呼亨利，但對另一位男士卻沒那麼熱切了。這一次他比上次更機靈客氣，骨碌碌的黑眼珠閃耀著睿智光芒。看來他不知道亨利其實早就發現渥斯里夫人在場了，亨利望著他，不知道他接下來要怎麼做。老闆請亨利稍等一下，然後走下階梯，亨利聽見低語聲，看到晚他進來的那位男士手裡拿著一個木柄銀鈴。亨利等著渥斯里夫人現身，不知道自己這位入侵者該跟她說些什麼。

老闆走回來時，亨利注意到他的表情帶著一絲焦慮。接著渥斯里夫人翩然現身，亨利甚至感受到她的咄咄逼人。

「我還不知道你會自己出門呢，」她說。「你走丟了嗎？」她的笑容迷人，還發出一聲短笑。

他向她鞠躬，抬起頭來時，他注意到她也認識另一位客人。而這位客人的出現似乎讓她與店老闆非常緊張。當亨利看著他時，他發現渥斯里夫人與新來的紳士交換了幾個警惕的眼神。

「這裡大部份的東西你都買不起啦，」她告訴亨利。這玩笑話雖然一說出口，但亨利與她都知道可能太過頭了。

「就算是窮人也可以看看啊，」他等著看她如何全身而退，不知道她要如何處理。

「走吧，我們再去找找看，」她說，然後領他走下階梯，跟店員要了另一盞檯燈。

他很清楚這就是她要另一個男人馬上離開的暗示，因此他聽見古董店前門關上時並不驚訝。渥斯里夫人請人將檯燈放在某個義大利櫥櫃上，亨利還在想，那男人究竟是誰，為什麼沒人引介他們認識，何以當時店裡氣氛如此緊繃，以渥斯里夫人長袖善舞的手腕來看，他倒是沒見過她像這次一樣應付得這麼糟糕。她納悶，難道渥斯里夫人的一世名聲，就要在某個尋常的冬日午後，毀在一家不起眼的倫敦古董行？這又是怎麼回事？店老闆在整件事中又扮演什麼角色？此時此刻，渥斯里夫人與店老闆一唱一和讚賞眼前的櫥櫃，只要老闆說什麼，渥斯里夫人無不熱烈贊同，甚至還堅持不要說出價錢，否則會把大家給嚇跑，畢竟亨利雖然有本事欣賞美的事物，卻掏不出大把鈔票啊。

到了後來，只剩下渥斯里夫人唱獨角戲，老闆安靜下來時，亨利確信自己看穿了剛才那一幕的梗概，但細節與意義卻仍然摸不清楚。渥斯李夫人安排與一位紳士在此見面，但這不代表什麼，畢竟她常常在倫敦跑來跑去，也帶著亨利四處走動。當她不願意跟那位紳士打招呼或介紹他時，場面就難看了。亨利就不懂這一點了，他猜不透爲什麼她要裝做完全不認識對方。老闆和渥斯里夫人又開始聊了起來，亨利意識到自己目睹的是一幕奇特的倫敦場景，只能意會難以言傳，不管他怎樣認眞揣測也搞不清楚，就算在這間古董店待再久也不會弄懂的。

走到店面前方時，亨利看到那張織錦，位置已經換了。現在看起來更華麗，其他兩個人停在他後面。他假設他們也看得出來織錦色彩的精細與純粹，亮麗的絲線穿梭於褪色的布料，它代表了一個偉大不復返的國度。

「這是十八世紀的東西嗎？」

「你再多看幾眼，也許就會看得出來了，」渥斯里夫人說。

老闆將檯燈湊近些，讓亨利看個仔細。

「妳喜歡嗎？」他問她，不確定她之前是否看過這張織錦。

「『喜歡』可能不太恰當，」她說。「這裡有瑕疵，而且重新修復過了，而且是最近的事情，你看不出來嗎？」

他更仔細研究，視線停駐在粉紅與黃金絲線，看起來的確褪色了些，不過它們比起其他部份，已經很突出了。

「我們差點被唬過去了，」渥斯里夫人說。

「但它眞的很美，」亨利彷彿是在自言自語。

「喔，如果你看不出來劣等的修復工法，那你實在很需要我。」渥斯里夫人說。「下次不准再這樣到處亂晃了。」

他心裡想的是，等過一段時間，他再自己回來買下那張織錦吧。

他快失去倫敦了；他參加了改革俱樂部，知道自己得過好幾年才能成爲舉足輕重的人物。他喜歡想像改革俱樂部會員眼中的那個倫敦，員工的悉心打點，整座城市任人享用。他興致勃勃想著，自己這輩子都沒離開過倫敦的手掌心，六個月大時，就隨著父親住在這裡，當時父親爲了追求永恆的智慧與世俗的成就，還有其他許多難以名狀的奇特事物。

他知道這些，因爲凱特阿姨在他青少年時期叨絮了好多次，當時他們家在溫莎公園附近租了一間小房舍，看來似乎是全世界最幸福的家庭，兩個活潑健康的男孩每天讓父母和阿姨忙得團團轉，更有足夠的財富讓老亨利追求他個人興趣，鎭日與當代最知名的思想家爲伍，追尋眞理，萬一眞理遍尋不得，這期間的旅程卻也値得讓人追憶緬懷。老亨利要瞭解的是人性良善；他想瞭解神爲人訂下的偉大計畫；他深信人人都該學習解讀這偉大計畫，活出獨一無二的自我。他的工作就是閱讀寫作對話，撫養孩子長大，讓人們利用自己的眞善美征服內心蟄伏的黑暗與鬱悶。

亨利準備離開倫敦時，艾蒙．葛斯成了固定的訪客，他確保自己不打擾亨利，每一次都不會停留太久。他看了一些老亨利的作品，對其中提到的童年經驗特別感興趣，尤其是嬰兒時期，因爲，從過去葛斯聽過的一些演講，他知道了嬰兒時期的經驗影響爾後行爲甚鉅，遠超過人們過去的想像。他很著迷亨利父親寫的一些論點，特別是其中一件發生在溫莎公園住所的關鍵經驗。

他父親寫了在溫莎公園住所的那件事，內容洋洋灑灑；其實父親經常提到那件事，亨利也記得每次母親一聽到這話題，臉色就暗了下來，凱特阿姨也有同樣的反應，但凱特阿姨跟亨利提了好幾次，他也記得自己聽得關心專注，讓阿姨講來也很滿意。

葛斯不知道當年亨利還只是小嬰兒，他只是問那件事是否影響了他父親後來的行爲舉止。當他發現亨利與威廉都在場，他才緊張小聲請求亨利一五一十告訴他詳情，更保證自己不會說出去，更不可能將它出版。亨利表明自己當時根本是嬰兒，完全不記得這件事，而且，他父親也將經過寫在書裡了。

「但家人一定提過吧？」葛斯問。

「是啊，我阿姨會跟我討論，但家母不喜歡說這件事。」

「你阿姨也在現場？」葛斯問。

亨利點頭

「她是怎麼描述的？」葛斯問。

「她很會說故事，所以是眞是假沒人說得準。」亨利說。

「請你一定要告訴我她說了些什麼。」

他設法對葛斯轉述阿姨告訴他的那段往事。她總是這麼開始的：那是晚春的一個午後，天氣已經很暖和，陽光燦爛，大家吃完午餐離桌後，她的姊夫獨坐原位陷入沉思，這已經是他的習慣了。通常，她說，他會漫無目的離開餐桌，也許去找紙筆，接下來就著魔般地寫作，若是有他不滿意的內容，他就將紙揉成一團，猛然將它丟到餐廳的另一端。他經常跑去找書，突兀站起來，大步拖著自己那根木腿走動，看來相當吃力。書所傳達的內容訊息總會讓他興奮異常。其實，這是一種內心的交戰，阿姨每每都這麼說，老亨利個性貼心溫馴，肩膀上卻永遠背負著他父親老威廉．詹姆斯沉重的清教徒家訓。無論老亨利走到哪裡，阿姨說，老亨利總能看見神計畫的美與善，但清教徒的古老教義卻不肯讓他相信自己的雙眼。也因此，他內心每天交戰不休，他無法克制自己，但他卻又希望能走上純淨狂喜的追尋之路。第一次人生危機出現在他青年時期，他的腿因爲一場大火必須截肢；如今在倫敦的那年晚春，他殷切等待第二次的降臨。

「我阿姨凱特每次都講得很戲劇化，」亨利說，「她告訴我他們讓他自己一個人在餐廳看書。天氣很好，她們帶我們幾個兄弟去散步。發作時，只有他一個人在家；它不知從哪裡現身，彷彿黑夜的朦朧身影，像一隻掠食大鳥憤怒待在暗處，等待攻擊，他能感覺到那黑漆的物體，嘶嘶作響找上他。他知道它爲何而來，她說；他知道它是來毀滅他的。在那一刻，他回到了嬰兒時期，他嚇壞了，以爲它不會離開。當她們發現他時，他全身蜷縮躺在地上，雙手摀住耳朵嗚噎啜泣，不斷哭喊她們的名字。威廉和我一個兩歲半，一個才一歲，我們看到父親嚇壞的模樣也害怕了起來，更不用說他嗚噎的哭聲了。凱特阿姨立刻將我們帶開，她說威廉事後好幾天都臉色蒼白，沒有家母在場不敢入睡。當然我們都不記得了。

「那可不一定，」葛斯說。「這段記憶可能深深埋在心底。」

「沒有的事，」亨利嚴正說。「沒什麼回憶，我們根本沒有印象。這我很確定。」

「請繼續，」葛斯說。

「阿姨告訴我家母得把家父從地上扶起來，她一開始深信他是被壞人攻擊，後來聽他描述自己看見的東西，她得安慰他家裡沒有什麼黑影或奇怪的物體躲在角落，得向他保證他很安全。她止不住他的眼淚，也不知道到底發生了什麼事。不久後，她意識到他不是在說怪獸或小偷；一切都出自他的想像。那是個暗鬱黑影，在他們結婚的第一年，他夜裡總是做惡夢，她會找來剪刀，慢慢溫柔替他剪指甲，那次她也這麼做了，她輕柔對他說話，讓他專注在剪刀的動作上。後來他平靜下來，她將他帶回臥室，在那裡陪伴他。」

「把你們丟著？」葛斯問。

「當然不是，」亨利回答。「我阿姨照顧我們。那晚我們上了床，家父終於平靜後，阿姨與家母坐下來討論，卻不知道該找誰協助。家母安撫家父之後，家父就再也沒有說話，眼神茫然，嘴唇微張。他不斷發出低沉的哀叫聲，要不就是語無倫次喃喃說話。她們離家又遠，在這陌生的城市除了家父那些有名的朋友之外，誰也不認識，她們也不確定該不該找卡萊爾或薩克萊，問他們家父這樣到底算不算是病人，又該怎麼治療，或者這類黑暗駭人的時刻是稀鬆平常，或許人們追尋人生意義，想擺脫事業或家庭時都會如此？她們心裡全是疑問。」

「後來她們怎麼做？」

「家父當晚睡過去了，我們兄弟倆當然也睡了，但家母與阿姨看著我們，知道生命即將改變了。家母知道父親的行爲代表了什麼，我阿姨告訴我，不論外界有什麼解釋，她對自己的看法深信不疑。她相信惡魔造訪了哲學家，那是出自家父心底的惡魔，那幾個月他看書看得太勤，不知爲何，惡魔便從他夢中衍生，現身造訪。家母深信惡魔，但她知道只有家父看得見，對他而言，再眞實也不過，只要他走過的每一扇窗，惡魔就躲在玻璃後面。其他人都看不見，因爲沒人像家父深陷自己的思緒信念，而原本那裡是沒有惡魔與黑暗的。至少家父就是如此。」

「最後令堂與阿姨如何處理？」葛斯問。

「凱特阿姨說，她們當時得照顧兩個小孩，還有家務，她們只能視情況而行事。醫生堅持他靜養，不能看書寫作，如果可以的話，連思考都不要，最好也不要找朋友。阿姨最記得那幾個月的就是每次家母一走進房間，家父就像要被抱的嬰兒那樣伸出雙手。他非常擔心自己看過的黑影會再回來，他檢查角落窗戶，他住在母親與阿姨看不到的某個世界；就連說話也顚三倒四。」

「你阿姨有沒有說這件事對你和你哥哥的影響？」葛斯問。

亨利嘆氣了，後悔自己怎麼會同意說這些事給葛斯聽。

「在他最無助的那段時光，我似乎也開始學走路了，」亨利說。「突然間我就走了起來，大家都很驚訝，據說我走得很有自信，也很熱衷走路。我彷佛與家父交換了地位。她們慢慢瞭解爲什麼我學得這麼快，因爲我想跟著威廉，他走到哪我就想跟到哪；我總是用渴望的眼神看著威廉，如果威廉出去玩，或走過房間，我也會跟上去抓住他，讓他非常不開心。顯然我不太愛笑，但我一開始會走之後，威廉只要做個動作，我就笑個不停。凱特阿姨說，那年在英格蘭，夏天可眞不好過。」

「我能想像，」葛斯說。「太了不起了！」

「當然到最後，家裡人全忘了，那都是過去的一段歷史了，那是家父攀向知識智慧高峰的關鍵時刻。」

「她們也這麼認爲嗎？」

「當然沒有。」亨利微笑。「凱特阿姨說她們姊妹倆從不這麼認爲。她們更害怕聽到家父竟然對客人甚至陌生人講述那段黑暗考驗。我想你一定也讀過了，他在某處水源渡假別墅遇上了一位契斯特夫人，對方立刻回應他，說他人也曾經有過類似體驗，這表示他就快要揭示神的偉大計畫了，那是神爲人類創造的美夢，她說，還要他一定得看瑞典哲學家史威登堡的著作，因爲史威登堡最是瞭解這類經歷。似乎當時家父接受各方的新式建議。在倫敦，他看了兩本史威登堡的著作，還發現其中一本提到那天下午自己的經歷就叫做蛻變，而且深信不疑。蛻變讓他理解神如何以祂的形象造人，使人類的渴求、願望、思緒與感受都變得更加聖潔。家父也因此開心了起來，史威登堡就是他的明燈，家父知道自己的使命就是讓全人類感受到眞理，至少英語系國家如此，最主要的就是美國人，但是呢，其實眞的在意他理論的人也只有小貓兩三隻。」

「或許這解釋了爲何你回到英格蘭，」葛斯說。

「回來？」亨利問。

「接近事件發生的所在地。演說提到孩子接收存放一切記憶，將它放置在所謂的潛意識裡，不會將它吸收。」

「那威廉為什麼不來？」亨利問。

「我不知道，」葛斯回答，「這是一團謎。」

「等到下一次我說我不想討論時，也許你就能揭開謎底了，」亨利說。

有好幾天他都無法工作，清晨即起，此時的他會極度悔恨自己告訴葛斯那段往事，直到後來他才將它拋在腦後，繼續自己的計畫，安心寫作。

有那麼幾天，亨利覺得自己寫得太多也太快了，讓蘇格蘭人很吃力。故事出版後，他往往不再看它們，只在集書出版時再潤稿一次，然後將它們全給忘了。但這次新書《尷尬》出版後，葛斯對其中某一篇故事很有意見，亨利看過了一次，準備跟朋友進一步討論。那是一篇鬼故事〈它如是出現〉，似乎內容過度薄弱，怎麼看都站不住腳。葛斯認為第一人稱的手法太不讓人信服了，亨利則覺得葛斯太過客氣含糊，根本沒講到重點。見過幾次面之後，亨利覺得有點惱怒，結果葛斯又提出另一種觀點，讓亨利倒覺得很有意思。葛斯堅稱由於多數讀者不相信鬼魂的存在，所以鬼故事也不見得要讓人全然相信。葛斯說，鬼故事最好同時也能有合理解釋才會讓人覺得可怕，才會更貼近現實。

亨利卻不以為然。他相信故事應該包羅萬象，就算最光怪陸離的內容也無所謂，但他個人卻也對葛斯的論點很感興趣，當然，亨利認為故事題材不需要過度設限才能更有包容性。其實亨利私底下不太喜歡〈它如是出現〉，也很後悔它被收入新書，他原本想讓它自生自滅，所以葛斯提出這篇故事的爭議性更讓亨利介意。

某晚葛斯來訪時，亨利告訴葛斯自己買下藍姆宅邸的前因後果，提到米耳森先生就像帶著他前往理想中隱居祕境的擺渡人。亨利還告訴葛斯哈威的拜訪，還有自己經濟現狀因為美國市場轉型也已經有所改善，這就像老友給了他一枚銅板放在舌下，引他順利見到冥王黑帝斯。

葛斯大笑了。「萊依在冬天的確死寂，特別是週間的時候，我敢說週末也差不多。」

「假使我是愛倫坡，」亨利說，「我會讓某個角色前往一棟陌生的屋子，門打開就踏入墳墓。」

「你會想念倫敦的，真的，鄉村人生會把你嚇死的。」葛斯說。

亨利答應《柯里爾雜誌》寫一篇新故事，因為哈威在幕後著力頗深，才有此管道讓亨利發揮，他研究了自己的筆記，再與葛斯討論現代鬼故事的可信度，卻沒告知葛斯他的打算，便著手寫作。這一次他將以第一人稱講述鬼故事，場景在一棟鄉間宅邸的一次週末聚會。亨利一面說著故事，一面觀察蘇格蘭人，想嚇嚇他，看他在速記過程中會不會怕得臉色發白，表情膽怯。

旁白者的語氣平靜實際；透露出良善與謙遜，寬容與大方，她有過人的睿智敏銳。他希望那會是平緩內斂的嗓音，帶著權威與責任感，她凡事都想要做到最好，不隨意抱怨發怒，她會認為最大的罪惡就是激動毛躁。他想要一個每位讀者都會專心傾聽信任的嗓音，他會寫出五十年前的文風——這位女主角熱愛閱讀——穿插簡潔鮮活的文句。

這故事已經在他的筆記本擺了兩年多了，偶爾如浮光掠影般出現在他腦海，卻從未如現在這樣深刻觸動他，讓他起而行動，他知道自己該寫這個故事了，結構結實，卻聳動駭人，想必《柯里爾雜誌》的新編輯會喜歡這種抓住讀者心思的作品。這就是當年坎特伯里大主教告訴他的那段故事，兩名孤兒被獨留在一棟大房子裡，監護人要求照顧孩子們的女家庭教師無論如何都不得與他們連絡。

從毫無內容的故事架構開始，加入有血有肉的主角並不困難，管家可靠熱情，小女孩溫柔可愛，小男孩帥氣迷人，大房子詭異老舊，這是女主角，也就是這位女教師展開刺激探險的開始。他想要她不浪費時間在反省回憶上，他想要讀者透過她的眼來看她的世界，看出她的自我壓抑，但她自己並不清楚。

大房子總是充滿回音。女教師的兩個孩子不在意自己被人拋棄，他們全心崇拜教師與管家，沒有其他渴求。他們的心底與外在隱約在吶喊著什麼，他安排了一幕，在夜晚女教師回房休息後，驀然聽見孩子在遠處的微弱哭喊，門前卻傳來腳步聲。他在房內走動時說出以上的文字，當下決定稍後再讓重頭戲緩緩上演。

他原本只為了履行合約動筆寫這篇通俗小說，希望能吸引廣大讀者，也計畫在年底完成。他不知道在他計畫搬到藍姆宅邸的那幾個月內，這故事卻有辦法在白天也侵擾他的思緒。他不知道自己精心打造操控的情節，似乎在他身上發酵，這位女教師有了某種力量與自由，這遠超乎他原本的意願。他讓她瞞騙自己，他從不讓故事主角這樣的；他讓她體驗危險，迎向危機，示意它朝她接近。他因為讓她驚嚇而充滿快感。她的寂寥孤單在他筆下轉化成想遇見某人的渴望，想在窗外看見一張臉，想看見遠方的某個身影。

他知道這渴望遲早也會找上他，或許是庭院大門的嘎吱聲，或是樹枝碰觸窗戶的聲響，當他在檯燈旁看書，或在那棟古老宅邸躺著無法入睡時，那種時刻終將來臨。他寧可歡迎莫名未知的訪客，打破悲憐無助的單調人生，絕望渴求未知。就算那是最黑暗的形體，也會像乾涸大地的一道明亮閃電，劃破清脆凜冽的空氣，暫時帶來純粹的解脫。

他日夜工作。他刻意營造一切懸疑刺激。字字句句一開始簡潔明瞭，女教師眼底所見，那使她驚慌失措的形體，讓她的措辭用字更加眞誠大膽。從窗外望著她的就是之前出現過的人。就是他。他的臉貼近玻璃，直直瞪視她的臉龐，充滿強烈的威脅感，此時她才意識到自己相信的是：他要找的不是她。他的對象是孩子們，這發現令她更爲震撼。

他努力撰寫故事，從未思考孩子們的長相個性等細節。他給了他們名字，讓他們的女教師描述他們。但慢慢他意識到在自己的腦海中，他已經賦予他們奇特的自我形態，雖然他們沒有表現出來，內心卻極爲抗拒女教師。她毫無所悉，無論他讓她如何形容孩子們，其實邁爾思與佛若拉早已有了自我意識。

每次他描述鬼魂現身，或彼得．昆恩脅迫的身影，這都很稀鬆平常，但場景本身：空蕩蕩的大房子，女教師對它的不熟悉，加上若有似無的入侵人影讓她魂飛魄散，孩子們與管家若絲太太也驚慌失措，寫到這些總讓亨利不寒而慄。他觀察邁亞潘是否對故事表達興趣，沒有。他知道問邁亞潘對故事情節有沒有意見是破壞工作倫理。當然，大部份的時間他並沒有考慮到邁亞潘，甚至雷明頓打字機的聲響也不重要。他專注在嗓音，女教師對自己目睹一切的鮮活描述。他主要的任務在於不讓讀者提出疑問，不去質疑爲何女教師不與孩子們的監護人連絡；他提供足夠的細節，讓故事節奏明快，發展深入，維持小說的基調，讓她救助無門，孤苦無援。他要引誘讀者成爲她的眼與耳，進一步成爲她的靈魂，進駐她的意識。

故事將在《柯里爾雜誌》分十二期連載。截稿日期對他不成問題。他知道該怎麼做，有時他刻意流連在女教師的驚慌恐懼上，享受她心思的邏輯思考，確保自己一次又一次表明孩子們什麼都知道，也什麼都不知道。邁爾思與佛若拉是他創作至今最無法信賴的一對主角；兄妹倆抵禦人生暗潮，克服顯而易見的危機，偶爾連他自己也不知道那危機究竟是什麼。

亨利知道自己目前的寫作狀況非常完美。蘇格蘭人安靜盡責又精準。他口述的字句比寫在紙張上更有力量。看到完整的打字稿讓故事更產生立即的優越感。他知道該怎麼做，哪裡要增補刪減。不久之後，他就要離開肯辛頓的公寓；他會轉租，或放棄租約，總之公寓不再屬於他了。每天他都在室內走動，感受屋內氣氛，彷彿自己很需要牢記此處。白天他沒有訪客，沒人打擾他，只偶爾出去購物，或是找渥斯里夫人出門，或是與處理藍姆宅邸裝修事宜的華倫討論。他樂意出門用餐，也很高興接受邀約。這些社交生活即將結束，成爲過去的一部份。他就要離開倫敦了。

每天早上在他描繪戲劇場景，讓它充斥驚懼恐慌時，他自己曾經歷的一切也歷歷在目，令他震驚，讓他遲疑，無法繼續。某天早上，當他描述佛若拉被發現離開床鋪，說自己什麼也沒看見，而女教師深信孩子說謊時，他發現自己幾乎要將佛若拉說成愛莉絲了。他在說出口前及時糾正了自己。這故事如今再貞切也不過，精彩豐富，卻帶著過去的傷痛與鮮明的細節一湧而上，它再也不是虛幻，而是亨利的回憶。回憶與他的恐怖故事抗衡，而回憶贏了。回憶征服了他；他得當場打住，走回臥室站在窗前。後來他回去告訴邁亞潘，當天工作就此結束。那是第一次他在這位速記員臉上偵測到一丁點訝異的神情，但它迅速消逝了，邁亞潘收拾東西，什麼話也沒問就離開了。

找上他的那段回憶中，愛莉絲應該才五、六歲吧。他們又回到新港市，或許也是第一次去，凱特阿姨照顧她好幾天，因爲父母又不在，凱特阿姨管太多了，讓愛莉絲很受不了。小女孩抗議時，凱特阿姨不願退讓，堅持愛莉絲聽話，愛莉絲非常不高興。亨利記得愛莉絲開始尋求哥哥們的支持，但是他們理都不理她，她很生氣，悶悶不樂。後來，當她知道爸媽還得等上兩天才會回家，在那之前都要阿姨陪伴時，愛莉絲表現得順服聽話，成了一等一的模範兒童。

除了哥哥們與凱特阿姨，沒人注意到愛莉絲在隨後幾個月對阿姨的行爲。凱特阿姨也沒有抱怨，因爲愛莉絲的攻訐過於零散也太滑稽，而且多半都是在阿姨沒注意的時候。阿姨對訪客微笑或招呼客人時，這位小女孩會站在阿姨的裙旁，用怪異的微笑仿效阿姨的模樣。凱特阿姨特有的慣用語，例如「我的老天爺啊」，還有「是嘛是嘛是嘛」，也被愛莉絲引用，而且說得更誇張。愛莉絲經常一臉微笑盯著阿姨瞧，時間卻不會太久，免得被母親發現。她總是在阿姨身旁跟前跟後，踮腳走路，學這位中年女士的姿態舉止。

凱特阿姨無法理解愛莉絲爲何總是找她麻煩，尋求報復，愛莉絲的父母那年夏天也就這麼過去了，享受孩子們的天眞可愛，毫不知情背後的邪惡與威脅。威廉覺得非常有趣，甚至敲起邊鼓，但愛莉絲才是幕後主使者。想必那是她某天醒來後想到的惡作劇，最後直到愛莉絲玩累了，才沒有繼續下去。

這就是他替邁爾思與佛若拉創造的世界，這兩位天眞可愛的孤兒。私底下他們還是很疏遠；他們確保自己不表現出冷漠。他給了故事自己知道的一切：他的人生，以及他與愛莉絲在英格蘭的那段時光；還有家人惶惶終日，暗自擔憂的黑影是否又將回到窗前，讓他們的父親恐懼顫抖，驚慌哀號；加上他自己即將面對的未來，他就要像女教師一樣也搬進一棟老房子，儘管滿懷希望，卻也充滿難以抹滅的不安與緊張。

愛莉絲死了，凱特阿姨早已入土爲安，他那毫不知情的父母也已經長眠地底，威廉在數千哩外，有自己的人生與世界。眼下只有一片靜謐，在肯辛頓的公寓，一絲聲響也沒有，除了他自己無邊無際的孤寂，發出的聲音猶如遠方微弱的哭喊，回憶卻等同於他的哀愁，向他伸出雙臂，尋求他的慰藉。

照片如他所要求的洗好了；一張是很清楚的特寫，那是蕭上校帶領麻州第五十四軍團的士兵紀念碑，另一張從遠處拍照，看得見波士頓市民公園與位於角落的聖．高登紀念碑。亨利將照片拿到窗邊，這裡光線比較亮，讓他能好好端詳，然後再走回桌旁，看到威廉稱這全新的紀念碑是壯觀的藝術品，簡潔寫實。他幾乎能聽見威廉肯定的語氣。威廉在揭碑儀式發表正式演說，第五十四軍團是美國陸軍第一支黑人軍團，他們的弟弟就曾經在其中服役。威廉說了四十五分鐘，然後還搭車跟在遊行隊伍後面長達兩小時，他寫信告訴亨利，那是令人激動感傷的時刻，一切都變得非常不寫實，往昔的沉痛回憶都拋在腦後了。

亨利寫信告訴大哥，自己也很想親臨現場，他用字遣詞謹慎小心，還提到可憐的已故大弟威奇，相信他一定也在天上觀看儀式，這是遲來的公平正義。亨利注意到威廉這次沒有附上自己的講稿或是當天的相片，很高興自己不用再對它們多做評論。威廉現在已經是公眾人物，總是大無畏表達自己的意見，所以才能在坐滿聽眾的大廳一講就是四十五分鐘，想必內容盡是北方參戰的高尚價值與合眾國陣亡士兵的偉大，特別是威奇與鮑伯服務的第五十四與五十五軍團。

這麼多年來，亨利一直牢記自己關於南北戰爭的第一篇故事的字字句句：

他的驍勇善戰與輝煌戰績都記載在各大公眾刊物，好奇的朋友可以自己去找。我自己的興趣在於未曾記錄的歷史，而我的工作是想檢視故事的另一面。

那一天，亨利時不時就將相片拿起來研究，一面心裡納悶自己對第五十四軍團和南北戰爭又有什麼說法，看到了哪一面。他想到一個未曾開口問過的魯莽問題，或許會大大傷害威廉揭碑演說的力道。問題與威廉和亨利有關；它輕聲細語問，爲什麼你們兩位哥哥沒有爲了自由上場打仗啊？

父親木頭義肢的故事是他小時候最喜歡聽大人講述的故事之一。如果亨利身體不舒服，或是跌倒受傷，或是答應完成一次艱鉅的任務，那麼母親就會答應講這個故事給他聽，她的形容活靈活現，彷彿自己就在現場目睹。父親小時候很愛玩，她說，嚴格的父母不在場時，他玩得更開心。他最喜歡跟朋友玩。在公園玩熱氣球最危險。他們點燃松節油，讓熱空氣協助氣球上升。萬一氣球著了火就得很小心，因爲燒起來的氣球可能會掉在你身上、頭髮上或衣服上，讓你全身灼傷，他媽表情嚴肅，口氣沉穩，因爲松節油是高度可燃物。

他喜歡「可燃」這兩個字，總要媽重複再重複。從小他就知道那個字是什麼意思。但那一天，她繼續說，他父親不小心將松節油灑在長褲上，當時的他還不知道這很危險，甚至隨著其他男孩望著氣球升空起火，一個接著一個掉落地面，大夥都站得很遠，還警告彼此不要靠近。但你的父親喔，母親告訴亨利，看見一顆燃燒的氣球朝公園邊的馬廄飄過去，他很喜歡那裡的馬，裡面的小馬夫還曾經讓他餵馬，所以當他注意到氣球掉落在馬廄上方的乾草堆時，他知道大事不妙，所以立刻爬上梯子打算將火踩熄。但是——母親在此時握住亨利的手——他的腳一踩上火焰，那時還只是小火，乾草甚至還沒點燃，火焰接觸到長褲上的松節油，你還沒滿十三歲的爸爸就全身著火，沒人幫得了他。他從乾草堆尖聲大叫，但等到他們撲滅他身上的火，他的兩腿早就嚴重灼傷，其中一隻腿還得截肢才能保命。

醫生從膝蓋上方截斷小腿，說到這裡，他母親會將手圈住他的膝蓋，但亨利沒有退卻，她也很冷靜，一面解釋那有多麼痛，他父親有多麼勇敢，努力不尖叫出聲。但到頭來，那實在是不可能的，據說當時他的哭喊尖叫在好幾哩外都聽得見。隨後兩年，你父親必須臥床，她告訴他，他得面對自己再也不能跑步，不能玩耍。他裝上木頭義肢，這是比截肢之痛更嚴苛的考驗。

奇怪的是——每次講到這裡，她的語氣就會變得溫柔——這場意外只帶來好事。在意外之前，你老爸的父親對他非常苛刻，心思都放在他龐雜的事業上——此時母親會望向他，他點頭表示自己聽懂「龐雜」這個詞，是從聖經學來的——你爸的母親還得操持家務，小孩又多，但是意外發生後，他們隨時都在兒子身邊，展現了他從未體驗過的慈愛溫柔，讓他感覺父母的關愛守護。一開始，他們全天候守在他的床邊，他父親幾乎感同身受，在他恐懼驚慌時，陪在他身旁，有好多次，他的父親還得被家人帶開，因爲哭得不能自己。後來在康復期間，他們確保他有求必應，你父親逐漸放棄了賽跑玩樂遊戲的夢想，轉而探索心靈。她說，他開始思索人類的命運以及神與人的關係，這是美國人之前沒有想過的問題。他對聖經及神學已經研究頗深，但臥床的兩年間，他有機會隨心所欲閱讀他想看的書，當然更有時間思考，你父親的高貴追尋就從這裡開始，亨利的母親說。後來，他與愛默生成了朋友，愛默生總是說亨利·詹姆斯有一項優勢：他對苦痛有第一手的切身感受，他的思想與閱讀經驗全是自學而來，而非承襲師長或學者。亨利母親說，愛默生總說你父親擁有一顆原創的眞心。

星期天或假日，旅行或不用上學的日子，亨利都待在母親身邊；其他人也許忙著玩耍或做男孩子的活動，亨利總是乖乖等母親有空，甚至一起幫她忙，接著母子倆就會找個舒適的小角落，將剩下的工作留給凱特阿姨收尾，母親會跟他說話，唸書給他聽，要不就會繼續忙母親要做的家事，整理物品之類的。

亨利一家可說分成三組——威廉與亨利的教育由父親精心安排；威奇跟鮑伯比較在行的是吵吵鬧鬧，完全沒有學習動機，這讓老爸很不高興，所以讓年紀相近的兩兄弟一起入學，也比較好照應。威奇可以向鮑伯學習他的謹愼小心；鮑伯則在威奇的影響下懂得跟人微笑打招呼。獨立自主的愛莉絲則自成一國。

當人們問詹姆斯家的孩子們——特別是新港市的熟人——他們的父親在做什麼時，兄妹五人都不知該怎麼回答。他們的父親靠自己的遺產養活一家人，其中包括房屋租金與分紅利息，但這並不是老亨利的工作。他算是哲學家，有時候四處演講，寫寫文章發表。但這些很難總和起來解釋父親的職業名稱。當老亨利告訴孩子們可以回答他正在尋求眞理時，孩子們更搞不清楚了。等到他們更大一點時，外人又出現了第二個問題，更讓他們百思不得其解。大家總問，那你們未來要做什麼呢？威廉一開始想當畫家，鮑伯的答案則令眾人發笑，他說自己要開雜貨店。愛莉絲顯然要當賢妻良母。但亨利與威奇呢？老爸對這問題不感興趣，母親也不知該如何作答，也因此這問題就停滯無人解答了，這顯示了他家人的奇特，而他們自己與新港市的眾人也就這麼接受了。

老亨利喜歡找人爭論，誰都可以跟他來一段對話，萬一有必要，他連談政治也毫無禁忌，當然啦，在他眼裡，在人類通往神鋪設的光明坦途上，政治是一大障礙，更令人類分心。然而他對南北戰爭開始著迷，不只因爲這場戰爭代表了進步與殘暴的角力，更因爲他認爲戰爭結束後，國家將出現流動的能量，無論輸贏成敗，美國從裡到外，將從青澀走向成熟，這會是偉大的轉型期。

然而，在戰爭初期，老亨利告訴大家他不會讓躍躍欲試想要入伍的兒子們參戰。他說因爲他不相信現在或未來的政府値得讓這群年輕純潔的生命犧牲。

父親忙於應付紛亂政局與忙碌家務的期間，亨利在新港家中樓梯間發現了一大疊過期的《兩個世界》，鮭魚橘的封面依舊完整清晰，他搬回房間仔細瀏覽，內容如天使唱詩般流瀉心底。上面的名字彷彿爲他開展了一個不可能的世界，超脫他身邊沉悶無趣的家庭生活與愛國宗教精神作祟的社會：聖伯夫、龔固爾兄弟、梅里曼與勒南。這些不只是當代最熱衷探索人心的大師，其思考風格更獨樹一幟，他們的文章不盲從凡俗雜物或自我定位，而是透過文字遊戲營造獨一無二的語調與個性。

關上門獨處的亨利找到了自己生活最大的樂趣。他只在用餐時出現，忍受家人嘲笑他的沉默嚴肅，蒼白臉龐與憔悴身影。他彷彿被下了魔咒般享受閱讀《兩個世界》的時光，例如巴爾札克好了，亨利雖然只驚鴻一瞥他筆下的法國，但亨利深知自己將永遠寫不出《人間喜劇》的犀利豐富與諷刺文采。

威廉上了哈佛大學，威奇則用盡一切辦法想離開山彭寄宿學校，這是霍桑與愛默生辦的「男女合校實驗」寄宿學校，鮑伯早已離開山彭，決心自己闖蕩天涯，卻常惹人擔憂，也因此，亨利的母親開始將注意力集中在書蟲老二，把亨利當病人般呵護，他的母親保護他的隱私，確保不讓別人對他評頭論足，特別是亨利的父親。由於老亨利總是自以為是，他對亨利不出聲批評也表示默認亨利的生活方式了，只要父親不對某事表示厭惡，就代表他贊同了。

亨利的母親開始一天出現在亨利房間兩三次，也許帶來一杯牛奶，或是一小罐蜂蜜，有時是一壺冷開水。她從不敲門，通常也不說話，靜靜動作表示她知道亨利在做些什麼。後來亨利回想，這是詹姆斯太太第一次見證她夫婿的理論，也就是個人樂趣與喜悅必須透過閱讀與思考才能獲得。

某一個平靜的夏夜，母親走到亨利房間，發現他在椅子上睡著了，書還放在大腿上。他醒來發現她的手放在他眉心，臉上盡是擔憂。她立刻下樓，迅速帶著女僕回來，兩人替他鋪床，他母親甚至帶了一條溼毛巾，說是要讓他涼快點。如果這還沒用，他媽說，她會找醫生過來，但現在她要亨利先上床睡覺。她覺得他體力透支了，一定得馬上休息。他知道自己沒事，不過是在炎熱的天氣下睡了過去，但此時凱特阿姨出現了，說他就是病人，家人開始以對待病人的規格照顧他。

母親開始將每頓餐點送到他房間，只要有客人不合他意就請對方離開，確保他每天有出去戶外活動，或是可以見他想見的朋友。她沒有與他討論他的病情，每次她問他感覺如何時，她只想知道他是否有些許好轉；她也不讓他回答其實他根本沒啥大礙。

這就像他與母親之間的密謀，一場他們心知肚明的演出，兩人扮演的角色，必須說的臺詞與必須走的臺步早就設計完善。亨利學著慢慢走動，從不拔腿快跑，他只會微笑，絕不開心大笑，站起身時他會刻意遲緩，坐下來時，他會鬆一口氣。用餐喝水時絕不大口吞嚥。

不久之後，眾人開始熱烈討論入伍出征，他媽更是憂心忡忡全天候照護他。通常早上起來時，她便已經坐在他床邊，顯然她是躡手躡腳進房的，她溫柔看著他，在他雙眼睜開時，欣然對他微笑。

有幾次他就是無法掩飾自己的強壯體力。十月某天吹襲著強勁海風，新港市位於海灘街與市坦街的馬廄著了火，接著一發不可收拾，兩條大街上的商家酒吧、馬廄住屋全都陷入火海，一處馬廄被夷爲平地，馬兒、馬車及貴重物品全都搬到安全地點。只要辦得到，現場人人無不開始汲水提水。當晚情勢混亂，人聲嘈雜，亨利想也不想就投入救災。直到火撲滅了，他全身酸痛時，才想到母親會有多麼擔心。

鮑伯早就向阿姨和母親通報亨利的行動，兩人在家等他進門。

她們要他立刻坐上沙發，替他準備一缸熱水讓他泡澡。他閉上雙眼，讓她們在他身邊忙進忙出。母親緊抿嘴唇，稍晚等他從浴缸出來，刷洗乾淨準備上床後，她才開口表達自己擔心他的背可能受傷了。明天早上就會知道傷勢重不重了，她說。現在很晚了，她要他趕緊睡覺。

第二天他睡到晚餐前才起床。他的母親要他動作慢一點，還扶著他下樓。他靠著她走進餐廳，他父親與阿姨挪開餐椅讓他好走些。他們幫著他坐下來，仔細觀察他，要他多吃多喝才有體力。吃飽後，母親陪著他回到床上，有好幾天他都在臥室用餐，家人的關注全都在他身上。

接下來的幾個月，亨利著手翻譯法文書籍，老亨利對戰爭的觀感也變了。他開始認為坐而言不如起而行。他在餐桌強烈宣揚自己的看法，鮑伯越聽越開心，雖然他太年輕還不得入伍，但依舊興致勃勃，同時，詹姆斯夫人也越發在意亨利。

戰爭爆發前夕或初期，亨利與母親鮮少討論他的病情或症狀，亨利甚至也沒想過自己到底有什麼病。他開始與這所謂的病症共存，不把它當兒戲，也不是假裝，只不過是一樁神祕怪事罷了。他不特別堅持確定自己的狀況，與母親一起共謀，從不去想其他可能，亨利也就讓這毛病成了自己的一部份，而且還挺認眞看待它的。

戰爭爆發的第一年，家裡聽說一些表兄弟光榮從軍的消息，如英勇赴戰的蓋茲．巴克，而蜜妮的大哥威廉．檀波更因為其先父的緣故，入伍第一天就榮升上尉；結果詹姆斯家的男孩還只是平民百姓，亨利更是無所事事，就算平常不特別注意這家人的外界人士，此時也對他們指指點點。

亨利的母親知道亨利的無名病痛不能這樣下去，再怎麼樣也要有專業診斷。他父親也因此陪著他到波士頓找李查森醫師，這位知名外科醫師據說繼承亡妻的遺產，聲名遠播。他是背傷專家。

亨利上次與父親獨處已經是很久以前的事情了。前往波士頓的路上，老亨利顯得侷促不安，不確定自己該不該與二兒子分享他對美國未來的看法，這是他眼前唯一感興趣的話題。多半時間他都很安靜，倒不是對亨利不理不睬。他看起來心思轉個不停，似乎即將悟出什麼博大精深的道理。到了波士頓之後，老亨利走起來似乎吃力得多，他在新港比較自在，看來是大都會削弱了他的自信吧。

李查森醫師的臉因爲一抹微笑而顯得明亮，他雙眼澄澈，鬍子刮得乾淨清爽，直直看著病人瞧。在老亨利解釋這趟旅途勞頓，描述自己的孩子與目前的情勢，還有對新美國的希望時，醫生什麼話也沒說，他瞪著老亨利，眉頭深皺，表情冷峻等著老亨利結束。在醫生發現詹姆斯先生似乎不打算住嘴後，他立刻站起身走向病人。醫生用雙手示意亨利脫掉上衣，亨利開始解開釦子時，他父親遲疑了一下，醫生抓了一張椅子請他坐下。此時亨利已經將衣服脫到腰際，醫生依舊沉默不語。他要亨利雙手高舉過頭，然後他仔細詳盡檢視亨利的骨架、雙臂、肩膀與肋骨。接著他小心翼翼用手指按壓亨利的脊椎。最後他要亨利趴著，然後繼續剛才的檢查。接下來，醫生要亨利脫到只剩下內褲，再用手檢查他的骨盆與臀骨，接著往上重複剛才的動作，重重按壓，亨利痛得瑟縮了一下。

亨利以爲醫生會問他疼痛主要集中在何處，又是怎麼個痛法，他原本準備好這些問題的答案，但李查森醫師什麼也沒問，只是繼續按壓撫觸，手法專業熟練。最後，醫生走到洗手檯旁拿了肥皂洗手，用毛巾擦乾。他遞給亨利衣服，看著他點點頭，然後站直身體。

「只要好好過生活，就無病無痛了，」他說。「記得多運動。早睡早起，這不見得是最好的療法，但對這年輕人來說，鐵定是最棒的藥方。他狀況好得很，眼前還有大好人生。我得請你付診療費了，詹姆斯先生，我只有好消息要宣佈。你兒子一點毛病也沒有，我可不隨便斷言的，我告訴你的是根據我三十年經驗的判斷。」

亨利彎腰拿夾克時，李查森醫師用大拇指與食指緊緊攫住他脖子，直到亨利的臉因疼痛扭曲，他想掙脫，但醫生卻使勁用力。他的手勁眞的很強。

「早睡早起，」他說。「以後也不會有人給你這麼棒的忠告了。回家去吧。」

直到這麼多年之後，亨利依舊痛恨醫生，他甚至在《華盛頓廣場》中利用自己對李查森醫師的印象創造了作風惹人厭的史洛普醫生。他不知道這次看診的羞辱是否造就了他今日仍深受其害的背痛之苦。他便祕也很嚴重，也經常就此怪罪當初的李查森醫師，至今他還總是離醫師遠遠的，就怕他們又給他帶來什麼新的病痛。

亨利一天總得盯上威廉寄來的相片好幾次，他將照片放在藍姆宅邸樓下房間的桌上，帶著趣味研究波士頓市立公園的軍士紀念碑。他的名字原本可能也會隨捐軀士兵刻在上面，也許他會成了傷殘軍人，或許他哥哥和其他活下來的人想起他時還會帶著驕傲。

他在萊依附近走走，很喜歡這裡的新生活，他正著手寫新書，這是他人生第一次感覺自己彷彿就在家鄉，他很清楚原本可能沒這麼容易。他不適合當兵，他想，但其他挺身作戰、年齡階級與他類似的年輕朋友也是一樣。讓他卻步的不是因爲智慧，他知道，而是出自他的怯弱，在他踏步走上這個新家園的圓石街道時，他幾乎要感謝神了。他希望這種欣喜簡單純粹，但其實內心深處他充滿愧疚罪惡，想到弟弟威奇的遭遇，而那些相片特別讓他久久無法釋懷。

他記得自己那天在波士頓穿上夾克，看著父親付錢給醫生，隨著他走上大街，回程兩人的沉默有了不一樣的意義。他父親深陷憂愁省思，亨利心想，他們兩人這下都不知道該怎麼跟母親交代了。

回到新港家中，他想起他們兩人神情肅穆凝重，後來母親告訴他們，她還以爲狀況糟透了，心想亨利也許得了什麼不治絕症，後來她聽說了診斷，而且他的背傷並不嚴重，才鬆了一口氣。

「休息吧，」她說。「好好休息就好了，接下來幾天你就在家休息，這趟路這麼遠。」

亨利記得當時他望著父親，納悶父親是否會說出醫生眞正的診斷，但他父親似乎連大衣都脫不下來，還得找人幫忙。大衣掛好後，父親拿了一本書要看。亨利猜想，即使父母在深夜獨處時，父親也不至於會提到醫生說了些什麼。當然，亨利並沒有與父親一起矇騙母親的意思。亨利覺得父親之所以不向母親提到亨利身體很健康，只因爲這等於打了母親的判斷一巴掌。可能還得讓她被迫面對亨利的虛弱無能，只因爲想要大家的同情與注意。這表示亨利無視個人道德準則，讓重視病人的家人對他另眼看待，這是對人性的褻瀆，到時也許連他父親也看不起他。

亨利想，父親需要時間釐清「早睡早起」和亨利目前作息的矛盾。他很清楚父親瞬息萬變的個性，他知道父親可能翻臉如翻書，他知道整個夏天都待在房間接受阿姨與母親的呵護，可能會讓他父親突然丟下書站起來，怒火沖天宣佈亨利不能再這樣下去了。

他謹愼行動，先找上威廉討論能否到哈佛大學聽課，接著他還問了準備入學的朋友賽奇．裴瑞，他沒有直接說他父親個性反覆無常，他維持一貫的說法，解釋他不想再待在家裡無所事事，他想認眞考慮工作了。威廉點頭。

「修士怎麼樣？你看來很合適，如果到哈佛念神學，訓誡講道肯定少不了，你一定會很習慣的。」

他隨威廉開他玩笑，但正經事還是要提。他還年輕，不需要考量長遠的將來。他現在最需要的，就是好好渡過一個無風無浪的夏天。當威廉提到「法律」時，亨利頓悟它可能是唯一的選項。他知道家人有些朋友的孩子也選擇類似的道路。但更重要的是，念法律聽來嚴肅認眞，也是改變方向的一個好選擇。他們的父親可能會因此興奮一陣子——至少對亨利而言——不會再將心思放在別的事情上。

他的母親偶爾隨口問問，或只是因爲父親什麼也沒提，開始問他背痛到底有沒有改善。有一天她若有所思提到運動可能勝過休息。從她不確定的語氣和些許擔憂的神情，他猜他父親什麼也沒說，但他也意識到即來的危險，或許父親就要恣意替他決定未來，也許只經過一夜的小聲討論後，他父母就會下定決心，在第二天早餐時宣佈他的未來，而且不得修改。

亨利等待時機。他需要兩人都在場。一開始他會討論自己不定的心，也會表明他其實很渴望替未來做個決定。他會說自己不知道該怎麼做；當然他很清楚這是一著險棋——如果他讓門開得太久，他父親就會一把將門關上，立刻鎖起來，要他加入合眾國軍隊，甚至將焦點聚在這個話題上，不考慮其他可能性。他必須立刻轉移話題，可能得提自己早已與大哥威廉討論過，當然，把威廉拉進來也有風險，因爲父親對威廉的看法時優時劣，完全說不准。亨利也不能說自己「想要」當律師，因爲父親會拿「想要」這兩個字大作文章，開始說教，父親會說生命就是珍貴的禮物，必須加以培植開發，同時也要用智慧關愛來呵護自己的人生。說到這裡，他父親會說，你不能「當」律師或「變成」律師。父親堅持這種語言褻瀆了造物主賜予人類最大的恩惠——生命——祂不希望我們「變成」什麼人，也不要我們「想當」什麼人。

這樣不成，亨利只得討論自己想研讀法律的希望，不要說自己當律師。他會說自己要去聽法律課程，拓展知識。這類話題如果加上他語氣的積極誠懇，彷彿這是他畢生最大的希望，或許父親也能被他的改變所感動，在旁的母親還會贊同點頭。

亨利也考慮到是否先去找母親談自己的計畫，但他知道這麼做可能會太過分，他父親可能會懷疑母子倆背著他有什麼計謀。也許會提到亨利的背傷，但一定要戒慎小心穿插進入對話，因爲這傷勢現在既非重點也不是阻礙，它反倒應該是慢慢被遺忘的話題，只要新的決定出現，背傷話題就再也不能提起了。

他找到了最佳時機，父親看書，母親安靜在室內走動。

「我想跟你們討論現在的狀況，」他說。

「坐吧，亨利，」媽走到桌旁的高背椅坐下，雙手放在腿上。

「我知道我該替自己的人生做個選擇，我想了很久，也許考慮得不夠周全，所以我來找你們，看你們也許能幫我釐清人生的下一步該怎麼走，要怎麼做。」

「每個人都需要想清楚自己該怎麼過日子，」老亨利說。「人人都該如此。」

「我知道的，父親，」亨利回答，隨即落入沉默。他知道他父親不可能在此時此刻宣佈他該選哪種職業，也不會要他過著早起早睡的生活。亨利開放讓父母與他討論，而非替他做決定。他看見父親眼神興奮發光，也許欣慰這尋常的早晨，這新港的家裡終於要出現變化，出現無窮的可能。

沒人提到入伍，但是它似乎隱約躲在對話內容的背後，等著現身；也沒有人提到他的病痛，當然這問題也在三人心中徘徊不去。亨利小心不要特別說明未來，只提到自己的不安、抱負，還強調他想釐清的未來——他不斷用「釐清」二字——問父母自己到底該做什麼。

「我對美國有興趣，父親，它的傳統與歷史，當然還有它的未來。」

「相信美國人都應該要認眞看待這個議題，我們都必須利用時間與精力投注研究我們的文化傳承，」他父親說。

「美國社會正在變遷發展，」亨利說，「獨特非凡，需要嚴肅看待。」

他不確定用「嚴肅」這兩個字是否正確，就怕這是在指他父親的研究「不夠」嚴肅。父親很容易受傷，不過顯然此時他心思轉得很快，而且對自己的人生自信滿滿，可能不會被亨利惹毛。亨利望著父親認眞考慮自己剛才說的最後一句話，注意到他的眼神變得剛硬，表情認眞。他喜歡父親這種特質，可惜很少發生。他沒有看母親。

「你想做什麼呢？」他父親問。

此時的老亨利聽起來像是一位有力人士，家財萬貫的清教徒大老。亨利心想，自己爺爺討論未來與金錢時，想必就是這模樣。

「我不想當歷史學家，」亨利說。「我想念專門一點的科目，總而言之，父親，我想跟你討論我該不該學法律。」

「讓大夥都可不用坐牢嗎？」父親問。

「你想跟大哥一樣進哈佛？」母親問。

「威廉說哈佛法學院是全美國最好的學校。」

「威廉連怎麼犯法都搞不清楚，」父親說。

隨著亨利討論變動中的法律體系在變動中的美國社會地位，父親越聽越顯得興致勃勃。解釋了一陣子後，他不再擔憂法律教條的窒礙侷限與法學本質的狹隘格局。當下美國正陷入追求自由價值與人類平權的激烈戰火，老亨利家裡的兩個兒子卻打算待在圖書館裡當書蟲，想必他心底很介意這件事，但與亨利討論未來時，他又熱切期盼起年輕人讀書的決心，他安靜的妻子在旁帶著微笑，顯然也贊同二兒子到哈佛念法律。

亨利總算能過個自在輕鬆的夏天了，不用生活在父親焦慮監視的眼光與母親呵護關愛的舉動之中。他的未來就暫時如此決定了。父母可開始去擔心威奇、鮑伯與愛莉絲。亨利可以享受自己臥房的酷熱，自由放肆，隨心所欲看自己想看的書，不用擔心父親會突然闖進房間，告訴他現在正在打仗，國家需要他，要亨利立刻穿上軍服入伍，與其他人一起入住軍營。

父親同意他進法學院後，亨利發現了霍桑。他知道這個人，就像他知道愛默生與梭羅一樣，他也曾經瀏覽過此人寫的故事，覺得他的作品比起前述兩位散文作家無趣乾澀。霍桑的故事多半是道德單純的人民遇上了一些道德單純的故事，輕描淡寫而且稍嫌囉唆了一點。亨利與賽奇．裴瑞討論過後發現，兩人一致同意文學作品最豐沛強烈也最有價值的地區，就是拿破崙曾經征戰的諸多國家；文學就在土壤找得到羅馬銅幣的地區。他和裴瑞都認為霍桑的《呢喃往事》沒什麼重點，內容很像是阿姨們會提的姨婆輩軼事，毫無社會百態的描述，更不用說什麼壯麗的田野風光。

他們覺得只要是描寫新英格蘭眾生的作家，就免不了淪落這等宿命，這裡沒什麼社交活動，禮儀規則道德制度極為欠缺，亨利認為這會讓任何小說家都難以下筆。這裡沒有王室宮廷，沒有貴族外交官，沒有官吏鄉紳，沒有宮殿城堡，沒有宅邸農舍，沒有牧師茅屋，沒有藤蔓廢墟；找不到大教堂、修道院、諾曼第小禮拜堂；看不見文學或小說或博物館或繪畫或政治界或獵狐俱樂部。沒了這一切，亨利想，小說家也沒有題材可寫了。生命沒了樂趣，沒有戲劇，只有乏味的傳統。特羅洛普、巴爾札克、左拉與狄更斯如果生在新英格蘭，或許全會變成冷嘲熱諷的老傳道士，要不就是發狂的大鬍子老師，唾棄身邊的民眾。

也因此，亨利很驚訝裴瑞看完《紅字》後，讚不絕口。裴瑞堅持亨利一定要趕緊入手，過了幾天後，他發現亨利還沒有開始看書時似乎很失望。亨利其實看了幾頁，覺得內容過度沉重讓他幾乎笑出聲來，後來就這麼因別的事分心，把書丟在一旁。現在又看一次後，他深信故事開頭可笑的口吻，加上提到什麼監獄、墓園與甜美的道德花朵，全是源自作家欠缺適當的背景養成，也沒有來自多元化的社會。霍桑以莊重肅穆取代藝術之美，這就是清教徒的美德。據說他自己的爺爺也非常以此為榮。他告訴裴瑞，他不介意唸關於清教徒的作品，他甚至也不介意自己擁有清教徒的祖先，但他無法認同一本書的通篇主旨完全沒有背離清教徒思想，甚至以清教徒信條作爲故事框架。

由於裴瑞堅持，他還是將書擺在身邊好幾天，一面忙著翻譯梅里美的短篇小說，另外還期待看一部阿爾佛烈特．繆塞的新戲。除此之外，霍桑的觀察似乎不怎麼全面，人物描述薄弱無力，文筆刻板緩慢，讓亨利怎麼樣也提不起勁繼續將《紅字》看完。因此他對接下來故事的進展毫無心理準備。

這本書對亨利的感官攻擊一開始並不明顯，它開始對他施展魔咒時，讓他整個人捲了進去，他竟然還毫無所悉。他不知道《紅字》何時開始發光，甚至讀來有巴爾札克小說的力量。他與家人吃完晚餐回房繼續看書時，驚嘆霍桑竟能屏棄新英格蘭地區日常瑣碎的雜事，無視當地滑稽怪異的言辭、舉止與行爲。霍桑迴避了狹隘偏見，不隨機探索尋常問題，反倒深入單一角色與事件，檢視特定地點的信仰，讓它們彷彿被暗黑森林圍繞，一個罪惡與誘惑的淵藪。亨利認爲，霍桑憑空想像，找到了一組符號與意象讓眾生運作。他在物質素材貧乏的地區，從社會的短視僵化下手，打造出冷漠單調的人際與信仰現狀。霍桑善用新英格蘭的不足，透過糾葛不清冷酷無情的角度，創造出讓讀者揪心的偉大故事。

大部份亨利看過的書都只能與裴瑞或威廉討論，但第二天，他終於能在餐桌上問家人霍桑的事情。突然間，父親整個人彷彿注入了活力。原來他半年前才遇見這位小說家。那次他受邀到波士頓參加週六晨間俱樂部的例會，結果發現霍桑也在場。會議不是很如父親的意，因爲他說費迪．黑吉嘰哩呱啦講個不停，內容全是一些垃圾，所以他很難聽見霍桑說了什麼。不過霍桑話不多，除了害羞之外，可能也因爲是鄉下人，也許整理乾草或林間散步會讓他自在點。亨利父親記得最清楚的就是餐點一上，霍桑就卯起來猛吃，眼睛盯著餐盤，一面狼吞虎嚥，讓其他人都不敢多問他問題。

凱特阿姨說她幾年前也在波士頓認識了霍桑的某位姊姊或妹妹，對方人很不錯，可能因爲未經世面顯得更樸拙友善。這位小姐告訴凱特還好霍桑結了婚，因爲之前他簡直就過著隱士人生，家人都只能將餐點放在他的臥室門口。他白天都不出門的，凱特阿姨說，只會從房間的小窗戶偶而看看太陽。他極少在家鄉榭冷散步走動，只有晚上才會出門。在暮光時分，阿姨說，霍桑小姐曾經告訴她小說家會沿著海岸走上好幾哩，或是在無人的榭冷小鎮晃蕩。這就是他的休閒活動，顯然也是他與人生最親密互動的時刻。而且，凱特阿姨還陰沉沉說，霍桑小姐還告訴她，霍桑從來沒因爲寫書賺過一分一毛。

老亨利接著問威奇與鮑伯的看法，因爲他們都曾經在山彭學校與霍桑兒子朱利安當同學。就連平常話很多的威奇也想不出有啥印象，只記得朱利安人很好。鮑伯說他一直以爲霍桑是牧師。他還以爲只有女人才會寫小說。

亨利的母親直到現在才開口。她打斷了眾人的笑聲，說她認識霍桑家的所有姊妹，她們告訴過她霍桑打球受了傷，有好多年只能臥床，她還說，一定是臥床太久，才讓他成了作家。

亨利找裴瑞討論《紅字》，還告訴他自己得知作家的一些小道消息，結果裴瑞知道得更多，聽說霍桑最近才到歐洲旅行，在英格蘭與義大利停留甚久，而且他根本不是亨利父親口中的鄉巴佬，他是一位認眞嚴肅的作家，飽讀詩書，行萬里路，堪稱當代美國最偉大純熟的思想家。那年夏天亨利與裴瑞準備進入哈佛，同時再三閱讀霍桑的作品，也經常找機會分享彼此的心得。

戰爭的第一年夏天，感覺出奇遙遠。其實離他們不遠的樸茲茅斯林就有一間野地醫院，但也讓人對戰爭沒什麼特別的感受。有人告訴他們可以探訪休養的傷殘士兵，他們躺在帆布帳篷或臨時搭建的小棚，平常人可以去拜訪他們，簡直帶著觀光的意味了。因此，亨利跟裴瑞搭了蒸汽船，一路不確定自己該說什麼，看見那些截肢或受傷的軍官士兵也不知道需不需要迴避視線。到營區時，亨利最初的印象是這裡一片沉寂；他與裴瑞不知道該找誰或需不需要先告知哪個單位。沒人過來跟他們說話，因此他們找了帳篷外一位蓬頭垢面的士兵，他穿著內衣褲坐在一塊長木上。士兵聲音柔和，但語氣非常冷漠，雙眼毫無神采。他沒特別說什麼，只告訴兩位訪客想去哪就去哪，想找誰說話就找誰說話。對談結束後，亨利與裴瑞一時不知道該怎麼告辭，於是裴瑞給了士兵一枚硬幣，對方很快收下，同時東張西望，確保沒人看見。

病重士兵動也不動，用眼角瞄著這兩位來自新港的年輕人。亨利最震撼的就是他們看起來都非常年輕青澀，不經世事。他與裴瑞各走各的，走進傷兵行列，亨利感覺自己心頭湧上一股強烈的溫柔感，急於安撫他們。他原本以為自己會看見血流成河、包紮繃帶的殘兵，但這些人多半是發燒或傷口感染。他走到自己覺得比較安心的地方，他注意到有一雙眼睛跟著他，似乎善良和氣，那個人似乎發燒得不太厲害，也比較容易接近。他小心不要多說，免得他的聲音語氣加上他的態度舉止與穿著，或許看來像個有錢人，但他很快就發現這都不重要了，每個士兵都對他害羞客氣打招呼。

亨利發現其中有位金髮士兵比他年輕，澄澈的藍眼看不到恐懼害怕。他問對方是怎麼受傷的，然後靠過去想聽到他的答覆。男孩一開始沒說什麼，只是搖搖頭，但不久，彷彿他才剛從彼此對話被人打斷，男孩開始說到自己沒有感覺子彈射中小腿，他完全不知道，彷彿那是他個人的問題。他說那裡只覺得像是被蟲咬了一口，等到他手觸摸傷口，才出現可怕的灼熱感。

他最恨就是等待，男孩說，無所事事坐著等待，偶爾會接到命令朝某地行軍，無時無刻都有謠言四起，卻沒有任何戰事。現在，等待結束了，他卻希望自己能回去過那種生活。

亨利鼓勵男孩，告訴他傷勢一定會好轉的，但對方沒有附和。亨利心想，這孩子已經學會了冷漠以對，青春年少的他不應該這樣。苦楚已經滲透了孩子的靈魂，流連忘返，不願離去。亨利納悶男孩的父母是否知道他已經截了肢，或甚至知不知道自己孩子的下落。他想問男孩需不需要替他寫信，但又覺得自己問不出口。萬一男孩的感染沒有改善，也許得接受進一步的手術，甚至可能因此死亡，亨利無法理解這孩子的冷靜與勇敢，只能努力自在與男孩對談。

最後亨利已經不知道該說些什麼，於是給了男孩一筆錢，這位傷兵默默收下，亨利還將新港地址給了他，告訴他如果康復之後需要任何協助，儘管到新港找他。男孩看了一眼紙條點點頭，沒有微笑。亨利不敢問男孩究竟識不識字。

當晚在回程的蒸汽船上，亨利坐在躺椅，傾聽嘎嘎作響的船隻緩緩回家，他與裴瑞各自分開休息。當他遠望矇矓的黃昏夜色，感受日間的酷暑逐漸散去，亨利覺得自己終於與他先前避開的美國社會有了牽連。他仔細傾聽，卻不知道該如何回應。他努力回想男孩在帆布帳篷下的人生，爲生存奮戰，做最壞的打算，心裡卻殷切期盼返家的那一天，還有醫生手術刀鄭重在男孩的血肉劃下一刀的那一刻，小腿與軀體分開，大量的嗎啡與威士忌發揮作用，他的雙臂被緊緊扣住，嘴巴也塞了箝口器讓他無法尖叫出聲。當下他只想緊緊擁抱這位年輕男孩，告訴他最糟的已經過去，他要帶這孩子回家，讓家人照顧他。但亨利也知道，儘管他努力想協助安撫這位士兵，他更想獨自回到自己的臥室看書，旁邊放著筆與紙，努力吸收知識，房門會等到第二天早上才被他打開，沒有人會來打擾他。這兩種相互抵觸的渴望存在的巨大鴻溝令他悲傷敬畏，他知道這是自我的奧祕，這是擁有單一意識的奧祕，他唯有自己體驗，才能得知其中的痛楚、恐懼、喜悅或滿足。

突然間，在這溫暖夜晚的航程上，遠方地平線溫柔靜謐，他頓悟了這種自我意識的眞切與疏離；他的自我是如此紮實，也因此，當那把刀無情切開某人的血肉脂肪肌腱神經血管時，承受極端痛苦的並不是亨利自己，而是某位遠離家鄉躺在營地的可憐士兵。他知道自己的疏離感純然實在，那位士兵這輩子也無法理解這種恬適與特權，因爲他是老亨利的兒子，因爲他對戰場毫無所悉。

一八六二年九月，他父親與威奇到波士頓，幫助威奇與他朋友卡柏·羅素入伍北軍。不久後，謊報年齡的鮑伯·詹姆斯也從軍了。威奇與鮑伯成了眾人注目的焦點。最尋常的看法也被人們珍視傳誦；任何關於兩兄弟的小道消息也立刻傳到他們父母耳中。

亨利在劍橋與威廉住了一段時間，後來他自己找到一間樸素簡單的雅房，窗旁有一張長凳，可以讓他分類擺放自己的藏書。他常在劍橋附近的鄉間小路漫步，端詳綠草坡道後，高聳榆樹下的獨門宅邸；他不只想像屋內人們的生活，還有其生活面向，心想如果年輕霍桑經過，那生活又會是如何的形貌？

他會與大哥一起到牛津街與科克藍街口的厄森小姐家用餐，聽聽其他人的談話內容，讓健談雄辯的大哥發表他的言論，如此他也無須發言過多。他喜歡聽神學院的學生那些一針見血、機智簡單的談話；另外也畢恭畢敬傾聽年邁的柴爾德教授討論戰爭，教授的語氣總是深沉陰鬱，就像他收藏的那些民謠。

到課堂聽課時，亨利努力專注，但許多時候他都會觀察研究各色同學的模樣，有人平凡庸俗，也有人令人一眼難忘。他總是讓眼睛替他思考，解讀臉龐、微笑、皺眉、走路移動的模樣，替他們分類成各種不同性格與氣質。他同學多半來自新英格蘭地區。他能從他們聽課時的嚴肅神情與僵硬沒幽默感的舉止，想像早年這些人的祖先也曾激動講道，宣揚善惡正邪的差異，也藉此知道這些人絕對出自嚴肅規矩的家庭。

這群人上法律課時，卻彷彿烏雲罩頂，這是戰爭的烏雲，一場他們沒有自願參加的戰爭，除非有新的戰況傳來，否則他們也不會主動提出討論。他們看來不像會輕易接受命令或下達指令的年輕人。他們相信合眾國的意義，也因為對神的信仰，他們主張廢除蓄奴制度，但他們也尊崇信奉自己的自由與優勢特權。他們知道廢奴是高尚的目標，也在每日祈禱中向神期盼；但同時他們認眞上課讀書做筆記，希望為自己的未來作好準備。亨利發現遠觀他們比與他們深交容易多了。從這群人的外在，亨利看出那幾乎算是幼稚的直率心態，正隱然防衛著他們，猶如一道堅不可摧的石牆。

亨利積極認眞聽課，卻幾乎沒去翻什麼法律書籍。相反地，他讀了聖伯夫的作品，跑去聽羅威的英格蘭與法國文學課，愛默生到波士頓抨擊黑奴制度時，亨利也去聽了演講。他去看了戲，全心全意投入劍橋與波士頓的生活。戰爭猶如遠方微弱的噪音，只發出幾聲刺耳震撼的聲響。有天在哈佛時，他遠遠看見表哥蓋茲．巴克，看來應該是休假回家，但亨利沒有追過去打招呼，因爲他心想，以後應該還見得著面吧，但從此之後，他再也沒有見過蓋茲。蓋茲在維吉尼亞的戰場中彈身亡，亨利難以接受記憶中的俊俏表哥，那白皙柔滑的肌膚、好奇閃亮的雙眼，以及結實強健的肌肉就這麼讓一顆子彈徹底摧毀。充滿希望的年輕生命痛苦倒下，就此埋葬在沒人認識他的無名地點。

亨利母親寫信告訴他蓋茲的死訊時，也同時通知了威廉。當天亨利在厄森小姐那裡用餐時，不知道自己該跟威廉怎麼提起這件事，威廉走進餐廳時，臉上更閃過一抹陰鬱的不自在。他與威廉握了手，兩人卻因此更尷尬了，威廉嚴肅點頭，什麼話也說不出口。直到威廉告訴柴爾德教授自己的表親在維吉尼亞被狙擊手一槍斃命時，沉默才就此打破，大家討論蓋茲的死。

「這群年輕人都命定了，」柴爾德教授說，「勇健的他們留下愛他們的親朋好友，戰死沙場，面對一場打不完的戰爭。」

亨利不知道教授是否引述某首民謠，或只是有感而發。他注意到威廉眼底閃著淚光。

「優秀的人上戰場，」教授說，「前仆後繼，光榮捐軀。」

有時在厄森小姐家用餐時，柴爾德教授似乎已經快將自己的批評說出口，稱這群不上戰場的學生都是懦夫，但他每次總能忍住不開口。

隨後幾個月，威廉與亨利也沒有提起蓋茲．巴克，他想，也許兩人心中都有不願承認的罪惡感，所以才閉口不提吧。

亨利到雷地維探視威奇時，他無法相信這位童年的可親玩伴竟能單以社交能力與開朗樂觀，在軍中怡然自得，克服艱困的軍旅人生。威奇原是快樂的小兵，接著成了友善的軍官，亨利認為這一定是因為他對同僚客氣有禮。他後來回憶弟弟的那群朋友，全是愛笑有趣黝黑的年輕男孩，雖然跟他在法學院的同學都有波士頓家族背景，但這群士兵卻更開放活躍，喜愛戶外活動，愛玩笑打趣，遠超越他們應有的成長背景。樸茲茅斯戰地醫營那一幕似乎已經非常遙遠，當天他回到哈佛的路上，覺得自己剛才看見的那群陽光少年與他們呈現的歡樂自在氣氛，與漫長血腥的戰爭彷彿是兩個世界。

母親會抄幾段威奇寫來的信給他與威廉，那些多半是她認為比較有意義或需要注意的段落。一月時，威奇寫信回家表示南北兩軍都遭受瘧疾肆虐。「兩星期前，」他寫，「我們在三天內埋了兩名弟兄，另外還有很多人病倒了。」聽起來他急於上戰場，也很想回家，但亨利卻感覺這些信全展現了弟弟的理想與信念，他始終認為自己參戰是正確的決定。威奇還寫了這麼一段：

我很好，情緒高昂，不過偶爾想家時還會有點低落。如果五月底戰爭沒有任何進展，恐怕我們得繼續作戰，因為政府要我們這群已經服役九個月的三十萬名軍士繼續再延役三個月。既然我們的使命如此高貴，命令又來自高層，大家有何話可說？而我，只要國家需要，我必當全力以赴，當然路途必然艱辛，這我能保證。

亨利想像母親抄下這段話的畫面，她一定是精心挑選這些文字，他知道她寄出信時，內心肯定交戰掙扎，因爲這些話代表了義務與責任。她沒有多加自己的評論，亨利只能安慰自己，因爲媽、威廉與他已經能接受威奇與鮑伯代表詹姆斯家族英勇出征參戰了。

這幾個月威廉與他並沒特別連絡，雖然他們每天三餐都會在餐桌上碰面。如果母親寄來了一封亨利認爲威廉也該看的信，他就會默默將信遞給大哥；威廉也是如此。兩兄弟享受獨處，喜歡內省，偶爾有人陪也好，但至少沒了父母監視干涉，也沒瑣碎家務要忙，最重要的是，他們全都專注於閱讀。

這同時也是威奇獨領風騷的英雄時光，未來他也沒有機會體驗了，再也無法恢復神采。威奇自願加入蕭上校，擔任第五十四軍團的軍官。軍團從波士頓出發那一天，軍容盛大榮耀，老亨利特地前往波士頓送行，甚至到老荷姆斯家中觀看遊行，對他而言，這是詹姆斯家族與美國自由史的關鍵時刻。

威廉與亨利從母親那裡得知消息，當她寄來信件，通知兩兄弟的父親即將到波士頓時，她或許以爲兩位大哥也會想要親蒞現場，共享威奇的英勇與光榮時刻，畢竟這是家族歷史與美國命運的偉大交會。她顯然沒想到他們也許不想參加。

威廉立刻回信告訴她當天實驗室有重要實驗，他會盡量趕過去，但機率不大。

亨利則等到日期逼近才告訴母親自己背痛需要休息，他說希望五月二十八日前情況能好轉，他也會努力出席，但如果背痛繼續或惡化，那麼他就無法與父親見面，陪他到荷姆斯家。信寫完他就寄出去了。

五月二十八日早上，亨利沒到厄森小姐家吃早餐，午餐時，他發現威廉一整天都沒出現。柴爾德教授與另兩位同學在場，他們都是狂熱的廢奴主義者，一吃完就準備參加遊行，也以為威廉缺席是因為急著想見弟弟一面，畢竟有勇氣加入第五十四軍團是了不起的一件事。亨利這才想到也許他們以為自己也另有安排軍團觀禮行程，所以當他溜走時，沒人問他要去哪裡。

亨利安靜回到房間，躺在床上感受比平日更死沉寂靜的空氣，彷彿所有嘈雜全都聚集在軍團行進的路途上，讓他能待在這無人侵擾的空白地帶，沒有聲音，沒有動作。他伸展身體，然後走到桌前，用手指輕輕敲著光滑的桌面，沉浸在這無聲無息的世界。他從書架拿了一本聖伯夫的書，隨手翻閱，但自己遠離重大活動的感受卻越見強烈。他的呼吸似乎是哽住了，但隨著午後時光流逝，他覺得自己的快樂不太像是完成工作的那種雀躍狂喜。他獨處，房間有書有床有書桌，而外面卻是險象環生。人人熱血沸騰時，他卻淡定平靜，讓他幾乎無法閱讀思考，只能沉浸在午後賜予的自由自在，品嚐這深沉奇特的叛國感，他個人留守的小世界。

當他回到新港家中時，總能感受那種殷切期盼的氣氛。家人根本沒注意到他回家，也不介意他半放逐的生活。餐桌上只討論威奇、鮑伯與他們的同袍兄弟，有幾位都是家族多年好友。只要接到信，母親、凱特阿姨與愛莉絲就會興奮叫出聲，但她們總會讓老亨利先拆開信封看，父親慢慢仔細安靜看過後，再將信拿給妻子，母親總是大聲念信，如果威廉或亨利在家，信接著就交給他們，最後凱特阿姨與愛莉絲再一起讀信。老亨利還會將信看上好幾次，找到威奇信中值得刊登的幾段話，接著獨自出發，興致勃勃地將那幾段交給《新港新聞》的編輯。

他們在一八六三年七月十八日接到的信上得知威奇深陷考驗，每一天都是艱困的挑戰。《新港新聞》刊出全文，爲新港弟子感到驕傲：

親愛的父親，我們正朝愛迪森河下游的前線挺進。我只能說，我們十六號當天遇上苦戰，四十七位弟兄傷亡。軍團的每一個人驍勇無比，展現崇高的榮譽心；爲了保衛這場聖戰，萬一必須灑上熱血我也甘願。我們的目的地是莫理斯島，明日拂曉我們將襲擊華格納堡。此時此刻，我對神衷心祈禱，希望軍團能如在詹姆斯島的表現一般，英勇抗敵。

大家都知道華格納堡。老亨利沉重告訴大家，當地的防禦工事乃人類戰爭史上最堅固難防的堡壘。它能被攻破，他說，但鐵定不容易。老亨利對於派遣多是黑人的第五十四軍團出發作戰相當擔憂，因爲這絕對會讓南軍士兵激動憤怒。隨後幾天，戰場毫無消息，老亨利與許多登門造訪的緊張訪客都在討論這次戰役，他對客人一再重複自己的想法，並從中確認自己對這場硬仗的態度再正確也不過。

大家只能等待。他們知道戰況慘烈，華格納堡仍由南軍死守。他們聽說第五十四軍團展現過人勇氣，卻也聽說許多人已經陣亡。但他們依舊沒有威奇的下落。酷暑的日夜原本應當輕鬆歡樂，但家人吃不下也睡不著，時間一天天過去，他們都知道威奇不可能全身而退，一定是出了事，否則他早就與他們連絡了，因此家人恐慌等待。

亨利想到他可能葬身某處陌生地點，橫屍眾多無名屍首之間。

「你媽一定受不了，」凱特阿姨告訴他。「她還以為他活著，隨時都會走進家門給她驚喜。你媽永遠抱持希望。

此時沒人敢提外界的流言蜚語，據說傑夫．戴維斯宣佈只要活捉第五十四軍團的白人士兵，就當場吊死。當凱特阿姨在報上看到這樁報導時，亨利已經看過了，他看見她將報紙拿進廚房，在爐臺上燒了它。

當然，他們後來得知了華格納堡的慘烈戰役，將領、軍官或士兵幾乎無一倖免，屍首堆得老高，威奇親眼目睹蕭上校與好友羅素陣亡，他自己先是側腹受傷，接著流彈在他腳邊爆開。他受傷倒地，望著兩位擔架兵跑過來要抬他到臨時醫護帳篷，結果一發砲彈擊中一位擔架兵，死狀甚慘。另一位擔架兵則趁亂跑了。威奇第二天早上醒來時已經在衛生營，離戰場三哩遠。不久他被轉送皇家港醫院，那裡根本不算醫院，只是一處收容死傷人員的大帳篷，接受的醫療照護非常基本。半昏迷的威奇傷口感染越來越嚴重，也無法連絡家人。

奇蹟救了他一命。卡柏．羅素的父親到南卡羅萊納尋找失蹤的兒子，以為他被當成戰俘。雖然大家都告訴他兒子沒活過這場戰役，但老羅素還是絕望悲傷在一個個帳篷尋找兒子身影，他就這麼巧合地瞥見了躺在傷兵堆中的威奇。他立刻打電報通知詹姆斯家，讓他們知道他確保威奇平安回家，但他也會繼續找卡柏。八月初，羅素先生終於離開時局混亂的南卡羅萊納州，接受兒子已經身亡的事實。他陪著躺在擔架上的威奇搭船到紐約，此時威奇的感染已經越來越嚴重，腿上的彈殼必須在船上開刀取出，而接近威奇脊椎的傷口甚至更加嚴重，卻無法處理。

羅素先生一路陪著奄奄一息的威奇抵達新港。擔架被抬進大廳，但醫生表明不要再動他了。家人圍在他身旁，欣慰他終於活著返家，也知道也許他活不久，都想用盡全力保住他的小命。此時他們注意到羅素先生哀傷的臉龐，亨利注意到大家都壓抑內心的欣喜，也努力不要過度關切威奇，免得讓這位才在戰場上失去愛子的崩潰父親更加難受。威廉聽醫生的指示，父母握住威奇的手，婉拒客人來訪，阿姨與妹妹在廚房與大廳來回走動，拿來熱水、毛巾與繃帶，亨利觀察羅素先生，感動他肅穆穩當的態度，也發現當他看著威奇時，臉上那種更親密的疼惜無奈。羅素先生安靜客氣，等待時間與詹姆斯家族告別；這種默然沉穩的態度讓詹姆斯一家也對他喪子之痛感同身受，大家對他也更加謹慎體貼。

不到一年前，威奇與卡柏過得順心如意，彷彿他們腳下的土地任由他們汲取，一片自由愉快的樂土。在波士頓、新港與新英格蘭的鄉間，兩位男孩很受歡迎，大家愛聽他們聊天說話，人人愛看他們的行爲舉止。不久後，兩人的率眞便轉爲世故成熟，面容更顯帥氣，信仰更顯堅持。沒人告訴他們或警告他們的父母，兩人不到二十歲就會被子彈擊倒。他們的祖父母與高祖父母創建的新英格蘭沒有暴力死亡，沒有戰亂傷痕，這裡是值得開墾拓殖、講求合宜禮儀、追尋和平與正義的國度。

亨利陪伴羅素先生坐在門廳旁的長椅，心裡知道這位訪客的震驚不只來自愛子驟然慘烈離世，更因爲人類歷史建立的文明秩序竟然就此殘忍無情地被摧毀。

威奇什麼也沒帶回家。就連身上的制服也腐爛了，眾人小心翼翼替他褪下。蓋住他的毛毯被丟在門廳一角。過了好幾天，亨利得在夜裡照顧弟弟，才注意到那張毛毯，將它拿進廚房。他一攤開，毛毯便散發令人難以忍受的氣味，這就是威奇在戰場上承受的一切，這讓亨利無法就這麼將它丟棄。毛毯有煙草的氣味，更散發出威奇軍服的那種奇異臭味，那是混雜霉臭與汗臭的味道。但更明顯的是土地的氣味，泥濘糞土的戰地氣味，軍團對峙，橫屍遍野的戰亂大地。他在廚房後方的小棚放下這張毯子，然後走回門廳，氣味卻與他如影隨形，揮之不去。這是他弟弟的慘痛歷練最爲鮮明的例證。

全家人的生活與情緒繫於威奇的痛苦。亨利知道自己在第一天過度注意羅素先生，或許因爲他避免看著自己受苦的弟弟，這才不會想到自己的未來。羅素先生一走，他毫無選擇，只能面對眼前的可怕畫面。威奇的頭髮又黏又油，身體癱軟冒著冷汗。威奇似乎沒有睡覺，側躺的他不斷呻吟，隨著疼痛會突然大哭。有時他的哭叫會轉爲尖叫，走到哪裡都聽得見。亨利真的相信弟弟就要死了。

第三天吃早餐時，母親說全家人得設法感同身受威奇的痛苦，讓他減輕疼痛。老亨利一面點頭，母親繼續說大家都該讓自己的肉體感受威奇的痛苦。當亨利看著威廉時，他發現大哥也在點頭，彷彿這是最實用睿智的話語。亨利走回房間後，躺在床上回想威奇嚴重的傷勢，醫生雖然切開傷口，但是感染依舊蔓延。他不認爲有任何念頭能去除威奇的苦難。他下樓坐在威奇身旁，他還在輕聲呻吟。他坐近弟弟——凱特阿姨也在旁對亨利微笑——亨利握住他的手，但威奇似乎因爲這個動作更加疼痛，亨利立刻將手抽回來。他眞希望弟弟能像以前那樣微笑，但是他扭曲的臉龐看來這輩子都笑不出來了。以後的威奇似乎只會痛苦皺眉，再也不會笑臉迎人。亨利與凱特阿姨陪著威奇，直到母親走來靜靜取代阿姨的位置，坐在擔架旁。

家人沒讓鮑伯知道威奇的狀況，直到威奇狀況改善了，他們才向鮑伯坦白。鮑伯寄來了一封信，表達他與其他人對華格納堡之役的想法——那是一次失策的決定。他說，那場大屠殺全因愚昧。鮑伯的信讓父母不太高興；裡面沒有理想，也不樂觀。看來鮑伯覺得參戰很無趣，他中暑，得了痢疾，對長官也不甚尊重。家人看了他的信之後，母親不再看其他的信，表達自己的不滿，父親只挑了幾段比較振奮的內容給她聽。

威奇傷口開始復原，卻也開始做惡夢了。他尖聲哭喊，彷彿身處激烈戰事或緊繃撤退的情境。等他體力好到可以回房休養後，家人輪流照顧他，但大家都不知道該怎麼讓他睡好覺，讓他相信自己不會受到攻擊或射殺，身邊也沒有死去的好友與同袍。夢中的瘋狂騷動讓他驚醒，醒來才不再做夢，痛苦讓他重整意識。

白天也沒好到哪裡去，他見過的畫面與感受讓他連白天也深陷惡夢。父親依舊樂觀以對，確信他終會康復，也知道死者會走入永恆的極樂世界。父親說，就連威奇的痛苦也讓家人更團結，以後威奇的心靈會有更獨特的展現。

有一天，亨利在臥室時，可以斷斷續續說話的威奇請父親講道。威奇的聲音很虛弱，但眼神熱切，他用無辜的渴望神情聽老亨利說話，老亨利解釋，人人無論生老病痛，貧賤富有都必須仰仗神的指引，我們就如同羊群追隨著祂。威奇一開始講得不太清楚，後來聲音大了起來，眼睛泛淚。

「可是，父親，講述神對我們的眷顧比全心信奉簡單多了，特別是我經歷了那麼多。」

老亨利沒有說話。他們望著威奇努力喘氣，他似乎還想說些什麼。父親轉向亨利，似乎想問二兒子自己該不該繼續，還是要等威奇開口。亨利沒有反應，此時威奇找到體力繼續說話，他顯然不想聽下去了，雖然剛才是他開口要聽道的。

「我醒來躺在沙地，回憶起發生的事情，我受傷倒地，兩個人想把我拉到醫護營，但其中一個人也倒了，我努力爬到救護站。醒來卻孤單單一個人，失血過多讓我昏沉想吐。我躺在原地想著自己不知道還能不能回家，此時我看到一個可憐的俄亥俄人，下巴被射掉了，他看見我在旁邊，爬了過來，他的血流了我滿身，我……」

威奇用手摀住臉，開始大哭，說不出話來。他的哭聲越來越響亮，近乎歇斯底里，在床上顫抖不已，父親與二哥無助望著他。母親進房後，立刻抱住他安撫他，對他們三個人溫柔說話。

「威奇還是小寶寶時，」威奇終於睡著後，母親說，「他躺在搖籃，似乎總是在微笑。我想知道他到底是不是臉上總帶著微笑，還是因爲聽見我進來才微笑。但我一直沒找到原因。現在的我就是在等待，我期盼他終於能再對我微笑。」

威廉九月回哈佛唸書了，但亨利沒有回去。父母還在忙威奇的事情，卻也鬆口氣發現另一次華格納堡襲擊發生之前，人員已經完全撤離，鮑伯毫髮無傷。

亨利待在房間，威奇逐漸復原，鮑伯留在軍隊。母親聽說威奇表示自己狀況好些後，打算回到軍隊後，對亨利的遁世與沉默更爲體貼。母親會在用餐時大肆討論小兒子們的犧牲奉獻，但語氣聽來苦澀多了。

「他們見識了這年紀不應該見識的慘狀，體驗了可怕的戰爭，不知道這輩子能不能擺脫那些恐怖夢魘，我眞的難以想像。眞希望一開始他們就沒有從軍，眞希望沒有這場戰爭。」

凱特阿姨點頭，但老亨利漠然望著遠方，彷彿妻子說的話令人深思。用完餐後亨利總立刻回房。母親開始擔心他的背，替他拿來靠枕，要他看書時躺下來。

他的第一篇故事，用法國文學手法寫一位風騷女子生平，被紐約《大陸月刊》接受了，他卻不知該如何告訴家人這件事，雖然文章會匿名刊登，但他想自己最好還是不要告訴大家。他等了一兩天，某天他發現父親單獨在圖書室，於是決定告訴他這個祕密。一小時內，父親就看完了，他非常不贊同內容，不只不夠激勵人心，連主角動機也過度誇飾。父親立刻寫信告知威廉，而威廉還回信取笑亨利，問他哪來認識風騷的法國女人。最後，父親到處在新港告訴熟人，兒子就要有篇法國文風的作品即將刊登雜誌了。

威奇回到軍團，但體能不佳又被送回家，他決心等恢復健康，參戰到戰爭勝利。他的熱忱怎麼樣也澆不熄。威奇等著要回軍隊的同時，亨利養成了坐在他旁邊看書的習慣，威奇總會打盹或躺著不說話。一晚他靜靜回房，不吵威奇，結果在走廊遇到了凱特阿姨。她對亨利低語說廚房有些甜點牛奶要給他，原本他打算告訴她自己什麼也不要，他卻注意到她臉色暗了下來，眉頭深鎖，於是他知道她是想要他跟著她到廚房。

兩人踮腳在家裡走動，到了廚房，她開始碎念威奇的身體，然後關門大聲說話。

「還要回去打仗眞是瘋了，」她說。「難道受的傷還不夠重嗎？」

「他還是充滿理想，」亨利說。

凱特阿姨不以爲然抿起嘴唇。

「就算戰爭結束，他也定不下來。他就是典型的詹姆斯家人，除了你，」她繼續。「固執，愚昧，熱情。」

她端視他的臉，看自己是否說過頭了，但他對她微笑，示意如果她想要，可以繼續說。

「大家都一樣，你爸家的人。喝了一杯，就還要喝一千杯。賭了一晚，就準備輸到脫褲子。讀了一頁神學，就以爲……」她搖頭嘆氣。

「而且幾乎都英年早逝，你知道的，所以檀波姊妹才沒了爸媽，還有可憐的蓋茲·巴克。當然，亞伯尼的老詹姆斯當時就跟愛斯托先生一樣富有，但愛斯托家族可都是頭腦冷靜的生意人，詹姆斯家族呢，等到老爺子一死，賭的賭，喝的喝，全都死得早，而且都死得傻。每一次我聽威奇說要回去戰場，我就看見詹姆斯家族等著做傻事的模樣。威廉本來要當畫家，後來還說想當醫師。你是唯一像我家族的人，你最可靠。」

「但是我去年本來想念法律，又改變心意了，」亨利說。

「你對法律沒有熱忱啦。你只是想離開這裡，遠離瘋狂的戰爭遐想，你是對的。如果待在這裡，他們就會逼你入伍，你現在早就斷腿啦。」

她的口氣刻薄，眼神尖銳，幾乎發狂。在昏暗的燈光下，她看起來就像一幅老女人畫像，睿智又有點瘋狂。她住了嘴，望著他，等他回嘴。當他沒開口時，她又說了。

「你是最穩當的，知道照顧自己就好。還好我們有你。」

兒子的第一篇故事還沒刊登前，老亨利又蠢蠢欲動，他決定舉家搬到波士頓。亨利很開心能離開新港。他的故事依舊以無名氏發表，家人只看到他替《大西洋月刊》、《北美論述》與《國家》寫的評論。眾人被蒙在鼓裡，亨利於是能慢工出細活，他正在寫一位參戰的男孩，男孩留下了母親與女友斷然入伍。一開始，他感覺這是一次純粹的藝術發明，就像柴爾德教授會蒐集的民謠。他筆下的母親難搞驕傲又野心勃勃；而這位兒子約翰則英勇活潑；還有天真美麗的小女友莉西。他細密壁畫每一次場景，每天早上重新讀過一次前一晚的作品，持續修改刪減。他想寫得快一些，讓內容更有流動感，全家在比肯山租了新的大房子，有一天，某事令他震撼，卻沒因此讓他停筆。

「第四天暮色昏黃，約翰·福特，」他寫道，「被抬到門口，母親跟在後方悲慟萬分，朋友默默守候，提供協助。」

約翰傷勢過重無法移動，莉西根本不能來探視。隨著自己繼續寫作，亨莉感覺自己貼近了朝思暮想的題材：受傷弟弟的命運。他父親不能責怪他毫無道德，大哥也不能笑他寫著自己不熟悉的人事物。突然間，某個場景蹦入腦海，他摒住呼吸，就怕自己錯過了：

> 莉西無法走進約翰家門，遂從門廳一堆布簾間拿起一條毯子：那是一張舊軍毯。她將它裹在身上，走上門廊。

他想到要到廚房小棚找威奇那張毯子，才想起來他們已經搬到波士頓，這裡不是新港，毯子想必也不在了。他開始回憶毯子的氣味，那戰場與軍人的光環與氛圍：

> 褪色的舊軍毯有奇特的泥土味，甚至散發煙草氣息。少女的感官立刻轉到偏遠的南方戰場。她看見躺在泥淖中的男人抽著煙斗，將軍毯裹得更緊，同樣的夕陽餘暉照耀在他們身上，也映照於她輕柔的身體線條。她的心思在這些畫面游移……

這是全新的力量。他記憶的襲擊，這是他切身體驗的事物，深深鐫刻在他個人經驗中，只有他才知道這一刻從何而來，這讓他相信，自己成就了大膽創新的作品。

第八章

一八九八年六月

他看著小說家朋友走到起居室窗邊，沒有提醒他剛才他要她坐的位置可能比較舒服。她背對著光線，他不確定她是否記得她書裡有兩三位女主角，也會刻意背對一扇大窗戶，讓現場其他人欣賞沐浴在明亮光線下的自己。

坐定後，芙倫絲．賴特夫人似乎不太在意自己的臉龐，因爲她時而皺眉，時而苦笑。她說話的表情豐富，微笑皺眉，甚至蹙起她完美的鼻樑。他不知道她這張臉如何抵禦這麼多采多姿的變化。他心想，不久後一定會出現土石流，她的五官遲早會崩毀。他很喜歡聽她在義大利的生活，討論她的下一本書，她可愛的女孩，還有來萊依的火車速度有多慢，以及她很遺憾不能停留太久。接著話題又轉回漂亮的小女兒身上，六歲的小女孩正在廚房接受僕人的款待，此時賴特夫人提到孩子的教育與繼承的產業，接著又說到義大利，還有亨利最好的朋友——小說家康斯坦．芬尼莫．伍森的自殺。

「威尼斯的大家都提到你，還有你爲什麼突然離開，不再回去，」她說，「我告訴大家你是藝術家，一位超優秀的藝術家，又不是外交官，但是人人都渴望能再見上你一面。威尼斯是個悲傷之地，一向如此，但現在氣氛更淒涼了，我本以爲不認識康斯坦的人也說他們很懷念她。可憐的康斯坦，我告訴你，我再也不走上那條街了。我每次都會掉頭離開，如果是你不知道會怎樣喔。」

門慢慢打開，賴特夫人的女兒靜靜走進起居室。她母親還在滔滔說個不停，小女孩觀察起居室，神情平靜。她穿著一件寶藍色的長洋裝。亨利被她湛藍溫柔的雙眼與白皙平滑的肌膚深深吸引。她站在原地，乖乖聽母親說話的模樣，令亨利覺得她實在美極了。亨利從沙發上伸出雙臂，她想也不想就偷偷走到他面前抱住他，坐在他腿上，用小手圈住他。

「我們都去了她墳前瞻仰，」客人繼續。「有些人的墳墓一看就知道死者早已入土爲安，長眠地底似乎理所當然。但我不覺得可憐的康斯坦安息了，當然她的墳修得很完美，她如果看見也會很喜歡。我就是不覺得她已經平靜安息了，一點也沒有這種感覺。」

亨利聽著賴特夫人繼續嘰哩呱啦。他沒與小女孩說話，他還以爲過了一會兒，她會離開他腿上，跑去找她母親撒嬌。但顯然她坐得很舒服，因爲她手臂放鬆，就這麼在亨利懷中睡著了。他不知道能與陌生人自在相處是否也是這孩子的迷人魅力之一，但他決定不要找她母親討論。

孩子醒來時，天色已暗，女僕將茶端走了。賴特夫人說了許多話題。女孩張開雙眼時對她微笑，他深受感動。這孩子對他的信心，就像對自己的父母那樣，他覺得自己被信任，也認爲自己非常幸運。他也對站起來的她微笑。

賴特夫人沒有特別意見，因此他也沒說什麼。他會盡一切所能不讓小女孩尷尬。她自然而然走進他懷抱。她們離開時，僕人過來跟孩子說再見，顯然剛才她在廚房也深受大人們的喜愛。小女孩第一次顯得羞怯起來，緊緊抱住母親，而她母親也堅定鼓勵她，要她對大家客氣微笑，對眾人揮手道別。

當他回到起居室，坐上剛才的沙發，他感覺孩子天使般的身影依舊繚繞室內。幾天前從倫敦回來後，他努力工作，白天就待在書房，不看書信，也不見客人。賴特夫人手段更高明，她發了封電報說要來，表明亨利不用回覆，她人也就自己這麼大駕光臨了。

藍姆宅邸的燈光亮起，他走回書桌，回憶剛才她描述的威尼斯。他眼前有一封克提司夫人寫來的信，她是巴巴洛宮的女主人，曾經熱忱招待他好幾次。她用同樣的文字描述威尼斯。她寫到城市的哀傷，還有鄰近康斯坦．芬尼莫．伍森從二樓跳下的那幾棟建築物以及街道。

她的死正如愛莉絲的死一樣，讓亨利日復一日掛念心頭。她的身影來了又去，有時他會瞥見她破碎的身軀癱在街道上的畫面，有時是生活細節，他跟她說話時，她嘴唇移動的模樣，她儘管聽力不好，卻努力想聽懂他說的話。他看見她沉醉於貝洛斯瓜多晨曦的畫面，那也許是她這輩子最快樂的時光，撐了一把優雅的白色洋傘，對他微笑，彷彿一幅精心描繪的肖像，他還沒開口，她就已經對他心服口服。她應該是他最好的朋友，家人以外與他最親近的人。他至今還不敢相信她就這麼死了。

渥斯里夫人要他為藍姆宅邸添購的藝術品中，有一件索塞克斯的古地圖，例證了他目前居住的這一區海洋與陸地的關係變化。想到萊依與文契爾夕曾經矗立於變動不定的陸地，面對海岸無盡的突變讓他欣喜。這裡的海岸線隨時隨地都只能當作參考，沒有既定標的。有時他在花園的明亮處走動，或坐在樓上起居室，凝視戶外的光亮在變動，他會幻想自己用上筆墨或聲音，就能改變河道，讓大海瞬時湧入，讓海岸出現全新的凹陷地。

萊依與文契爾夕的現今位置似乎顯得好笑。他喜歡告訴訪客文契爾夕早在十三世紀就被一場大風暴摧毀殆盡，海浪將風沙捲起，幾乎埋沒了此地，當時小鎮的存亡岌岌可危。後來，鎮民另覓他處，而舊城鎮所在地便成了幽靈古城，他告訴訪客，這古城就像大家族的最後一位成員，身邊只留下回憶與褪色的傳家寶，看著其他家族興盛繁衍。但這新的城鎮也短命得很，陸地與海洋的交戰又起，結果總是大海戰勝陸地。萊依與新的文契爾夕原本雄心壯志，想要成爲繁華的港口大城，人們充滿夢想與希望。但接下來的數百年間，陸地卻又贏了一回，綿羊如今優游於新生平原，海洋則默默退場。

早期的文契爾夕被大水沒頂，新生的文契爾夕卻成了乾燥的高地。亨利說到這裡，語氣會顯得無奈，這全新的海埔新生平原，亨利說，是大自然奇特的產物，讓他心滿意足，因爲他也參與了過程，它讓萊依更顯得神祕——大海曾經直抵萊依門戶，現在節節敗退，只留下平坦陸地之外的波光粼粼與海鷗低鳴，這是大海商借給索塞克斯居民的一只契約。

海洋如此大方謙遜地讓出這片陸地，亨利也謹慎謙卑地開創了自己的一片天，他在這裡文思泉湧，睡眠安穩，現在這個家比起之前父母給予他的家都要大得多，主持這小小帝國需要他的呵護、榮譽感、擔憂與昂貴的開銷。

他從倫敦帶來了對他忠心耿耿的史密斯夫婦，史密斯太太負責廚房事物，她丈夫則是管家。到了萊依後，他另外雇了起居室女傭芬妮，她甜美安靜又仔細，此外，他還獲得一塊珍寶，個子小又不起眼的波吉．諾克，年紀輕輕的波吉伶俐迅速，非常討喜，這是小夥子的第一份工作，表示他還不懂得打混偷懶。未來亨利打算訓練他打理差事跑腿，進一步或許成爲貼身男僕，前者工作較爲低階，後者只需專心服務亨利就好。

亨利跟男孩母親談過。她講了一大串，說這孩子有多貼心聽話，也說他很乾淨也很能說話，以十四歲的年紀而言，算是很成熟懂事了，還說自己很很難過他要離開身邊。等到男孩終於現身時，他小混混的長相與體格相對於眼神的熱切積極實在矛盾，卻也讓亨利立刻覺得很親切。不過亨利沒對波吉母親多說，只對她解釋他打算試用他一陣子，合適的話，再討論長期雇用事宜。

亨利喜歡成爲萊依的居民，走在街上時，他也很開心招呼他認得的居民。他的狗兒麥米連經常跟他散步，或是蘇格蘭人也會偶爾跟著他，蘇格蘭人已經在萊依找到住處，喜歡步行及騎腳踏車，造訪藍姆宅邸的賓客也會陪他到城裡走走。這是亨利長久以來的夢想：住在傳統的英格蘭小鎮；他發現自己很以被萊依居民接受爲榮，特別是在自己的美國同胞前，亨利更想彰顯這一點，他也很自豪自己熟知萊依的人民、地形與歷史。

客人總是搭火車抵達，亨利會親自在車站迎接，波吉會熟練地推著手推車陪著他到車站，以便載送客人的行李推上位於山丘的藍姆宅邸。亨利對波吉應付這種場合的社交本能極爲佩服。火車停進萊依車站時，波吉會立定站在手推車旁準備就緒。當亨利與客人興奮地打招呼寒暄時，他絕對不會插嘴，而是一面有效率地與火車挑夫討論客人的行李有哪幾件，不用找上行李的主人。他還會確保客人看見行李已經放上推車，然後輕鬆跟在亨利與客人後方，緩緩將推車推上山丘。

宅邸自成一格完美可人，路上過客也會駐足讚美。然而，宅邸的神祕珍寶是它的花園，私密豐美，種植許多古老植物，展現園丁的品味與呵護。

亨利一租下這裡後，就找了地方上的園丁喬治．蓋門繼續照顧花園。每天他都會與喬治討論該如何更動，包括配合季節更迭的新植栽等等，不過他們主要還是會提及當下盛開的花卉品種，或接下來輪到哪種植物會開花，去年與今年的差異，還有該如何提升品質與可看性。兩人在牆內檢視大小細節，他欣賞喬治不特別說話，也不插嘴，他會等待亨利決定回頭工作後，再繼續自己手邊的事情。

史密斯夫婦不喜歡萊依。他們在肯辛頓爲亨利工作十年了，住在公寓的僕人房，每天見到的都是同樣的商家，購物的場所地點非常固定。他們認識許多附近的僕人，對他們而言，肯辛頓那幾條街就是他們能自在生活的小村莊。每天早上，必恭必敬、謹愼聰明的史密斯太太會帶著羞怯緊張的神情，記下小說家給的各種指示。當他在寫作時，他的指示不外乎準備簡單好吃的食物，由史密斯先生默默奉上。客人來訪前，亨利會提前幾天通知夫婦倆，並與史密斯太太仔細討論菜單。他不在家時，他也不知道史密斯夫婦做些什麼，不過他猜想兩人必然將他家當作自家，也養成了許多不好的習性。

不過只要亨利在家，史密斯夫婦便安靜仔細，小心翼翼，想必他倆應該很慶幸有他這種要求不多的主人吧，亨利心想。替他工作六年，知道他在妹妹去世後準備出國，史密斯太太因爲一樁私事找上了他。後來他才意識到，也許夫婦倆早就經過很長的討論才決定開口要求。當她說話時，情緒顯得很激動。這要求很不尋常，無論主人多麼好心，多半會立刻拒絕，可能會考慮這種行爲不可助長，否則未來還有得瞧。但亨利很訝異史密斯太太說來情眞意切，他知道她一定有急切的需要。

她妹妹病了，她告訴他，必須接受手術，還得找地方休養。病人無法自己照顧自己，而且也只有史密斯太太這個姊姊。既然詹姆斯先生計畫到義大利好幾個月，公寓想必空無一人，她不知道她妹妹能否住進客房讓她照顧，等詹姆斯先生回來，她妹妹一定就會搬走了。

他很高興自己沒有考慮太久，也沒去問其他人的想法。當下他便告訴史密斯太太他的決定，只不過他們夫婦必須自己負擔妹妹的所有開銷，等到他從義大利回來時，公寓必須保持原貌，安靜無聲並且空無一人。他說話時，注意到廚娘努力壓抑自己激動的情緒，她連聲道謝，看來想要立刻跑去告訴丈夫這個好消息。她緊張後退，一面謝謝他，然後飛奔離開。

離開前幾天，亨利沒有再提起這件事。他想自己已經表達得很清楚，也覺得再提起實在就太過分了。他也不想看到史密斯太太激昂的神情。在義大利時，他假定史密斯太太的妹妹不會花上他的錢，回家後想必也見不到她這個人吧。

兩個月後他一踏入家門，便知道公寓住了一個病人。他很好奇史密斯先生在門口見上他時竟然隻字未提。他急著指揮史密斯先生，要他立刻告訴他太太請她到書房見他時，史密斯先生只說這是一定的，不用特別命令。

史密斯太太看來似乎比先前更加英勇，她很有把握地站在他面前。沒錯，她說，她妹妹還在，她得了癌症，史密斯太太說自己等詹姆斯先生下最後裁定。

如果是他的小說人物，此時此刻必然會挖苦史密斯太太，但亨利知道她病重的妹妹正躺在附近房間，史密斯太太責任重大，連他也得分擔了，因爲這位病重女人就在他家屋簷下。

「醫生來過了嗎？」他問。

「是的，先生。」

「妳能請他再來一趟，記得我要跟他說話。」

醫生不看好病人狀況，也很好奇，他想知道史密斯太太的妹妹在家裡的地位，亨利請他只提自己的專業就好。醫生說這位女士必須接受另一次手術，手術過後得安靜休養，需要有人悉心照護，他不知道有沒有人能照顧這位病人。

「過程很花錢，手術跟術後照顧都很花錢。」

亨利開門看見史密斯先生在走廊來回走動。

「請負責好手術過程，讓我知道接下來要怎麼照顧，好嗎？」

「開銷很大，您得知道這一點，先生，」說完之後，醫生就離開了。

接下來的兩星期，病人接受了手術，亨利也發現史密斯先生酗酒。他等到史密斯夫婦都不在，女僕也出門辦事時，走進廚房發現一個空的威士忌酒瓶與幾瓶空的甜酒與雪莉酒。後來，他檢查了帳簿，沒有發現他的家用被挪來買酒。他覺得自己在廚房鬼鬼祟祟很愚蠢，決心不再這麼做。如果史密斯夫婦要買酒，只要不影響他們的工作，想怎麼樣就怎麼樣。史密斯先生總是動作遲鈍，特別是在傍晚時分，也許這是因爲小姨子生病給他的壓力，也可能是酒精作祟。

醫院傳來消息，手術很成功，病人接下來一個月需要全天候照護。亨利知道史密斯太太的妹妹也沒別的地方可去。既然接下來他自己沒有客人來訪，如果知道史密斯太太的妹妹在別處無人照護，自家客房卻空空蕩蕩，亨利會很過意不去。史密斯太太也會更難過。他知道她一定準備再次善用他的同情心，想到她找上他前在家裡會營造的氣氛就讓他受不了。因爲她的態度會極爲謙卑屈從。他決定告訴她他會讓她妹妹入住客房，也會負責她的看護費用，只要她們不影響他的作息。聽見他宣佈這消息時，她的表情看來比以前更懼怕他了。

史密斯夫婦很感謝他。妹妹回去工作後，史密斯太太甚至發表一篇簡短正式的演說，感激他的付出。更重要的是，從此，他與史密斯夫婦命運緊緊相繫，爾後萬一他們有人需要醫療照顧或任何方面的問題，他肯定得出手相助。他給他們優渥的薪資，平日也沒啥開銷，史密斯先生會穿他的舊衣服。

史密斯太太對珠寶沒有興趣，這讓他假定這兩人省吃儉用，大部份收入都存起來，以備未來能提前快樂退休。

在急難時幫助這對夫婦並沒有讓他因此得到更好的服務；當然，史密斯夫婦的表現也沒有變得更糟。史密斯太太每天早上依舊聽從他的指示，盡量符合他的要求。史密斯先生顯然還在喝酒，但他沒有犯過什麼大錯，只有在一日將盡時，才會注意到他的舉止與談話稍嫌遲緩。不過，還是有一大改變。史密斯太太會在主人在場時，與先生討論與家務無關的瑣事。她知道亨利最珍惜的就是寧靜，她當然也清楚他要求她與她丈夫私底下再討論兩人的私事。但亨利無法指正她；他提供她妹妹看護費用，這表示她贏得了一場隱形戰爭，讓她在屋內更感覺如同自家般自在。照顧她的妹妹，提供相當程度的同情與慈善行爲，似乎縮短了亨利與史密斯太太的距離。

由於搬到萊依前他異常忙碌，所以亨利也不太記得史密斯夫婦對搬家的反應了。他們年紀越來越大，亨利以爲他們應該會享受小城的安靜人生與藍姆宅邸的寬敞遼闊。總之他沒聽見兩人抱怨，他也確保兩人搬家時無須負擔過多重物，這幾個月他們只要整理好私人物品，搬到萊依就好了。他知道他有一兩個朋友注意到史密斯先生在晚餐服務時假裝自己沒有喝酒，但亨利深信遠離嘈雜倫敦之後，這些壓力都會消失，史密斯先生可以好好跟他談談，也能恢復清醒神智了。

一住進新房子後，亨利就發現了一個大問題。史密斯夫婦住在閣樓的僕人房。由於只有一道樓梯，所以他們得先走過一樓，經過他的臥室與書房才能進到自己的房間。僕人房的樓板嘎吱作響，特別是他床鋪上方，只要史密斯夫婦踏上，樓板似乎就會動來動去。一開始搬到萊依的幾星期，史密斯夫婦正常作息，卻沒有立刻就寢；他們總是不斷走來走去，樓板偶爾安靜後，卻又動了起來，完全無視下方已經就寢的主人。有時亨利甚至能聽見兩人對談，還有幾次有重物掉落。

他找了建築師華倫討論，華倫說樓板很好，就算換新的也沒有用。華倫說應該要告訴史密斯夫婦緩步走動，或要不就讓他們搬到一樓。他說廚房儲物間外有個小房間，應該可以放進他們的床鋪，另外只要開一扇大窗，貼個壁紙就行了。也因此，史密斯夫婦就搬到樓下了。

萊依的店家不怎麼喜歡史密斯夫婦；屠夫看不懂她的字條，也不喜歡聽她抱怨他切的部位不是她要的部位。麵包師也沒烤出她想要的麵包，其他麵包店也做不出來，她回頭找第一位麵包師傅後，他也不爽她還去找別的師傅。雜貨店老闆不喜歡她的倫敦人作風，不久後改由史密斯先生上雜貨店，因爲他妻子不受歡迎。

史密斯夫婦發現藍姆宅邸在萊依頗爲孤立，因爲周遭都是規模比較小的民宅，可能只雇用起居室女僕與兼職廚子，沒有與史密斯夫婦地位相當的僕役，類似的僕人多半住在鄉間宅邸，但這些人不會到鎮上亂晃，不像在肯辛頓那樣。不久後，史密斯夫婦就確定當地沒有朋友可交，沒人可閒話家常，店家也對他們很冷漠，波吉就不一樣了，他走到哪都很受歡迎。

史密斯夫婦最後只待在屋內，史密斯太太自己從來不離開宅邸，也不屑造訪萊依的著名地標。她依舊掌管廚房與儲物間。亨利下指令時，她的語氣變得更強硬能幹，主人也聽不出她對當地的厭惡。

亨利在肯辛頓常有客人，但他雖然待客有禮，晚上卻經常心不在焉。現在到了萊依後，他很在乎賓客來訪，他寫了許多信邀請朋友故舊前來參觀新居，也期待他們眞能大駕光臨，聽聽他們對藍姆宅邸的評語。也因此客房的裝潢與整齊相當重要，餐點的品質與服務也得到位，這當然包括三餐。史密斯太太不習慣這麼多人來訪。一開始她還對客人身分與需求興致勃勃，充滿好奇，但隨著賓客絡繹不絕，她得忙著打理吃住，覺得相當吃力。

她每天早上依舊與亨利固定會面，聽從他的指示，但氣氛卻越發緊繃。她沒有特別說什麼；但她持續沉默，時而輕聲嘆氣。他不顧她這種態度，只告訴她誰要來，該如何準備，也不聽她有何回應。但過了一陣子，她開始出現刻薄尖酸的評論，說招待客人的成本很高，要不就是屠夫很過分，或是波吉惹她不開心。越來越多的賓客讓她的口氣越來越充滿敵意。他當然渴望見到自己的老友親人，所以很不高興史密斯太太竟然會坦白表達她對這群人的不滿。

同時她的丈夫則動作呆滯，反應遲鈍，許多人以爲這是老式僕役作風，但只有亨利知道這是酗酒的副作用。他眞希望能好好跟史密斯夫婦談談，像之前史密斯太太找上他那樣，告訴史密斯先生不要再喝了。但他沒有勇氣要求他們。他知道她一定會矢口否認。史密斯太太肯定抵死不招，他可不想面對那種場面。

波吉．諾克則更聽話乖巧。他使命必達，記憶超強。他還是不太會微笑，但他總能謹記每位客人的名字、習性與需求，更知道電報來了是該打擾主人或是放在門廳小桌。他總是小心翼翼在閣樓房間走動。

波吉也不太在意史密斯太太對他的譴責碎念。沒事的時候，他就跑到萊依鎭上學羽量拳擊，很快就精通這項運動，成了冠軍。他總是準時開心回家，很驕傲自己在藍姆宅邸工作，自守本分，凡事弄得清清楚楚。亨利開始懷疑史密斯太太也跟著丈夫酗酒，他知道要了解這對夫婦私底下的習慣，問波吉就對了。

他的客人喜歡這裡，還會繼續來訪對亨利非常重要。他喜歡收到朋友來信，說還會再回來看他。他在這裡沒有朋友；晚上也不能出去輕鬆個幾小時。因此賓客對他至關要緊。他發現等待他們來訪前的心情是最幸福愉悅的。他會告訴大家他早上會待在書房，他會讓客人靜靜享用早餐，然後知道午餐時間大家會在見面，讓他自己有幾小時獨處時間，或讓蘇格蘭人聽寫速記。他也喜歡客人離開後的那幾天，他能沉浸於寧靜，彷彿對方的造訪只是一場打破他孤寂的戰役，但他終究還是戰勝了。

然而很快地，讓他心滿意足的孤寂成了寂寥。第一年冬天來臨，竟日漫長陰暗嚴寒，屋子就如牢籠，他與史密斯夫婦都離開了原有腹地，他雖然手邊還有工作，卻知道那兩人每天都喝得爛醉。

他不確定史密斯太太喝了多少。她的廚房依舊運作得很有效率；她的烹飪技術也沒退步。不過她一大早看起來就是蓬頭垢面，而且也更不歡迎訪客。她的頭髮凌亂，離鍋爐太近，指甲看來也沒乾淨多少。他納悶她是否發現他已經下令不要在有賓客時準備湯品或肉汁，因為那些都相當滾燙，他可不信任史密斯先生能安全無虞地服務賓客。

史密斯先生在晚餐桌旁服務時，腳步並不蹣跚，但只要他轉身離開室內，就看得出來他動作不順，難以控制。亨利因此讓主客背對門口。他還注意到一旦賓客發現史密斯先生搖搖晃晃，就會忍不住瞪著他看。他的目標就是不讓這件事成為晚餐桌上的話題。他不願讓倫敦社交圈或甚至他的美國朋友們得知他用了酗酒的僕役。

波吉開始從旁協助史密斯先生，替他開門，默默扶住他保持穩定，亨利希望問題能盡快解決，或至少不要惡化。他不想要採取行動，因為他知道自己最終會有哪種決定。他設法不讓史密斯夫婦的問題佔去自己的心思。

一天下午，亨利從樓上窗戶看見史密斯太太的妹妹走近宅邸。他聽見她進了門，想她應該是在廚房與姊姊見面。從那次她在他家中休養後，他沒有再見過她，雖然他只見過她幾次，但他感覺她的個性理智穩定。他決定自己要找她談談，下樓時，他看見波吉在走廊上，他要波吉通知史密斯太太的妹妹，希望她有時間能跟他談談，亨利說他會在起居室等她。

史密斯太太的妹妹很快就隨著史密斯太太出現了。她看起來神清氣爽，相對之下，她姊姊眞是邋遢極了，表情更是冷漠，亨利早就習慣了。

「眞高興看到妳一切安好，」他對她說。

「我非常健康，托您的福，身體都康復了。」

史密斯太太觀察著他，也瞪著妹妹的後腦勺，神色木然。

「妳來這裡玩嗎？」他問。

「不是的，我嫁給桂冠詩人的園丁，我們住在園丁宿舍。」

「桂冠詩人？」

「奧斯汀先生，亞斯佛的奧斯汀先生。」

「喔，當然了，阿佛雷德．奧斯汀。」他原以爲是但尼生爵士呢。

他原本打算問她何時方便私底下聊聊，但發現自己應該是打斷了她與史密斯太太的對話，兩人應該是談得不開心，妹妹努力掩飾，但史密斯太太看來充滿怨恨。

「那我們還會再見嗎？」他問。

「喔，不，我不想打擾您，先生。」

「不會的，」他說。「妳姊姊都好嗎？」

他直視著她，她雙眼避開他看向地面，什麼也沒說。她知道他在問什麼；他也不多說，就這麼讓她的沉默落入三人之間。目的達成後，他決定自己不用找她談了，該說的話都說了。他和氣微笑鞠躬，無視史密斯太太的存在。他現在知道哪裡可以找到史密斯太太的妹妹了。

他妹妹愛莉絲要是聽聞他的困境，肯定捧腹大笑；她會要他仔細描述史密斯夫婦。但他想，她一定會要求他立刻採取行動。他的大嫂愛莉絲是全家最實際的人，她一定會冷靜打發這對夫婦。但他不能告訴她，因爲他不想接到威廉來信。倫敦也沒人可商量。他的英格蘭朋友一看見史密斯夫婦酒醉無能的模樣，一定早就開除他們了。

他開始想像自己與康斯坦的對話。她一定會很欣賞廚房與史密斯夫婦臥室裡發生的場景。她也會知道該怎麼做；她會想辦法說服史密斯夫婦自動告辭，要不就改善自己的行爲。他想起她的平靜優雅，那讓人自在的溫柔，她總是對人事物充滿好奇與同理心；他想到她在威尼斯最後幾天，她跳出窗外前的那幾天。他嘆氣，閉上雙眼。

家人與朋友大都不知道他與康斯坦有多麼親近。當他與康斯坦共住在貝洛斯瓜多的那棟大房子時（當時眾人對他倆的關係也議論紛紛），威廉夫婦並非他們在佛羅倫斯會經常來往的小團體成員。但知情的人總是在信裡提到康斯坦，他們字裡行間會輕描淡寫帶過對她自殺的驚訝。只有一位朋友直截了當問他是否知道自殺的原因。莉莉・諾頓是他朋友查爾斯・艾略・諾頓的可愛女兒，也是他最喜歡的波士頓人葛瑞絲・諾頓的姪女。莉莉在義大利認識康斯坦，雖然兩人有近二十歲的差距，卻是最好的忘年之交，莉莉全心全意崇拜著康斯坦。

他回信給莉莉時，儘可能坦率直接。他解釋說，她知道他當時也不在威尼斯，也是從別人得知康斯坦的死。他寫道，當時康斯坦深為高燒與病痛所苦，但不只如此，康斯坦心底還埋藏了不願為人所知的祕密，他告訴這位年輕朋友，也就是孤單寂寥帶來的慢性憂鬱，這問題不斷侵蝕康斯坦的心靈。他的信就寫到這裡；莉莉鼓起了勇氣問他，她也應當有勇氣接受這殘酷的現實。

莉莉沒有回信，但她的葛瑞絲姑媽後來提到姪女對亨利信中斬釘截鐵的語氣及冷酷無情的文字很是受傷。莉莉後來接受他的邀約前來萊依，他知道他們第一天可以獨處，便納悶到時她會不會舊事重提。畢竟他們還有其他話題可以談啊。莉莉已經徹底歐化了。她應當能用歐洲人的方式討論許多議題，不去靠近危險的題目。或許討論她家親戚或彼此認識的朋友，便可以娛樂彼此好幾個小時。他想知道諾頓家族、賽吉維克家族、洛威家族、迪克維家族與達爾文家族的近況，光這些就可以讓他們用上一頓漫長的晚餐，或許飯後得到鎮上閒晃才說得完。

他在車站接她時，很快發現她已經長成深具魅力的有趣人兒。一走出車廂她就看到他了，但沒有微笑。她的眼神警覺，表情嚴肅自持，卻又帶著一種平靜的美。她有種年輕女公爵的氣質，不用開口就能讓人順服。莉莉朝他走來時，神情煥發光采，彷彿才剛決定當美國人，知道展現天生的自然特質，拋開刻意矯揉造作的外表，以取悅主人歡心。

莉莉看了波吉一眼，他正忙著將她的行李搬上推車；她沒有特別做什麼手勢，回到房子後，她答應亨利自己絕對不說「美麗」這個字，但是這房子眞的很美麗，花園也是，就連他讓她寫信的小起居室也美麗得不得了，還有她的房間，太美麗了。她對他微笑，碰碰他肩膀，不再滿嘴讚美。她好高興自己能來，她說。

他們坐在花園喝茶，他細細打量她。她看來是心靈極度活躍奔放的女人，遠超越家族其他同性成員。她遺傳了諾頓家族的長臉，但線條柔和了一些，她有母親的雙眼，笑起來也像她母親，而且一面聽人說話，臉上還帶著微笑。一旦她不再微笑，她的臉龐卻又高雅嚴肅，這是一個他不認識的女人，雖然友善客氣，但她的語調態度都是他不熟悉的。他很期盼能與她相處。

他陪她到街上走走，爲她的光彩奪目感到驕傲，同時也喜歡跟她聊天，她說話內容時而淘氣風趣，又經常犀利深刻。她知道他一直在看她，而且鎭民也對她目不轉睛。她的深思熟慮令他讚賞，兩人沉默一陣後，她又顯得歡欣喜悅，她偶爾陰鬱陷入沉思，表情幾乎冷峻嚴肅，彷彿祖先仍看顧著她。

她現在三十多歲了，她的個性疏遠諷刺，她姑媽葛瑞絲也告訴過他——這女孩大概是不嫁了。她自己有點收入，雖然不多，但足以讓她優游義大利與英格蘭，甚至需要時還能回到祖國看看，這一點就與康斯坦很像。他眞希望她有大房子得看顧，或是繼承家族盛名，他能感受她的哀愁，她對獨立自主的渴望。他們走回藍姆宅邸時，她的語調、她大開大闔的批評，她奇特自由的用字遣詞，她的特定口音，這一切都讓他回憶起妹妹愛莉絲。她們都來自尊奉神聖教條的家庭，要求禮節舉止合宜，她們出自以神至上的秩序社會，但理想主義與心靈精神的解放又時而交戰內心。詹姆斯家族的變動不定讓愛莉絲的心靈無處停靠。而莉莉則承繼諾頓家族的冷靜平和，卻無須以她犀利批判當犧牲品。他願意放棄所有，讓妹妹擁有莉莉的均衡與沉靜。

晚餐前，他讓莉莉單獨留在樓上起居室，自己檢視餐廳狀況。他發現波吉站在餐廳門旁，小臉因擔憂而皺了起來，動作緊張焦慮。波吉告訴亨利主要是因爲餐廳的問題，亨利走進去，發現桌布有一大塊紫色污漬。

「立刻將桌布換掉，」他說。

「她說這樣沒關係，」波吉說。

「史密斯太太說的？」

波吉點點頭。「她不讓我換，先生。」

他打開廚房門。看見史密斯先生趴在桌上。史密斯太太在攪動鍋子的食物。她看見他時，只是聳肩沒說話，顯示她的無力與冷淡。他大聲說話了。

「立刻換掉桌布，管家也必須回到餐廳。」

史密斯太太丟下湯勺，走向桌子。她直直站在丈夫後面，用力扯住他肩膀把他拉起來，當他站起來時，她放了手。他看見主人站在廚房，眼神依舊渙散，接著他歪歪斜斜走到角落櫥櫃。

「十五分鐘內就要用餐了，」亨利說，「希望到時一切都能就緒，先換桌布再說。」

他陪著莉莉走到餐廳，看見桌布已經換了，餐具也擺設妥當。他先讓莉莉背對門坐定，不知道今天究竟是史密斯先生服務或波吉或甚至史密斯太太接手。上第一道菜時，史密斯先生斟酒，亨利此時才想到這傢伙連站都站不穩，視線肯定也不清楚。這種狀態很詭異——他能直直走路，既不踉蹌也不蹣跚，彷彿沿著一條隱形直線。但他身軀卻僵硬無比，而且不能言語。酒精讓他成了一塊木頭。

亨利小心不要瞪著史密斯先生太久；他設法與莉莉輕鬆對話，就連史密斯先生倒酒時也是如此。他確定莉莉什麼也沒看到，但他知道自己得安排史密斯夫婦離開了。第二天還會有兩位客人前來用午餐，莉莉和其中一位朋友甚至會待到晚餐時間。接著他就得採取行動，但他實在不知道該怎麼下手。

「你知道，」莉莉說，「康斯坦死後，我就沒去威尼斯，但是其他人都說那條街很怪，大家全都避開那裡。大家都不相信她會自殺，很不像她會做的事。」

她的眼神靜靜停駐在他臉上，然後她望著自己的餐盤，彷彿自己又想到了什麼。她再次抬頭。「我跟認識她妹妹的人談了很久，」她說。「家人很介意她許多文件都不見了，還有日記跟信件，她最後一星期的生活一直讓大家百思不解。」

「眞的，」亨利說，「很令人傷心。」

史密斯開門，靜靜站著往裡看，彷彿裡面一片漆黑。莉莉轉身看見他。他站了半分鐘動也不動，彷彿自己就是鬼魂，又彷彿自己看見了鬼。然後他緩緩走向餐桌收盤。他拿起餐盤，動作悄然準確，然後離開了餐廳，沒有狀況發生。

「當然了，她很哀傷，也極度寂寞，」亨利說。

說完他就知道自己這句話很突兀。

「她是很有天分的小說家，人也很好。」莉莉說。

「的確，」亨利表示。

他們默默等史密斯回來。亨利從莉莉的語氣知道自己現在無法改變話題了。

「她值得更好的人生，」莉莉說，「但現在來不及了。」

她的最後一句話沒有認命或喟嘆的意味，反倒盡是指責與酸澀。亨利這才發現這段對話是設計好的，她暗中操控著在他家小餐廳發生的一切。他很期待史密斯先生在此時進來，管他喝得多醉都無所謂，只要能打破現場的緊繃沉默就好。

「我們那年夏天都跟她在一起，」莉莉繼續，「她很忙，計畫很多，也有許多夢想。大家都記得她是個快樂的人，儘管她本性多愁善感。但這一切都破滅了。」

「是啊，」亨利回答。

史密斯先生打開門，波吉就在後面，身上那件夾克實在大得不像話，看起來就像小流氓。史密斯端著一盤肉，動作看起來像個垂死之人。波吉端著其他盤子跟在後方。莉莉轉身觀察這兩個人，就在這一秒，亨利知道她發現藍姆宅邸的現狀，她的自持與優雅消失了，看來似乎極爲警覺，臉上的微笑更是強擠出來的。此時史密斯開始替她倒酒，但手卻抖個不停。其他三人望著他將酒撒了一些出來，在他企圖控制自己時，竟然撒了更多酒在桌布上。他轉身要離開，動作歪斜搖晃，留下波吉收拾現場。

亨利與她安靜用餐，原本他想改變話題，現在卻又出現了另一個不能提及的話題。他知道如果他問起莉莉她姑媽或她未來的計畫，她應該會大笑起來，甚至惱怒。所以他閉了嘴，讓她決定對話的方向。

最後，她開口了。

「我不認爲她應該去威尼斯。威尼斯再怎麼樣都不適合獨處，特別是冬天。」

「是啊，如果她能離開就好了，」他說。「不過實在很難講。」

「當然了，克提司夫人和她本來以爲你會到威尼斯暫住，」莉莉說。「我知道她們甚至還替你找了房子。」

他聽得出來她話中有話，知道自己該打斷她了。

「恐怕她們是誤解我對威尼斯的感覺了，那裡的確很美，也很有趣，」他說，「每次我在那裡，總渴望徹底體驗水都，能擁有眼前的絕世美景。但這種幻想只是短暫，我還得工作，我還有稿子要趕。」

她的表情陰沉尖銳，不過也帶著一絲同情。她微笑了。

「是啊，我想也是吧，」她乾澀回答。

早上他告知史密斯太太他希望她丈夫能臥床休息，找醫生來檢查。午餐就讓起居室女僕與波吉處理，這孩子也該找一件合身的外套了。他請她走到花園交談，因爲他知道莉莉正在一處看不見花園的房間寫信，所以看不到接下來這一幕。他同時也想要在白天的光線下，仔細端詳史密斯太太，結果他發現她也不能在廚房工作了，因爲看來她似乎很久沒有梳洗或換身上的衣服了。

「您的客人應該住得很舒適吧，」她說。「想必一切都很順暢，讓她沒得抱怨。」

她的口氣幾乎算是狂妄，亨利知道她似乎準備繼續說話，隨即舉起右手要她閉嘴，然後輕輕點頭致意，轉身進屋。

他找到波吉，要他立刻跑到萊依鎮上詢問各店家，看有沒有知道史密斯太太的妹妹如何稱呼。波吉很快就回家報告她是提可諾太太。當亨利回頭要進書房時，波吉碰碰他肩膀，用手指放在嘴唇，領他走到花園。

亨利驚訝看著波吉東張西望，確保四下無人，神情謹慎。波吉帶著亨利走到廚房外的小屋，亨利納悶他這小男僕究竟想帶他看什麼？波吉回頭確定亨利還跟著他，示意要他走進其中一間小棚，然後拉開一張大帆布，下面藏了一大堆空酒瓶，有威士忌、紅酒和雪莉，酒瓶堆已經散發令人難以忍受的惡臭了。

午餐前，亨利已經通知醫生，請他下午過來，同時發了一封緊急電報給提可諾太太。接著還繼續迎接莉莉的朋友衣達．席金森來訪，他知道這女孩的大半輩子都在循規蹈矩的波士頓家庭渡過，另一位則是他來自依斯彭的朋友，乍看之下，他的新家運作正常，一切和樂融融。他知道莉莉不會那麼無禮，到處宣傳他家裡的問題，也許除了她姑媽吧，葛瑞絲對這種八卦最好奇了，亨利慶幸自己沒特別說什麼。他對客人解釋管家身體不適，請體諒午餐將由起居室女僕與小波吉爲她們服務。

午餐即將用完時，史密斯太太奇蹟似地又弄了一頓大餐，波吉通報亨利提可諾太太已經到了，他請她在起居室稍候。亨利知道這樣一來自己就無法帶著客人到花園走走，但沒有問題，因爲他的確有工作要忙，他的連載小說可不能開天窗，莉莉可以帶自己的朋友到萊依走走，因爲她已經對這地方很熟了。

不瞭解狀況的客人開心離開了，他找上提可諾太太，對她解釋自己的爲難。他強調他不能繼續忍受這種情況，他準備打發史密斯夫婦走。他會給他們優渥的資遣費，他說，但不能繼續雇用他們了。他希望提可諾太太能安排兩人去路，他不會再幫忙了。

提可諾太太沒有說話，臉上毫無情緒。她只問她姊姊在哪裡，想跟她說話。他們走到走廊時，看見醫生進屋。亨利請提可諾太太到廚房，與醫生簡短交談，就請女僕帶著醫生去探視史密斯先生。

當晚他與莉莉及依斯彭的朋友吃晚餐，話題不離政治與文學。莉莉展現了自己絕佳的魅力與智慧。想到她昨晚對康斯坦的話題窮追不捨，甚至暗示他拋棄她的好友，任康斯坦在威尼斯自生自滅，亨利不禁聯想是否莉莉也會被人拋棄？或擔心自己最終也會走到康斯坦的結局？她沒結婚，沒有找到一位可以讓她發揮魅力與才氣的伴侶，在他看來顯然是一大錯誤，隨著時間過去，她可能會悔恨終生。他從餐桌對面觀察她，想到她刻意營造的全新自我，拓展她的才幹實力，這可能讓追求者看不見她值得愛慕的其他特質。他想，康斯坦可以用莉莉當主角，寫出一部很棒的小說。

醫生早上又來了一趟，判定病人已經無藥可醫了。他說史密斯先生因為多年酗酒，所以總是維持在酒醉狀態。一旦沒有酒精，他會非常痛苦。提可諾太太與她丈夫一起過來，謝謝亨利的慷慨，因爲史密斯夫婦一毛錢都沒有。他們沒有存款，錢都拿來買酒了，萊依鎮上甚至有幾間店家還有他們的舊債。提可諾太太語氣乾脆，她夫婿站在一旁表情尷尬，手裡捏著帽子。

史密斯夫婦收拾行李時，亨利知道自己對這兩個自作孽且悲慘至極的傢伙也無話可說，連史密斯太太也默默接受命運，看都不看亨利一眼。他知道他們找不到工作了，等到他給的錢被他們花光，親戚無法接濟他們之後，他們的未來堪憂。他心想，史密斯夫婦忠心耿耿跟了自己這麼多年，卻淪落至此，但是他知道自己再怎麼樣也不可能接納他們了。

他寫信給大嫂告知這段插曲，其他人他則隻字未提。他告訴她這是一場可怕的惡夢，造成他的生活大不便。他知道萊依居民不久就會知道史密斯夫婦的下場，就算大家都不喜歡他們，亨利斷然遣走他們的做法，肯定會讓亨利在路上被人指指點點。

接下來幾星期，亨利過著沒有僕人的生活，還得在地方小餐館用餐，這一切的不愉快都只能靠工作抒發。早上他坐在起居室面對南方的大落地窗旁，在閃耀的晨曦下讀昨天的作品。這扇窗能俯瞰下方的碧綠草地，他喜歡看喬治·蓋門在老桑樹下工作，當他在花園散步時，他更深深享受藍姆宅邸花園高牆後的孤獨世界。

第九章

一八九九年三月

在他眼底，一切都不單純了。他五年來第一次踏出英格蘭，他的所見所聞不再新鮮，沒有驚喜。在巴黎他遇見了羅西娜·艾蒙與蓓恩·艾蒙姊妹，她們是蜜妮的妹妹艾倫·檀波的女兒，兩姊妹都在蜜妮過世後才出生，只從幾張照片看過去世的姨媽。姊妹倆一點都不像，羅西娜活潑外向，長得比較漂亮；蓓恩矮胖，卻比她姊姊更老實可靠。她以後想當畫家，經常在畫廊走動，也對街頭眾生觀察入微，女孩們都認爲街頭人生比藝廊作品更有藝術質感。

有時姊妹倆說話時，他覺得自己彷彿聽見蜜妮的聲音。他忌妒她們毫無顧慮的天真，渾然不知自己的美國口音多麼熱切，或許她們自認很有原創性，但事實不然，歷史文化的底蘊在兩人身上並沒有留下任何痕跡。

他已經五十六歲了，凡事總有自己的成見，蓓恩還笑他很像《華盛頓廣場》的史洛普醫生，隨著他那運氣不好的愚昧女兒遊歷歐洲。他對姊妹倆的發音很有意見，經常糾正她們。例如有一次，羅西娜讚嘆某間珠寶店的珠寶時，亨利立刻糾正。

「珠——寶，不是租——寶。」

她說美國女孩現在都不特別強調聲母音時，他回答：

「聲——母，不是森——母，羅西娜。」

很快兩位少女就喜歡他時而找她們麻煩的習慣，甚至特別找機會惹他出聲挑剔。這種時候，他會特別想念少女的姨媽，總是喜歡在這樣的場合找他鬥嘴。不過少女們知道自己的身分，不會找他爭論，而是不留痕跡地捉弄他，偶爾漏掉子音，要不就是說時下不入流的俚語，讓他老大不高興。有一天早上，蓓恩說她要上樓去「用」頭髮，亨利立刻問，「『用』？怎麼『用』啊？」

巴黎比他印象中更為璀璨豔麗，他卻不能認同這華麗光環背後的某些事物。他小心不與艾蒙姊妹討論這件事，他喜歡孩子們對色彩、景致與質感展現她們天真的讚美；他喜歡她們鉅細靡遺的觀察與分享，看她們如此歡欣沉浸在這偉大的城市。有幾次蓓恩默默無言，沒有特別說笑，彷彿深受環境所感，被人打斷就憤怒不悅，他感覺康斯坦．芬尼莫．伍森的幽靈似乎隱約現身了，靜謐內省，敏銳感受光影隱喻，相對於蜜妮．檀波對光線與動作的熱愛。

這兩個外甥女帶來了他人生的古早回憶。有時她們著迷於周遭環境，無視他自憐於昔日往事。他覺得她們對他視而不見的態度挺有趣的，也是一種解脫，他有些老朋友總是要求他全心的專注，跟前跟後，在意他談話的內容，也許這些人可以跟艾蒙姊妹看齊。

他繼續南行，少女們還在旅遊，他意識到，沒有朋友自己也是可以過日子的。偶一為之的書信往來，聽聞老友近況當然很好。但當他在馬賽過夜，知道自己第二天得落入朋友圈子，就覺得還不如默默走過保羅與米妮．波杰家門口就好，不要找他們那群人。波杰家財富名望兼具，在蔚藍海岸一處山坡擁有二十五畝的土地，松林雲杉錯落莊園，遠眺大海。保羅更自以爲是，思想僵化獨裁，甚至極度厭惡猶太人。

波杰家還招待另一位客人，是個不怎麼出名的法國小說家。待在波杰莊園的頭幾天，亨利竭盡所能不與波杰夫婦討論左拉或德雷夫事件，免得造成賓主不和。他當然支持左拉的做法，更支持德雷夫，所以他不願聽到立場偏頗的波杰夫婦發表任何意見。他知道波杰夫婦的絕佳品味與高貴人生全與他們保守的政治作風有關。亨利認爲英格蘭人對這類議題身段較軟，個人背景與政治信仰的連結比較模擬兩可。

他知道波杰這種人，感覺保羅．波杰正如他筆下創造的人物，他懂此人的本性、文化、種族與類型，此人的浮誇虛榮與野心。但相較於這些小細節，更重要的是保羅．波杰展現的價値觀，他能讓人一眼看穿，遠超過任何人的想像，也令保羅可親多了。

儘管如此，亨利知道保羅對他一無所悉，如果要他列出亨利的特點，想必單純明瞭，而且全盤皆錯。保羅看不見外表之後的本質，亨利心想，反正保羅應該也沒有興趣瞭解這麼多。也因此，他很高興自己即將離開波杰家了，他在這裡猶如隱形人，但亨利也覺得心滿意足，雖然這些人都是他的舊識。他隨時準備傾聽，卻不不打算展露自己的思緒、感受與幻想。偶爾他知道自己彷彿戴著一個面具，內外皆然，不過他已經準備前往威尼斯，未來會不會再與這家人相見，對亨利來說，已經不重要了。

他沒忘記自己有多熱愛義大利，但他怕自己年歲漸長，無法掌握它的美與熱，或也許在歲月與觀光客的摧殘下，義大利也喪失了昔日風華。他靜靜坐在車廂，火車在文提米利亞誤點了三小時，他望著外面那群有錢的德國人喧鬧。他眞想站起來大步走過邊界，讓後面的波吉推著行李，立刻離開法國，投入義大利的羽翼。義大利開放新潮，一切的精緻絕美盡在不言中。最後他終於坐在熱那亞飯店的窗邊躺椅，沉浸在義大利的風情，回想義大利的一切，放鬆而喜悅。

他抵達了威尼斯，天黑之後，他知道時間與遊人毫無減損這城市的哀愁與風華。他搭貢多拉船從車站經過小運河抵達巴巴洛宮，在黑暗的河道蜿蜒前行。這趟旅程有種沉重感，彷彿戲劇呈現，乘客被緩緩帶向自己命運的終站。但當輕舟柔移緩曳，靠上一處停泊站時，威尼斯的另一面乍現眼前——這是狂放俗麗、空泛虛浮的燦爛水都。

在威尼斯，處處彷彿聽聞古老的人聲、回音與畫面；數不盡的奇特祕密、落魄運命與破碎心靈在此找到了避風港。五年前，處理完好友康斯坦的事情後，他就此離開威尼斯，以為自己將一去不回。彷彿他與康斯坦在威尼斯下了太大的賭注，她一切都沒了，而他則永遠失去了她。威尼斯迴盪的回音不再古老黯淡；能與它媲美的殘暴冷酷也不再抽象。這一切都體現於他朋友慘烈的死法。這次他在巴巴洛宮作客，著手撰寫一部新小說，天花板有富麗堂皇的壁畫，兩面牆壁掛了斑駁剝落的淺綠綢緞。他知道幾個房間外就是大運河。他站在陽臺上就能遠眺安康聖母聖殿的圓頂，漩渦牆飾與齒狀撐牆，那寬闊的階梯猶如聖袍長襬壯觀無比。朝左看就是眩目的達里歐宮，上面有最精緻的大理石與精雕細琢的環飾。

從安康聖母聖殿到達里歐宮看過去，聖米坦寓所陰鬱的哥德窗戶總令他難以挪移視線，只有此時他才會覺得威尼斯不再光彩奪目，這是眞切難熬又可怕的威尼斯。五年前，就在這棟建築物的二樓，康斯坦．芬尼莫．伍森毅然縱身一跳，喪命在下方的人行道上。

他與她初識於一八八〇年，當時他在佛羅倫斯寫《一位女士的畫像》。那時他三十七歲；她四十歲。她有一封由蜜妮．檀波的妹妹漢妮姐寫的引介信。康斯坦看了他的所有作品，但他卻完全沒讀過她的創作。他遇見過許多前往歐洲，拿著引介信來找他的美國女人，這些信堆起來都可以集成厚厚的一本書了，但信的內容可比持信者有趣多了，有幾位小說家還說希望她們能寫出《黛絲．米勒》，還說自己已經快要寫出差不多跟它一樣厲害的作品了。

康斯坦有一耳耳聾，這讓他覺得很特別，但她卻覺得很心煩。這表示有些事情他是無法立刻從外表判斷的。她有種特別的內斂特質，似乎自我意識很強，不積極取悅討好他。更獨特的是，他深信她住在自己的心底。也因此當他想帶她參觀景點時，她表明自己不想跟觀光客混在一起，他更著迷的是她對佛羅倫斯的英美人士小圈圈興趣缺缺，她也不想認識他的朋友或佛羅倫斯的達官貴人。夜晚她多半獨處，她直截了當地說；人多的地方她放不開，無論那群人有多富裕多重要，她也不在乎。

他不確定她對教堂、壁畫與繪畫的反應是否眞實。然而，她的慧黠清新，她的好惡愛恨，她的好奇困惑都讓他甘願在早上陪伴她漫步佛羅倫斯。兩年後，當她在讀《一位女士的畫像》時，她溫柔提點他，他描寫的這位美國女子擁有開放好奇的心思，靈感迸發，由一位貧窮的鑑賞家帶領，認識自己首度造訪的義大利。他用的就是她的感官，每每在他陪著這位美國新友人踏遍佛羅倫斯後，他便立刻著筆記錄。也因此，依莎貝．亞契的雙眼所見就是透過康斯坦．芬尼莫．伍森的雙眼，甚至如果他能感知康斯坦的心思，那麼依莎貝也會有相同的感受與體驗。

她取笑他溫良恭簡的背景；他身爲詹姆斯家族成員也讓她覺得好玩，新港、波士頓與歐洲之行的闖蕩更令她好奇。她身爲詹姆斯．芬尼莫．庫柏的外甥孫女，見識過他完全不認識的美國。她告訴他，她曾經在俄亥俄與佛羅里達勇闖荒野，而且呢，她不懷好意地對他奸笑，如果他覺得她出身粗鄙，她說，那可就錯了，因爲亨利雖是家族第一位踏上義大利土地的人，但她的舅公早就住在佛羅倫斯，甚至還因此寫了一本書呢。

除了家族背景，她更是特立獨行。她每天早上與他見面，下午她會在佛羅倫斯鄰近丘陵步行好幾小時，晚上則專心寫作閱讀。每天見面時，她總會提出對城市的新見解，也帶著全新角度檢視他帶她見識的一切。

他寫信給父母、妹妹與大哥威廉的信中，對她隻字未提。那些年只要有任何蛛絲馬跡，家人總視爲是他準備踏入婚姻的暗示。他知道家人仔細分析他字裡行間的含意，想知道他究竟屬意何人。

波士頓的親人雖然積極企盼好消息，但他卻努力維持心如止水，不爲任何人心動。

康斯坦與亨利在羅馬與巴黎會合。幾年間兩人持續書信往來，也讀了彼此的作品。有時他忙著寫作或與其他人通信，但只要他寫給她一封信，他發現自己就會回憶起往昔兩人相處的喜悅點滴；每次還沒收到她的回信，他便會提筆再寫一封信給她。他擔心這種做法會讓她有其他憧憬，他很清楚她謹慎的個性。如今她已經是他最聰明的讀者，在她承諾會將他的信銷毀之後，她更成了亨利最信賴的密友。認識三年多後，康斯坦到倫敦找他，當時的她已經是他最堅定守分的知心好友。

他們從不討論彼此的私生活與隱藏的本我。他會告訴她自己的寫作生涯與家人，她還會提出自己的觀察，彼此知道兩人心靈最爲契合；無論話題多麼籠統模糊，都是兩人的祕密。她不會跟他討論她的作品，但他意外發現每次完成一件作品，她就會陷入難以自拔的恐慌，精神崩潰。冬天她最難捱；昏暗的天色與酷寒的溫度令她低落憂鬱，有時甚至無法下床，誰都不見，不能工作，對人生萬念俱灰，她努力不讓他得知自己深沉的苦痛。她雖然喜愛他的友誼與陪伴，卻經常沉默封閉。他從來沒有遇過個性行爲反差如此強烈的人。他知道自己能信任她，能在親密與疏離之間收放自如。她有時會突然離開身邊，彷彿怕他拋棄她，所以先發制人，免得得承受隨後的羞辱與痛苦。他常常擔心自己對她認識不深，他無法理解這種突兀行爲究竟代表了她的脆弱，抑或她就是想要獨處，或也許那是她的恐懼，或三者皆是。

一八八四年二月在倫敦的一晚，亨利與坎波夫人看義大利演員薩維尼在《奧塞羅》的演出。當晚衣香鬢影，處處可見時髦人群，畢竟那是當下最熱門的戲碼，觀眾的頭銜或財富或許遠超過坎波夫人及她的男伴，但亨利與坎波夫人是最醒目的一對，畢竟一位是知名女演員，另一位則是《一位女士的畫像》的作家。

坎波夫人盛氣凌人，他不斷稱讚她的智慧才氣，專心聽她說話，他從年輕就看過她在舞臺上演戲了。她知道大家都想聽她說了些什麼，也因此聲音時而高亢時而輕柔。她對某些人點點頭，找了幾個人短暫寒暄，但沒人值得她停下腳步。她與亨利直直走向包廂，眼神清楚表示不要他人加入。

燈光才要暗下前，亨利看見康斯坦找到座位坐下。兩人幾天前才見面，但她並沒有告訴他自己會來看戲。到了倫敦之後，他倆不曾一起出現在這種場合。他很震驚她竟然獨闖倫敦時尚圈，畢竟其他人都會成群結伴。康斯坦看起來心事重重，表情疲憊，一點也不像出自美國知名家族暢銷小說家。他從包廂看著她，感覺她的打扮比較像是家庭教師或仕女隨從。他不確定她是否看見他了。

隨著舞臺上鉤心鬥角的叛國大戲緩緩上演，他驟然意識人生也出現類似情境。他當然能假裝自己沒看見她。但如果她看見了——而且她一定看到了，什麼都逃不過她那雙眼睛——如果她發現他刻意忽略她，他知道她會深受重傷，卻又會獨自忍受傷口的苦楚，默默讓倫敦的冬天與她的傷痛共存。

中場休息時，他向坎波夫人告退，走過人群找到還坐在原位的康斯坦，她正在研讀《奧塞羅》的本事。他站在她跟前，她抬頭一望的當下，他知道她不知所措，他開口說話時，知道她是聽不見的。他對她微笑，要她跟著他。他知道他們走向包廂時，坎波夫人對他們兩人射出充滿敵意的瞪視。

他介紹康斯坦給夫人認識，但她看起來卻比剛才更蒼涼了。在她努力要與坎波夫人聊天時，亨利感受到一股在看戲前的寂寥與憂鬱，遠超乎她想展現的其他特質。相對的，坎波夫人可從來沒有寂寥的問題，她一發現亨利計畫邀請朋友坐進包廂，便立刻粗魯轉身，拿著望遠眼鏡瞪著遠方瞧。

接下來的兩年間，他依舊固定與康斯坦見面寫信，她就住在倫敦市郊。在他妹妹愛莉絲到了英格蘭後，康斯坦努力不讓自己成爲亨利的負擔，什麼也不仰賴他，也經常提到自己打算旅行，談到自己的工作，這是她展現獨立的方式。她不容許他可憐她，也不讓他太瞭解她，他只瞭解兩大關鍵事實的矛盾：她絕頂聰明，卻也極度孤單。

她的聽力惡化，他說話時，她得仔細看他的臉和嘴唇，才能聽懂他說了什麼。她的神情越顯沉重憂鬱，如果他提到自己可能遠行，她的臉龐會越發緊繃。那些年間，他總是計畫要到義大利走走。他總等自己寫完書或幾篇小說後，就希望自己有時間了。這些計畫就是他存在的一部份，他總是隨意更動，偶爾遺忘，所以他沒特別找人討論。但他發現每次他跟她提了自己的意向或計畫，她便會回家沉澱思考。甚至有幾次，亨利注意到如果自己改變心意，沒有與她討論計畫的更動，康斯坦會很訝異，甚至不太開心。他越來越能理解自己對她的意義，他所寫所說的一字一句都會讓她私底下斟酌許久。對她而言，他是一團謎，他相信她花了許多精力心思想要解開他這個謎團，或至少分析內容。

當她開始準備離開英格蘭回到佛羅倫斯時，他說服她去認識自己的幾個朋友。就算人數不多，也多少打入對方的社交圈。她微笑搖頭。

「我在美國受夠美國人了，」她說，「在英格蘭也受夠英格蘭人了，我才不相信義大利人對我有興趣。不用了，我寧可寫作也不要喝茶，寧可到山間散步也不要花心思打扮。」

「我想讓妳認識兩位很迷人又認眞的朋友，」他說，「他們也不隨便社交的。我才不要妳跟那群英美人士同流合污。」

「那麼，」她說，「你就讓我認識一下吧。」

亨利寫信請朋友招呼伍森小姐，其實這是他從來沒做過的事，至少在英格蘭時他也沒找人照顧她。他知道這位老友弗蘭．布特與女兒麗琪帶了一筆錢來佛羅倫斯，也將波士頓的精髓帶到地形較高的佛羅倫斯貝洛斯瓜多區。以品味與習性來說，這對父女極爲單純。如果他們不是這麼單純，亨利知道以這位作曲家父親的天分與畫家女兒的能力，兩人絕對能擠身上流社會。但他們沒有野心抱負，只有最純粹的品味與對人的熱忱。他知道他們會歡迎像康斯坦這種背景的美國小說家。

他們不太可能不喜歡彼此。四十歲的麗琪才剛嫁給一位浪跡天涯的畫家法藍克．杜芬奈，所以之前悉心陪伴女兒的弗蘭．布特終於有時間精力認識新朋友。唯一最大的風險就是這些人可能會更喜歡康斯坦，這很有可能，在貝洛斯瓜多的夜裡討論亨利，他將成爲這些人主要的話題。

他不是自賣自誇，不過他知道康斯坦一開始絕對是戒愼緊張，他也知道弗蘭會跟新朋友討論無傷大雅的簡單話題，例如古董錢幣綢緞，或是早被人遺忘的義大利作曲家。然而麗琪的個性他知道，因爲二十五年前他們就在新港認識，從此她就經常表達想嫁給他的願望，後來也跟他妹妹愛莉絲提過，麗琪與愛莉絲經常寫信，她父親也會與亨利大哥威廉保持連絡。亨利知道只要康斯坦一到佛羅倫斯找布特父女，他們就會知道其他人不知道的事情：他與康斯坦有多常見面，她對他有多重要；他們一定會覺得這很奇特，畢竟他們與亨利家人那麼密切，怎麼從來不知道有康斯坦這個人。很有可能他們想找康斯坦弄個清楚也說不定。

康斯坦安頓下來，聽說也經常與布特父女見面，亨利在此時收到了一封康斯坦寫來的信，語氣直接坦白。她說到布特家拜訪非常愉快，但是去了第三次還是第四次後，她突然想到一件事，並放在心裡；她得等到自己拿出書來才能確定。貝洛斯瓜多的房間，她寫道，與《一位女士的畫像》的場景擺設一模一樣。例如大家經常在的那間起居室裡面的掛軸、織錦、櫥櫃、書櫃、繪畫、銅器、陶瓷，更不用說沙發躺椅等等，就跟吉柏．奧斯蒙的家如出一轍。

不只如此，她還帶著有點譴責的口氣告訴他，老人的描述也跟弗蘭很像。他的臉型修長勻稱，沒錯，唯一的缺點就是稜角過於深刻，鬍鬚也強調了這一點。有時候，她寫道，布特父女說話時，她甚至覺得奧斯蒙與女兒潘西就坐在眼前。「你介紹兩位你書中的人物給我認識，」她寫，「我得謝謝你，但我不得不懷疑你是不是計畫把我寫進續集裡。」

他好幾星期沒有回信，終於提筆寫信後，他也忘了提到她對小說與布特父女的觀察。最後他只有冷淡作結，很確定她一定會發現自己拖了這麼久才回信，就是要讓小說與現實結合的這話題就此雲淡風輕，想必她會理解的。

不過他還是很好奇她與布特父女及法藍克・杜芬奈的關係。他想到自己可以如此發展故事，這位年長富有的美國紳士，帶了女兒住到歐洲，在他筆下，兩人都會結婚，先是女兒，然後父親也因爲孤單，找人結了婚。他心想，兩人的伴侶可以是私底下已經認識的兩名男女，或是剛認識也可以。他發現自己正在作康斯坦提到的意見——讓她深入他的故事主軸，看接下來的情節發展。他將這故事先擱在一旁，不想滿足她的好奇臆測，也覺得不如自己去佛羅倫斯親眼見識更實在有趣吧。

康斯坦已經在貝洛斯瓜多租了自己的房子，布切里科倫宅能俯瞰市區，空間寬敞，花園美麗。亨利在十二月抵達，也要康斯坦與布特父女保密，不要讓其他佛羅倫斯的朋友知道他回來了。康斯坦還沒法住進寓所，依舊住在布特家附近的公寓，就在布切里科倫宅對面小廣場旁，她要他先住進去，他也答應了。

所以他住到了她未來的住所，每天都見到她，讓她安排他的生活起居，其他朋友沒人知道他來了。布特父女知道，但是麗琪即將生產，所以無心招呼亨利。不過弗蘭還是找機會來看他了。

弗蘭氣度優雅，性格溫和，似乎什麼事都不會惹毛他。《一位女士的畫像》剛推出時，他發現自己、女兒與自宅全都出現在書中，而且那冷酷無情的惡棍竟然長相就是他的翻版，他一點也不生氣，也沒對亨利抗議，還覺得有趣。他非常適合住在佛羅倫斯，亨利知道，正如亨利自己在波士頓與新港也適得其所；無論身爲主人或客人，他都無懈可擊。他讓人感覺溫和友善，但他在社交場合必然身段合宜適切，不急於展現個人風格。

老人坐進布切里科倫宅的大起居室座椅，身上裹了大圍巾。亨利注意到他動作如貓般緩慢從容，手指修長，儘管他喜愛美食，他的臉龐卻越顯削瘦。

「我們很喜歡你的朋友伍森小姐，」他說。「她有罕見的魅力與聰慧。麗琪和我都很喜歡她。」

「我相信她也很喜歡你們，」亨利說。

「她溫柔可親，你知道的，離開我家時也會依依不捨。我們都想要她待久一點，但她得工作，眞的很忙。」

弗蘭．布特雙眼愉悅發光。

「當然我們知道是透過你才能認識她。她很崇拜你。而且非常信任你。」

朋友翹起雙腿，亨利注意到他的鞋子很漂亮，雙腳也很苗條。亨利想將話題轉回麗琪身上，但他在弗蘭剛到時早就問到她的近況了。不過他還是提了。

「請代我向麗琪問好。」

「我什麼都跟她聊，你知道的，」弗蘭微笑了。「我們很擔心康斯坦。她有我們難以理解的那一面，但我們覺得應該已經跟她很熟了。」

「是啊，康斯坦有她的深度。」亨利解釋。

「而且以她的才華，也許不該承受那麼多痛苦，」弗蘭皺起眉頭。「她能認識你實在是太棒了。我們都這麼覺得。」

亨利木然地望著他。

「你確定要來之後，她的改變越加明顯。看起來比較開心，衣服的色彩也亮了一點，而且更常笑了。這點絕對錯不了。」

弗蘭．布特咳了幾聲，找到一條手帕，喝了一口茶。看來他想說的話都已經說完了，也把自己要說的話說得很清楚。結果他又開了口，這次比剛才更大聲，彷彿是在插某人的話。

「你在這裡住得如何？」

「很好啊，我喜歡這棟房子。」

「離康斯坦這麼近，而且這裡又是她接下來要住的地方……」弗蘭的聲音逐漸變低，卻又確定對方聽得見。「沒有人知道你在這裡，我想你不會聽到什麼謠言。貝洛斯瓜多算是個小碉堡了。」

他用指尖輕敲椅子邊緣。

「不過問題是——你走了的話，她該怎麼辦？我和麗琪最擔心這一點。這跟你在這裡，與她經常見面沒有關係。只是，萬一你離開了，你懂我意思吧？」

「我盡量，」亨利回答。他知道自己語氣聽來很薄弱，站不住腳，但弗蘭聽見之後對他微笑，所以他也沒怎麼修正。

「我相信你一定會的。眼前也只能這麼做了，」老人說。

喝完茶後，他就站起來離開了。

一月康斯坦住進了布切里科倫宅，亨利搬到佛羅倫斯。他日子很悠哉，下午與晚上都與康斯坦不屑的社交圈活動。他覺得這群人很無趣，有時甚至會被弄得很不爽，但他學會掩飾自己的情緒，終於有一晚，出現了比較有意思的插曲。他見到了甘巴女爵，大家都知道她收藏了一堆拜倫的書信，熱愛文學界八卦的尤金．李－漢米頓告訴亨利，看見女爵讓他想到另一批信件的閒言閒語。李－漢米頓說，拜倫的情婦暨雪萊的小姨子克萊兒．可蒙很長壽。最後幾年與她的外甥孫女隱居在佛羅倫斯。有一位研究雪萊著了迷的美國人知道克萊兒．可蒙女士收有兩位詩人來往的信件，經常找上可蒙女士，等到可蒙女士過世後，這傢伙又纏上五十來歲的那位外甥孫女，到頭來，那位女士說，想看到那批信，美國人得娶她爲妻。

李－漢米頓故事交代得很快，彷彿這應該是街頭巷尾都知道的八卦，但他不知道亨利聽得很專心，甚至腦海立刻編起了精彩的小說情節。

亨利直到許久之後仍在細細咀嚼這段故事的發展。他一回家就記起筆記，想到兩位風韻猶存又聲名狼藉的英格蘭老婦人住在異國陌生城市的發霉角落，屬於她們的年代早已遠颺，兩人只能坐擁她們視爲珍奇至寶的書信懷念過往。但當亨利考慮到故事核心時，他知道關鍵還是在美國人身上，這傢伙可以是個冒險家，也可以是飽讀詩書的學者。三人的故事糾結於褪色的回憶與絕望的渴求之間，這需要時間與專注。光靠佛羅倫斯的清晨寫作是完成不了的。他也不可能將這裡當作故事背景，因爲大家早就熟知這段軼事，平日拿來嚼嚼舌根罷了，根本不當一回事。他會將故事地點轉到威尼斯，他想，而且威尼斯的朋友一直請他過去，他應該就直接搬到那裡，準備創作這個他越來越享受的故事。

他住進威尼斯友人布朗森太太一處黑暗潮溼的宅邸套房。就算聽說布朗寧曾經住在某間房間，也不會讓此處變得更明亮溫暖，當然布朗森太太很強調這裡的歷史感，亨利卻不以爲然。他總是自己用晚餐，然後漫步這鬼魅之城的街道。黑夜降臨後，威尼斯人都躲回家裡不再出門，這是霧濛濛的奇異城市，也是亨利的最愛，但亨利卻首度懷疑自己到底來這裡做什麼？他大可以回到英格蘭，如今故事情節已經清楚，他也早已造訪多處女主角們會居住的滄桑古宅，這些冷漠昏暗的建築背後承載著古老祕密與英雄事蹟，曾經盈滿甜美浪漫的故事與歡樂熱鬧的聚會，如今卻只見鬱鬱寡歡，處處蛛網，甚至住著遊民與病患。

某一晚，亨利經過了聖方濟榮耀聖母堂之後，走過一道小橋朝大運河前進，他突然瞥見一處公寓二樓的某位女士，她背對窗戶而站，室內光線明亮。她在跟人說話；那頭髮與頸項令他忍不住在空蕩的街頭停下腳步。她說得興高采烈，亨利看得見她不斷打手勢與聳肩。看來她應該比康斯坦年輕，膚色較黑，肩膀也比較寬，讓他想起康斯坦的並非這女子的身形體態。亨利走開了，一路發現自己渴望與那女子同處一室，他想聽見她的聲音，知道她在說什麼。他走過漆黑的街道，兩旁建築蘊含了許多不爲人知的人生百態，此時他知道，自己雖然只在貝洛斯瓜多住了三星期，他卻非常思念康斯坦與她的陪伴。他想念她舉止犀利沉靜，她的美式生活風格，她獨處的時光讓她神采奕奕，野心勃勃，更不用說她對他的傾慕與信賴。他想念兩人每天相處的那幾個小時，他喜歡那段時光之前與之後的靜謐和諧。他當下決定自己應該回到英格蘭，要不就回去佛羅倫斯。他寫信告訴康斯坦自己的難題，他心裡有點感覺她或許會把這封信的內容視爲某種懇求。

康斯坦很爽快地立刻回信，要他住進布切里科倫宅的一樓房間，只要望過一扇門與三道拱門，就能看到百花大教堂與整座城市。在那裡他可以安靜工作。佛羅倫斯儘管對貝洛斯瓜多居民展現了細膩豐富的美，但貝洛斯瓜多之於佛羅倫斯可完全不是這麼回事。此處沒有宮殿、教堂與博物館。晚上走回家就彷彿走在托斯卡尼的鄉間山城。康斯坦住在他樓上的大公寓，兩人共享家僕、廚房與花園。屋裡沒有其他居民。這一次他們甚至沒討論該不該讓眾人知道他回到佛羅倫斯，更少人知道他與伍森小姐同住一個屋簷下。亨利寫信告訴威廉自己住回貝洛斯瓜多，也告訴葛斯自己堅持獨自工作。他對克提司夫人描述貝洛斯瓜多的風景甚美，完全沒提這全因爲康斯坦慨然讓他入住。

他也沒告訴任何人自己離開的這段期間，布特父女與醫生都注意到康斯坦的精神狀況惡化，她陷入深沉的憂鬱，不舒服就臥床休息，弗蘭告訴他，她的發作頻率多得異於常人。儘管她努力掩飾，但亨利一看見她就看出來了。她很高興他都在佛羅倫斯用完晚餐，因爲這表示夜晚她可以獨處。她的耳聾令她越來越困擾，有一次兩人才見面沒多久，她就坐不住想告退了。

但隨著春天腳步靠近，氣候變得舒適宜人，康斯坦快樂多了。她熱愛這棟大房子與她的花園，每天都很開心欣賞山腳下的古城，卻完全不想離開她的小小國度。她熱切守護自己的隱私，也尊重亨利的私人空間，與她住在一起六星期，亨利與她從未一起出現在公眾場合。

他努力創作自己的雪萊——可蒙——美國人小說。他深信回到這悠閒寫意的環境創作多少不是很合適，感覺自己對康斯坦過度予取予求。兩人都知道他遲早會離開，這裡只是他短暫的歇腳處，最終他仍需要孤獨，他還是會回歸倫敦或出發到他處行腳。但對她而言，這個季節，這棟房子，還有他的陪伴，這一切的綜合就是她生命中最心滿意足的時光了。她他深信她的快樂來自兩人彼此之間保持的既定距離，但兩人又不要第三人陪伴。她仔細打點自己，總是一身白。她著重屋內擺設與花園狀況，也對廚房餐點非常挑剔。

一天下午兩人在陽臺喝茶，家裡來了一位不速之客，英格蘭小說家若妲．普勞頓。他跟她在倫敦早已是舊識。她之前就寫信說她會來，但沒有提到日期。遇到他她極為驚喜，熱情擁住他。

「我知道你在義大利，」她說，「威尼斯的朋友告訴我的，但我不知道你跑到佛羅倫斯來了。」

亨利看她坐進一張藤椅，調整靠墊，隨意浮躁閒聊，不知情的人都會覺得她腦袋空空。

「而且你們兩個都在！」她說。「太棒了！我可以在義大利玩好幾年都看不到你們，結果一下子就遇見你們了！」

亨利微笑點頭，僕人送上茶。她看來似乎從來不聽人說話，也顯得對周遭一切渾然不知，但亨利知道這可是出自絕佳演技。其實一切都逃不過她那雙眼睛。亨利假設她早就知道自己與伍森小姐同住；他準備讓她懷疑整件事的眞實性。

他們聊了幾個普勞頓小姐見到的威尼斯友人。話題轉往離開倫敦的喜悅。

「我一直夢想能住在佛羅倫斯，」康斯坦說。

「現在妳眞的定居在這裡了，」普勞頓小姐說。「你們兩個眞幸運，這房子好美。」

普勞頓小姐喝了一口茶，康斯坦眼神銳利望向遠處。亨利希望自己正在寫作，感覺如果他一個人在書房，應該可以說出適合的答覆。他需要迅速思考，不知道自己能否全盤否認到底。

「當然了，普勞頓小姐，我只是來坐坐而已，伍森小姐才是最幸運的。」

他看著康斯坦，發現他這句話對她沒有什麼影響。

「那你住哪裡？」普勞頓小姐問。

「喔，我到處亂晃囉，」他說。「我去了威尼斯，接下來或許要往羅馬前進。佛羅倫斯很棒，但對我這窮作家來說，社交活動太豐富了。」

「我連你來了這裡都不知道，」若妲．普勞頓又說了一次。

亨利覺得她第二次的語氣更是毫無說服力，也認為不需要再討論他的旅行計畫。還好普勞頓小姐讓他有空檔對她點頭致意，讓她多少知道也許他是刻意不讓她知道行蹤的。當普勞頓小姐正在揣思他的行為時，康斯坦改變了話題。

亨利不想讓讀者直接看出自己的新作品就是取材於克萊兒．可蒙與她的外甥孫女，也覺得發生地點從佛羅倫斯搬到威尼斯還不夠，也因此，那位死去的作家轉為美國文界大老。他知道這樣一來，很多人都會聯想到詹姆斯．芬尼莫．庫柏，但當他越著墨於這位偉大的美國探險家，他意識到自己回到佛羅倫斯，入侵這原本無風無浪的英美人士社會似乎也與這位人士有所雷同。在他提筆草擬時，內容間的諷刺更顯刺眼。如果他要找一位隨波逐流的老小姐，繼承重要文稿，又與美國文界先驅有親戚關係，那他樓上就有一位無視他人、獨立自主的響亮人物了。

他納悶如果他對這位老處女的結婚要求棄之不理，會不會更像他現在與康斯坦共享的生活——奇異、深沉、開放又有趣，或許他可以讓這位探險家開始渴望與一位聰明內斂的孤獨女子共度人生。她不會直接開口要他娶她；她一心只想要一種親密滿足的非傳統關係，對彼此忠誠關愛熱情，卻又能保持一定的距離與孤寂。

佛羅倫斯的一天早上，女僕拿了一封信進來，原來是洛芮小姐來信，報告愛莉絲最近的健康概況，他開始與康斯坦討論起愛莉絲。

「她過得很辛苦，」他說。「人生就是她的病源。」

「我認爲我們的日子都很辛苦，鴻溝太深了，」康斯坦說。

「妳是指她的想像與侷限嗎?」亨利問。

「我是指身爲女人，想充分施展自己的能力與智慧，以及隨之而來的的後果，」康斯坦解釋。

「愛莉絲能做的都做了，我敬佩她。」

「她就只是臥床休養而已啊。」

「我就是這個意思，」康斯坦回答。

「我不懂，」他說。

「人云亦云的流言蜚語總滲透到人的靈魂精髓。」

她溫柔對他微笑，彷彿自己剛才說的是笑話。

「我確定她會附和妳，」他說。「還好她有洛芮小姐。」

「洛芮小姐是無微不至的天使，」康斯坦說。

「沒錯，大家都需要有個洛芮小姐，」亨利說。

最後一句話說出口，他就後悔了。提到洛芮小姐就讓人想到只懂得照顧別人的老小姐。他原本是在開玩笑，甚至算是感激的語氣，目的是減低兩人話題的嚴肅，但他知道餘音繚繞時，這聽起來就像是他自己的人生，而康斯坦就是他的洛芮小姐。他轉頭看她，準備婉轉解釋舒緩剛才那句話的犀利，不過看來她似乎根本沒注意或不在意。但他很確定她聽見了。她又開了口，語氣跟先前一樣平淡冷靜。

亨利離開佛羅倫斯之後到康斯坦死前，兩人持續寫信與見面。有段時間他們都在日內瓦，只不過住所隔湖對望，但他們仍每天會面，愛莉絲發現兩人來往熱絡，於是寫信告訴威廉，亨利住在歐陸，跟康斯坦很曖昧。回去之後，他發現妹妹比以往更爲尖刻難搞，甚至滿腔忿恨，指責他只知道找女小說家調情，不顧自己妹妹的死活。

康絲塔離開佛羅倫斯，說她認爲佛羅倫斯社交界過度干擾她的生活。她再次搬到倫敦，在那裡維持自己對孤寂與寫作慣有的熱忱。她也獨自到英格蘭東部旅行，持續寫信給他，內容語氣時而嘲諷時而疏離。回到英格蘭後，她住到赤爾登罕，後來又搬到牛津。她強大的孤獨力量，亨利如此寫信告訴弗蘭·布特，較往昔更宏偉壯麗。

他倆還是很親近，總是知道對方在哪，心思在想什麼。愛莉絲·詹姆斯情況惡化，康斯坦住在牛津時，亨利總會向她報告妹妹的近況。一八九二年初，兩位小姐也曾魚雁往來，內容簡短犀利又機靈。康斯坦在愛莉絲死後一年仍住在英格蘭，最後決定搬回義大利住到威尼斯。

此時兩位小說家已經發展奇異、無章法卻又彼此滿意的親密關係。他們在英格蘭鄉間分住不同的小客棧，但總是朝夕相處，品味當地風情，一起散步用餐。她在兩人共處時，總刻意喜歡找他爭論嬌嗔，討論剛看的書或剛在訪的景點，揶揄他對諸事的完美苛求。他不知道旁觀者會怎麼想：兩個離鄉背井多年的美國同鄉，從來不識婚姻家庭的滋味，也沒當過父母，從沒在夜裡起來照顧哭鬧的嬰兒。他想也許外界會誤認他們是手足，但當他看著她享受自己展現的機靈巧思，將她自己的好友、身邊的建築、到過的城市、她的回憶與他的觀察分門別類歸納整齊之後，對他嫣然一笑，他心裡清楚知道，不會有旁人認爲他這位有趣活潑迷人的好友跟自己的兄弟在一起。他們對彼此都有種神秘感，他相信，這社會上，也會有那些認爲他們是一大謎團的人們。

亨利在她將全數家當從牛津搬到威尼斯的途中，與她在巴黎會合。她花了好幾個月打包行李。她很困惑也很疲累，左耳的疼痛更令她難以忍受。因此兩人一碰面，她就表明自己無法常常跟他見面，她說他可以自己去逛逛巴黎，或許找時間晚上再見吧。但她也不是很確定，她又說，也有可能接下來不能見面了。

儘管她這麼說，但第二晚她看起來體力就好多了，跟他一起用了晚餐。他注意到她動作緩慢，每次他說話時，她都得將右耳湊近他才能聽見。

「弗蘭．布特寫了一封信給我，」她說，「他知道你要來巴黎，但是他以爲你是自己來的，還以爲我們很久沒連絡了。」

「喔，是啊，」亨利說，「我有寫信告訴他我的計畫，不過那時還沒有很確定。」

「我想他一定覺得很意思，」康斯坦說，「因爲我告訴他我們在這裡能見上幾天面，結果你又說你會一個人在巴黎。他問我你有沒有可能跟我在一起時也在獨處。」

「這個弗蘭喔，」亨利說。

「我應該告訴他隨時隨地隱形是我魅力的一小部份。」

她聽來有點像是在挖苦他，幾乎像是在不高興了。

「威尼斯一直都很美，能住到那裡眞算是美夢成眞。」

她嘆了一口氣，然後點頭。

「搬家不容易，但也許定居更難吧，」她說。

「威尼斯最可惜的就是沒有山，」他說。「到了那裡，就無處可去，好處是它比佛羅倫斯更有優美的住所可以找。」

「我現在很怕去那裡，不知道爲什麼。」她說。

「我總是想，」他說，「每年冬天去那裡住上一陣子，安安靜靜沒有其他熟人打擾，過著自己的生活，不用當某某人的客人之類的。」

「這是夢想，」康斯坦說，「每個到威尼斯的人都會這麼想。」

「我妹過世之後，」亨利說，「我的經濟壓力沒那麼大了。所以可能有辦法實現。」

「到威尼斯租個小公寓？」她問。

「也許兩個小公寓喔，」他說。

她微笑了，這是第一次她看來如此放鬆，甚至充滿生命力。

「我很難想像你在大運河上的模樣，」她說。

「當然不會，我會找個隱密住所，」他說。「哪裡不重要，最要緊的是不好找，最好是能讓人迷路鬼打牆的巷弄小路。」

「有時，威尼斯會讓我害怕，」康斯坦說。「充滿未知，每次我都覺得自己會迷失方向。」

「我們會盡己所能引導妳的。」

在他租下藍姆宅邸前幾年，他在倫敦的冬天過得自由自在；美國沒有人過來找他，而認識他的倫敦人則尊重他的習慣，讓他住得很舒適，哪裡也不想去。這城市有種來自遠處躍動的能量，讓他只想好好住下來，不願意離開，儘管傳到他這裡的新聞都已是口耳相傳的二手新聞。他喜愛晨起後的規律，看自己熟悉的書籍，獨自享受寧靜，午後時光悄悄溜走。他在倫敦一星期會出去用餐幾晚，用餐後則疲累回到住所，但他終究學會如何管理孤獨的靜謐與寂寞。

在威尼斯安頓好的康斯坦寫信來，顯然她的生活與過去大不同了。她描述威尼斯潟湖，告訴他自己到外海小島或僻靜無人之處的探險，還有搭著貢多拉船的心得。不過她也提到自己見到的亨利友人——例如克提司夫人與布朗森太太——另外還有新朋友如蕾雅夫人等等，顯然她已經打入這群人的社交圈，或至少固定到她們家中作客，接受她們的熱情款待。

他這位老朋友，他想，他原本最欣賞的就是她的離群索居與自給自足，如今卻也心甘情願融入威尼斯的英美人士社交圈，讓自己被這群富裕活潑的貴婦人接納。當她寫信告訴他，她與克提司夫人正在替他搜尋住所時，他開始緊張了。他很怕康斯坦把他的計畫告訴她不熟但他卻認識的朋友。從她與克提司夫人寫來的信，看得出來康斯坦已經告訴眾人她與他有多熟稔，過去十年來兩人的來往有多密切。他知道這種話很快就會傳開，而且一定會被誤解。

一直以來，他努力過著不受侵擾的人生。他不隨便找人挑釁，也戒愼小心好好過活。出版社會惹他不爽，還有一個叫奧古斯．戴利的傢伙惹毛了他，他也常對雜誌社編輯失去耐性；此外，該來不來的稿費、沒及時印好的書、書的銷量不佳或報章雜誌肆意批評他的作品等等，都會讓他在夜深人靜時心煩意亂。但時間過了他也就不太介意了，也不會放在心底記恨。

現在想到康斯坦在威尼斯大運河旁的華麗宅邸，夜夜肆無忌憚討論他的私事，想到她原本引以為傲的執著內向全走了調，這讓他心裡不太舒坦。她接著又寫來一封信，說與她一起住在比奧提宅的房客，其中有一位莉莉．諾頓，據說她的父親與姑姑是亨利和威廉的好友，看到這裡，亨利更是惶惶不安。他總是告訴康斯坦，他在倫敦認眞撰寫劇本，生活跟隱士沒兩樣了。康斯坦與克提司夫人現在似乎聯合起來要他確定到底要不要到威尼斯一陣子。

之前在佛羅倫斯時，康斯坦助他兩次住到俯瞰城市的山丘寓所，而且其他人根本不知道。爬上貝洛斯瓜多的蜿蜒小徑陡峭狹窄，每次有人找他都需要花很大一番工夫才找得到。這回康斯坦要他住到威尼斯，心裡卻有不一樣的盤算。他倒不是想要祕密住到威尼斯，但現在人人皆知他與康斯坦的關係，可想而知到了那裡之後，社交場合一定少不了他的邀約。他想到她一耳不耐聽著丹尼爾·克提司滔滔不絕或布朗森太太那千篇一律的布朗寧軼事。他想到她轉頭不以為然地對他看了一眼，默認她心底對這群人的蔑視不屑。他現在最在意的，莫過於她也可能會以他的名義，與他那群老友密謀幫他做點什麼，或許這些人的出發點是好的，但這會嚴重破壞干擾他自己的計畫與安排，而他原本可以隨心所欲想做什麼就做什麼的。在他知道她與克提司夫人一起幫他找房子後好幾星期，他一直感受到孩提時期才有的無力感。

七月他寫信告知克提司夫人，想解釋伍森小姐誤解了他想在威尼斯找公寓的意圖。他說，他知道自己對水都的熱愛一向不減，但不確定自己可能誤讓伍森小姐以為他會住到威尼斯。事實上，他寫道，他沒有這項計畫，而且為現實考量，目前他住在倫敦是最好的安排。每次他到威尼斯，他寫道，他總會開始編織自己在當地有個小地方可以常住的鮮明美夢，但只要回到倫敦，這夢也就逐漸被他淡忘了。他感謝克提司夫人的努力，也提到儘管他依舊希望冬天能到義大利一趟，但眼前經驗告訴他，最好不要太早做計畫。

他知道這封信一定會被拿給康斯坦看，他不知道她會有什麼反應。他們在英格蘭時，以一種細微詭譎的方式仰賴著彼此。有些事他們從來沒提，但他們卻也會大方分享彼此寫作的內容，或者與編輯及出版社的關係。他知道她有多欣賞這份信賴與知心的情誼，也清楚她總是在獨處時，細細思忖他說過的一字一句。現在她知道他不會搬到威尼斯了，也知道雖然他曾經允諾她冬天會去找她，現在這趟旅行也不可能了。如今她得一個人在威尼斯與那群閒來無事的有錢人相處，他知道她遲早會受不了。

或許可以考慮春天到日內瓦或巴黎見面，他想，但他是不願去威尼斯了。他能想見他抵達克提司夫人的起居室時，她對他的銳利眼神，還有事後當他享受友人招待時，她所會有的尖刻批評，畢竟那群英美人士總是將他當超級大獎般又褒又捧。

夏天過來，秋日將至，她一封信也沒有。他想她應該是對他不開心，也應該跟他一樣忙於工作。他平常也會久久才回信給別人，但這次肯辛頓與威尼斯之間的漫長緘默可非同小可。終於在九月底，她寫信來了，語氣冰冷淡漠，只是通知他，她已經搬離把她照顧得很好的比奧提宅，如今住進比較安靜的聖米坦寓所，能讓她好好獨處。她隨意寫到她累壞了，最近這一本小說她不斷重寫又重寫，如今的她什麼也不冀望，只想等待一個無書的冬天。他再看過一次那封信，知道她絕對是字字斟酌才下筆。他看到她寫無書的冬天，直到很後來，他才領悟到它字裡行間陰鬱不祥的含意。

十二月時，他與戴利的爭執達到高潮，這魯莽的傢伙竟然退了他的劇作《賈思柏太太》，後來兩人還不斷寫信吵架，耶誕節前幾星期只要亨利醒著，就是在處理自己與戴利的紛爭。不過隨之而來的年節假期到時難得安靜，他重寫劇本時，也能省思自己的未來與過去。

一月某天午後，他正默默工作，史密斯先生將一封電報放在壁爐上。亨利後來想，他應該是讓電報留在那兒超過了一個小時吧，因爲自己太專注工作了。直到他準備休息喝杯茶時，才心不在焉地走到壁爐前拆開那封電報。上面寫著康斯坦死了。他第一個反應是去找史密斯再多要點茶；然後他走回書房，關上門坐在書桌前，研讀那封康斯坦的妹妹克拉拉．班尼迪從美國發來的電報。他知道他得去威尼斯一趟，卻又不確定找誰詳細詢問她的死因。喝完茶後，他走到窗邊，心思紊亂地望著窗外，彷彿想在其中找到線索，也許某個動作或甚至某個聲響能幫他瞭解到底發生了什麼事情，或在他能找出原因前，就讓他淡忘吧！

她怎麼死的？他立刻想到也許她不是病死的，這讓他凍結在原地。她身體很健康，他很難想像有任何病魔會將她擊倒。她書才剛寫完，這總會讓她鬱悶難解。他知道她最恨冬天，威尼斯的冬天特別黑暗嚴峻。他想到自己不願去威尼斯，也不直接通知她，便震驚恐慌。他確定他不願見她一定令她極度沮喪。站在窗邊時，他才想到，她也許是自殺的。此時他開始顫抖，還得立刻到書房找椅子坐下，他動也不動，不斷回憶前一年她的身影。

過了一段時間，史密斯又送來第二封電報，亨利連忙打開，這次是人在慕尼黑的康斯坦姪女，她一聽見消息就立刻出發到威尼斯。她證實了康斯坦的死訊。他將電報放到一旁，決定自己不要現在就去威尼斯。在那裡他會不知所措，想到她動也不動的身軀，那冰冷僵硬的遺體，任光線肆虐的遺容，這令他懼怕。他不想看到她的遺體，或靠近她的棺木，據電報表示，一星期後，她就會在羅馬的清教徒墓園火化下葬。

他一整天都待在公寓，沒有告訴任何人發生了什麼事。他寫信給人也在義大利的康斯坦的醫師，那位醫師也是他的朋友，表示他很震驚，也不確定她究竟是怎麼死的。他說，他仍然處於震懾害怕的狀態。他連她生病都不知道，他說，想到她的最終時日孤苦抑鬱，悲哀至極就令他心碎。寫完信後，她那繁複多樣的臉龐，閃閃發光的雙眼，聰慧狡黠的表情躍入他心頭。他容許自己爲她哭泣，然後他再度走到窗邊，等著下方對他毫無意義的人群走動。

早上他知道自己沒有夢見她，但她的靈魂與精華卻在黑夜找上了他，他一醒來就想閉上雙眼繼續入睡，逃避她已經死亡的冰冷現實。從沒有人像她這麼認眞研讀他的作品，從沒有人那麼懂他。沒人會有她的野心與銳利，沒人會有她的脆弱與善感，她令人難以捉摸，情感豐沛，英勇深刻，這一切竟然已經走到盡頭，這讓他背上沉重負擔，感覺空洞茫然。

沒有其他消息，每小時他都在設想不一樣的情境，仔細鋪設細節。他開始搖擺不定，原本打定主意絕對不要去羅馬參加葬禮，卻又想立即動身；史密斯在他令下取消預定了義大利行程好幾次。心思不定好幾天後，有天早上他打開《泰晤士報》，上面有則新聞報導康斯坦從威尼斯二樓寓所跳樓身亡。報紙明白寫著那是自殺。他又一次告訴自己這不是他的錯。他沒虧欠她，他想，他從未承諾她，他們之間沒有約定。他們不是戀人；也不是血親。他欠她的只有友誼，他也欠許多人友誼，他不斷這樣告訴自己，其他人也都知道寫書時，他習慣拉下窗簾，讓別人找不到他。朋友都知道不要對他有所求，康斯坦當然也清楚。

亨利寫信給他與康斯坦的朋友約翰·海依，海依已經在羅馬，他告訴海依自己原本已經準備出門，想在葬禮上隨侍在她棺木旁，但等到他得知她眞正的死因，他徹底崩潰，隨之而來的惋惜與恐慌讓他無法成行。亨利繼續寫道，她總是無法找到眞正的快樂，儘管多少展現自己的熱情，但那背後更是深沉的焦慮。

亨利寫完信獨坐書房時，極力抗拒那幾乎要壓垮他的沉重思緒，這段時間，他已經儘可能地撐住它了。他讓自己去想康斯坦，他知道她不是隨意找上他作伴，她也不會放任自己專注於情感。她細膩謹愼，總是默默要求，但也因此，那些懇求越見清晰強烈。他終究要面對現實，他也曾經傳送自己對她的強烈需求。每一次他意識到這會造成的衝擊，他便撤退到自己深鎖的門扉之後，在那裡尋求庇護與安全感，但他又需要她存在於他的生命。

看來，她被捲入糾結的大網了——它不只由他孤僻寂寥的放逐所糾結而成，更因爲他是一個永遠不會渴望有妻子陪伴的男人。以她的聰明才智，想必她內心曾經發出警訊，她會知道只要一出現壓力或恐懼，亨利就會退縮消失；但他想，她的需求與情感超越了她的聰慧。然而，她向來小心翼翼，她懂他的需求、他的沉靜，更想爲彼此多留空間，但等到她靠得越近，過於外放，他便拒絕她了。

他選擇孤獨，自有他的理由；但他的想像力與恐懼卻無窮無盡。他展現了自制力；但他造成的後果令他不寒而慄。如果他冬天去了威尼斯，他知道她不會就這麼自殺的。如果她懇求他到義大利找她，而他斷然拒絕，或許此時此刻他也只會感覺到簡單的罪惡感。但如今，她的懇求再也不會出現了。他讓她失望了。他不知道他倆在威尼斯的朋友是否瞭解這一點，或許也曾在她死後議論紛紛。

他受不了康斯坦早已計畫自殺的事實。他寫信給其他人，如若妲．普勞頓、弗蘭．布特與威廉，告訴他們康斯坦的縱身一跳實在過於衝動草率，這是瘋狂的行徑，想必那時她早已心智盡失。他不怎麼相信自己所寫，但每每坐下來仔細讀過，他越覺得這就是事實。他沒有對任何人表達她結束生命的個人想法。然而，在她死後那幾星期，她靈魂某部份似乎飄過他房間，他感覺她是他認識的人之間，唯一能解讀字裡行間表達以及沒說明的含意的人。他無須低語，不用思考；她的新魂能理解他知道的，他很清楚她沒發瘋，這也不是突如其來的衝動，也非壓力造成。她是個意志力堅強的女子，總是謹慎理智。她根本不愛刺激的戲劇表現。

夜晚降臨，熊熊火焰在壁爐生起，檯燈泛著黃暈，只留他獨處時，他必得面對朋友的遭遇。她的死是她精心計畫好的，他開始深信這一點，她籌畫了一段時間，畢竟小說已經寫完，他知道每次她寫完一本書，就再也不會想寫作。威尼斯的冬日哀愁潮溼，讓她游移在她不喜歡的人群與黑暗的寂寥孤單，難以脫身。

爲了某種深埋他靈魂讓他極力抗拒她的東西，也出自他對傳統禮儀與社會教條的尊重，他棄她不顧。如果他能對她有點什麼表示，原本是能救她一命的。

亨利認爲，她安排了自己的死，正如她安排自己小說的情節那樣，雖然存在許多不確定與不安，但終究是野心與勇氣的展現。那幾星期她得了流感，這是她醫生告訴他的，或許這更加強了她的信念。他知道她早決定自己若能安息，她會更快樂，她更準備壯烈死去，讓她在地上摔得粉身碎骨，這樣她的目的就達成了。她那毫無拘束的好奇心、她誠摯純粹的反應、她實際天然的想像力，這一切都彷彿歷歷在目，在這倫敦的冬天，當她的死不再是新聞，他才知道自己一定要去威尼斯一趟，再從那裡到羅馬，那讓她的破碎身軀入土爲安的所在。

他出門前幾天，她倏然鮮活出現在他眼前。這個曾經隨侍他左右的女子，如今只成了夢中幽魂。他父母俱亡，妹妹也死了兩年；大哥威廉又在故鄉，他曾經在乎的倫敦社交圈如今他根本懶得管。他可以隨心所欲；他可以與康斯坦一起住在貝洛斯瓜多，或他也可以鼓勵她在英格蘭海岸小鎮替兩人找相鄰的房子。

如今他只能想著她的遺體，那曾經充滿她光環的房間，她的書、筆記、衣物、文件。她寧可待在這些房間，也不要跟人來往，房間就是她的聖地。他開始想像她在威尼斯兩處寓所的房間，還有她離開牛津前的房間。他現在眞想回到那些空間，他想看見她俐落的身影在房間移動，此時此刻他頓悟自己爲何一開始知道死訊時不願去威尼斯或去羅馬參加葬禮。他必須離她遠遠的，他必須分開兩人。這段關係捉摸不定，卻又充滿可能，但如今他只能面對她撒手而去的現實。她再也不會回來了。

她突兀斷然拒絕他，離他而去的感覺，卻讓他彷彿與她距離越近了。如今他開始期待能看見她的書信，待在她創造的氛圍。他想要她的陪伴，隨著他到義大利的日子越來越近，他不禁心想他是否一向渴望如此，但如今一切盡不復返，直到現在他才可以縱情於這種思念。

到了熱那亞，他等著康斯坦的妹妹克拉拉時，他寫信給凱．布朗森，請她替他準備好房間，正如前一年夏天康斯坦住宿的規格，他還希望替伍森小姐準備三餐的人也能服務他，因為他記得自己老朋友對服務有多滿意。當他接到回信說房間空著時，他完全不驚訝。有康斯坦帶領著他，他很確定房間絕對是空的。此時她已經過世兩個月了。

美國領事陪著他們到她的公寓，撕去她死去時的官方封條。替她划船的船伕笛多在下方等待。克拉拉．班尼迪太太與女兒靜靜站在大門前，等待門打開，亨利覺得她們腳步有些遲疑。他站在她們後面，設法說服自己她的幽魂並沒有存在於這些被遺棄的房間內，這裡只有她的文稿、個人物品、蒐藏品，她總是喜歡蒐藏小東西。他現在更敏銳意識到這一切都是她的計畫，也似乎預見這一幕。她熱愛打點細節，因此她知道領事會撕去封條，船伕在下方等候，她也會想像有三個人等著進她的公寓——妹妹克拉拉．班尼迪、外甥女克萊兒與她的好友亨利．詹姆斯。

這就是她最後一本小說，他想。他們全在扮演她指定好的角色。他望著那對美國母女站在她的臥室內，深怕靠近陽臺那扇窗戶，她就是從那裡往下跳的。康斯坦一定能想到她們頹喪的臉龐，也知道亨利會細細端詳她們，不透露自己的激昂情緒。想到他還是能抽離自己，不表達心情，這讓她微笑了。這一幕就在她的臥室，她們每一次的呼吸，臉上的一切表情，說得出與說不出口的言語，這全都屬於康斯坦。亨利深信，在她知道自己要死之前，她會饒富興味地勾勒這一幕。他們就是她的角色；她都寫好劇本了。她知道亨利看得出她的運作，這是她的夢想。無論他看哪裡或想什麼，他都能強烈查知她的安排，他像是聽見她哀傷的笑聲，因為她妹妹與外甥女輕而易舉就被她操縱，而那位只想擺脫她的好友竟然也在其間，眞是太有意思了。

班尼迪母女不知道該做些什麼；她們請笛多帶她們在城裡晃晃；不久後便連聲稱讚他。康斯坦的朋友也提供了不少安慰，但當她們得知她落地時仍有一絲氣息，瀕死前痛苦呻吟時，她們哭得不能自己。每次一進她房間，兩人就開始哭泣，亨利知道如果康斯坦目睹這一切，如果她能想像到這一點，她絕對會懊悔自己的行爲。她不是鐵石心腸的人。

她妹妹與外甥女仍有些手續該辦，但依舊不知所措。一開始她們不想動康斯坦的書稿，似乎覺得保持原狀就好，看來不願相信康斯坦已經死了；所以她們覺得碰觸這些物品只會讓它們的主人更早被人遺忘。

經過幾天的悲傷困惑後，康斯坦的朋友辦了不少午餐晚宴，母女倆的心情舒緩不少，亨利約她們到公寓見面，他已經有了鑰匙。康斯坦還有許多文稿，很多尚未完成，也有一些還沒出版，另外加上書信、筆記、雜記等等，他一開始什麼都沒動，但知道都放在哪裡。他想他與班尼迪母女間討論這些文件的去留時，一定會有些爭執，而且他可能會輸。等待她們時，他決定不要爲了這種雞毛蒜皮的事吵架。

他聽見鑰匙在門孔轉動時，顫抖了一下。她們的聲音彷彿打斷了什麼。這是他第一次聽母女倆正常對話，而非總是繞著康斯坦的自殺與她們的悲痛打轉。走進臥室時，她們看見亨利站在窗戶邊，兩人沉默下來，神情肅穆。

「您住得還好嗎？」班尼迪太太問。

「公寓很棒，」他回答，「感覺伍森小姐無所不在。」
「我想我可能受不了睡在那裡，」克萊兒說。「這裡也不可能。」
「這間公寓好冷，」班尼迪太太說。「眞是非常冷。」
她嘆氣，感覺她隨時就要哭了。他與克萊兒望著她恢復心緒。現在他看出來了，她與死去的姊姊同樣有種強韌本性。在她冷靜開口時，眞像康斯坦。
「我們得安排一些事情，」她說。「我們找不到遺囑，可能收在這些文件裡，還得處理一些官方手續。」
「康斯坦是重要的作家，」亨利說，「是美國文壇獨一無二的人物。所以我們要小心處理她的文稿。另外還有沒發表的手稿，幾篇沒寫完或沒寄給編輯的故事。我認爲這些要小心收藏。」
「如果您能替我們檢視那些文稿，」班尼迪太太說，「我們會很榮幸，我想我們都沒法承受看她的作品，這是我到過最悲傷的地方了。」
他們找人每天早上在康斯坦的書房與臥室的壁爐生火，有僕人看守直到傍晚。接著班尼迪母女會搭上笛多的貢多拉船參加美國朋友們的晚餐邀約，每一次亨利都會給她們看看沒有發表的小說，幾首詩，幾封有意思的信。她們同意就算是筆記也要保存好，也許帶回美國紀念康斯坦的成就。
他自己則只想留下一份她的紀念品。帶著哀傷看完她的物品之後，他原本遲疑不決，最終挑了一幅小畫。那是一幅她珍愛的美國荒野。當他將畫拿給她的妹妹與外甥女時，她們都要他把畫留在身邊。

他從早到晚都待在她的書桌旁。班尼迪母女離開時，他會在窗邊目送，望著她們踏入貢多拉船，看她們逐漸恢復活力，然後回到書桌前，看那些他找到的文稿，將其中幾份放進臥室壁爐，其他的則歸書房壁爐。他將文稿丟進火焰，看著熊熊火舌燃燒，待文稿全數成灰之後，他會確保外人不會在餘燼中發現完整的隻字片語。

他不想要妹妹寫給伍森小姐那些詭異神祕酸澀的書信公開給眾人閱讀。他自己連看都不想看。他整理文稿時瞄到愛莉絲的字跡，立刻將信放到一旁，確保它們壓在其他書信稿件下方，不會讓意外闖入的班尼迪母女發現。他還發現幾封自己的信，一看見它們，他也將其擱在一旁。他一點也不想再看一次，他只想將它們燒個精光，他找不到遺囑或日記。

不過在文稿之中，他找到一封最近她醫生寫給她的信，討論她的諸多病症與憂鬱問題。他一直看到自己的名字才停下來，然後仔細將它放在那堆待燒的文件上。所有的文學作品，包括草稿等等，他準備全數讓班尼迪母女帶回家。

多數夜晚他都與班尼迪母女用餐，並確保令有其他人在場，這樣可以談到更廣泛的話題內容，不用侷限在她們到威尼斯的原因。他希望一起用餐的人越多越好，才讓她們不會找他討論他現在在做的事情，或是接下來該有的安排。慢慢地母女倆也厭倦威尼斯了；無所事事的白天，煙雨濛濛的天氣，灰暗鬱悶的天光與友人千篇一律的陪伴，這一切都讓她們想家了。此外，他發現來自康斯坦朋友的邀約也越來越少，或許眾人的同情心一開始極其強烈，但畢竟班尼迪母女也來了一個月，所以社交聚會也顯得越來越冷清了。

亨利每次參加夜間聚會，總是喜歡提前離席，大家也都知道他眼前事物龐雜，無須遵守一般的繁文縟節。如果回到住處的距離太遠，班尼迪母女讓笛多帶他離開。雖然比奧提宅樓下住了一些包括莉莉・諾頓在內的美國客人，亨利還是很訝異自己竟然能輕鬆上樓回房，沒人打擾他。每晚他回房時，壁爐的火已經升起，床頭燈也打開了，另一邊的躺椅旁的茶几也亮著燈。房間並不華麗，但有了燈光的襯托，房門色彩卻顯得華美豐富。公寓既非宮殿規格，也沒有隨侍僕人，但因爲房東很喜歡伍森小姐，所以讓一切賓至如歸，亨利覺得房間溫馨舒服。柔軟高床讓他好幾晚睡得香甜，每天早上起來都覺得煥然一新，準備開始一天的工作。

他也期盼夜晚到來。他想回到比奧提宅的房間，不因爲他對這群人累了或倦了，而是因爲房間總讓他能沐浴在宜人溫暖的光暈下，整晚不散。

笛多總是隨侍在側。就像其他替康斯坦工作的人一樣，他相當敬重女主人，也貼心服務她的妹妹與外甥女。在他撐船送亨利回到寓所時，他態度恭敬，沉默不語，不過亨利從他的舉止知道，笛多將自己視爲外人，因爲他不是康斯坦的家人。亨利知道如果他想得知康斯坦最後一個月的心情神智，笛多可能是最清楚的人。不過，他與笛多稍微熟識之後，知道笛多怎麼樣也不會說的。

笛多只在亨利面前提過一次康斯坦。有一晚，當班尼迪太太與亨利等待克萊兒時，她大大稱讚他的靈活身手，並請亨利翻譯轉達，笛多聽了之後，尊敬地向班尼迪太太鞠躬，然後說伍森小姐欣賞他的不是因爲他的靈活，而是因爲他對潟湖區與外海非常熟稔，可以帶她平安出遊。伍森小姐總是喜歡到潟湖逛逛，他說，很多美國人都喜歡大運河，整天沿著河道上下，但伍森小姐不會這樣。她喜歡大運河，因爲它可以通往遼闊寂靜的開放水域，那裡誰都遇不到。就算是冬天，他說，她也很喜歡那裡。天氣不好也一樣，船能走多遠就走多遠。那裡有她最愛的地方，他說。

亨利想問走到人生盡頭的她，是否依舊喜歡這樣出海，但他從笛多的語氣知道他不會再多說什麼，除非班尼迪太太有問題要問。亨利替她翻譯完之後，她隨意地對船伕笑了笑，然後問亨利她女兒究竟在幹什麼，讓他們等這麼久。

過了一陣子，他開始在夜裡醒來，擔憂的情緒一股湧上心頭，想來是日有所思，夜有所夢，才讓他如此不安躁動。又過了一段時間，夜裡醒來也不過是睡眠插曲罷了；他不再恐懼，也沒有焦慮憂愁，反倒有種溫馨的感受。在這段期間，他完全沒有感覺到康斯坦的存在，他感覺有個無名飄忽的形體，隨著時間過去，每當他走進房間或夜裡醒來時，那柔和光暈顯得更清楚明確。他知道自己成天都期望走進寓所的那一刻，也不知道如果他離開這裡回到倫敦，這種細膩自在良善的感受能否繼續跟著他。

那不是鬼魂，不會刻意擾動或糾纏他，那是盤旋的一個光影，那是他母親造訪他的光環，柔美純淨的女性溫柔，哄著他回房入睡，這是他死去朋友的房間，而他依舊對她的死耿耿於懷，朋友悲傷冷淡的幽魂望著他每天靜靜坐在書桌前，堅決地將她醫生與愛莉絲朋友洛芮小姐的信挑出來，趁沒人的時候再盡數燒毀。

經過與美國領事一番混亂的協商之後，班尼迪母女監督他們收拾打包康斯坦的文稿、繪畫、筆記，交由美國領事保管，完成應有的法律程序。四月又溼又冷，母女倆都感冒了，無法出門。等到她們出現時，威尼斯又是不一樣的面貌：白日漸長，無風無浪，許多她們認識的朋友也出城去了。因此，她們的告別晚宴簡單冷清，亨利也急著想在九點前離席，與她們握手親吻道別，並看著她們的雙眼，答應會負責清理她的所有物品，然後將聖米坦寓所的鑰匙還給房東。

班尼迪母女離開威尼斯的早上，亨利發現她們沒有安排如何處理康斯坦的衣物。他知道她們在衣櫃與梳妝臺找過遺囑，所以一定很明白她的衣物都還在。他不知道她們是否討論過這件事，抑或處理它們會讓她們過度悲傷，總之，到最後她也不好意思再提。看來她們是準備讓他處理這件事了。他等了好幾天，看會不會有她們的威尼斯友人前來討論衣物處理事宜，結果一個也沒有，顯然，這對母女趁機利用他的好心，就要把這堆洋裝鞋子內衣等等全丟給他了。

他不想再討論康斯坦的財產，因此也不想找她朋友，他知道那群人一旦知道她衣服還沒丟，肯定自顧自地就登門窺伺，甚至設法要到鑰匙，破壞他從她死後，努力爲她維護的一絲絲隱私。他想像她精心替他與家人在整件事所扮演的角色，想必這一部份她是始料未及吧，他確信她沒想到丟棄或送走衣服是她夢想的死後人生。當他燒掉那些信件時，他能感受她的極度不悅，但此時此刻，在他考慮該如何清空這些衣服時，他只能感受到無盡沉重的哀愁。

他只有找笛多商量，他想應該在他的監督下，船伕會甘願替他運送這些衣物吧。他相信笛多會知道該怎麼做。但當亨利給他看衣櫃爲數不少的洋裝、鞋子與內衣時，笛多只是聳肩搖頭。亨利建議也許修道院會收舊衣時，笛多不斷重複這些動作。死人的衣服不行，笛多說，不會有人要穿死人的衣服。

有那麼一霎那，亨利眞希望自己早將鑰匙交還房東，離開威尼斯了，但他知道不久後他一樣會收到詢問衣物該如何處理的信，不只是來自房東，還有這裡的美國朋友們。

笛多站在康斯坦的臥室，急切地看著他。

「我們該怎麼辦呢？」亨利問。

這回笛多的聳肩更傲慢了，亨利瞪著他，堅持衣服一定要拿走。

「不能丟在這裡，」他說。

笛多沒回答。亨利知道他的船在下方等著，他知道兩人得把衣服搬到船上。

「你能將它們燒了嗎？」亨利問。

笛多搖頭。他認眞盯著衣櫃，彷彿正守衛著它。亨利甚至覺得如果他說要把衣櫃清空，笛多可能會衝向自己，不讓他處理女主人的衣物。亨利嘆了一口氣，低下眼神，希望這動作與僵局能讓笛多開口或至少提供點建議。兩人繼續保持沉默，亨利開了窗走到陽臺上，看著對街的建築物，以及康斯坦掉落的地面。

回頭望著笛多時，亨利看見他似乎想說什麼，他揮手鼓勵開口。這些衣服，笛多說，應該要拿回美國的。亨利贊同點頭，然後說現在來不及了。

笛多又聳了肩。

亨利拉開一個抽屜，然後是另一個，笛多正戒慎緊張看著他。亨利站起來面對他。

亨利問他記不記得他常帶她去的瀉湖，就他提過的那一區？看不到人的那裡？

笛多點頭，等亨利開口，但亨利只是凝視著他，思考剛才說的話。笛多看起來很擔心，好幾次他都欲言又止，最後都只能嘆氣。後來，彷彿房間另有其人似的，他偷偷指著衣服，然後指向大門，接著又指往遙遠的瀉湖，他默認衣服可以拿到瀉湖處理。亨利點頭，但兩人還是沒有動作，直到笛多抬起右手，伸出手指。

五點，他輕聲說，這裡。

五點時，笛多在門口等待。他們走進公寓時沒有說話。亨利本以爲笛多會帶人來幫忙，然後將康斯坦的衣服搬走，丟進瀉湖。不過笛多只有自己過來。他表示現在就將衣物搬到船上，立刻出發。

笛多搬了一堆洋裝、大衣、裙子，示意要亨利拿第二堆。當亨利捧起洋裝時，他聞到一股強烈的氣味，他立刻回憶起母親與凱特阿姨，那是專屬她們的芳香氣息，她們忙碌在更衣室與衣櫃間走動，準備出門、折衣、打包。當他走過房間時，他聞到另一陣味道，這是康斯坦習慣用的香水，這些年來她總是使用同一種香味，這味道隨著他一路下樓到等待的貢多拉船上。

從臥室走到船的路上，兩人動作迅速緊張，彷彿在做犯法的事情，慢慢地，衣櫃空了，他們拿了鞋子與絲襪，最後將她的白色內衣褲塞在她的洋裝下方，兩人刻意不看彼此。結束之後，他們已經氣喘吁吁，回頭檢查是否有所遺漏。她的氣味盈繞在他周遭，此時若看見她站在空房間，他也不會意外。他幾乎覺得自己快開口跟她說到話了，等笛多下樓，他再檢查一次房間，他知道她絕對在場，她很高興看到任務完成，她什麼也沒留下；他更想流連在此感受她的存在，無視這裡的灰塵，但想必她會很不以為然吧。

天光逐漸在威尼斯上空消逝，大運河旁的富麗建築映照天空的紅粉晚霞，波光與暮色相互映照，他們就在此時朝潟湖前進，兩人現在自在多了，雖然沒有說話，也當彼此都不存在。亨利欣賞天色與建築，回頭看著聖母聖殿，心底浮現一絲奇異的滿足感。他很累，但他也很好奇笛多要載他往哪兒去。

這就像是再一次與她相遇，遠離朋友家人與社交圈，在寧靜祥和的地方會合。他們就是這樣在一起的，不會有人知道他在這裡，笛多不太可能自動告訴他們的朋友。唯一望著他們駛過麗都島的只有康斯坦，如今他們已經前往亨利從未到過的水域，不久後，只有海鳥與夕陽陪伴了。

一開始亨利以為笛多在找特定地點，但他很快發現船伕只不過是來來回回拖延要做的事情。等到兩人視線交會，笛多示意亨利可以開始這件令人難過的工作時，亨利搖搖頭。這彷彿是載著她的遺體，他想，然後把她從船上丟下水，讓她葬身水底。笛多繼續繞圈，看見亨利動也不動時，他微笑了，似乎有些無奈，然後放下船桿，讓貢多拉船輕柔在平靜水面搖擺。伸手拿第一件洋裝時，笛多先是祈禱，然後將衣服平放在水面，彷彿水面就是一張床，而洋裝主人正準備出門，很快就會進來著裝。兩個人看著洋裝質料顏色浸溼變深，洋裝開始往下沉。笛多放了第二件，然後是第三件，每一次的動作都溫柔和緩，一旦衣服漂遠了，他變搖頭默禱。亨利也在旁邊看著，但沒有動。

貢多拉船輕巧搖擺，亨利不知道船到底有沒有在移動，或許它只是靜止在某一點吧。當她的內衣往下沉時，他想像它們直直往下沉到海床。

直到笛多伸手拿起船桿，兩人才同時看到十碼之外浮出了一團黑色物體，笛多大叫。

在黃昏中，那東西乍看像是海豹或某種從深海浮出水面的黑色圓形物體。笛多兩手緊握船桿，彷彿準備自衛。亨利定睛一看，才知道那是其中幾件洋裝，像浮在水面的黑氣球，這是剛才神祕海葬的證據，洋裝的袖子與腰部都漲滿了水，船隻掉頭後，亨利注意到威尼斯已經籠罩在一片灰濛濛之中。很快霧氣就要吞噬潟湖。笛多將船駛向那浮標物；亨利看他努力戳著鼓起來的洋裝，一件又一件，動作堅定猛烈，直到衣服往下沉。最後，笛多檢視水面，確定沒有衣服了，但似乎它們只是蟄伏於黑暗水面之下。接著幾呎外又突然浮起一件洋裝。

「算了！」亨利大叫。

但笛多往前靠，嘴裡再一次禱告，然後朝中央戳刺，一面對亨利點頭，表示大功告成了；雖然不容易，但還是完成了。最後他拿起船桿，走回船頭，該回去了。他開始緩緩撐桿，巧妙讓船通過潟湖，回到早已陷入漆黑的城市。

第十章
一八九九年五月

羅馬益發現代化，他寫信告訴保羅．波杰，但他自己則越來越古老了。他逃離威尼斯，遠離它空氣中的回音與記憶，亨利一開始不顧羅馬舊識的邀約，逕自住進西班牙廣場附近的飯店，一開始幾天，他會在初夏進駐的五月趁清晨慢慢散步。他沒有去西班牙階梯，除了飯店附近幾條街，也沒去什麼景點參觀。他不想喚醒回憶，也不願將羅馬與三十年前的印象兩相比較。他不肯任意陷入懷舊思鄉情緒，免得讓這幾天的單調平添更多色彩。他不想回顧年輕歲月，他知道如此一來，他不會發現新奇事物，也不能擁有嶄新體驗。他只想走走自己認識的地方，他放任自己喜愛這些街道，視此為自己背過的詩，他第一次看到這些色彩、巨石、臉龐的那些年月，全型塑了今日的他。他的眼神再也沒有驚嘆喜悅，但卻也不倦怠茫然。

只要坐在戶外小餐館的帳篷下，研究石牆光影的移動，對他就已經足夠，那原本平淡的黃赭突然在陽光下璀璨躍動，讓他的老靈魂也隨之發光發熱，這種簡單純粹就能清空他內心一直被威尼斯掩蓋的闃黑。在這裡老去容易多了，他想，色彩不再簡單，一切都不新鮮，就連陽光也似乎帶著滄桑歲月流連難去。

在威尼斯，他不走聖母堂與聖母聖殿之間的巷弄街道，他總是挑大運河的另一邊走，免得他不小心踏上康斯坦掉落的那一條街。他逃離威尼斯前的某一晚，他以爲自己已經靠近利雅多橋，原本準備自信滿滿走回巴巴洛宮，毫無意識眼前的危險。後來他才發現自己只要回頭走幾步，就能安逸踱回利雅多橋。結果，每次他轉個彎，眼前又是死巷，要不就是只能通往水道，更糟的是，朝右轉就讓他更接近那可怕的街道，這輩子他眞不想再踏上它了。在沉靜的黑夜中，有股冥冥的力量引導他前行，而他又因爲過於內疚，不敢不依。他喜歡提早關門的威尼斯，四處一片空蕩寂寥；他原本是熱愛獨自散步的，就算轉錯彎，也能有不一樣的風景，就讓運氣與本能，加上一些技巧與知識指引他方向。但現在他知道自己不但已經迷路，更已經靠近她死去的地點。他停住腳步。眼前這條死路他走過了，似乎是通往水道，但又不然。右邊是一條長長的狹窄街道。他只能回頭了，此時他有衝動大聲跟她說話，他知道她那不安定的獨立英靈必然永恆長存於這些街道。她不會安於閒散輕鬆的人生，他想，但她的一部份如今已經流離失所，無依無靠了。

「康斯坦，」他低語，「我已經走得很近了，我只敢走到這裡了。」

他想像潟湖外的洶湧大海，那裡的空無荒涼，一望無際的水域以及漆黑深夜。他想像狂風呼嘯，巨浪滾滾，那裡沒有光，沒有愛，但他看見了她，盤旋上方，成了對手。他知道該回頭了，緩緩走回剛才來的地方，一步接著一步，專心不要犯錯，直到他走回自己認得的地方，那裡有書，有他的稿子，有那張溫暖大床。那晚他知道自己必須盡快離開威尼斯，往南前行，再也不回頭。

羅馬的天氣極爲完美；空氣總閃耀著甜美的色彩，他天天都很享受散步行程，從科所走到聖約翰大教堂與新芽綠草如茵的貝佳斯公園。放眼望去盡是燦爛春光。城市對他微笑，他也學會不要對它皺眉，因爲路上不斷有觀光客，而且他的邀約不斷。他想，二十幾歲他初到羅馬時自由自在，想做什麼就做什麼，認識新朋友，隨意走動，在溫暖的冬天從坎帕那到人民門，沿著舊驛道一路到佛羅倫斯。

山巒疊翠，紫藍棕相間的山坡讓人心花怒放。現在的他似乎已經與這永恆城市合爲一體；他有了歲月鐫刻，肩負責任與回憶，隨時有人觀察檢視他的行爲言談。如今他還得公開露面，老城街道現在更乾淨整齊，他也該擺出勇敢的臉龐，蓋起舊傷痕，在正確時機現身，不能讓看到他的人失望，也不要洩露自己過多祕密。

瓦都．斯多里與茉德．霍依．艾略特家族都以爲他剛到羅馬就到對方家裡暫住，如今雙方開始呼喚他，引他走進他們特有的羅馬牢籠。瓦都．斯多里一家住在巴貝里尼廣場的威廉．威莫．斯多里宅邸，希望亨利爲這位認眞的雕刻家作傳；茉德．霍依．艾略特與她的藝術家夫婿則希望亨利能出現在他們的雅可巴尼公寓與客人同歡，從屋頂露臺欣賞古都美景。

這兩個家族不懂得如何取悅這位偏好獨處的客人，當然也不識獨處之樂，因此他們認爲亨利需要獨處的藉口純粹只是推托之詞，所以也不接受他的說法。過了四、五天後，亨利終於屈服，開始輪流接受雙方的晚宴邀約。在英格蘭，他旁觀繼承人在父親死後接收宅邸，同時接受所有的奢華享受與陳設。如今這新一代則盡情利用這城市，年輕的瓦都與父親一樣成了雕刻家，甚少出現在公眾場合，只顧自己創作一塊塊的潔白大理石，而茱莉亞·華德·霍依的女兒茱德則追隨阿姨路瑟·泰莉夫人二十年前在奧帝斯卡契城堡的腳步，總是熱情招待藝術家與新英格蘭同鄉。

他們不算羅馬人，也不算美國人，但他們禮儀得體完美，他們能找老友談天說地，歡迎有名的新朋友，總是和善客氣，並儘可能在他們品味高尚的城堡擺設蒐集而來的古董。茱德的夫婿約翰·艾略特是一位畫家，跟他的同胞一樣才華洋溢，卻欠缺熱情與抱負。他、瓦都與朋友都算是放浪不羈的才子，但依舊懂得對僕人發號施令。在羅馬只要有點積蓄，就可以當個附庸風雅的文藝人士，如果是在波士頓，肯定會讓外界不以為然。對這群人而言，亨利不只是會說義大利文又旅居歐洲的美國同胞，更能記錄他們的光環，呈現這群人旅居歐洲的困境與豐富人生。亨利感覺，他們實在太喜歡他了，所以並不在意他小說那些挫敗虛僞的旅歐美國人。他們崇敬昔日風華，對一八七〇年代頗感興趣，也因為亨利熟知當時的羅馬社會，這群人的父母也曾對他們述說當年的羅馬風情，也因此，亨利便這麼被納入這群人的珍貴小社交圈。

所以在這十九世紀的最後一年，五月的某個溫暖傍晚，能俯瞰聖彼得廣場的雅可巴尼公寓花園露臺上，有一群人高談闊論，氣氛熱絡。大家欣賞夕陽西下，餘暉徘徊在天際的壯麗景致，讚嘆羅馬建築的拱頂，遠處則有阿爾班薩賓丘陵環繞的坎帕那水道橋。他不用開口，只要點頭贊同，賓客指向聖天使堡與蘋丘和貝佳斯公園的陰暗大樹，大家語氣盡是驚奇與興奮，他們都很年輕，初春玫瑰、三色堇與薰衣草，和他們身上悠閒的夏日服裝相互呼應，甚是美麗，花園的花卉是主人帶著新世界的熱情在這裡認眞栽種的成果，男士們蓄著短髭，天眞和善的神情看就知道是美國人；幾位女士應該也來自新英格蘭，她們甘願讓男士聊得天南地北，自己偶爾插上幾句睿智的評語或不表贊同的意見。他心想，妹妹愛莉絲若在現場，肯定如坐針氈，但她其他朋友一定非常喜歡這種氛圍。

這群同伴欣賞眼前美景，如果一時安靜無言也歡欣接受，彼此熱忱相待。他知道他們其中有人來自美國的顯赫家族，也因此強力意識到自己的身分地位，他們不用問這位名作家問題來建立自己的名望；在這偉大城市的宏偉私人豪宅屋頂，他們謙遜接受眼前的一切，卻也同時對其不屑一顧。知道這群人沒有要問他的下一部小說的動向，令他鬆了一口氣，也沒人想知道他對喬治．艾略特的想法，他們只傾聽他指出某個地標，就像聽彼此說話一樣稀鬆平常。

他注意到遠處有個年輕男子觀察他們，不久之後，他發現自己也被這人觀察，這位男子與這群人的氣質大爲不同。他沒有他們的神態自若，也欠缺他們的自信與機智。他的眼神過度銳利，姿態過於緊繃。亨利發現他長相極爲俊美，但似乎正因爲他的金髮英俊與壯碩身材讓他過度緊張自覺。他散發的張力讓這群欣賞夕陽的群眾不想過去找他說話。亨利努力看向他處，加入眾人讚嘆晚霞餘暉。但當他轉身時，年輕男子坦然注視他，讓他決心當晚必須不顧一切避開此人。他看起來就是那種會問亨利手邊進行的小說或未來計畫的人，想必這傢伙對喬治．艾略特也有一番個人主觀見解，但相較於激進魯莽的眼神，他的臉龐卻帶著某種奇異的柔美，這讓亨利更想遠離他。這傢伙鐵定是藝術家。亨利走下樓梯進了室內，希望當晚能避開年輕人的眼神，後來離開時也眞如他所願，亨利著實鬆了一口氣。

但幾天後，在一次更私人的聚會場合，艾略特家族找了那位年輕人來，並引介給亨利認識，他是雕刻家漢力克．安圖森，當晚漢力克的眼神與姿態不像之前犀利，今天的他帶著一種冷嘲熱諷的禮貌，彷彿手中有某件作品等著發表。大家坐下來用餐後，漢力克專注安靜，聽著每人發表意見，偶爾優雅點頭，但沒有開口。直到他站起來告辭時，之前的緊繃才又出現。他站起來後，眼神掃視現場每一個人，表情幾乎充滿敵意，隨後迅速轉身離開。在門口時他稍微停住腳步，對亨利的眼神點頭致意。

亨利發現這群羅馬朋友不會厭倦彼此的陪伴；他們大部份的夜晚都混在一起，趁夏天時聚首娛樂，就算人不多也無所謂。後來他經常出席邀約，這類社交聚會成了他在羅馬生活的常態。他小心不要說太多自己先前在羅馬的人生，也不常提這裡改變了多少，例如建築物在一八七〇年代時的樣貌，儘管他知道也許年輕人會很想知道這些。他不想被當成活化石，但他也想將過往留給自己，那是他珍視寶貝的私人收藏。

當茱德．艾略特提醒他自己正在籌備一場特殊晚宴時，從她的語氣，亨利知道她與她夫婿及瓦都．斯多里很重視歷史，很欣賞她們父母年代的光榮羅馬。這次晚宴特別爲她的阿姨安妮主辦，安妮．克勞福小姐是雕刻家湯馬斯．克勞福的女兒，現在則是馮．拉貝男爵夫人，如今已經守寡。亨利好多年不見男爵夫人了，但他從別人那兒得知，她的執拗傲慢與才智沒有因爲歲月而流逝。他注意到艾略特夫婦使盡全力要辦好這次晚宴，餐會將在涼亭下的露臺舉辦；現場將有舉杯致敬、演說祝賀，彷彿讓年邁阿姨與老友相見的場面成爲羅馬社交季的高潮。

男爵夫人昂首走進來，稀疏的頭髮整齊服貼，皮膚就像泡了太久的水果。有位年輕人問她見識了羅馬的哪些變化，她抿起嘴唇，把對方當售票員般地大聲說話了。「什麼變化我才不管。我不討論這種題目。我認爲注意變化是錯誤的。我只著重眼前的事物。」

「妳注意到什麼？」另一位年輕人趁機問。

「我注意到雕刻家安圖森，」男爵夫人對著漢力克的方向點點頭，他正緊張地坐在貴妃躺椅的邊緣，「家世背景高尚，我得說看到他，儘管我是個老太婆，我還是心滿意足得很。」

眾人目光全聚焦在安圖森身上，他則望著老太太，彷彿她是珍奇異獸。

「我也注意到您了，男爵夫人，我一樣滿心歡喜，」他說。

「別傻了，」她回嘴瞪著雕刻家，他臉都紅了。

用完晚餐後，茱德請亨利發言，亨利已經受不了老太太放肆喝酒、恣意發言批評人事物的粗魯舉動，因此樂意開口致詞，希望她不會打斷他。雖然他本意不是如此，但他一開口就提到了羅馬，他在四分之一個世紀前來到此地，這不是因爲他現在突然念舊憂懷，也不想提到羅馬的變遷，而因爲今晚這場合，有老朋友新朋友齊聚一堂，夏天即將開始，正是秉燭暢談的絕佳時刻，也因此容他短暫提起羅馬的過往。年輕時若愛上羅馬，那麼肯定這愛將延續一輩子，他說。二十來歲到了羅馬的他，感到新鮮的不是只是色彩與風情，他對美國藝術家工作室若隱若現的光影更是欣賞，例如在當時，霍桑早已先他十年抵達，在羅馬激發創作靈感，讓他寫作不輟。而在泰利與斯多里家中，他更第一次遇見了女演員芬妮·坎波與馬修·亞諾，他第一次對自己即將創作的小說主角有了豐沛的想像力，羅馬就是孕育這群角色的肥沃之地，它是放逐的好地方，也是最佳避難所。對英美人士的小圈圈而言，這地方的美令人費解。光聽建築物的名字就足以讓人贊美其絕對高貴優雅，這是對藝術的致敬。對一個來自新港的年輕人而言，斯多里家族的巴貝里尼廣場、泰利家族的奧蒂斯卡契堡，甚至康代提大道的史匹曼館都是榮耀的象徵，是他珍視的回憶，現在他要舉杯，不只向多年不見、讓美國之美在此成長茁壯的男爵夫人致意，更要向羅馬致敬，他對羅馬的愛絲毫不減，更希望未來還有機會來訪。

坐下來時，他注意到剛才凝視著他的雕刻家安圖森眼中早已含著淚水，在他聽著男爵夫人稱讚自己的兄長小說家梅里恩·克勞福與亨佛來·華德太太時，雕刻家仍觀察著他。

「當然囉，」她說，「他們才華過人，在歐洲美國都很受大眾歡迎，寫到義大利的題材人物更是細緻絕美，我和許多朋友都愛看他們的書，我認爲終將永垂不朽。」

話說完，男爵夫人還瞄了亨利一眼，像是挑釁他，看他敢不敢提出不一樣的看法。顯然他惹毛了她，她也不確定自己這樣還夠不夠，她決定繼續火上加油。

「我看過你大哥幾篇文章，還有他一本書，」她說，「有個認識你家族的老朋友給我的，他還寫信告訴我你大哥的風格簡明扼要，不胡言亂語，字字斟酌，因果前後交代得清清楚楚。」

男爵夫人彷彿在描述一頓美味大餐，亨利規律點頭，沒人注意他們，除了安圖森。他對亨利微笑，看起來很清楚亨利與男爵夫人在說些什麼。安圖森的眼神似乎在說他非常同情亨利。男爵夫人還沒講完。

「我記得你年輕的模樣，女孩都跟在你後面，爭相要陪你騎馬。桑姆那太太、布特小姐和洛威小姐，只要女性無論老少，全都好迷你，我猜你也喜歡我們，但是你老是忙著蒐集資料，當然你很有魅力，但你就像年輕銀行家一樣蒐集我們的存款，或是像聽我們告解的牧師。我記得我阿姨就曾經警告我們什麼事都不要告訴你。」

她像是要分享祕密般湊近他。

「你現在還是老伎倆對吧？我不認爲你退休了。眞希望你能寫得更明確一點，我確定那位望著你的年輕雕刻家也這麼認爲。」

亨利對她微笑，點頭致意。

「您也知道，我使盡渾身解數要取悅您呢。」

其他人走過來讓男爵夫人分了心，亨利走到安圖森身邊。

「剛才的演說很精彩，」雕刻家說。亨利很驚訝他竟然一口標準的美國腔。

「我不知道老太太跟你說了什麼，不過我認爲你實在非常有耐心。」

「她說的那些，」亨利靜靜回答，「都是陳年往事，她原本保證不提的。」

「我喜歡你口中的羅馬。大家都希望曾經身歷其境。」

安圖森剛才倚牆而站，如今他挺直身軀。臉上的表情莊重肅穆，他環顧室內，但最後還是將焦點放在亨利身上。過了一會兒後，他嘴唇動了動，似乎想說話，卻又住了嘴。公寓內陰暗光影緩緩移動，使他的脆弱展現出一種滄茫非凡的俊美與深思熟慮的內省。他輕聲開口前，緊張地吞了口水。

「顯然你很愛羅馬，而且也很開心。」

這幾乎像是問題了，他盯著亨利，等著聽亨利的答覆；而亨利只是點點頭，強烈察覺雕刻家壯碩健美的身材與悲傷柔弱的眼神之間的對比。

「你有特別愛去的某個景點，或經常造訪喜愛美術館的某一幅畫嗎？」雕刻家問他。

「我幾乎每天都去清教徒墓園，那是純藝術的呈現，也是重要的地點，但也許你是指——」

「沒有，」安圖森打斷他，「我就是這個意思，我問你這個問題，是因爲無論是哪裡，我都想陪你去走走，就算你習慣一個人，我也想請你爲我破例。」

亨利從他的羞赧看出其後的認眞與堅定。他原本期待安圖森的語氣會更積極甚至嘲諷，或許帶著點玩世不恭的意味。但他的誠懇眞摯、毫無保留讓亨利心動了。

「希望很快能成行，」安圖森說。

「那就明天十二點吧，」亨利簡短回答。「我們在飯店會合，一起出發。你沒去過墓園嗎？」

「我去過的，先生，但我想再跟你去一次，期待明天來臨。」

安圖森凝視了他好一會兒，知道飯店名稱後，他面無表情點頭致意，然後優雅地走過房間。

第二天早上，亨利看見的安圖森既緊張又害羞。亨利下樓時他沒有打招呼，只是一貫地點頭致意。亨利不確定安圖森是否清楚自己有多麼俊俏，在他微笑時，那澄澈的雙眼完美得令人驚嘆。他們搭車前往金字塔附近的老墓園時，安圖森似乎非常期待，卻又遲疑不定。雖然他說話就像個美國人，但他完全沒有美國人的冷靜與自信。亨利猜想，或許他對自身魅力的忽視與戒慎警覺的神情源自他的斯堪地那維亞背景。但當安圖森下了車，轉身在墓園大門等亨利時，舉手投足比起他微笑或說話時，又多了一份積極自信。

對亨利而言，墓園比起羅馬城歷史景點、著名建築、藝術精品與宏偉大道更能體現自然與藝術的絕佳契合，盤根錯節的松柏樹蔭呵護著整齊平坦的小徑與悉心裁剪的花草，唯有在這裡，人能得到最終的慰藉與平靜。他們直直走向金字塔與濟慈墓園時，亨利覺得安圖森的沉靜與羞怯似乎也為兩人投下了某種咒語，讓他們在這最為肅穆的場所也難以開口對話。

他不確定安圖森是否知道濟慈在羅馬過世前的人生，或許他也不知道墓碑根本沒有刻詩人的名字，但下方的確就是濟慈的安息地。亨利明顯感受到雕刻家的存在；他喜歡他的陪伴，唯有鳥啼打破了四下的沉默靜謐，腳邊還有貓兒相伴；這是讓人感受亡者存在的地方，包括眼前這位早夭的詩人，他們都已經在這溫暖肥沃的土地下安息。藍天白雲，唯有墓園孤寂矗立，但死者早已入土為安，悲哀憂悶不再；如今在這羅馬的五月早晨，亨利感覺這安息就等於極致的愛了。

他們靜靜漫步，偶爾看看墓碑。安圖森手背在身後，仔細看著碑文，然後靜默數秒，彷彿正在祈禱。他跟著亨利走，只要亨利停下來，他也就止住腳步。

「這些名字總引起我的興趣，」亨利說，「想到這些英格蘭人全都客死異鄉羅馬。」

他嘆了口氣。

安圖森輕輕搖頭，低頭看著腳邊那隻深棕色的瘦貓，貓咪尾巴高舉，亨利看著貓兒懶洋洋發出咕嚕聲，瞇起雙眼，然後在亨利腳邊磨蹭，瘦骨嶙峋的身體靠著亨利，接著若無其事地踱步走開，找到陽光下的一處休憩地，躺了下來。

「貓咪很知道自己要什麼呢，」安圖森說。他突然大笑出聲，幾乎是淒厲的笑聲，這讓亨利很想走開，但他只是轉身微笑，然後沿著小徑繼續走到墓園後牆的雪萊墓地，此時鳥兒正高聲婉轉啼唱。

兩人又安靜了下來，他感覺之前他提過的悲傷哀愁，在人生早已完滿的亡靈之間看起來根本不算什麼。他們又開始在墓園走走看看，死者的未知無感眞是難以想像的極樂境界。

亨利想，安圖森可能覺得他在特定墓園例如詩人們的墓地停下腳步，其他就是漫無目的逛逛罷了。因此當亨利刻意朝蔓草叢生的小徑直直走去時，安圖森顯得很困惑，亨利是要去康斯坦．芬尼莫．伍森的墳上，想必這名字對安圖森也沒啥意義吧。之前幾次到墓園來，這裡就是他的最終站；現在他幾乎又要後悔自己來到這裡了，他知道自己勢必得費盡唇舌解釋，確保對方瞭解他的意圖。但當安圖森注意到威廉．斯多理替自己刻好的墓碑，撫摸上面小天使雕像的潔白翅膀與臉龐，表情嚴肅專注，亨利鬆了一口氣。他朋友繞著石天使走了第二圈，亨利也看到右邊的約翰．艾丁頓．西蒙之墓。每次到這片渺茫虛無的土地，他總會想到斯多里與西蒙家族，還有康斯坦是多麼熱愛義大利，大家的共通點就是住在美麗的地方，欣賞它的光與景，享受宏偉華麗的起居空間，過著自我放逐的人生，遠離祖國家鄉。康斯坦偶爾該認識這些人；斯多里家的財富、野心及藝術表現，加上西蒙對性愛的沉醉與那些俗不可耐的文學作品，想來康斯坦一定會覺得無趣厭倦。刻著她姓名的墓碑比起精緻華麗的斯多里家族墓碑，顯得簡樸多了。他想，晚上她一定會希望獨處。她的美國不是這群人的美國，她眼裡的義大利更為謙遜平實，她的藝術風格更上等高雅，但想必她一定會知道該如何描述這群人的。

他抬起頭看見安圖森正在看他。

「康斯坦是我很好的一個朋友，」他說。「我當然認識斯多里家族，也與可憐的西蒙有往來，但康斯坦是我很好的朋友。」

安圖森低頭看著她的墓碑，想必也看見了康斯坦最近才剛過世。他想開口，但或許又頓住了。亨利嘆了一口氣，轉身離開，知道他不應該帶不熟的人來這麼私密的地方。但也許更重要的是，他剛才根本就不該提起她的名字，因為現在他眼眶都是淚水。他轉頭想克制自己，但發現雕刻家擁住了他，他的肩膀靠在安圖森的胸膛，安圖森的手甚至緊緊握住了他的手。他很訝異安圖森的強壯與他的大手。他很快確定四周沒人，才繼續讓安圖森抱著他，感受另一個男人身體傳達出來的溫暖與力道，他渴望繼續待在這男人的臂彎，但知道這撫慰的擁抱僅止於此。他屏住呼吸，閉上雙眼，然後安圖森放開他，兩人靜靜走回墓園大門。

他們搭車到安圖森位於馬格塔大道的工作室。亨利思考該如何對安圖森解釋自己的人生。他知道安圖森身爲藝術家，一定清楚他寫的每一本書，描述的每一次場景，創造的每一個角色，都實實在在成了他的一部份，滲透他的靈魂，多年來久久沒有離去。他與康斯坦的關係很難解釋，安圖森也可能太年輕，無法理解回憶與悔恨交融的酸澀苦楚，許多人事物直到失去了，才會令人驀然回首體會它們的意義與象徵，儘管用盡氣力想要忘卻，但在夜深人靜時，那錐心刺骨的悲痛卻又一股腦兒湧上。

安圖森建議到工作室之前，兩人先到樓下的小餐館吃午餐。他一走進那熟稔的小空間，老闆與老闆娘親切招呼他們之後，安圖森變得話多活潑。亨利很驚訝地發現雕刻家知道很多他的事情，而且還能自在討論它們。他更訝異發現安圖森毫不自覺地提到自己的才華，甚至能引述那些針對他的讚美之詞。

午餐時他都在注意安圖森；雕刻家的臉龐隨著性情改變，也有了顯著變化。他的眼神沒了柔和同情，表情更爲專注，言談間添增了許多個人見解論點。亨利知道之前的沉靜顯然是雕刻家刻意壓抑，現在一觸即發，自由自在。在餐廳昏黃的燈光下，亨利享受對桌這位年輕人眉飛色舞地敘說人生，他是如此生動，充滿抱負與野心，準備不顧一切擁抱人生。

亨利原本想像安圖森的作品細膩雅緻，慢工出細活，但當雕刻家雙頰通紅吃完午餐起身時，亨利才頓悟或許此人的作品與他本人一樣粗獷不羈，不受拘束。他無意批判他，雖然斯多里與艾略特的聚會都會找來安圖森，但他們從來沒有在背後討論他。當亨利上樓到安圖森的工作室，想起自己當年初來乍到時，也曾經如此造訪許多藝術家的工作室，歲月如梭，其中有人聲名大噪，有人終生沒沒無名。這麼多年過去了，他又回到了這裡，這位天眞活潑的年輕雕刻家引著他，此人時而怯弱羞赧，有時卻膽大莽撞，對他就像是一團謎。他看著安圖森走在他前面，研究他強壯的白皙大手握住樓梯扶手，動作敏捷外放，亨利夢想自己能多待在羅馬幾天，才能每天都到這位年輕朋友的工作室。

寬敞的空間有種狂亂的工作氣氛，許多都是雕刻家的半成品，古典主題，古典神祇，看來是準備驕傲地公開展示。他不確定安圖森的作品是否就如焉成形：狂放而毫無比例，也許他準備修改，精雕細琢。他在作品間走動，表達自己的想法，稱讚朋友才華洋溢，更讚嘆這些人體雕像的壯闊寫實，他不知道安圖森是否準備雕刻臉部器官表情，或他就要這樣保持空白，接著他被帶去看一件正在進行的作品，一尊大型的男女裸體像，兩人緊握雙手。他大聲讚嘆它的規模與野心，安圖森驕傲地站在旁邊，彷彿準備與自己的作品合照。

當天亨利對安圖森的認識又多了一些。有些令他震驚，特別是他聽說安圖森家族移民到美國後，就定居在離亨利家幾條街外的新港市區，也因此，安圖森也把新港視爲美國故鄉。安圖森提到自己大哥以及身爲老二的負擔時，亨利告訴他自己年輕時也活在大哥威廉的陰影下。安圖森似乎已經明白這一點，更大聲表示正因如此，他與亨利才這麼合得來，也問了許多亨利與威廉的問題，每次亨利話還沒說完，他便急著將他自己與大哥亞德相處的經驗與亨利兩相比較。聊得越多，亨利發現安圖森知道許多詹姆斯家的事情。他說自己的父親也愛喝酒，就跟亨利父親一樣，這在亨利家是祕而不宣的，但也許新港上上下下都知道了吧，才會連漢力克·安圖森也這麼清楚。

「我們算是兄弟了，」安圖森大笑，「因爲我們都有大哥和愛喝酒的父親。」

亨利饒富興味地看著他，觀察他紅通通的雙頰，他急於發言的模樣，他轉換話題的速度，還有他根本不聽人說話的習慣。亨利說自己該離開了，但雕刻家堅持他留步，亨利也答應兩人在到古城區走走，也許找地方歇腳吃個點心。離開前，安圖森再帶他逛了一次工作室。看見那些人像，亨利納悶安圖森是否不想創作千篇一律的動作姿態。大理石與石雕形態豐滿，一般的臀腹背部都以極大的信心與熱忱雕塑而成。他再一次表明了自己的欽佩，並說他希望能在作品完成後，再回到工作室參觀。

他幾乎每天都與漢力克．安圖森見面，有時兩人單獨會面，有時則是社交場合，他對雕刻家認識得越多，越訝異雕刻家與他曾經寫過的一本小說《羅德利．哈德遜》主角背景氣質有多麼相近，那已經是二十多年前的創作了。在羅馬的美國人也許知道他寫了《黛絲．米勒》，認真的幾位如茉德．艾略特及她丈夫還看過《一位女士的畫像》，他們知道前者是通俗的大眾小說，後者的結構質感更見巧思大膽。但就他所知，沒有人知道或甚至看過《羅德利．哈德遜》，這是一位一貧如洗的年輕雕刻家，從美國搬到羅馬，才氣性情與安圖森如出一轍，天性熱情奔放，桀傲不馴。哈德遜與安圖森都對認識他們的人明白表示自己的野心與夢想，他們在家鄉都有一位擔憂兒子的母親，同樣住到羅馬，也有一位年長男人關心，這是一位獨自旅行的男士，他能品味美的事物，對人的舉止也有興趣，卻不輕易表露情感。亨利看著安圖森，設法瞭解他這個人時，腦海裡想到就是他自己創造的角色終於有了生命，讓他費解迷惑，掌控他的情感起伏，逼他不做批判，不讓他主掌即將發生的局面。安圖森與哈德遜非常相像，同樣認識了一群信任他的有錢人，也因此無須爲了金錢委屈自己的藝術創作。他的作品全是活力十足的龐大雕像，徹底體現他的夢想。寫作小說的緩慢步調，透過行動、描述與暗示建構人物與情節無法引起他的興趣，也因此他並不花時間仔細觀察人臉。如果他是詩人，想必他會寫的是荷馬般的史詩鉅作，如今身爲雕刻家的他，滔滔不絕找亨利討論大型雕像的計畫。

亨利大半時間都很有興趣聆聽，他已經延後自己離開羅馬的時間，這段時間內，他一人獨處時，總細細咀嚼安圖森的優點與缺點，他不知道安圖森未來會是什麼樣子。他也想讓自己像《羅德利·哈德遜》的馬勒一樣拉他一把，給他忠告，要他認識自我，瞭解未來；亨利更希望自己能以同樣輕鬆的態度掩飾自己內心的私密渴求。

想到自己寫過沒人看過也沒必要討論的書，相較於安圖森與友人積極擘畫未來的熱切，亨利感覺自己彷彿捲入了歷史。也正因如此，亨利帶著沉重的心情準備回家了，但他在計畫行程時一想到安圖森，心底就湧上一股暖流，更企盼能在英格蘭見他一面。這種柔情感與日俱增，因爲他與安圖森見面次數越多——這幾星期甚至一天兩次——他越感覺年輕雕刻家的沉默或急切的對話都因爲渴望認同，以及創作大型雕像難以紓解的寂寞孤單。他也知道自己與安圖森的相處，例如他聽他說話，研究他言談舉止的模樣，都讓安圖森對他更感興趣，但安圖森卻很少觀察亨利，彷彿他深信亨利不需要這麼密切的注意。例如他從來沒提過墓園之行，也假設小說家追求孤寂的行爲對創作藝術很有助益。他讓亨利在意的是亨利對他的興趣；他敞開自己任亨利檢視觀察，彷彿迎接教徒的教堂。他對自己既不解又迷惑。他與生俱來的天分與雄心壯志、他的背景、他的恐懼與日常考驗都是他們對話的主題，無拘無束又親密放任。他說個不聽，卻從不傾聽；他不說話時，亨利注意到，是因為他知道沉默就是力量。而他又無時無刻警覺小心，亨利看得出他的變化——他的眼神時而溫柔，但在其他情境卻又能咄咄逼人——讓人們被他深深吸引。而當人們接近他後，安圖森卻又不知該怎麼做，只知道自己不想失去人們的注意力，他要大家尊敬他，也許熱愛他，等到他確信自己擁有這一切後，他又與他們若即若離。

這位雕刻家想要一舉成名，於是就像一頭覓食中的野獸；他不顧一切，只在意自己視如獵場的工作室，他努力雕刻自己的巨大雕像，驕傲展示，精心鑿刻出軀幹大腿臀部，但從不讓這些形體擁有自己的臉龐，他對人臉要透露的情感毫無興趣，正如他平日也板著一張空白空洞的臉龐，但亨利越是凝視他，越對那純然平淡的美感興趣，他想陪伴他，心中勾勒該有的臉龐表情，當他不在安圖森身邊時，日子益發煎熬難受。

他準備離開羅馬時，心想自己是否過度強調藍姆宅邸沉悶的鄉間生活。當他解釋自己需要回歸那種人生時，安圖森贊同點頭。但亨利知道安圖森離開新港來到羅馬並不是要追求枯燥的鄉下人生。他在他們的圈子相當活躍，很受眾人歡迎，這是新港或萊依無法提供的。也因此，未來雕刻家的挑戰就在這裡——面對可能會有的挫敗、忽視與孤寂。亨利腦海不斷幻想他面對挑戰的模樣，他知道安圖森的臉龐專注雕刻的神情，眼神更為內斂自省，談話更講究細節，作品規模改為精巧細緻的小型雕像，他會更花工夫，也會更花心思。一旦出現這些變化，他相信誰喜歡他或住哪裡對安圖森就不那麼要緊了。

亨利離開前幾晚，有天在艾略特家舉辦了一場二十多人出席的惜別會，現場都是亨利認識的朋友。他故意隻身出席，也獨自離開，他與大家閒聊日常話題，遠遠望著安圖森，最後終於找到機會與他獨處，但茱德卻跑來打斷他們，開始想討論兩人的友誼。亨利心想，她家人都是遠近馳名的大八卦；她母親、阿姨與小說家舅舅都很會任意打破緘默，有什麼就講什麼，完全藏不住話。她家人最會的就是橫眉豎眼，尖牙利齒，茱德劈頭就問安圖森有沒有認識過比詹姆斯先生更關切他的好友。如今她把亨利逼到牆角，表明除非她話說完，否則他哪裡也去不成。

「我確定他媽也想要他回新港，眞的，但是我們喜歡讓他留在這裡。大家都喜歡他，這是他可愛的地方，相信你每天都去他的工作室。」

「沒錯，」亨利說，「我很欣賞他的勤奮。」

「那我們該怎麼描述他的天分呢？你來羅馬前，一定聽過他吧？我相信他很有名。」

「沒有，我是在妳家第一次認識他。」

「聽都沒聽過嗎？他有聽過你呢。」

「我眞的沒聽過他。」

「我還以爲高爾爵士有向你稱讚過他呢，」

「我不認識這個高爾爵士。」

「他寫了很多作品，也很熱衷蒐藏物品，所以他非常喜愛你這位年輕的雕刻家朋友，每天都見他，想把他納爲己有。」

她的聲音轉爲低沉，彷彿在分享祕密。

「據說他想收養他，讓他成爲他的繼承人，高爾爵士有錢得很，但安圖森不願意，或根本不想被人收養，總之他不願繼承高爾的家產。也許他在等待更好更有趣的時機。他自己是一分錢都沒有的，他就像你那些女主角，因爲拒絕了爵士而變得更奇貨可居。但我想到頭來如果他不留意，也許他會成爲另一個黛絲·米勒。他很能聊，對吧？反正我不認爲他會回新英格蘭的。」

「或許那裡下了咒語，讓我們大家過得更好，」亨利微笑表示。

「安圖森先生說，」茱德繼續，「你邀他到萊依。」

「既然妳人也這麼好，」亨利說，「我也準備邀請妳呢。」

第二天他到了安圖森的工作室，發現他正在製作另一尊大型雕像，一組帶著花環的男女，代表春天的來臨。安圖森顯得相當雀躍，因爲他相信自己很快會找到贊助人，同時一大早就在工作也讓他看來很清爽。亨利繞著作品走動，眼神被一尊小型半身像吸引，之前他沒注意到，雕像的風格平淡純樸，安圖森告訴他這是年輕的貝福拉夸伯爵，很多人都對它讚不絕口。亨利從這件作品看出某種粗獷閒逸的氣質，也因爲石材的質地與大小，他原以爲這是一件古董，從他們每天行走的街道挖掘出來的。他立刻想將它帶走，也付了一筆豐厚的金額給他的新朋友，紀念這些時日的相處。安圖森一知道他不但喜歡這份作品，更準備將它買下時，興奮又自豪。亨利瞭解能在這世界有立足之地，賣出自己的作品對安圖森而言比任何友誼更為重要。雙方同意價錢後，安圖森衝過工作室熱情抱住他，他答應一有時間就會到英格蘭找亨利，兩人討論半身像該如何包裝運送，亨利注意到安圖森的喜悅簡直溢於言表。

當晚他們在安圖森熟識的餐廳共進晚餐，慶祝亨利買下那尊塑像。他發現安圖森為了晚餐打扮得非常正式，兩人一坐下，桌上點了蠟燭後，他的語氣變得跟以往截然不同。他問了一些問題，認眞聽亨利的生活，瞭解何以亨利住到英格蘭，以及這幾年為何不再遠行等等。亨利幾乎要被他的嚴肅逗笑了，因為他的問話盡是天眞稚氣，與之前的沉默安靜非常相似。直到安圖森想從亨利那裡得知亨利父母的生活才讓亨利覺得不再好笑，他希望能改變話題，不要過於深入。在亨利之後，雕刻家開始批評自己的父親，讓亨利再次覺得有意思，不過內容還是過於私密冒犯了，這全是亨利覺得非常隱私的話題。兩人離開餐廳時，亨利很高興安圖森陪他一路走回飯店，溫度溫和，古羅馬街道彷彿魅惑著他們，這是他們獨處的最後一晚了，因為後天出發前，亨利答應要在明晚參加斯多里家族為他舉辦的惜別晚宴。

亨利突然想到自己二、三十年來並沒有太大的改變，年輕時，他也曾經這樣漫步羅馬夜晚的街道。他從未與他人討論父母或抱負；這幾年來他談話內容總是均衡自制，並以一貫的熱情耐心創作，而安圖森就不是這樣，他是如此天眞爛漫，迷惑誘人，坦白直率。兩人沒有說話，亨利想轉頭告訴朋友要盡情享受人生，他還年輕，一定要恣意品味豐富的未來。當他們走到西班牙階梯時，他考慮了一秒，想要告訴安圖森濟慈就在上方某扇窗後離開人世，但他知道此時此刻提到死亡苦難會打破當下美景。安圖森在旅館門前擁抱他，他也忍不住熱切盯著他的微笑，想在心底永遠記住這一刻，知道他回去英格蘭之後，會多麼需要回味這段回憶。

抵達萊依時，開心的波吉・諾克推著推車在車站迎接他，他用安圖森的眼光打量小鎮，才知道這裡顯得多麼渺小無味。比起羅馬寓所別墅的起居空間，藍姆宅邸就跟玄關沒兩樣，之前他志得意滿介紹朋友的精美花園，看起來更是沒了格局。他看著波吉替他打開行李，安頓自己回到家園，卻不斷想著漢力克・安圖森對這裡的看法。

直到小塑像抵達，他才寫信告知安圖森，不過之前他心裡早已經寫了許多信，告訴他他在自己的回憶中有多麼清晰，這裡的天氣很讓他滿意，他也已經安頓下來，現在他很開心能回到屬於自己的漂亮花園。他知道安圖森對這些全都興趣缺缺，但他也不知道自己該如何找到溫馨冷靜的話題與語氣。

打開半身塑像後，他在壁爐上擺了基座，於是它便怡然安置其上，他隨後寫信給安圖森，表達他對這件物品的喜愛，讚美它的魅力，他知道這類書信才能引起新朋友的興趣，更想像安圖森會如何認眞研讀這些文字。對亨利來說，能細細描述自己如何拆封包裝，將塑像安置在壁爐上，然後時時欣賞把玩，讓它成爲自己工作的最佳良伴，給了他很大的樂趣。對安圖森形容他的作品有多麼生動鮮活，充滿人性情感，可以與人長相左右容易多了，亨利比較難以啟齒的是告訴安圖森他有多麼想他，每天工作時，他都會停筆品味自己內心奇特的喜悅與期待，才意識到原來是那段羅馬時光的餘溫蕩漾，更希望安圖森能盡快來訪。

不久安圖森就回信了，他的筆跡怪異，錯字連篇，卻表明自己會盡快來訪。雖然內容簡短，文句粗糙，但語氣卻充滿了此人的急切奔放與誠懇。亨利拿著信一次次細讀，不想放下它，最後才逼著自己將它擱在一旁。但他還是忍不住打量自己的花園，想像安圖森壯碩的身形坐在老桑樹下，想像他倆沉浸在悠閒的日光下。他在餐廳獨自用晚餐時，想像安圖森就坐在他對面，兩人品味眼前好久，然後上樓到起居室。他不介意安圖森自吹自擂或言不及意。他只希望他在夏天前能依約來訪，與他共處漫長寫意的暮色時光，沒人打擾他們，讓他能獨自享有這位朋友的陪伴，而安圖森也能體會小而巧的生活風格。

他決定整修面對瓦區保街的小工作間。他寫信告訴安圖森安排他的來訪時間，開始幻想這位朋友能看見亨利在花園室能如此享受工作，也發現自己可以在夏日到此工作。他找到工作間的鑰匙，檢視它的輪廓，想像安圖森會與建築師華倫磋商該如何讓它成爲適合雕刻家的簡易工作空間。他想像自己能一面享受獨處寫作的快樂，而好友雕刻家安圖森就在不遠處的工作室認眞雕琢石像。他知道自己想太多了，也知道自己對於兩人並肩工作純屬不可能的虛幻空想，但這卻讓他的日子帶著一絲甜蜜，計畫事情時都能更愉悅，充滿活力。

安圖森即將抵達的日子逼近，他只準備到這裡住上三天，然後繼續前往紐約，但亨利想到得與他分開，心底就不禁憂慮起來，他設想自己在車站與他見面的那一刻，也想好自己該如何帶他遊覽萊依。想必其他人也有類似的感受吧，例如他父親遇見他母親，或是威廉等著要愛莉絲成爲他的妻子之類的。他不知道這種令人迷惘的朦朧感受是否因爲他的年紀而更加深刻，或因爲安圖森只打算短暫停留，或因爲他這些全是不可能實現的幻想。他在萊依散步，騎著腳踏車穿越夏日田野，望著人來人往，不知道他們是否也曾有過這種柔情似水的想望，內心狂喜期盼著另一個人的造訪。

安圖森決定短暫停留不只令他失望，更讓他再次尖銳體驗到企盼愛慕的悲慘命運。彷彿要讓這失落消失無蹤，此時的他再度回想起二十多年前在巴黎與保羅．哲考斯基的那一晚。他心底早已反覆思忖那一幕，但它卻總如不斷上映的戲碼，讓他一次次經歷那陰沉的結局。他記得在原地繞圈，以爲他自己可以很快離開，在陰雨綿綿的暗夜回到巴黎公寓療傷。但他卻靠得更近，他站在人行道上，濃霧成了輕雨，直到現在他還能感受當時的恐懼與期待。他等了好久，盯著保羅打開燈的窗戶，絕望地想克制自己衝過街道。他站了好幾小時，默默守候只換來徹底的挫敗。多年來，那一幕總在最無預警時湧上心頭，就如現在。

波吉此時已經很習慣客人來訪，特別在夏天，其他人員自從史密斯夫婦離開後，也隨時準備就緒，期待迎接主人的親朋好友。波吉不會問東問西，他是個實際的孩子。但這次在安圖森抵達之前，他卻走到亨利跟前，有點尷尬地不知如何開口，最後終於問了一些安圖森先生的習慣與嗜好。

安圖森抵達當天，亨利注意到波吉在早餐室晃來晃去，最後終於站定在他書房門前。他注意到波吉比平日打理得更整齊，頭髮也才剛剪好，動作似乎更輕快了。他微笑想著自己那些不切實際的夢想可能也讓家裡人多少感受到了。七點整波吉已經在門前等待他，站立的姿勢有如士兵，而一旁的推車更像準備發射的砲彈。

安圖森一下車就開始說話，他想介紹剛才與他同包廂的幾個人，火車離開時，他還對他們揮手告別。波吉已經拿了安圖森的行李，將它們放上推車，眼神直直看著亨利，亨利發現他連看也沒看客人一眼，甚至抵達藍姆宅邸時也避開他，彷彿安圖森會咬人似的。

安圖森隨意在屋內走動，彷彿這裡他來得很熟了，就連角落的塑像也沒看上幾眼。旅行似乎讓他更為坐不住，他堅持自己不想進房梳洗，也不要到花園坐坐，更不用吃點心。他就像裝了開關，充飽了電力，精力充沛，他告訴亨利自己的工作，準備在紐約見什麼人，他們會談什麼，以及已經談了什麼。他提了許多交易商、收藏家、都市計畫人員、百萬富翁與社交名媛的名字。巴黎、紐約、羅馬、倫敦大都市的人們對他的作品讚揚有加，他說，更急著想看他的作品。

亨利從義大利返家之後，每天深思熟慮，排定了自己接下來的許多計畫，他知道至少其中兩件工作需要花費很大的工夫，這就像吹製玻璃，輕輕對精緻的玻璃吹氣，不確定它會變成什麼形狀；他希望自己能在霧氣散去之前就找出它的規律模式。接下來則得投入前所未有的經歷。他傾聽安圖森說話時，心底湧起一股滿足感，他知道挫敗的苦楚與羞愧。他現在什麼也不要說，希望朋友能盡快平靜下來，他不會打斷朋友或挑他毛病，他只想開心迎接這位好友，雖然安圖森看來毫不在意自己已經到了亨利家了。

早上亨利發現安圖森還沒起床，用完早餐後便逕自到花園室開始自己一天的工作。蘇格蘭人沒有注意到他的遲疑，他需要讓整句話再次重複，但在亨利重新快速複誦，隨著機器上下移動時，蘇格蘭人也沒有表示任何意見，亨利不會分心，他不會去多想客人還在睡覺或是得吃很晚的早餐，或也許隨時現身。之前家裡有客人時亨利就發現了，他會認真工作，專注力較以往更明確有力，一字一句都經過他細細思量，這是將客人拒在門外，或許也是期待等會就能相聚的時光。他格外認真起勁，似乎想證明自己。也因此亨利就這麼忙了整個早上，直到他發現蘇格蘭人累垮了，也知道也許安圖森正在家裡某處或花園等著他。

在羅馬時，他曾經觀察到安圖森的穿著打扮搭配他平日來往的朋友，不會過度休閒，也不會太花俏。但今天當安圖森從樓上起居室角落的椅子站起來時，亨利發現他穿了黑西裝白襯衫，打了與自己神眸相襯的領結。安圖森看起來就像花了一整個早上準備此刻的會面。

吃午餐時，天氣明顯變壞，看來今天要出門散步或騎單車是不可能了。他不知道安圖森在下雨的羅馬城都做些什麼，後來才想起羅馬很少下雨，而且無論天氣如何，安圖森一定是鑽進自己的工作室吧。當亨利提起新港的雨天時，安圖森也提起自己悲慘的回憶，困在小屋內整天望著天空，期待老天爺能夠放晴，卻知道雨會下到晚上，到處陰溼昏暗。他說現在想到那一幕還會讓他打顫。亨利笑了。

午餐還沒吃完，大雨開始打上藍姆宅邸的窗戶，餐廳變得更暗了，花園也不適合參觀。亨利看到安圖森表情，知道他覺得掃興。如果現在亨利是一個人，他會很樂意看一整個下午的書直到晚餐時間，但就他所知，安圖森不看書的，而且想到他長途跋涉到這裡只能看書也實在太令人沮喪了。

前一晚亨利提到瓦區保街空出來的工作間，吃午餐時發現安圖森也想冒雨過去看看。亨利眞希望那裡有段距離，這樣就可以悠閒地慢慢散步過去，但其實它只離前門幾步而已，波吉拿著雨傘出現，望著安圖森彷彿他準備爲自己畫一幅素描，三人便快步走到鄰近的建築，亨利也帶了鑰匙。

他早該想到年久失修的屋頂肯定漏水。打開門後，三人瞪著被大水淋溼的水泥地板。工作間沒什麼光線，角落堆了不少雜物，還有幾輛報廢的腳踏車，加上背景淅瀝瀝的雨聲，使這地方看起來眞是再糟糕也不過了。沒人想要往前走進去，三人全都靜靜地站在門口。亨利之前提到這裡很適合雕刻家在夏天工作，因爲羅馬酷暑難耐，冬天還可以用來貯放雕刻家的作品，展示給倫敦藝術界。但亨利很清楚，他這位等著迎接未來成功事業，在全球各大城市創造聲望財富的朋友，根本不可能屈居眼前這擺放生銹腳踏車的漏水小棚，這破爛簡陋的空間完全不能列入他野心勃勃的成功美夢。就連波吉的眼神也不斷盯著落下來的雨滴，然後來回看著主人與客人，感覺這孩子心裡在說，漢力克·安圖森再也不可能回到萊依了。

當天下午，亨利與安圖森隨便閒聊，雨過天晴後，他們在萊依鄉間的漫步也顯得隨性自在。安圖森的心思還在紐約上，亨利感覺，如果他朋友知道偷偷跑到倫敦不會冒犯他的話，一定會立刻出發。

晚餐前他們坐在起居室，安圖森開始談到他的雄心壯志。當他說他想設計一個世界城時，亨利有點故意挑釁，問他是不是想弄小人國。但安圖森講得正起勁，看來沒有注意到亨利語氣的惡意嘲諷。他進一步解釋說，不是，他想設計一個眞正的世界城，有偉大的建築物與地標，綜合各大文明最優異的建築與雕塑，這是追求人類知識與和諧的一大探險，這裡人類可以體現古來至今所有的文明，讓皇室貴族、文人騷客、學者專家齊聚一處，展示人類最傑出的歷史成就。

安圖森語氣興奮，夕陽最後一道光芒在此時映照花園圍牆的古老紅磚；亨利覺得這滄桑質感、頹圮赭紅與翠綠明亮的藤蔓令人身心舒暢。他朝安圖森點頭，當他們走到餐廳時，亨利自己面對著落地窗，以便欣賞晚霞餘暉挪到樹蔭之後的美景。安圖森還在提他這項計畫所需要的贊助，以及那些已經表明會支持他的人。他說，如果他這輩子繼續做那些亨利與其他人讚賞的大型雕像，生活會很好過，但現在趁年輕時，他更想開展這多元計畫，在有生之年將它完成，對人類社會有點不一樣的貢獻。

「人類社會，」亨利開了口，「是很大的事業。」

「沒錯，」安圖森說，「人類社會充滿了虛假的分支與矯飾的衝突。人類成就過去從來沒有綜合在一個運作中的城市，那不會是博物館，那是美感與智慧繁盛的場所。」

亨利的心思還一半停留在早上的寫作。他創造了一位小說人物，一位認眞的記者，敏感聰明，很有才華，斯多里家族要他到羅馬替他進行一項計畫——利用他們提供的所有資料，撰寫他們父親的傳記。早上他已經寫到這位記者在一位像自己的作家死後，來到藍姆宅邸，此人站在他當時正在聽寫速記的房間，拿走了那裡的文件與書信。但亨利儘可能讓這位記者與自己相像，所以在他死後，他可能也會像這樣在這裡的房間徘徊不去。有那麼一秒鐘，他彷彿看見了記者走在陰暗狹窄的威尼斯街頭，似乎想要避開什麼，但他立刻摒棄這念頭，不確定接下來該如何發揮。看這本書的人，他心想，都不會猜到這是他想營造的關鍵元素，時而隱藏自己，又時而揭露自己。

這可以是一篇簡單的鬼故事，但對他而言，他安排了自己的死亡，並創造了一個越發眞實的人物，這故事似乎被賦予了奇特的力量。他想要繼續寫下去，但是有部份的他想到自己竟然會寫出這種內容，不禁不寒而慄。相較於安圖森發明的城市，這故事根本微不足道。細節、對話、動作、神祕在愚蠢的大城市空想下顯得抽象，幾乎是渺小細微到令人找不到它的存在；小說只會在某座大城市的大型圖書館書架佔了一個小空間，在那裡獨自看書完全不屬於他這位朋友的大夢。

「我們需要，」安圖森說，「讓這計畫更廣爲人知。」

「的確，」亨利回答。

「我在想，既然你對我的作品很熟，能否在雜誌發表相關文章呢？」安圖森說。

「恐怕我只會說故事而已，」亨利表示。

「你會寫文章對吧？」

「是的，但是我現在就是寫小說而已，我只知道寫小說。」

「你有認識重要的編輯吧？」

「他們多半都死了，要不就退休了，」亨利說。

「如果雜誌有興趣，你會寫關於我作品或計畫的文章吧？」安圖森問。

亨利遲疑了。

「我在想，」安圖森說，「應該到紐約可以找到感興趣的人。」

「藝術評論留給藝評家就好了，」亨利說。

「但如果編輯想要我作品的描述呢？」

「我盡力而爲，」亨利微笑回答。他從餐桌站起來，外面已經全黑了。

第二天早上亨利吃完早餐後，他在花園等邁亞潘來。天上一朵雲都沒有；他將椅子搬到能照到陽光的花園角落。就他所知，安圖森還在睡覺，但他也說今天他想在房間用早餐。蘇格蘭人抵達後，兩人挪到花園室開始工作。他看了打好字的文稿，在上面做了一些修正；現在再一小時後，他就要完成這故事，陽光在庭園緩緩移動，氣溫溫暖宜人，接著他要繼續下一篇故事，格局不會比剛才那篇大，影響也不會更爲深遠。他照常帶著時而猶疑時而確定的速度說話，偶爾打住，然後又飛快說話，還會走到窗邊，似乎想在花園的灌木叢或群花間搜尋恰當的文字，接著回頭到涼爽的室內，用肯定的語氣完成文句段落。

等到他們坐下來吃午餐時，天氣已經燠熱窒悶。安圖森穿了一件白西裝，頭上戴了一頂草帽，彷彿等著要划船。他們討論下午該做些什麼，安圖森知道這裡離大海有多近，騎腳踏車到沙灘有多快時，他堅持自己最想要的就是到涼快的海裡泡一泡，赤腳踩在沙灘上。午餐時他沒有再提自己偉大的計畫，只顧著討論游泳眞是令人鬆了一口氣。吃完午餐後，他們換了適合騎車以及到海邊的衣服，然後騎著波吉從廚房小棚推出來的新上油腳踏車出門了。他們慢慢騎下圓石山丘，然後朝文契爾夕前進，海面上吹來的清風涼快又帶有鹹味。安圖森將泳衣與毛巾放在車籃，開心地踏車騎過平坦小路，衝下烏地莫耳丘，朝大海去。

他們留下腳踏車，在沙丘間的黃沙小徑散步，亨利注意到熱氣沸騰，地平面的一切模糊難辨。剛才的溫和運動以及此時靠近大海讓安圖森心情變了，他安靜沉默。最後他們終於走到水邊，他停下腳步看著大海，瞇起雙眼，將手臂熱情圈著亨利。

「我早就忘記這些了，」他說。「我不確定自己在哪裡。我可以游到卑爾根，我可以游向新港。如果我大哥在這裡……」

「他住了嘴，搖搖頭。」

「你知道，」他說，如果我閉上再睜開雙眼，就能想像一望無際的沙灘及明亮陽光，當時我還在挪威，應該才五、六歲，但是新港的夏天也是這樣。海風、氣味。我彷彿回到了故鄉。」

他們沿著水邊走，海面平靜無波，沙灘幾乎看不到任何人。亨利看向大海，安圖森換了泳裝，讓亨利替他看著衣物，他看起來就像他那些雕像，軀幹平滑白皙，手臂雙腿肌肉糾結強健。

「光看就知道水會冷，」他說。

亨利看他涉水跳浪，潛入水底再游出來，划水動作精準堅定。偶爾他會消失在浪花間，緩緩讓海水送他上岸，一面對衣著整齊的亨利揮手，享受夏日熱度。

安圖森擦乾自己，換回衣服後，他們沿著沙灘走好幾哩，路上誰也不見。他們偶爾會停下遠眺大海，遙望遠方船隻。安圖森聽亨利解釋陸地如何後退，內陸小鎮的前身港口等等。

「如果這裡是新港，」安圖森說，「我們就可以走到碼頭看他們卸下漁獲，或準備夜釣。」

安圖森開始聊到他童年時期的新港，他才與父母兄弟及妹妹從挪威移居。那時他就已經聽過詹姆斯家族，他說。他知道他們住哪裡，大家都告訴他有個詹姆斯家的兒子是作家，安圖森家族什麼都有，就是沒錢；安圖森的大哥是天生的畫家，就像他也是才華早慧，連弟弟也顯露音樂天分。舊時代的新港、那群年長的名媛貴婦與半歐化的家族很強調才氣，倒是對金錢沒放在眼底，但他說這是因爲這些人本來就很有錢，或是繼承大筆財產，不須擔心開銷。但安圖森家族並非如此，他說他們出外或上教堂時可能打扮得很得體，但回家後簡直家徒四壁，所以家人最在意的就是金錢。

「他們買給我們畫架和水彩，」他說，「假裝沒注意到我們縫縫補補的衣物。他們跟我們高談闊論藝術。我們能聞到他們家裡熱騰騰的晚餐，知道回家後只有冷冷悲哀的晚餐可吃。」

「那麼，」亨利說，「羅馬可眞是天堂啊。」

「如果有沙灘大海就好了，」安圖森說。

「如果新港有大競技場就好了，」亨利接著說，「如果安圖森家族有一筆財富就好了。」

「如果詹姆斯兄弟能穿破爛的長褲就好了，」安圖森大笑，玩笑地戳戳亨利的肚子，然後用手圈住他。

兩人在暮光下恣意閒晃騎車回家，轉到烏地莫耳丘然後再朝藍姆宅邸前進。換好衣服後，約了到花園喝飲料。

亨利在花園等待安圖森時，留意沐浴在晚霞餘光中小巧簡樸的花園，它的渾然天成，比起羅馬的開闊壯麗，可能更適合他們此時此刻的心情。現在沒有下雨，安圖森也似乎安頓得不錯，兩人終於可以放輕鬆享受彼此了，亨利想。

安圖森下樓時，看得出來頭髮剛洗過，因爲髮梢還有點溼溼的，他白皙的皮膚也因爲白天晒了太陽而發紅。他對亨利微笑，坐下來喝了一口飲料，然後彷彿沒看過花園般，以新奇的眼光看著周遭。亨利之前曾經告訴他自己夏天時都在花園室工作，但還沒請他進去參觀，亨利開口邀請，兩人拿著飲料走過草坪。

「原來這就是你寫作的地方，」亨利關上門後，安圖森說。

「這裡是說故事的地方，」亨利說。

門口左側是一整面牆的藏書，安圖森讚嘆之後走過去仔細看看，一開始沒注意到這些全是亨利的作品。他拿了一兩本書下來，此時才注意到原來這些全是亨利．詹姆斯在大西洋兩端出版的書。他變得非常興奮，認真看著書脊和首頁。

「你寫了一整個圖書館耶，」他說。「我得把它們都看完。」

他轉身看著亨利。

「你知道自己會寫這麼多書嗎？」

「我知道自己要寫的下一句是什麼，」亨利解釋，「下一篇故事我也會先想好，我還會替小說記筆記。」

「難道你不是一次計畫好的嗎？你不會說，這就是我這輩子要做的事情？」

他問第二個問題時，亨利已經轉身面對窗戶，不知道自己的雙眼爲何早已盈滿淚水。

晚餐結束兩人又聊了一會兒，亨利先上床休息，讓安圖森到樓下看書，他堅持自己至少該在第二天離開萊依前看完幾篇故事。過了一段時間後，他聽見樓梯嘎吱作響，開始想像安圖森高壯的身影，手裡還拿著一本書，踏上樓梯；他腦海裡看見他打開門走進臥室，不久後，他聽見安圖森走過走廊到浴室，然後回到臥室，關上了門。

樓板在安圖森的腳下發出聲響，亨利想像朋友更衣，先是脫下外套，解開領帶，然後是一片沉寂，也許安圖森正站在床邊脫掉鞋襪。亨利靜待傾聽。接著傳來更多聲音，亨利猜想這時安圖森該是在脫襯衫，他夢想安圖森光著上身站在房間內，然後伸手要拿睡衣。亨利不知道安圖森現在在做什麼。他在想不知道他會不會脫下長褲內衣，站在鏡前打量赤身裸體的自己，檢視陽光如何在他的脖子留下印記，欣賞自己有多麼強壯，望著自己湛藍的眼眸，小心不要發出聲音。

接著亨利又聽到嘎吱聲，看來安圖森轉換了姿勢。亨利想像著那間房間，暗綠色的窗簾與淺綠色的壁紙，地上鋪了地毯，還有渥斯里夫人逼他買下的古董大床，兩側床頭桌都放了檯燈，波吉總是習慣將臥室大燈關掉。亨利躺在床上，旁邊放了他在看的書，他還沒關燈，他閉上雙眼，默想那位裸體的客人，身材完美強壯，皮膚細緻滑順，樓板又發出聲音，似乎是他欣賞完自己後，穿上了睡衣，拿了他的書之後上床。接著則是一片寧靜。亨利只聽得見自己的呼吸聲。他動也不動等待著。他想，安圖森應該是上床了。他納悶他是否躺在黑暗中，或者依舊在看書。他似乎清了清喉嚨或咳了一聲，接著便安靜下來了。亨利拿起書繼續閱讀，用盡全力專心在文字上，在靜謐的藍姆宅邸中默默翻頁。

第二天早上天晴氣朗，兩人到鎮上走走，波吉則替安圖森收拾行李，蘇格蘭人忙著替他的作品打字以便寄給雜誌社。吃完午餐後，行李已經等在門前，前往倫敦的火車再過一小時就要出發，亨利與安圖森忙著趕走果蠅，牠們全被他們端到花園享用的甜點吸引來的。

亨利不知道安圖森會如何回憶他的萊依之旅，或者當他說自己覺得這次停留太短，希望未來能再度來訪時，是否眞心誠意。他注意到安圖森躁動不安的特質，他覺得有趣，但卻不羨慕。他知道到了紐約或回到羅馬後，安圖森能再度以自己俊美的外表與浮動的魅力吸引仰慕者。亨利覺得自己對他有種奇特的保護慾與擁有慾。他想像安圖森在新港的母親，她努力讓孩子們在社會上佔了一席之地，而這位坦率眞誠、脆弱不定的陽光男孩又是如何讓她擔憂，她一定很想要他回家，正如亨利想要他久待此處一樣。亨利心想，安圖森準備好歡迎未來，卻不可能返家，想到這孩子的抱負與野心，漂泊羅馬讓他更世故機心，但家鄉的母親卻鎮日思念憂慮，讓亨利覺得這又是另一齣可以發揮的好戲。

他知道安圖森對戲劇沒有興趣；他愛的是未來。他表裡如一——熱切期待火車的年輕人。他熱情感恩，但更期盼未來的旅程。

行李上車時，安圖森握住亨利的手，然後擁住他。

「你對我眞好，」他說。「你這麼相信我，對我來說很重要。」

他再一次抱住亨利然後轉身踏上火車，不太自然遞給了波吉一點小費。亨利與波吉站在月臺上，波吉動也不動，亨利揮手告別，望著火車離開萊依前往倫敦。

第十一章

一八九九年十月

安圖森替自己的未來安排了滿檔計畫，曾經在萊依的最後一天早上隨口問亨利有什麼計畫——例如計畫去哪旅遊或接下來打算創作什麼內容，下一批訪客會是誰。亨利當時遲疑了，然後對他微笑說道，他相信自己接下來幾個月都會忙著寫故事，運氣好的話，到明年都不會有寫什麼新小說的靈感了。

安圖森離開後，亨利很後悔沒告訴他自己的確在等待下一批賓客，他的大哥威廉、大嫂愛莉絲與姪女佩琪。他更遺憾自己沒有告訴安圖森他曾經在《蓋．東維爾》的開演夜謝幕時站上舞臺，想展現他自豪有把握的那一面。他不確定如果朋友多待兩三天，他會不會說出來，但也許不會。安圖森對過去的失敗沒有興趣，他只期盼未來的勝利。他知道這年輕人一定會很訝異困惑他竟然與《蓋．東維爾》的莫大災難有所牽扯，亨利很高興安圖森停留萊依的這段時間，自己那層厚實的保護殼仍完好無缺。

他很驚訝安圖森竟能如此自在攻訐自己的父親，或任意聊起他與兄長親密卻緊繃的關係。由於亨利並沒有隨之起舞，討論老亨利的諸多怪癖，也沒批評大哥威廉總是喜歡嘲弄他，無論如何，他對父親與大哥仍然無比敬重，也因此安圖森覺得他似乎對這話題沒啥想法。

安圖森在羅馬與萊依提了許多次詹姆斯家族是有錢人，因爲新港似乎人人皆知。亨利知道安圖森很訝異他在羅馬的飯店房間竟然如此簡單，而且藍姆宅邸也顯得不是很寬敞。他還以爲亨利從事寫作事業是因爲自己喜歡出版著作，而非出自維生。其實在安圖森抵達之前，亨利心裡就是在考慮金錢的問題，加上威廉對家產持續的關心，他最愛的莫過於不請自來提供個人意見。

藍姆宅邸的屋主過世了，他的遺孀先前曾計畫用兩千磅賣掉宅邸。可能擁有這個好地方，讓亨利緊張了起來，他很怕自己沒買到，想到他終於可以完全擁有這裡的鑰匙，無須擔心有人有權利涉足他的房產，就讓亨利喜悅。不過他得盡快籌錢，因爲他手邊沒有現金。他平日的開銷就靠寫作，他也很認眞管理自己撰寫故事或連載小說的稿費。他繼承的遺產、資金與利息分紅都由威廉管理，那主要是紐約雪城幾棟房子的租金，亨利只看過一次，並不想再回去了，就他所知，威廉管理得很妥善謹愼。但即使他寫信給威廉時，他也知道自己不願拿那筆資金或用雪城房產抵押借款。他覺得從自己提領現金，靠自己寫作的稿費支付單純多了。

由於威廉準備到歐洲一趟，他曾寫信告訴他們自己在肯辛頓的分租公寓很快就能空出來，也希望威廉屆時可以入住，然後再到藍姆宅邸。這全是出自一片好意，但威廉明白表示他自己安排住宿即可。亨利聽說威廉夫婦要先到德國諾漢就醫，然後再轉往英格蘭。亨利邀他入住倫敦公寓，但威廉沒有答應。

亨利寫信到諾漢告知自己打算購入藍姆宅邸，後來他才覺得自己講太多了，彷彿急於想向父母解釋的逆子，也像一位跟睿智大哥報告的敗家小弟。

他既沒有尋求威廉的建議，也不會跟他要錢。後來回頭想想，亨利不知道自己何必寫信跟大哥報告，他早該只找自己的銀行經理討論，然後直接出價買了藍姆宅邸。他想也不想就興奮地說出自己的新契機，後來發生的一切都是自尋苦吃。威廉很快就連續回了兩封信；第一封信的語氣近乎威嚇警告：畢竟威廉在房產市場是常勝軍，他的精明機巧使他極爲擅長溝通斡旋。威廉甚至在諾漢遇上了某個看過藍姆宅邸的人，便與此人討論這房子的價碼值不值得。第二封信中，威廉直說這房子要價太高，也建議亨利找個謹愼的房產業朋友好好討論，不要斷然出手。

收到第二封信後，亨利很想立刻回一封短箋給大哥，告訴他一切都在他掌握中，也不需要大哥建議。如果威廉可以在來訪期間不要再提起這件事或與其他不相干的人討論這房子，他會非常感激。

亨利提筆寫了好幾次這封回信，雖然起初他想要寫得簡潔冰冷，強調只要他想要，他就可以買下藍姆宅邸，但終究他還是解釋了房子的價値，表示開價合情合理。他堅持自己腦子還很清楚，結果信還沒寫完，他大嫂又寫了一封信告訴他，威廉同意讓她用自己的錢借給亨利買屋。亨利繼續補充，語氣驕傲地告訴兄嫂自己一分錢都不用借，也強調自己很感激愛莉絲，但威廉應該很清楚他要買房子不用靠威廉的意見，也不會受威廉的影響。

亨利進一步指出，他向來對大哥的買賣交易判斷很有信心，也不會提供自己的想法建議。還說由於大哥先前的警告，讓他可能買下房子的喜悅掃興不已，但他確信自己從來沒有這麼想要一樣東西，他非常期待買下藍姆宅邸，他寫道，也希望大哥能理解。

亨利在深夜寫完信，沒有再看過一次就放在門口準備第二天一大早寄出。他知道大嫂愛莉絲全是出自好意，威廉當然也是因爲愛護他才有意見，但是亨利覺得這兩人在內心深處都不知道自己其實是在暗自下指導棋，要亨利照著他們的想法行事。或許他們覺得如果亨利能按照他們的建議買下房子，兩人也能住得輕鬆愉快。

威廉回信道歉，因爲自己惹得弟弟不快，也說他可以提供雪城房產資金濟急。這讓亨利更爲不悅，特別因爲威廉之前斷然拒絕住進肯辛頓公寓，甚至要先去德國才來英格蘭。威廉以自己的實事求是自豪，他注重家族傳統，不寫小說，只四處發表演講，這位美國人直率坦白，相較於弟弟的柔弱躊躇，他的男子氣概更不經修飾；他不願住到亨利的公寓，以常識判斷更令人想不通。

亨利與大哥書信往來，也沒想到爲何威廉要去德國諾漢。雖然威廉之前提過他自己心臟不好，亨利也曾表達關切，但他不知道大哥隨時都有危險。也因此，當他在十月初到火車站接大哥時，已經七年不見威廉的亨利很震驚大哥竟然如此虛弱，但他沒有透露自己的心情。

威廉下車時，看起來彷彿才從熟睡中甦醒。一開始他沒看見亨利，站在月臺上等妻子下車，後來才在人少的車站尋找亨利身影。波吉連忙衝上前拿了行李，威廉看見亨利後立刻走向前，剛才老人家的步伐身態立即消失，取而代之的是神采奕奕的熱絡。他瘦了，亨利發現，兄弟倆緊緊擁抱，愛莉絲也走了過來，他們走到推車旁指揮波吉擺放行李。威廉甚至堅持要自己拿其中一箱行李，但愛莉絲不准。亨利立刻說推車還放得下，而且波吉可是冠軍運動好手，本人比外表強壯多了。波吉拿了行李，放上推車然後往前推。

威廉站定凝視亨利，又微笑了。亨利第一次發現大哥的臉非常特別：表情開朗敏銳，眼睛轉來轉去，彷彿需要吸收眼前諸多場景才能判斷該如何表現。他的聰穎機智造就他的非凡魅力。他的眼神似乎帶著挑釁又充滿玩笑意味；臉龐與眼睛的線條彰顯了他豐沛的情感、判斷力與特質，這是一個有絕佳自信、智慧，思慮縝密的人。他看起來不像美國人，甚至不像詹姆斯家族的成員。他獨樹一幟，有自己的體態容貌。亨利覺得愛莉絲容易判別多了，她雍容優雅，和善客氣掩飾不了她的聰明，她凡事絕對先以情感爲出發考量。他們爬坡到一半時，亨利感覺這看起來就像一對父母，父親有點心不在焉，心事重重，母親則滿臉微笑。他很高興自己之前曾寫信堅持自己購入藍姆宅邸的立場，現在他們不會再多做批評了。

看來愛莉絲早就決定要自己立刻愛上萊依，也注意自己的評論語氣不會過於熱切無謂。她稱讚老城的古樸可愛，藍姆宅邸的位置有多麼隱密，就像小鎮的鄉間別墅，她說。亨利介紹了花園，還說現在不是最美的時刻，而且近來天氣也不怎麼幫忙。一走進室內，亨利立刻帶威廉去要給他使用的書房，然後陪著客人到他們的臥室，也給他們看了他們女兒即將入住的房間。接著則是餐廳、樓下起居室、即將冬眠的花園室以及廚房區。他向他們介紹僕人，然後再帶他們上樓看自己的臥房，最後他才給他們看了大起居室，他想，習慣劍橋與波士頓寬敞豪宅的兄嫂，應該會覺得這裡很小吧。

他對他們介紹藍姆宅邸，彷彿他們準備買下這間房子；兩人也不斷表示正面評價。當天晚餐時，他突然想到萬一史密斯夫婦醉醺醺地出場服務，愛莉絲會將藍姆宅邸的服務品質拿來開玩笑，想必威廉也會嚴肅點頭同意。

第二天吃完午餐，桌子收拾乾淨後，愛莉絲突然關了餐廳的門，問亨利能否與她和威廉私下談談要緊的事情。亨利在走廊找到波吉，交代他們不要被人打擾。當他走回餐廳時，愛莉絲雙手交握放在桌上，威廉站在窗邊，兩人神情肅穆認真，如果此時此刻有律師現身念一篇複雜難懂的遺囑，亨利也不會太驚訝。

「亨利，」愛莉絲說，「我們見了另一位靈媒佛德列太太。我們找她好幾次了，第一次我自己去，我確信她不知道我的身分，也不瞭解我的背景。」

「後來我都跟著她去，」威廉說，「我們一共見了她四次。」

「第一次之後我們就想寫信告訴你，後來我們決定等到來英格蘭之後再當面談。亨利，你母親跟我們聯繫上了。」

「她透過碧柏太太發言的，」威廉打岔，「這我們都知道，但這次她的訊息更私密。」

「她安息了嗎？我媽安息了嗎？」亨利問。

「亨利，她安息了，她看望著我們全家人，」威廉說，「她透過靈界與人間模糊神祕的界限，在無垠的蒼白光芒中看著我們。」

「她想要你知道她安息了，」愛莉絲說。

「她有提到妹妹嗎？」亨利問。

「沒有，沒提到愛莉絲，」威廉回答。

「那威奇或父親呢？」亨利追問。

「這幾次她都沒有提到死去的家人，」威廉說。

「那她說了些什麼？她提了誰？」亨利問。

「她要你知道你不是孤單的，亨利，」愛莉絲說。

她嚴肅地看著他，他什麼話也說不出來。

「那麼她的意識還沒完全消失，」他說。

「她安息了，亨利，」愛莉絲說。「她只希望你明白這一點。」

威廉走過來坐在餐桌旁。亨利現在看清楚他的下巴更清瘦了，雙眼悲傷，但開口說話時卻又閃耀光采。

「我們的靈媒描述了這間房子，有些她根本不知道的事情。昨天我們走進來時，證實了她說的話。」

「亨利，」愛莉絲說，「她提到壁爐上的半身像。」

他們三人全都轉頭看安圖森的作品。

「還有更奇特的，」愛莉絲繼續，「那幅偏僻蒼涼的荒野畫。」

亨利突然站起來，走過室內。

「我不知道你昨天有沒有注意到我專心打量畫，」愛莉絲說，「亨利，因爲她描述得鉅細靡遺。她說那幅畫對你意義重大，但我昨天問你時，你說它沒什麼特別。」

「那幅畫，」亨利說，「是康斯坦．芬尼莫．伍森的遺物，我只留下了這幅畫，把它從威尼斯帶回來。」

「佛德列太太還形容了這裡的房間，」愛莉絲說，「窗戶、色彩，但這兩件物品——半身像和畫——她說非常特別。我們不得不相信她，亨利，不得不相信啊。」

亨利走到餐廳門口，將它打開，他站在走廊半晌，看見波吉的身影後才回到餐廳。威廉和愛莉絲坐在桌旁望著他。

「我需要獨處一下，」他低語。

兄嫂站了起來。

「我們不是故意要……」愛莉絲開口。

「沒事，」亨利回答，「沒事的，給我一兩天想想，這對我是很大的震撼，等到我準備好接受母親正在召喚我們的事實，我答應再討論這件事。」

當天下午他在外面走了好幾哩路，回到宅邸後，他立刻默默走進花園室，無法閱讀寫作，而且渾身冰冷。他眞希望威廉與愛莉絲立刻走人。但晚餐一坐下，他卻又湧起對他們的敬重與喜愛。他知道他的大哥大嫂一直等著看到他，才開心分享許多友人的奇聞軼事。威廉幽默風趣，很清楚荷姆斯如何聲名大噪，還提到格雷及裴瑞現在看起來比實際年齡還要衰老，還有他到現在還很崇拜哈威。威廉說了許多故事，偶爾在內容流於惡意批判前便會轉而說對方好話，這讓弟弟開懷愉悅。

當晚他回房後，心裡希望妹妹愛莉絲也在這裡陪著他們；他必然可以享受地看她如何尖牙利齒應付這對氣勢強大的夫婦，他們雖然總是開懷微笑，卻彷彿一座堅不可摧的堡壘，奮力抵禦所有外侮。他希望自己知道如何提到妹妹，還有她對靈媒的蔑視以及對通靈會的不以爲然。他知道她的日記從沒放過大哥大嫂，這兩人涉足異端邪說，愛莉絲將其視爲最噁心的偶像崇拜。她也曾竟對兩人義正言辭批評，但從來沒人告訴兄嫂，愛莉絲曾經毫不留情地騙過他們，有一次他們向她要了一綹髮絲想在通靈會上使用，結果愛莉絲給了一綹她亡友的頭髮。事後兩人嚴肅描述通靈會經過時，愛莉絲笑得不可開支，但亨利知道這些年來，威廉夫婦仍然不知道愛莉絲的惡作劇，他們仍堅信自己的信仰，毫不動搖。他還不確定自己該相信什麼，他想，自己還是專心傾聽，不要隨意發表評論比較保險。

威廉覺得自己在樓下的小書房溫馨舒適，也在花園找到一處可以捕捉晨曦的小角落，讓他可以好好靜坐閱讀。威廉與愛莉絲會帶著狗兒麥米連在萊依近郊散步，當地許多商家居民很快就跟他們變得熟稔，下午時他們會找地方喝咖啡，然後買蛋糕回藍姆宅邸。威廉走路不快，還說因爲他邊走邊思考才會行動遲緩。一開始亨利沒注意到愛莉絲總是在威廉身邊跟前跟後，只要威廉人在花園，她一定守候在能俯瞰花園的落地窗前；如果他在小書房內，她也會待在隔著走廊的對面房間。他決定出門走走時，愛莉絲便會立刻抓起外套跟著出門，儘管亨利也會隨同大哥，或是大哥自己溫和表示他自己出門就好，她也不管。過了一陣子之後，她這種悉心守護無所不在的表現，讓亨利覺得幾乎太誇張了，他注意到威廉也會不爽。愛莉絲一向貼心機靈，舉止不卑不亢，這種隨侍在側的表現眞的不像她。亨利開始注意到這一點後，也渴望她能儘早打住。

突然間，在威廉夫婦與他同住十天或十一天後，某天下午亨利突然知道爲何大嫂總是呵護大哥的一舉一動。吃完早餐後，他回到樓上起居室看書，恰巧走到窗邊，那陣子他總會走過去看看在花園的大哥。當時威廉顯得很痛苦，愛莉絲就站在他身邊，威廉雙手摀住胸口，疼痛得閉上雙眼。亨利看不見愛莉絲的表情，但能知道她不知所措，不確定威廉該不該移動。當大嫂準備扶住威廉時，亨利立刻走離窗邊，盡快下樓跑到花園。

隨後的幾天，亨利才知道威廉心臟狀況很差，他之所以去德國諾漢不是因爲要婉拒弟弟的好意。威廉病了。愛莉絲每天注意著他，就是怕他臨時心臟病發，一旦發病就可能致命。威廉還不到六十歲。

第二天他們出發到倫敦看英格蘭最好的心臟科醫師，威廉堅持要看書寫筆記，也不肯在腿上披一條毛毯，還跟他們保證如果他們繼續用同情或擔心的眼神望著他，他就立刻死在現場，把錢留給流浪動物之家。

「我警告你們兩個，我一定陰魂不散，不用去找靈媒了，我會自己找上門。」

愛莉絲沒有微笑，只是板著臉望著窗外。亨利不知道現在提起他妹妹以及那綹髮絲的往事是否能讓氣氛輕鬆些，但他知道或許會造成反效果。威廉也許會一路開玩笑，但他心情很嚴肅。看見他大哥大嫂連這種故事也聽不得的模樣，看來威廉的病情應該很嚴重。

畢斯里．索恩醫師是哈利街上最受推崇的醫師，專精處理複雜的心臟問題，但威廉覺得他太年輕了，亨利與愛莉絲說服他這種醫師才不會局限於老派過時的療法，而且對醫學新猷絕對有所涉獵。

「我不喜歡年輕人，全都不喜歡，」威廉抱怨，「管他懂不懂醫學，涉獵什麼最新資訊，我心底就不喜歡。」

「是啊，你那顆心吻，」愛莉絲挖苦他。

「沒錯，親愛的，我完好的那部份。」

索恩醫師要求獨自看診，幾分鐘後，他從亨利肯辛頓寓所的臥室走出來，告訴愛莉絲與亨利，詹姆斯教授得聽話，準備好休息，嚴格遵守無澱粉飲食的規定，接受醫生勸告，認真作好病人的角色，這樣才能改善病況。

「我的指示很明確，」索恩醫師說，「他會活下去的，我就是這樣告訴他，但他必須嚴格遵守我的規定，直到我說他可以離開倫敦才可以離開，想看書的話也沒問題，但不准寫字。」

他們同意暫住肯辛頓公寓，遵守飲食規定，愛莉絲同時也能等待佩琪抵達，亨利與愛莉絲現在有時間聊天了。

威廉身體不好，但亨利沒有因此軟化自己不讓別人閒言批評的決心。他的大嫂知道什麼能聊，什麼不能聊，因此沒特別提什麼話題，甚至除非亨利問起，也沒談到自己的孩子。不過有天晚上，等到從法國過來的佩琪上床睡覺，威廉也睡了之後，愛莉絲提到過世七年的小姑。她的語氣經過斟酌，她說愛莉絲不喜歡她，提醒亨利她結婚那天，小姑竟然逕自上床睡覺了。

亨利聽了覺得不太舒服。隨著這些年過去，他對妹妹的回憶益發疼惜溫柔；她曾經承受的苦痛只讓他酸楚心疼。如果這兩位愛莉絲之間曾經有過什麼戰爭，眼前這位正在說話的顯然就是贏家，畢竟此時此刻他領悟到，贏家的戰利品還包括能夠隨意討論輸家。他知道大嫂錯看了他與妹妹的關係，以爲當年愛莉絲．詹姆斯到英格蘭投靠亨利也替亨利帶來麻煩，甚至可以與亨利聊到他那特異古怪的妹妹。大嫂愛莉絲的語氣很實際。

「愛莉絲．詹姆斯本來可以找到發揮她天賦才智更好的管道，」她說，「而非悶在心底。」

亨利眞想站起來告退。他本來以爲自己不發表意見能讓大嫂閉嘴。

「還有，」愛莉絲繼續，「你妹妹運氣總是很好，能找到願意照顧她，傾聽她的人。你們那位凱特阿姨沒什麼慧根，所以她才跑到英格蘭。」

亨利知道此時大嫂應當已經察覺他的不安，但正因如此，她還想繼續滔滔不絕。但亨利實在難以相信這一點，因此只能瞪著她看。爲了證實他的想法，亨利反倒不想結束這段對話或改變話題或離開房間，愛莉絲要講多久就講多久，他只要表現冷漠不理睬就好了。

「我認爲愛莉絲與洛芮小姐是天造地設，」大嫂繼續。「洛芮小姐個性強悍，想找個脆弱的人照顧。你知道嗎，每次我看見她們，都覺得她們是地球上最快樂的一對伴侶。」

愛莉絲講得臉龐發光，雙眼閃耀。她再也不是威廉聰慧理智的妻子，而是一位只想暢談閒言閒語的婦人，她更樂見自己的言論冒犯他人或掀起軒然大波。亨利從來不認識這一面的她。他不知道她與威廉獨處時是否也是這樣，也不確定何以他還這麼有興趣繼續聽下去，看著她說話竟然還帶給他一絲怪異的快感。

「我經常對威廉說愛莉絲和洛芮小姐到英格蘭一定有她們的原因，這樣就可以遠離家人朋友關注的眼神了。」

亨利難以置信地看著她。

「你知道的，亨利，家裡的僕人總會說話，而且凱特阿姨又不是每次進到她們臥室都會記得敲門，總之我想到了英格蘭，愛莉絲與羅林小姐就能找到聖經從來沒提過的歡愉喜悅。」

大嫂越講越得意，亨利知道自己何以聽得如此專注。他腦中飛快思考，知道大嫂應該不認識蜜妮·檀波，但也許聽家人提起過。蜜妮一樣在男士面前可以大言不慚提到這些尋常人會覺得難以啟齒的內幕，同時端莊自持，對這世界充滿不經修飾的好奇心，這是其他檀波姊妹與蜜妮朋友所欠缺的。蜜妮的心思同樣難以捉摸，天外飛來的問題或評論也會讓現場人士想立刻離開，卻又被她活靈活現的說話魅力深深吸引。蜜妮死後三十年，大嫂同樣展現了蜜妮當年的機鋒與英氣。

「你知道就算是女性，這種行爲也會令人懷疑，」這是大嫂的結論。

亨利自問她是否也這樣討論他的私事。他想到之前她問過漢力克·安圖森的事情，她在波士頓就已經有所耳聞，她對波吉·諾克在藍姆宅邸服務也問東問西。他注意到她仔細觀察波吉，現在亨利不禁納悶大嫂是否成天窺探她夫家成員與僕人的私生活。想到凱特阿姨開門撞見愛莉絲與洛芮小姐就讓亨利覺得好笑。然後，他大嫂站起來說她要把茶壺拿回廚房，看威廉是否還在睡覺。亨利也說他該去睡了，於是兩人平靜互道晚安，回房休息。

亨利先回到藍姆宅邸，威廉、愛莉絲與佩琪則繼續住在倫敦，索恩醫師接著要威到梅文治療，威廉則認為自己簡直是越醫越糟。倫敦天氣嚴寒不適休養，大西洋的海況也不適合身體狀況不好的人渡海，於是威廉帶著妻女回到萊依暫住，當亨利在車站迎接他們時，告訴他們很高興能一起渡過節慶季節，三人看起來開心放鬆多了。

儘管醫生下令，但威廉仍在早上工作；他下午會小歇，接著晚上則盡量將自己的病症不當一回事。他開了醫生的玩笑，也把家人拿來當笑話講，對人類兩難的生命本質更表達了簡潔有趣的見解。亨利看得出來威廉的女兒很崇拜父親，甚至有時還會刻意找父親辯論，讓父親自我嘲弄此時的困境，逗父親開心。

渥斯里夫人寫了一封短信，說她人就在附近旅行，亨利認為請她到藍姆宅邸與他家人用午餐應該會讓威廉覺得有趣，不至於太讓他疲累，而愛莉絲及佩琪更能認識現代英格蘭女性獨特有趣的一面。他故意對渥斯里夫人的背景解釋不多，免得愛莉絲與佩琪緊張兮兮，但等到她們發現渥斯里夫人的夫婿就是統領女王三軍的指揮官，而她本人能力也不容小覷，愛莉絲立刻堅持要接管廚房，展現她的超高效率。她與女兒還試了好多件洋裝華服，以便能體面迎接佩琪口中的女公爵大駕光臨。愛莉絲還陪了波吉到鎮上找裁縫師，要他替少年打點一套西裝制服，而且得比平常快上一倍的時間，才能及時趕上「陛下」來訪，「陛下」是威廉要佩琪這麼稱呼的，但他警告她可別當著渥斯里夫人這麼叫。

當愛莉絲與佩琪注意到亨利取下樓梯上方牆上掛的一面老織錦，擺上一幅萊依風景畫時，兩人也笑他準備在女公爵面前展現最好的一面。他沒告訴她們這是他在渥斯里夫人不在時，跑到倫敦古董店買下來的，本來她並不推薦這面織錦，現在他就怕讓她發現自己亂買的戰利品。

渥斯里夫人戲劇化地脫下那件長及地板的披肩，露出底下一身醒目的深紅絲綢大禮服。她的雙頰也點了胭脂紅粉，亨利感覺連她的頭髮也精心整理染色，讓它隱隱散發紅光，這是他從沒見過的她。她的儀態舉止熱情活潑，威廉、愛莉絲或佩琪無論說了什麼，總能得到她最熱切的反應。她彷彿帶來了一場最受人歡迎的完美雷暴，及時參與午宴，在起居室更掀起令人愉悅的風潮。

「我們都知道，親愛的，」她直接對著佩琪說話，女孩一身淡藍洋裝與開襟毛衣與同色系髮帶在一身火紅的說話者身旁簡直黯淡無光，「妳的祖國是當今世界上最龐大的民主政體，短暫的文明卻也對人類帶來許多珍貴大禮，其中最偉大的非妳叔叔莫屬。他就是妳年輕祖國最寶貝的花朵，而且連他自己也無法否認，因爲這就是眾所周知的事實。」

亨利望著微笑的威廉，那笑臉後面盡是嘲諷。

午餐時，貴客問了許多關於哈佛與劍橋的問題，並想分辨心理學與哲學的不同，還有年輕女孩在美國活躍的藝文圈都是什麼模樣。她仔細聆聽，讓自己接下來的疑問更顯得情眞意切。亨利注意到威廉幾乎是在與渥斯里夫人打情罵俏，而佩琪則總是對夫人的所有表現驚奇讚嘆。愛莉絲平靜愉悅地看著客人，亨利深信她也認眞聽了渥斯里夫人的談話，接著想必會寫信告訴她母親客人的來訪，往後幾天更會與威廉討論這次午宴。

午餐快要結束時，威廉表達倫敦社交生活過於頻繁多餘，相較之下，他們在劍橋的平靜生活可眞是一大福份。他連想都不想參加那些聚會場合。

「是啊，您說得沒錯，」渥斯里夫人說。「劍橋眞是好地方。」

亨利發現姪女似乎準備告退，好走出去放聲大笑。

「倫敦戲院荒謬粗俗，」渥斯里夫人繼續。「讓人無法忍受。上次可憐的亨利到愛爾蘭找我們之前，他那部好戲才剛被無知的倫敦大眾批評得體無完膚。你們都知道軍隊是我丈夫管的。我想如果他在場，就會在那晚下令開槍射擊群眾。還好指揮官是他不是我。」

佩琪離桌了。

「沒錯，英格蘭是很可怕，但當然，愛爾蘭改變了很多，」渥斯里夫人繼續，「我聽說它現在是大英帝國最平靜的地區。」

「不知道能維持多久?」威廉問。

「當然會永遠維持下去，人家告訴我的，」渥斯里夫人回答。

威廉看起來滿腹狐疑，彷彿自己學生說了什麼怪話。

「亨利，我在倫敦遇到格里夫人，你那個老朋友，」渥斯里夫人說。「她的土地就在愛爾蘭內陸，她說那裡的社會騷動已經平息了，而且，她還開始學凱爾特語，還說它聽來美妙動人。據說這是比希臘語或土耳其話更古老的語言。」

「我還以爲那裡的古代語言是蓋爾語，」威廉說。

「錯，是凱爾特話，」渥斯里夫人說。「格里夫人確定那是凱爾特話，眞希望我在愛爾蘭時能學點皮毛，還可以舉辦相關的宴會。」

她對愛莉絲粲然一笑，大嫂也回以笑容，亨利看得出來威廉不想再跟渥斯里夫人眉來眼去了。

「我去了愛爾蘭好幾次，」威廉說，「我相信英格蘭政府對當前愛爾蘭的情勢需要負起很大的責任。」

「我非常同意，」渥斯里夫人說。「我丈夫也直接與女王討論那裡的狀況，兩人都同意一旦帕奈爾先生去職，芬尼黨就會銷聲匿跡了。你也該再去一趟，或找格里夫人聊聊。我相信愛爾蘭已經不一樣了。」

「妳去過美國嗎？」愛莉絲問。

「沒有，親愛的，我沒去過，我很想去一趟美國，」渥斯里夫人回答。「我渴望體驗大西部的荒野，我應該要去的。」

她口氣悲傷，彷彿沒去美國是自己人生最大的遺憾，然後她在佩琪走回來時，對她親切微笑。

「亨利，我眞高興我們買了這張餐桌，」渥斯里夫人說。

「我替藍姆宅邸購置傢具時，渥斯里夫人幫了大忙，」亨利表示。

「親愛的，我們該去買幾條地毯了，」渥斯里夫人說。「新年就要來了，家裡沒有新地毯怎麼行？我聽說倫敦剛來了一批很棒的新貨，等會我得上樓看看起居室，才能決定該買什麼顏色。」

「是啊，」亨利說，「我們上樓吧。」

走到走廊時，亨利與哈蒙打了照面，上次看到他已經是亨利到愛爾蘭的渥斯里家作客那一次。哈蒙的臉不一樣了，他的雙眼更大更溫柔。他對亨利害羞地微笑，站到一旁讓亨利經過。

「喔，對了對了，」渥斯里夫人說，「你們認識嘛，我想起來了。」

亨利帶大家上樓到起居室，哈蒙還在走廊。

「沒錯，」渥斯里夫人說，「哈蒙還跟著我們，他也是渥斯里爵士的隨從之一。」

渥斯里夫人在窗邊找了一張椅子坐下，愛莉絲與佩琪坐上沙發。威廉滿臉陰沉地站在壁爐旁。

「我們太想念愛爾蘭了，詹姆斯先生，」渥斯里夫人直接對著威廉說話。「所以帶了兩位園丁和哈蒙回來。客人愛死他們了，園丁是科西與雷里，把大家逗得很開心。我還得告訴我那些客人『不要太注意他們的魅力，他們可不是故意的喔』，但他們講話可眞是迷人。」

亨利在大哥有機會回答前靜靜走出起居室，緩緩下樓。哈蒙還站在走廊上，幾乎像是在等他。

「我不知道你回來英格蘭了，」亨利說。

「是的，先生，我跟著爵士回來，有時也陪夫人出門。」

他的聲音依舊維持往日的平靜，讓亨利覺得很親近。

「我很高興你到我家，」亨利說。「希望他們有把你照顧好。」

「你那小男孩，先生，」哈蒙說，「把我餵得很飽。」

亨利持續望著哈蒙，令他抬起雙眼，接著他臉紅了。比起五年前亨利初次看見他，哈蒙似乎更年輕了。他的微笑更深，但沒有移動。

「我想帶你看看花園與花園室。」

「可以嗎？先生？」哈蒙的聲音很溫和。

「當然夏天會比較漂亮，」亨利邊說邊走進餐廳，開門走進花園，外面的空氣乾燥寒冷。「你在倫敦的家人都好嗎？」亨利問。

「他們都很好，先生。」

「你的妹妹呢？」

「您竟然還記得她，她很好。」

他們在花園慢慢走動，每次亨利開口，哈蒙就停下腳步，以聽清楚亨利說的話。

「夏天一定要再回來，屆時花都開了。」

「我希望可以，」哈蒙回答。

亨利轉動花園室的鑰匙，兩人走了進去。他覺得他們像是走進一處禁地，但當他轉身看到哈蒙的臉時，他知道哈蒙並不這麼想。哈蒙對室內的書桌、文稿與藏書很有興趣，他還走到窗戶旁欣賞戶外。

「這是最漂亮的房間，先生。」

「這裡冬天太冷了，」亨利說，「冷到不能用。」

「那麼您夏天時一定很開心，先生，」哈蒙說。

他走到牆邊的書架前。

「我看了幾本您的書，先生。其中一本還看了三次。」

「我的書？」

「《卡薩瑪西瑪公主》，先生，我覺得我彷彿就是裡面的人物。書中的倫敦街道都是我認識的，還有那位妹妹，我覺得這本書寫得比狄更斯更好，先生。」

「你喜歡狄更斯？」

「是的，先生。《艱苦時代》與《荒涼山莊》。」

哈蒙轉頭認眞看那些藏書，甚至跪下來看書架底層的書名。他轉頭溫柔說話。

「很抱歉，先生，但有些書我從來沒聽過。」

他不想接受亨利餽贈這些書，亨利讓他看到自己還有同一版的許多本時，總算勉強同意。討論許久之後，他收下三本書，亨利知道哈蒙的遲疑與尷尬是因爲他不願讓渥斯里夫人發現這些書。他寫下自己在倫敦的地址，亨利答應他會寄過去。

「我不會告訴夫人的，」亨利說。

哈蒙感激微笑。

「我也不會的，先生。」

他們走到花園某處，亨利計畫在這裡蓋一間新溫室，但他知道此時渥斯里夫人正毫不掩飾地從樓上盯著他們。她與威廉、愛莉絲和佩琪就在起居室窗戶旁。渥斯里夫人指著花園的某一點，亨利捕捉到她的視線時，她對他揮手。當他點頭時，看見大哥正用一種專注感興趣的眼神凝視他與哈蒙。亨利沒有看大嫂與姪女。

接下來幾天，他想大哥大嫂與姪女一定討論了不少關於渥斯里夫人的事情，愛莉絲與佩琪對她的來訪仍顯得雀躍，威廉卻很不以爲然。亨利不知道他離開房間後，渥斯里夫人是否加油添醋又說了什麼，他相信也許之前她的一言一行早就讓威廉坐不住了。渥斯里夫人離開時，哈蒙站在後面，她不斷強調自己對亨利的愛護崇拜，但亨利注意到她只邀了他到鄉下或倫敦找她，完全沒提到其他的詹姆斯家族成員。她似乎覺得威廉一家人不值得注意，亨利感覺這一切，再加上她對愛爾蘭問題的看法，更讓威廉憤怒。

耶誕節就要來臨，愛莉絲與佩琪開始想家，準備計畫一次充滿美國風味的節日，毫不理解英格蘭的習俗正與祖國類似。威廉看了很多書，睡眠充足，努力不要發言過度免得讓自己的心思引來不必要的注意。有天午餐後，當愛莉絲與佩琪在廚房忙碌時，威廉要亨利在餐廳等他，他想跟他談談。亨利小心關上門，坐在大哥對面。

「亨利，我之前對於你不住在美國說過我很遺憾，也說我希望你能多多記載我們的社會萬象。我想美國還在等待你這位眼光銳利又情感豐富的小說家。」

「是啊，」亨利微笑。

「但我不認爲你在這個國家找到了該寫的題材，」威廉嚴肅地說。他說話時瞪著窗戶，彷彿接下來是一次演說或講道的彩排。「我不認爲《波以登的戰利品》或《奇異年代》或《另一間屋子》有充分展現你的才華。英格蘭人根本沒有精神生活，他們只注重物質享受。這裡唯一能寫的題材就是階級，這你根本毫無概念。人們只渴望追求物質財富，這你也毫無概念。你不像狄更斯、喬治·艾略特或特羅洛普和柴克里，他們對英格蘭人的貪婪瞭若指掌。英格蘭人不認識眞理，也不願追求性靈渴望。」

「眞是謝天謝地了，」亨利說。

「簡單來說，」威廉不顧亨利反應，繼續說下去，「我深信英格蘭不可能當你眞正的題材，我相信你的風格也因爲這個社會處處設限、墨守成規。我認爲你的作品變得冷血淡薄又古板守舊。」

「感激你的意見，」亨利說。

「亨利，我愛看你的作品，也崇拜你的小說。」

「你似乎覺得我應該留在家裡，」亨利舉起手，不讓威廉打斷他，「要我擘畫波士頓知識份子的人生，沒錯，這題材非常高尚。」

「亨利，你現在寫的很多句子，我得看上兩次才知道到底在寫什麼。就是這樣，在這擁擠匆忙的閱讀年代，如果你繼續耽溺在當下的題材風格，不會有人看你的書，你遲早會被遺忘的。」

「以後我寫書時，會努力滿足你的期望，但也許我得在這裡補充，如果你喜歡我的作品，甚至因此大加稱讚，我會覺得非常羞愧。如果我真寫了那些你愛看的作品，我看我還不如早踏入墳墓一步好了。」

「沒人要你羞愧到先踏入墳墓，」威廉說，「但我的確有個具體的請求，這本小說絕對會讓你的書評拍案叫絕，讓你獲得廣大讀者迴響，讓你再滿意也不過。」

「一本小說？」

「沒有，裡面不會有裝模作樣的英格蘭貴族，而是你熟識的美國社會。」

「聽你的口氣似乎很有信心。」

「沒錯，」威廉說，「我想了一下，這本書將探討美國歷史，與小家子氣又糟糕的英格蘭禮俗毫無關連，在你筆下發揮的清教徒祖先……」

亨利站起來走到窗邊，逼著威廉必須轉身說話，他覺得他現在站在明亮處，但大哥只能坐在黑暗中，他有優勢。

「我能插嘴嗎？」亨利問。「還是我得搖鈴才能讓你結束？」

威廉轉過椅子，似乎決定表達自己的想法。

「讓我將這段對話結束好嗎？」亨利說，「我要告訴你，我認為歷史小說是廉價沒有生命的東西，如果你想要我對美國人發表看法，也希望我迎合你口中那擁擠匆忙的閱讀年代，我能告訴你我對清教徒祖先小說的看法嗎？」

他頓住等待答案。

「好啊，請說，」威廉說。「我不能阻止你。」

「簡單扼要，」亨利說，「只有一個詞。假惺惺！」說完他微笑，幾乎要憐憫起他大哥了。

晚餐時分，亨利發現威廉沒有對愛莉絲提過自己曾經勇於發表抨擊弟弟小說失敗的插曲。威廉說他眼睛很酸，愛莉絲也要他多睡點，少看點書，但亨利看見威廉直扮演不甘不願的病人，甚至開始在藍姆宅邸亂晃，連亨利都不確定他在哪個房間，只知道他白天夜晚的步伐聲總讓地板嘎吱作響。

他知道威廉想讓自己在藍姆宅邸無所不在，亨利深信大哥正無聲無息加諸自己的威權，例如堅持改變用餐時間與方式。威廉讓波吉與其他家僕緊張得不得了。有一次是因為愛莉絲強力阻止，否則他準備更動起居室的傢具擺設，要波吉把壁爐上某些裝飾品拿走。

亨利躲大哥躲得遠遠的；如果他發現大哥在起居室或樓下房間，他便會技巧性地留他獨自一人。大嫂仍無時守候大哥，儘管她絕少與他共處一室，卻總是附近出沒，裝著很忙碌的模樣。佩琪則自顧自地看書，經典小說一本一本看，頭很少抬起來。看完珍．奧斯汀後，她開始拿了《一位女士的畫像》，亨利很訝異，看見她父母得知她在看他的書時發聲抗議更覺得好玩，但看見第二天她還是捧著書，亨利覺得很安慰。佩琪告訴爸媽自己已經停不下來了，如果發現有不恰當的片段，她會跳過去。她還驕傲地說，她現在已經長大了。亨利告訴她，比起她那些艾蒙家的表姊來說，她是自己認識最完美的少女，她很淡然地看著亨利，毫不害臊。

亨利記得威廉在他們母親過世那年到倫敦教職休假研究，那次他也與亨利同住，對倫敦生活一樣大不滿，也喜歡把公寓的物品換位置。亨利讓威廉恣意發揮自己的不滿，也讓他在家裡稱心如意，想怎麼更動就怎麼更動。

他記得威廉來作客那段時間，他們父親的求生意志越來越薄弱。他記得收到一封電報說父親的腦子越來越不清楚，還用同樣急切的語氣說威廉不用趕回去。當時是十二月。大嫂愛莉絲與她母親同住，讓母親幫忙她照顧兩個年紀還小的兒子。妹妹愛莉絲與凱特阿姨負責照料父親，兩位愛莉絲難得一次站在同一條陣線上：都不想要威廉回美國。但她們卻都希望亨利能盡快回去。電報堅持父親應該還有幾個月的生命，也因此能用這理由說服威廉，畢竟他在劍橋已經沒有地方住，一旦他回來就得住得很擠，而且哈佛大學也沒演講可說，其他也沒什麼事要忙。他應該繼續在歐洲休假研究，享受難得的休閒時光，認識新朋友，想寫作想閱讀都能有自己的空間與時間。亨利發現這封電報非常聰明，一面強調父親腦袋不靈光，兩位愛莉絲都對威廉表達強烈的意願：威廉再也無法與垂死父親探討兩人對人類靈魂與生命意義的分歧迴見了。

亨利獨自搭船回紐約，在船靠岸時，他才發現葬禮已經在當天舉行完畢。現在做什麼都太遲了，他只能聽親友告訴他父親最終走得平靜祥和，看看父親的遺囑。在往後的幾年間，他從不讓自己多想父親下葬的日期，以及家人為何不等亨利在場，就讓老亨利安葬，其實亨利已經趕回家鄉，離家不遠，卻再也沒機會在棺木闔上前，碰觸父親的遺容，看他最後一眼。

他後來才知道是妹妹愛莉絲做的決定。在這個她從來沒有自主權，彷彿像個局外人的家庭，妹妹最終堅決抓穩決策的韁繩，想來讓亨利覺得相當神奇。葬禮後幾星期，他也瞭解何以妹妹堅持不讓威廉回國，甚至也不要身體狀況不好的威奇從密爾瓦基返家，還要鮑伯也回去當地。只要威廉在場，愛莉絲．詹姆斯就不會跟現在一樣對凱特阿姨恣意妄為，因為威廉一定會出面阻止，他就是眾人的焦點，他不會讓愛莉絲對阿姨不禮貌，愛莉絲也不敢那麼黏洛芮小姐，洛芮小姐也不可能在全家人在場時，要愛莉絲住進自己家中。

回到波士頓，亨利也沒有要威廉回來。威廉不用開口或舉手，就能輕易取代父親的地位。家裡不可能會有現在的平靜，唯有他敬重的凱特阿姨陪伴他。他也不可能安睡在父親床上，感受自己當下的責任義務，也不可能以開放坦然的心情趁威廉遠走他鄉時享受這間房子。

亨利被授權執行父親遺囑而非威廉，想必威廉也不會太開心。亨利讓威廉得知父親最後幾天的生活細節，還告知他老朋友們如法蘭西絲．柴爾德和奧利佛．溫德．荷姆斯的慰問，並且一切已經由亨利掌控全局，他知道威廉也會很生氣。

父親葬禮過後一星期，威廉寫來一封收信人是亨利．詹姆斯的信。由於亨利期盼威廉回信，他想也沒想到這封是寫給父親的信，自己不應該將它打開。直到看了第一段他才發現錯誤，雖然一開始他似乎有瞄到寫了「親愛的父親」。他將信放了好幾天不說，而後在一年的最後一天，那是個星期日的早上，四下安靜無聲，白雪靄靄，一片昏暗時，亨利獨自走到父母緊緊相偎的墓園。他獨自一人，確定沒有人在看他，希望父母能感受到自己對他們的無限追思，知道自己有多麼感激他們，而他們離世之後，他的悲痛又是多麼刻骨銘心。他從口袋拿出威廉的信，清晰念給收信的亡靈傾聽。然而隨著淚水撲簌落下，他的聲音成了低語，有許多次他得將臉埋進手中，因為信上的溫柔字句比起他自己的言談或他人口中的父親更讓他感動。他勉強自己繼續：

在那另一端，還有母親，我們未來的相會讓我現在無法言語。此時此刻我感受到，如果終有一日我們就要團聚，那麼一切就有了答案。與您告別時，我強烈感受到一生猶如一日，所能表達的僅是隻字片語，我就將它當作尋常日子的晚安吧。晚安了，我神聖的老父親！如果再也無法相見——那麼，永別了！您福壽雙至，永遠與我們別離了！

在冰冷土壤深處，亨利感覺父親的幽魂流連不去，讓亨利渴望這封信永無終止，讓亨利不用就這麼默默走遠，離開父母這最為神聖寬慰的聖地。他痛恨草木不生的冬季，還有他腳步聲踩上冰地的回音。

他從墓園走到大嫂的住處，發現威廉又一次威脅說要回家。愛莉絲讓他看了家裡狹隘的空間，她心情非常低落，解釋自己在公公離世前幾天，不眠不休與愛莉絲及凱特阿姨照料他。孩子們也讓她身心俱疲，她更解釋，萬一丈夫鎮日待在這些小房間，脾氣乖戾暴躁，又找她麻煩，她實在受不了。亨利說他會再寫信給威廉，他幾乎告訴她自己很清楚威廉每天像陰鬱遊魂，任何人都會受不了，但她對這件事的反感讓他覺得有點怪，他母親絕對不會這樣對他父親，所以他還是閉了嘴。

當晚亨利坐在父親書桌前，寫信告訴威廉自己在墓園已經替他把那段最後的告別辭鄭重呈獻給老父靈魂。他還補充說威廉現在沒必要回家，甚至懇求他不要再多想。但儘管如此，他知道威廉一旦知道自己竟然擅自將那封眞心誠意的信打開，就算當時氣氛有多麼莊重肅穆，威廉絕對會大發雷霆。

他等待大哥的回信，裡面果然充滿他對倫敦的仇恨蔑視，更表達他不願久待的心情。威廉稱倫敦的濃霧骯髒漆黑迷濛，當地人更是愚蠢無知，還說這種愚笨民族恐怕太陽底下找不到了。

亨利很忙，他得執行遺囑，處理父親遺產，因此與律師開了很多會。他很訝異父親竟然在遺囑遺漏了威奇，可能因爲父親認爲威奇得到的已經夠多了。亨利假設兄長與弟妹都會認爲這萬萬不可行，於是開口問大家分出部份遺產給威奇，至少五個孩子均分。他還打算到密爾瓦基探視兩位弟弟，還安排到雪城親眼看看父親在那裡的房地產，考慮究竟是處理掉或繼續出租收取租金。

處理這些事情，討論收入、配額；債券、百分比的同時，威廉不斷從倫敦寫一些語氣自憐的信給他，還威脅說要離開倫敦，這讓亨利頗感不耐。他大嫂更焦慮丈夫會突然出現在家門口。她讓亨利看過每一封威廉寫回來的信，每次看都嘆氣連連。

儘管亨利看這些信時不太自在，甚至開始擔心起兄嫂的婚姻狀況，他仍回了威廉一封信，要他理智一點。深夜寫完那封信之後，亨利還附註了許多自己身為遺產執行人處理的細節條款，亨利突然感受到一股神奇的力量，到了早上他的感覺更為明確，他知道威廉看了信之後會有多受傷憤怒。但想到這裡亨利卻覺得輕鬆快活，他清楚知道自己有權利這麼做，而且他已經做到最好了。

亨利的挑釁語氣讓威廉強調自己不願被當成小孩，他知道自己的動機和興趣在哪裡。他強烈抨擊倫敦與亨利的公寓，甚至不認自己之前答應給威奇一份遺產。他果然在休假研究結束前就離開歐洲回到劍橋，亨利說他會把自己被分到的房產送給愛莉絲，如果威廉想管家裡的財政，就讓他接手吧。亨利告訴大哥他準備立刻回到大哥最瞧不起的倫敦，繼續自己手邊的工作，光靠寫作他就已經足以養活自己，至於他父親的房產與管理，他再也不想討論了。

威奇第二年就過世了，接著威廉與愛莉絲的小男嬰賀曼也夭折，然後是妹妹愛莉絲的死，這一切讓兄弟倆的爭執稍微歇息，多年來，愛莉絲也不斷寫了許多貼心安慰的書信給亨利，因此亨利與威廉之間的關係算是慢慢修復了，當然浩瀚的大西洋也不斷朝住在海岸兩端的兄弟送上撫慰的浪潮。

如今二十年過去了，父親過世後那幾個月兩人之間的戰火又能熊熊燃燒，連藍姆宅邸也無法倖免。亨利可以繼續自己的日常起居；他有工作、僕人、書，朋友跟出版社也持續與他聯繫。威廉離家很遠，在美國時，他只要踏出劍橋自宅，在哈佛校園散步，路人無不投以敬畏的注目禮，人們熱忱歡迎他，他的名聲就猶如一片巨大的保護罩。但這保護罩並沒延伸到英格蘭的萊依；亨利發現這令威廉沮喪，到頭來他連出門都不願意。但每天待在室內讓他猶如牢籠困獸，咆哮怒吼的力道一如以往。

有一晚他在書房找書，準備拿了書就回房休息時，他發現姪女在樓下房間，看來神情困惑，亨利擔心她父親的陰晴不定也感染了她，耶誕節與過年期間，她可愛清純讓家中充滿節慶氣氛，驅散了藍姆宅邸的陰鬱，他認為她是魅力與聰慧的綜合體，不只能逗他開心，更令他驕傲。他問她是否什麼事不對勁，一開始她不願說出自己低沉失落的原因，等到他繼續追問她是否想念在劍橋的兄長與朋友時，她依舊搖頭，亨利考慮該不該提到威廉的沮喪心境時，姪女突然問他接下來會不會寫《一位女士的畫像》續集。她告訴他她才看完書不到一小時，亨利說這本書自己是在二十年前完成的，早就忘記了，他想是不會有續集了。

「她為什麼回去？」佩琪問。

「妳是說回到丈夫身邊嗎？」

「為什麼？」

佩琪似乎很生氣。亨利坐在她對面，努力思考自己該跟她怎麼說，畢竟她還年輕，等她再年長些，她終究會知道選擇責任義務與順從，會比愛幻想的少女的選擇簡單得多。

「每個人在生命中，」亨利說，「很難就這麼縱身跳入黑暗。依莎貝離開亞伯尼到歐洲，遠離家人朋友，不顧大家的忠告與自己的判斷，就這麼嫁給了奧斯蒙，這就是跳入未知黑暗的表現，這需要勇氣與決心，但同時人生的其他可能也為之凍結了。摒棄勇氣比不斷展現自己的勇敢要容易多了。就依莎貝來說，她沒有路可走了，這種行爲的意志力與勇氣並不是經常出現，人人都是如此，不只是亞伯尼的依莎貝．亞契。」

佩琪思考亨利上述談話的同時，樓上威廉與愛莉絲的房間傳來巨大聲響，聽起來像是有人從床上掉下來了。然後他們聽見威廉大吼呻吟，愛莉絲在旁苦苦哀求，接著又傳來有人大聲敲著地板的噪音。佩琪立刻站起來走到門邊，亨利示意要她稍候。

「不行，」她匆忙走過他身邊，「我們現在就要上樓。」

她回頭看了他一眼，表情堅決冷靜，她的嘴唇與下巴看起來與她母親一模一樣，不過她的雙眼是溫柔的，她伸手握住他的手。

「現在就要上樓，」她重複。

佩琪走在前面，上樓到父母房間，沒有敲門就將門打開。威廉穿著睡衣躺在地上，光溜溜的雙腳在燈光下顯得蒼白。他一面大叫，一面用拳頭敲打地板。愛莉絲站在他身邊，衣著整齊動也不動，臉上彷彿帶了面具。

「你看到它，但是它走了，」她對威廉說話，語氣似乎急於需要他專注聽進她的話。

「它來找你，不過它離開了，我們會抱著你，陪著你，你不是孤單的。」

她強調最後幾句話，但似乎沒發揮效果，威廉還在哀號。

當波吉腳步迅速走下樓梯時，亨利沒有說話，只要他回房去。亨利還是站在門口，深怕自己的出現會讓威廉更痛苦。他看見愛莉絲扶起威廉時，引他上床替他蓋好被子時，又往後退了一步。

「我們整晚都會陪著你，威廉，」愛莉絲說，「不管你什麼時候醒過來，我們都會在這裡陪你。」

威廉輕輕叫出聲，蜷在被窩中。

「我們都在這裡，也會待在這裡，」愛莉絲說。「佩琪會從房間拿椅子過來，我們就坐在這裡陪你睡著。我不會離開你的。亨利也會陪著你。」

她走過去關上威廉床邊的燈。

「現在快睡吧。」

她將手放在他額頭，表情雖然哀傷，卻無比堅毅和藹。亨利原想問她需不需要廚房送點東西上來，她沒有回答。最後等到威廉看來睡著了之後，她才走到角落一張扶手椅坐下，眼神沒離開她丈夫。佩琪拿了椅子坐在父母的床邊，亨利離開了，但沒有關上房門；他悄聲下樓想在壁爐生火。他找到剛才那本書，將它放在腿上，但無心讀書，等著樓上傳來聲音。

他覺得威廉似乎處於狂怒恍惚的狀態，之前威廉自己也寫過這種現象，亨利不確定這種情形是否有什麼專有名詞，也不知該如何描述他妻女的反應。更不知道威廉清醒後，又該如何形容這件事。

過了一段時間後，他聽見有人下樓，他剛才應該是睡過去了，大嫂走進房間。

「佩琪也睡著了，我讓她睡舒服點，如果他需要我，我會盡快上樓，但是我想他接下來可以睡好幾個小時，應該是叫不醒的。」

她對亨利微笑。

「你是一個很有耐心的人，」她說。

「妳呢？我該怎麼形容妳？」他問。

「我學得多，懂得少。」

「我只希望我能有妳一點點的睿智與冷靜，」他說。

「你有得比我還多，你姪女很崇拜你，她覺得你是世界上最棒的紳士，我也這麼覺得。」

「這是讚美人的季節，」他說。

「威廉有時會做惡夢，這種可怕的惡夢讓他無處遁逃，一開始我知道他有這問題時，我只想離他遠遠的。我不想跟他在一起，任憑他對黑暗屈從。這我實在無能爲力，但現在佩琪和兒子們都知道要安撫他其實不用太費力。」

亨利沒有說話，因爲他想繼續安靜傾聽大嫂的心聲，只要她願意講都行。

「佩琪很難帶，」愛莉絲繼續，「每天晚上關了燈就開始尖叫。我們本來想讓她學著在黑暗中入睡，所以就讓她尖叫，不去理她。我們還以爲她這不是什麼大問題，但其實其來有自。有修女說因爲她不信天主教，所以會受到永恆詛咒，佩琪相信了，所以她才怕得尖叫。我們這才知道如果我們早點知道她恐懼的原因，她是會告訴我們的。」

亨利起身添柴，兩人默默坐著，只有偶爾的徐徐海風聲與燃燒木柴打破寧靜。愛莉絲嘆了一口氣，當亨利建議她喝一杯波特酒時，她答應了，亨利替兩人各倒了一杯，然後微笑將酒遞給她。

「我第一次找上靈媒時，」愛莉絲說，「我第一次遇上碧柏夫人時，我們都不懂自己得到的訊息究竟是什麼。後來也許是去了第三次的那一天吧，我們專心端坐，她問我，我父親是否是自殺身亡，我說沒錯，然後她問我當時我與我母親及姊妹是否不在他身邊，我說的確如此。她說有人急著要告訴我不要害怕，那不會再發生，要我擺脫威廉陷入絕境時，我只想遠離他的那種恐懼。每次黑夜降臨時，我都不讓他靠近我。在他父親過世時，我只想要他待在倫敦，不願意他回來。碧柏夫人說不上那是誰，但是他們要告訴我我得接近他，要對他有耐性，不會有事情讓我們分開，我們不會發生什麼可怕的事情。」

她看著房間一頭的亨利微笑了。

「威廉沒事了，他會很好的，」她說，「他低沉失落時，我們反倒能自在點，否則他精神體力太好，就很難應付。我們太常吵架了。」

兩人望著壁爐。亨利猜現在可能凌晨一點多了。

「亨利，」愛莉絲靜靜地說，「那天佛德列太太的事情，我們有話沒告訴你。」

「你們說母親已經安息了。」

「是的，她安息了，亨利，但是有件事讓她擔心。」

「是我嗎？」

「對，她要我在你需要時陪在你身旁。她不希望你病重時孤單一人。」

「她一直在看望我們？」

愛莉絲似乎努力壓抑淚水，有點說不上話。

「你會是最後一個，亨利。」

「你是說，威廉會比我早走。」

「她說得很清楚。」

「鮑伯呢？」

「你是最後一個，亨利，你需要我時，我就會來陪伴你。你不會孤零零一人離開世界。我只需要你信任我。」

「我全心信任妳。」

「那我已經將她的訊息傳達給你。她想要你知道你不會孤獨。」

愛莉絲回房探視威廉，亨利坐在壁爐旁，回想自己見到母親的最後一面，那是她過世後一天，她安詳的遺容在閃爍燭光中散發光芒，他守靈時，思念起她對他的愛細膩沉靜；她高雅溫柔，是他這輩子最偉大的守護者，隨著這一年即將走到盡頭，坐在漆黑的室內，他毫不驚訝母親會替他設想生命的盡頭，因爲她已經爲他人生的起點灌注了無窮的精力與希望。他知道，唯有他安息，她才能安息。此時的他惶恐謙卑，但也對未來滿心感激，準備就緒。

元旦那天他們邀請了艾蒙．葛斯同進午餐。威廉前幾天都待在書房；他的幽默回來了，亨利注意到他在餐桌上的評論還帶了點趣味。威廉在萊依發現了一條不太長的健走路程，總喜歡帶著狗兒麥米連一起散步，連續好幾天回到藍姆宅邸時總是神清氣爽，也許在路上找了當地人聊聊，還說他開始愛上這裡的鄉間風光，美麗的紅磚與圓石，以及地方人們的質樸可愛。他沒有提到亨利在臥室撞見他做夢的那件事。

亨利沒有找人來藍姆宅邸，也拒絕了所有邀約，但當他提到自己收到葛斯的信，說他人就在離萊依不遠的哈斯汀時，威廉堅持要他請葛斯來家裡，還提到好幾次說他有多開心能見上葛斯一面，因爲兩人已經許久不見，威廉也說他很敬仰老葛斯的作品。

愛莉絲與佩琪再次展開行動，找上亨利討論葛斯的品味，瞭解該如何迎合客人喜好。愛莉絲開始喜歡開波吉玩笑，假裝不喜歡他的鞋子，也挑他的髮型毛病，說他整個太嚴肅了。波吉對女主人也很自在，他說葛斯來過許多次，不太可能抱怨，但是他喜歡張羅招待客人，也跟著湊熱鬧，愛莉絲與佩琪想讓一切簡單精緻，大家一面打點起居室餐廳，波吉也準備迎接葛斯光臨。

亨利在佩琪父母面前向她描述葛斯這個人，大人也笑開懷了，亨利說葛斯本人沒啥了不起的，但他知道誰是了不起的人物，不只如此，葛斯還認識首相和前首相和前前首相，也知道下一任首相與下下任首相會是誰。佩琪皺皺鼻頭，問道葛斯是不是很老了。

「他沒我老，親愛的，」亨利說，「我的確是很老了，其實，我此時還想到用『古董』來形容我也行。但他可稱不上是古董。不過葛斯這個人愛倫敦甚過於愛自己，因此妳爸說那些波士頓恬靜的知識圈什麼的，葛斯是搞不清楚的。如果有人厭倦倫敦，那麼此人也會厭倦人生了，這就是葛斯的座右銘。也因此，我的寶貝姪女，妳最好找個妳爸和客人都能聊的話題吧。」

威廉復原後的日子裡，藍姆宅邸成了有許多規矩的俱樂部，這些全是亨利與佩琪訂下的規定，有些有經過佩琪父母同意，其他則無視兩人的抗議。第一條規定就是佩琪的就寢時間，亨利與她同意她可以跟大人同時間就寢，不只因爲她已經是少女，也因爲佩琪剛發現了狄更斯，總是熱烈閱讀他的作品，她在幾天之內就看完《艱苦時代》，現在正閱讀《荒涼山莊》。第二條規定就是佩琪可以吃完主餐後逕自離席，帶著甜點找別的房間看書。第三條規定則讓威廉可以隨時隨地不受干擾打呼。其他規定則包括波吉想穿什麼鞋就穿什麼鞋，還有愛莉絲可以將早餐餅乾泡進咖啡，只要不滴到佩琪口中那條「女公爵地毯」就好，威廉則堅持要規定亨利看兩大冊拿破崙傳記，無須因爲浪費時間而內疚。愛莉絲寫信告知在劍橋的母親這些規則，這位外婆負責在威廉夫婦不在時照顧三位男孩，男孩也將規則念給外婆聽了。由於大家都得在信上簽名，愛莉絲與佩琪得控制威廉，讓他不要在信上任意添加驚歎號或插畫，亨利則認爲什麼都不加最好。

葛斯從倫敦帶了小禮物，立刻宣佈自己是全英格蘭最幸福的男人，因爲他總算離開倫敦，節慶季的倫敦社交聚會多如繁星，加上迷茫濃霧，可能他當代最聰明的腦袋瓜都要被搞得模糊不清了。

威廉贊同微笑，佩琪瞄了亨利一眼。

「我告訴姪女，你愛倫敦遠超過自己的生命，」亨利說。

「的確如此，」葛斯回答，「但倫敦實在是沒啥生命可言。」

葛斯轉向站在壁爐旁喝雪莉酒的威廉，語氣正式嚴肅，跟剛才詼諧風趣截然不同。

「我再次表達自己能再見到您的榮幸，我一向是您的忠實讀者，更與萊斯里．史提芬共享閱讀您作品的樂趣，正如我讀令弟的作品一樣。當今世上已經少有人有您的文采，精闢的見解與強大的能量，卻又充滿詩意。」

威廉微笑點頭，感謝他的讚美。愛莉絲顯得很高興，因爲終於有客人不讓威廉不爽了，她意有所指地對亨利微笑。

午餐時，葛斯告訴大家近來輿論對祈禱日的批評爭議，這是因爲英方在南非被波爾人打敗了。亨利注意到葛斯沒有特別表明個人意見，但卻強調自己聽到威爾斯王儲討論這話題，還有藍道・邱吉爾爵士、雅斯奎先生與阿佛雷德・奥斯汀先生。他繼續解釋這些重量級人士的立場，每次提到一個人名就刻意看席間人士一眼。亨利發現愛莉絲坐立難安，不斷用他沒見過的警示眼神瞥著威廉。

「沒錯，」葛斯講到一個段落時，威廉開口了。「我投書給《泰晤士報》表達意見，但他們沒刊出來。」

「威廉！」愛莉絲出聲制止。

「投書？」葛斯問，「您的立場呢？」

威廉遲疑了，接著眼神望著遠方。

「我說我是來英格蘭旅行的美國人，也注意到近來大家對祈禱日的爭議，我建議規則可由美國早年的蒙大拿屯墾人民來訂，想必非常有用，也能讓大家接受。」

「內容是？」

「這位民眾遇上一隻憤怒龐大的灰熊，他立刻跪下祈禱：『主啊，我從來沒請您伸出援手，現在也不會請您幫忙。但請憐憫我，主啊，拜託別幫那頭熊吧！』想來《泰晤士報》也很聰明，沒把我的信刊出來。」

「眞希望你留的是西部荒野的地址，」亨利說。

「我留了藍姆宅邸的地址，」威廉回他。

「我想這是美國與我國最大的差異，」葛斯說，「這裡很多事都讓人確信不疑，其中一件事當然就是《泰晤士報》絕對不會刊那封信。」

「算是做了好事一樁，《泰晤士報》」

「算是糟糕的下場，我可憐的信，」威廉說。

「我確信有很多愛爾蘭雜誌會想刊登您的信，」葛斯說。「您不該讓它付諸流水。」

「它並沒有，」愛莉絲接著說，「他已經告訴我們內容，之前本來答應我絕對不透露的。」

「我不說了，」威廉說。

「也許您可以將內容轉達給威爾斯王儲，」亨利告訴葛斯。

葛斯瞪了他一眼。

「我在想，今天是今年的第一天，兩位作家能否告訴我們今年的計畫？」葛斯問道。

「我大哥，」亨利說，「要到愛丁堡參加吉福德講座。」

「主題是新近崛起的心理學嗎？」葛斯問。

「是古老的宗教學，」威廉說。

「您稿子寫好了嗎？」葛斯繼續問。

「我有些筆記，還有些想法，幾張文稿，配上我這顆壞掉的心臟，」威廉說，「所以還得花點時間。」

「您的立場會是？」

「我認為廣義的宗教難以抹滅，」威廉說。「我深信個人的神祕經驗無論如何體現，都是潛在自我的延伸。」

亨利跟佩琪做了個手勢，要她如果想離席看書，現在就可以離開了。她母親也點頭同意，她向大家告退便離開了。

「但如果事實證明宗教是假的呢？」葛斯問。

「我認為，」威廉說，「宗教感受不能被推翻，因為它屬於基本自我。如果這是基本的自我信仰，那麼它一定是美好的，也就表示絕對是眞實的。」

「但達爾文以及他的支持者確實證明了有些信仰是假的，不是嗎？」

「我對宗教感受與經驗有興趣，而非宗教論證，」威廉說。「我想說明即使我用的文字語言都是開放、不定有時甚至是無用的，沒有精準的字眼，因為感受人人各異，所以沒有精準的感受，人的感知與感受錯綜複雜，我們必須在生活、法律、政治都考慮到這一點，最重要的還有我們自我的核心價值。」

「其中也有所謂的『超越』，是嗎？」葛斯問。

「是的，但必須更回歸根本，」威廉說。「超越感官的世界，也許比我們存在的人生更強大，卻離不開我們的本我意識，我們必須清楚這一點，這讓我們深信或擁有宗教感受，比起宗教論證更能讓我們滿足。」

威廉自然而然講述上列論點，語氣輕鬆風趣，亨利從沒聽過大哥這樣說話。

「聽起來您已經把講稿寫好了，」葛斯說。

「我已經有概念了，」威廉說，「但要寫出來還得花工夫，我喜歡說話，但講座也要我們的講稿，所以我還是得一個字一個字寫出來。」

「也許《泰晤士報》就會刊出講座內容了，」葛斯說。

「我不會再找《泰晤士報》了，它錯過機會了。」威廉大笑舉杯。

「亨利，該你了，」葛斯說，「你要告訴我們接下來要寫什麼，讓我們有所期待。」

「我是個糟糕的說書人，」亨利說，「滿腦浪漫，只對誇張的美好人生有興趣。我大哥對人世自有理智見解，但我只能勉強讓它栩栩如生，或搞得荒誕可笑。我曾經描述美國故土，描述青春年少，如今中年的我放逐人生，故事盡是失望寂寞，在大西洋兩岸都不會有什麼讀者的。」

「亨利，你有很多忠心的讀者，」大嫂說。

「我心裡有個男人，他這輩子總深信自己會有可怕悲慘的遭遇，」亨利說，「他向一位女子傾吐這未知的災難，但她卻也成了他最好的朋友，可是他不知道自己完全不信任她，加上他對她的冷漠，這一切才是災難起源，原來它早已與他如影隨形，早成了他人生的一部份。」

「結局就是這樣嗎？」威廉說。

「是的，但還有另一段故事，裡面的男子從新英格蘭到了巴黎，他是一位中年的美國人，雖然天性聰明，但他從不讓自己善感活潑的本性流露。他看到了巴黎才發現——就像之前那段故事的男主角——人必須盡情享樂，但一切都已經太遲，或者還不算太遲。」

「如果有牧師，」威廉和藹微笑，「他萬一問你這些故事的道德主旨是什麼，該怎麼說？」

「主旨？」亨利想了一下，「這是最實事求是的主旨了——人生就是謎，只有文學是美好的，還有我們必須準備接受變動，特別是到巴黎的時候，還有，」他舉起酒杯，「曾一嚐巴黎甜美滋味的人，很難體會美國的滋味。」

「你會先寫哪一篇故事？」葛斯問。

「我或許已經開始了，」亨利說。

「那你呢？你要寫什麼？」威廉問葛斯。

「只要我找到恰當的語調和勇氣，」葛斯表示，「我會寫一本關於家父的書。」

「你已經寫了一本啊，我很喜歡那本書，」威廉說。「宗教精神與科學眞實的追尋及張力，這我覺得很有感觸。」

「我現在要寫的，」葛斯回答，「是父子之間緊繃的關係，我不會放過我們兩個，我要樹立新風格，也得有時間，但我想這本書不會讓我爸有更多的仰慕者。」

「那就可惜了，」威廉說。

「但絕對是一本偉大的書，」亨利接著表示。

威廉散步回家時，葛斯已經早他一小時，趁天黑前離開藍姆宅邸，此時家人正各做各的事情。

愛莉絲與佩琪坐在沙發兩端安靜看書。波吉穿了破爛的鞋子走進來添柴，讓火焰更熾。窗簾已經拉上，亨利坐到壁爐旁的扶手椅看拿破崙傳記。

「冬日走了，」威廉說，「冬夜來了。」

「明天早上，」愛莉絲說，「我們得寫另一封信給那群男生，我想他們應該在等我們回家。」

「我不想寫信了，」佩琪說。

「這裡的新規定——妳不用寫信，」亨利回答。

威廉走出房間，拿了一本書回來。

「這是母親對我們的夢想，」亨利說。

「大家都在英格蘭？」

「不是，」亨利微笑了。「她總夢想我們能乖乖坐著看書，她和凱特阿姨可以忙自己的事情，我們安靜好幾個小時，只有翻頁聲。」

「從來沒有過嗎？亨利？」愛莉絲問。

「從來沒有，」亨利說。「我爸會開始找人爭論，妳丈夫會把什麼東西踢倒，弟弟妹妹也會吵起來。」

「那你呢？亨利叔叔，」佩琪抬起頭，「你會在做什麼？」

「我會夢想自己待在一棟英格蘭老屋，爐火熊熊燃燒，沒有人踢東西。」

「我會控制自己的，希望這讓你安慰一點，」威廉說。「反正我踢東西的日子早就過去了。」

夜深了，風將窗戶吹得呼呼作響。佩琪專注看著手上的書，蜷在瞪著壁爐的愛莉絲身旁。他們在起居室直接用餐，晚餐就放在托盤上。波吉將餐盤收拾乾淨後，亨利替愛莉絲與威廉倒了酒，也為佩琪準備熱巧克力。威廉繼續看書坐筆記，大家都能聽見筆尖碰觸紙頁的沙沙聲，四個人沉浸於手邊的書或心裡的思緒，直到威廉開始打呼，大家才知道他又睡著了。

「再多加一點柴吧，」亨利低語，「小心不要把他吵醒就好。」

愛莉絲嘆口氣。

「很晚了，」她說。

「有項規則說我可以熬夜，」佩琪說。

「還可以讓威廉打呼，」亨利溫柔地說，「想怎麼打呼都行。」

威廉一家準備前往氣溫較暖和的南法渡過剩餘的冬天，佩琪此時早已經看完幾本狄更斯的作品，在他們準備動身離開的早上，亨利注意到她正著魔般地閱讀《塊肉餘生記》。亨利告訴她不需要跳著看，而且想要的話，就把她愛看的書帶走在路上盡量看，除了那兩本拿破崙傳記，因為他說除非自己看完，否則它們不准離開他身邊。

早餐後，威廉看到佩琪的書，放聲大笑。

「亨利就是看這本書時被逮到的，」他說。

佩琪望向亨利。

「我們住在十四街時，有一晚該上床睡覺了，」威廉說，「我們有一位表姊從亞伯尼來訪，還有《塊肉餘生記》的第一版，她準備大聲朗讀，但我媽覺得這很不適合小男生聽。結果亨利不聽話，躲起來了。」

「那你呢？父親？」佩琪問。

「我又不是小男生，」威廉說。

「他才比我大一歲，」亨利說。

「她唸了嗎？」

「唸了，而且她模仿各角色的語氣，非常有戲劇效果。但房間角落突然傳來嗚噎聲，原來亨利都在偷聽，知道莫得森家族這麼強勢，他受不了了，結果大人立刻將他驅逐。眞是愛哭鬼喔。」

「你沒哭嗎？父親？」

「我可是鐵石心腸，」威廉邊說邊碰觸胸口，然後微笑了。

亨利回想起《塊肉餘生記》被大聲朗誦的那個紐約房間，色調厚重的傢具、窗簾與流蘇桌布，他聽見了母親而不是表姊的聲音，母親走過室內，知道他在哭泣，便將他擁入懷中。這畫面是如此清晰鮮明，彷彿現在與那晚之間毫無歲月窒礙。他知道這對佩琪而言疏遠陌生，他想威廉也覺得那早就是往事了。這段故事威廉總是喜歡一講再講，語氣幽默輕鬆，彷彿只是提起公事包那樣稀鬆平常。亨利走出餐廳，望著準備離開的威廉，亨利搖頭嘆氣。

愛莉絲給了波吉五鎊，波吉立刻望向亨利，似乎覺得太多了。

「收下吧，」他說，「我大嫂家裡很有錢的。」

波吉推著手推車，後面跟了亨利、威廉、愛莉絲與佩琪，這三位外地人到萊依住了好一段時間，當地人也依依不捨跟他們告別。亨利現在才發現其實威廉等不及要離開了，他知道威廉總是這個性，準備接受新鮮事物，渴望冒險，就算只是從一個房間走到另一個房間，或從原本的座位站起身。他們小時候一起看繪本時，威廉總是在亨利還來不及看插圖時，就急著翻頁，而且不願再翻回來；最後他終究厭倦繪本，跑到外面玩了，留下亨利一個人靜靜仔細重新品味那本書，看完之後，再走到窗邊看威廉究竟在做什麼。

威廉一家要先到多佛，再搭船到法國。火車來了，亨利感覺他們不確定自己該微笑或哀傷。他知道佩琪只想趕緊回到書上。他陪著她上車，替她找了一個靠窗的座位，然後往後站讓行李擺放妥當，愛莉絲還得制止威廉不要搬箱子。亨利擁抱威廉與愛莉絲，然後走上月臺，與波吉一起看著重重的車廂門關上。

藍姆宅邸又是他的了。他在屋內走動，享受靜謐空蕩的氣氛。他歡迎蘇格蘭人，他正等著要開始一天的工作，但亨利得先獨處一會兒。他在樓梯上上下下，進出房間，它們似乎屬於一個永難復返的過去，就像那間有著流蘇桌布、厚重窗簾與祕密角落的房間，以及他曾經矗立窗邊觀察世界的那許多房間一樣，令他永誌追憶珍惜。

致謝

撰寫這本小說時，我找到了許多亨利·詹姆斯以及其他詹姆斯家族成員的參考書籍，都對這本小說的完成大有幫助。參考資料分別是：里昂·艾朵的五本傳記還有書信筆記選集；佛瑞·卡普藍的《亨利·詹姆斯：天才的豐富想像》；許登·M·諾威克的《亨利·詹姆斯：年輕大師》；R·W·B·路易斯的《詹姆斯一家論述》；琴恩·史勞的《愛莉絲·詹姆斯傳記》；珍·邁爾的《命運多舛的詹姆斯兄弟傳記：威廉、亨利與愛莉絲的兄弟威奇與鮑伯》；雅佛·哈貝格的《老亨利·詹姆斯的一生》；林朵·葛登的《亨利·詹姆斯的私密人生：兩位女士與他的寫作生涯》；路易·梅那的《形上學俱樂部》；琳達·安德森編撰的《從書信看愛莉絲·詹姆斯》；羅賽拉·馬茉莉·左奇編撰的《親愛男孩：給漢力克·安圖森的信》；伊卡內斯·K·史皮凱力與依莉莎白·M·伯克來合編的《威廉與亨利·詹姆斯書信選集》；蘇姍·E·古特的《我寬宏慷慨的好友們：亨利·詹姆斯與四位女子的書信》；賽蒙·諾威–斯米編撰的《大師傳奇》。

此外，書中許多內文段落字句均取材自亨利·詹姆斯與家人的著作。

我深深感謝下列人士的鼓勵與建議：彼得·史特勞斯、南·格藍、安德魯·基德、愛倫、瑟里曼、凱崔娜·克羅、布藍登·巴林頓與安琪拉·若漢。本書有部份在義大利佛羅倫斯近郊的聖瑪達雷娜基金會完成，謹在此特地感謝貝翠絲·莫提的熱情款待。

大師名作坊149

大師

作者—柯姆．托賓
譯者—陳佳琳
主編—嘉世強
編輯—鄭雅菁
責任企畫—張燕宜、石瑷寧
封面設計—莊謹銘
董事長—趙政岷
總經理
總編輯—余宜芳
出版者—時報文化出版企業股份有限公司
10803台北市和平西路三段二四〇號四樓
發行專線—（〇二）二三〇六—六八四二
讀者服務專線—〇八〇〇—二三一—七〇五
（〇二）二三〇四—七一〇三
讀者服務傳真—（〇二）二三〇四—六八五八
郵撥—一九三四四七二四時報文化出版公司
信箱—台北郵政七九～九九信箱
時報悅讀網—http://www.readingtimes.com.tw
電子郵件信箱—liter@readingtimes.com.tw
法律顧問—理律法律事務所　陳長文律師、李念祖律師
印刷—勁達印刷有限公司
初版一刷—二〇一五年十二月四日
定價—新台幣三八〇元
⊙行政院新聞局局版北市業字第八〇號

國家圖書館出版品預行編目（CIP）資料

大師 / 柯姆 . 托賓 (COLM TÓIBÍN) 著 ; 陳佳琳譯 . -- 初版 . -- 臺北市 : 時報文化 , 2015.12
面 ;　公分 . -- (大師名作坊 ; 149)
譯自 : The master
ISBN 978-957-13-6464-3(平裝)

884.157　　104024339

The Master by COLM TÓIBÍN

ISBN 978-957-13-6464-3
Printed in Taiwan